講談社文庫

冷酷な丘

C. J. ボックス｜野口百合子 訳

講談社

デイヴィッド・トンプソンの思い出に。
……そして、いつものようにローリーに。

COLD WIND
by
C. J. BOX

This edition published by arrangement
with G.P. Putnam's Sons, an imprint of Penguin Publishing Group,
a division of Penguin Random House LLC
through Tuttle-Mori Agency, Inc., Tokyo

目次

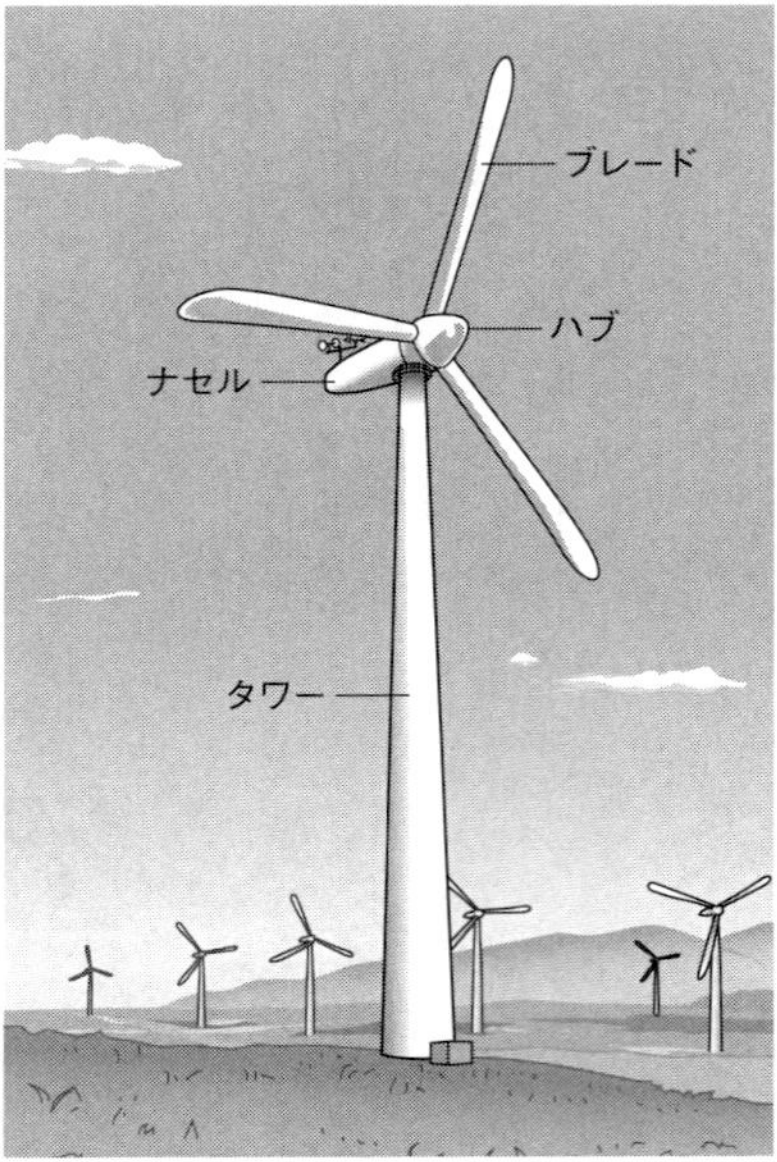

風力タービン外形図

冷酷な丘

●主な登場人物

ジョー・ピケット　ワイオミング州猟区管理官
メアリーベス・ピケット　ジョーの妻
シェリダン・ピケット　ジョーの長女
ルーシー・ピケット　ジョーの次女
エイプリル・キーリー　ピケット家の里子
ミッシー・オールデン　メアリーベスの母親
アール・オールデン　大富豪の開発業者、ミッシーの五人目の夫で通称〝伯爵《アール》〟
ネイト・ロマノウスキ　鷹匠、ジョーの盟友
アリーシャ・ホワイトプリューム　ネイトの恋人
バド・ロングブレイク　ミッシーの前夫
シャマーズ・ロングブレイク　バドの息子
ボブ・リー　ウィンドファームと隣接する牧場主
カイル・マクラナハン　郡保安官
ジェイク・ソリス　郡保安官助手
ヒューイット　地区判事
スペンサー・ルーロン　ワイオミング州知事
ダルシー・シャルク　新任の郡検事長
マーカス・ハンド　ミッシーの弁護士
ローリー・タリク　ネイトに夫を殺された未亡人
ジョニー・クック　ローリーに雇われた若者
ドレネン・オメリア　同
オリン・スミス　〈ロープ・ザ・ウィンド〉設立者

八月二十一日

ひづめの音を聞いたら馬だと思え、シマウマはめったにいない。

——診断を下すにあたっての医学界の古い教え

1

生涯最後の日となる朝、彼は食事のあとで外出した。

老人なのだが、富と地位を手にした同世代の男たちの例にもれず、自分を老人とは思っていなかった。彼ほどモチベーションが高くなく成功もしていないまわりの老人たちが、次々とこの世から去っていく一方、彼はひそかに自分は決して衰えず、もしかしたら永遠に生きるのではないかと、本気で考えたりもしていた。

じっさい、最近天気がいいときには広大な地所を馬で見てまわるようになった。乗るのは脚の長い漆黒のテネシー・ウォーカーだ。体高が百七十センチあり、またがるときには乗馬台を持ってこさせた。ヤマヨモギの茂る平原やビャクシンの点在する丘陵地帯を、その去勢馬は影のように軽々と走った。まるで、足もとに空気のクッションでもあるかのように。その足並みのおかげで彼のひざも腰も楽だったし、六十五年間乗馬をしていないブランクから来る痛みにあまり悩まされずに、ゆっくりと牧場を見てまわれた。

　馬に乗ると、自分が大地により近くなる気がした。馬と同様、自分のものである大地。砂質と白亜質の土地そのものと、かつてバッファローの群れが食《は》んでいたのと同じ草を食んでいる何千頭ものブラックアンガス種の牛も、彼の所有だ。流れる川も、その下に埋まる鉱脈も、その上を渡る風も、自分のもの。まさにこの風も。

　つねに大きなものを——邸宅、船、航空機、車、ビル、大小の企業、競走馬、油田、いっときはノースキャロライナ沖の小島も——所有してきたが、どれよりもこの土地を愛していた。なぜなら、これまでのあらゆるものと違って、土地は自分に服従しようとはしないからだ（じつは妻もだが、それはまた別の話だ）。だから、軽んじて占拠しているわけではない。

　彼は牧場を馬で回り、眺め、声に出して話しかけた。「どうだ、歩み寄って、当面はおたがいのものということにしないか？」

　今日、馬上の老人は、白っぽくてつばの短い40Xビーバーの〈ステットソン〉のカウボーイハットをかぶり、ヨークの入った長袖のスナップボタンのシャツを着て、ゆったりした〈ラングラー〉のジーンズとカウボーイブーツをはいていた。彼は愚かではなく、つねに携帯電話と、牧場内に電波の届かない場所があるため、衛星電話も持っていた。万が一に備えて。

ホセ・マリアというエクアドル出身の従業員に町までiＰｏｄを買いにいかせ、〈牧場音楽〉と名づけたプレイリストをダウンロードさせてあった。だいたいが映画音楽だ。エンニオ・モリコーネの〈続・夕陽のガンマン〉、〈黄金のエクスタシー〉、〈荒野の用心棒〉、〈夕陽のガンマン〉。エルマー・バーンスタインの〈荒野の七人〉、〈旅立ち〉、〈カルベラ村へ戻る〉。ジェローム・モロスの〈大いなる西部〉。別の時代に作られた、雄大で素晴らしくて感動的で大いに盛りあがる、圧倒的な勝ち誇った音楽。もういまは作られなくなってしまった音楽。一つ一つが、大空の下を馬で行く手ごわいが公正な男たちと、家で彼らを待つ女たちと、滅ぼされる悪人たち——たいていはメキシコ人——の物語を奏でている。

じっさいこの二ヵ月で、牧場から数人のメキシコ人が追いはらわれた。彼の妻が、移民・関税執行局にこっそり電話したせいだ。メキシコ人はよく働くしとても有能な牧童なのだが、彼らに敬意を払われなかった回数を妻はよく覚えている。メキシコ人に深く染みこんだマッチョの気風のせいだと、彼女は憤慨していた。だから、移民関係の役人が彼らを駆り集めて送還してしまった。そのあとは、家畜の扱いはうまくないものの妻にもっとうやうやしい態度を示す、ホセ・マリアのようなエクアドル人が雇われた。

こぶのある釣り鐘のような形に茂ったビャクシンの木立の中を、彼は馬で進んでいった。木々には緑色のつぼみのかたまりがいっぱいついており、木立の中には甘く強い匂いが漂っている。彼はマティーニの香りを思い出した。馬に怯えた何羽ものウサギが、絞ったグレープフルーツの種のように草むらから飛びだしてくる。前方では、ミュールジカ五、六頭の群れが押されるように移動していく。気温は約二十五度まで上がり、それにつれて草むらから聞こえる虫の音も高まっていた。彼もまた、〈大いなる西部〉のテーマをハミングしていた。映画自体を思い出そうとしたが――主演はグレゴリー・ペックだったかウィリアム・ホールデンだったか？――覚えていなかった。あとでホセ・マリアに言って、動画配信サービスでオーダーさせよう。

ゆるやかな坂を馬で上りながら、ｉＰｏｄを止めてイヤフォンとコードを胸ポケットにしまった。単調な虫の声は、梢を渡る風のざわめきにとってかわられた。地上の音から空の音への変化は、いつも彼を爽快な気分にさせた。だが、丘を越えれば見えてくるとわかっているものには、遠く及ばなかった。

木立を抜けると右手でカウボーイハットをかぶりなおし、老人は頂上へ馬を急がせた。いま聞こえるのは響きわたる風力5の風の音だけだが、その中には違うものも包みこまれている。別の聴覚レベルの音、高い調子でリズミカルで目的のある音。雄のマガモが川面を飛んでくる音に似ていると、ホセ・マリアが言っていた。猛烈な羽ばたきに、近づく鳥の甲高い息遣いが規則的にまじっている。

彼は丘の上から、ワイオミング州ビッグホーン山脈にぶつかるまで見渡すかぎり続くヤマヨモギの平原を眺めた。これがすべて自分のものなのだ。

灰色と金色に染まる五千エーカーの平原の端の高い丘の上に、建設中の百基の風力タービンが屹立していた。一年前には、風で削られた岩が乾いた陸のサンゴのように突き出しているほかは、なにもない場所だった。新しく作られたいくつものまっすぐな未舗装道路が、百基すべてをつないでいる。完成しているタービン――動いているのは十基しかない――は七十五メートルを超える高さがある。それぞれが自由の女神の像よりも三十メートル以上高いという事実を、彼は誇らしく思っていた。盆地の中の猫背のような丘の頂に、タービンは堂々と白く完璧な姿で整列している。動いている十基には翼《ブレード》がとりつけられている。ブレードはワイオミングの空を切り裂いて回転し、口笛のような独特の音を出す……金《かね》の音を。

老人は思った。あと九十基できる。

十基のタービンの列の後ろには、タワーだけがもう一列、さらにもう一列と続き、建設のさまざまな段階にある十基ずつの列があと七列控えている。列と列は何キロも離れているが、彼は離れた丘の上にいるので全体を見渡すことができた。何百トンものコンクリートが流しこまれるはずの、深く掘られたいちばん奥の穴の列、ボルトで固定されたタワーの基礎、そして最後にその上に作られるはずのタービンとブレード。彼はそれらを見ると、地面からまっすぐ空へのびるが成長にばらつきのある、真っ白な草の芽を思い浮かべるのだった。

完成したタービンのブレードの回転の直径は四十四メートルあり、時速百六十キロで回る。何台ものトレーラーで運ばれてきた大量のブレードは、船団が残していった白く長いクジラの骨のように、ヤマヨモギの原に積まれている。

大規模風車牧場《ウインドファーム》から遠く離れている彼の目には、ピックアップ・トラックやクレーンやブルドーザーはミニチュア同然だ。

ほぼ完成している一列目は兵士のように、彼の兵士のように風の猛威と向きあって直立している。挑むように力強く回転し、百年前に人間とその住み処《か》を払拭してしまった風を電力と富に変えている。

その壮大なスケールそのものに、老人は帽子を振って歓声を上げた。

去年、このプロジェクトのための製造業者兼総合建設業者に出会ったのは、じつに幸運だった。彼の人生にはそういう幸運がたくさんあった。絶望的状況にあったその男には夢とコネがあり、なによりもほかの製造業者がじゅうぶん生産できなかった時期にタービンを供給する手段を持っていた。その男は最適のタイミングで最適の場所にあらわれ、数日以内に破産する運命にあった。そのとき老人は男と出会い、チャンスをつかんだのだ。これまでも、周囲が迷ったりためらったり弁護士や主任会計士や議員に相談したりしているときに、彼はすばやく好機をものにしてきた。偶然の出会いとそれによってころがりこんできたチャンスのおかげで、老人はタービン一基につき三百万ドル以上の節約をすることができた。胆力を発揮し、契約をかわし、いま眼前には的中した勘の成果が広がっている。

おもしろいのは、この手にほんとうに富をもたらすのはウィンドファームではないということだ、と老人は思った。富を求めるには、彼は東のワシントンDCをうかがう。そここそが、大陸を横断して西へ津波のような大量のキャッシュを送りこんでくる、決壊したダムの中心地なのだ。

車のエンジンの音を耳にして、彼は反射的にウィンドファームのほうへ目を向けたが、遠すぎるので一台一台の音が聞こえるはずはない。

背後には移動させるべき牛もいないし、直すべきフェンスもないので、ホセ・マリアやほかのエクアドル人たちがこちらへ来るとは思えない。彼は馬上で振りかえり、上ってきた丘のふもとに目をこらしたが、なにも見えなかった。

老人は舌を鳴らして、馬に下るように命じた。ビャクシンのあいだを下りていくと、頂上で吹いていた強い風が弱まりはじめたが、やむことはなかった。決してやまないのだ。

ふたたびエンジンの音が聞こえ、彼は馬首をそちらへ向けた。

甘い匂いのたちこめる木立を出たとき、車とその運転者を認めて彼は微笑した。四輪駆動の車は昔からある轍の道を近づいてくる。エンジンのうなりと、車の下敷きになったヤマヨモギがこすれる鋭く甲高い音。タイヤが巻きあげる二本のほこりは、たちまち風に運び去られていく。

車が三十メートルほどの距離まで来たとき、老人は手を振った。運転者がブレーキをかけてライフルを手に降りてきたときにも、まだ振っていた。

「おい、よせよ」老人は言ったが、突然、はらわたのねじれるほどの明瞭さで、すべてを悟った。

一発目が、場外ホームランを狙う打者のスイングのような衝撃で、彼の胸の真ん中に命中した。ｉＰｏｄが砕け散った。

八月二十二日

どの港へ向かっているのかわからなければ、どんな風も順風ではない。

――セネカ

2

月曜日の日の出の一時間前に、ワイオミング州猟区管理官ジョー・ピケットは緑色のフォード・ピックアップ・トラックをバックさせて私道から出ると、シャイアンの通信指令部を呼びだした。

「こちらGF53、これから出る」彼は伝えた。このピックアップは乗りはじめてまだ半年もたっていないが、でこぼこの轍の道や、グリルの高さまで茂るヤマヨモギや、今年も厳しかった冬の残雪のせいで、サスペンションの新車感はとっくになくなっていた。いつものように、運転台には服、地図、道具一式、武器、電子機器が積みこまれていて身動きがとれないほどだ。後ろに空間のある大型のクルーキャブを購入して五十四人の猟区管理官に支給するのを、狩猟漁業局は拒んでいる。納税者から浪費だと非難されるのを恐れてのことだが、前席一列だけの新車はあまりないので、わざわざ特注しなければならない。運転台の中は、トラベルマグに入った淹れたてのコーヒーと、異様に腹の張った体型の牡の飼い犬チューブの匂いがする。チューブはコーギーとラブラドールの雑種で、すでに助手席で丸くなっている。彼の標準装備の武器にいちばん新しく加わったのは二〇四口径のルガー・ライフルで、傷ついたり体が不自由になったりした狩猟動物を最小限の音と衝撃で処分するときのために、運転台の上に据えつけてある。局の車両破壊にかけてはジョーは史上最悪の記録保持者なので、走行距離の上限に達するまでこのピックアップを大事に使うと誓っていたが、それまで彼の車がもったためしは入局以来一度もなかった。

「おはよう《グッドモーニング》、ジョー」通信指令係の女は陽気にあいさつした。〈モーニング・ジョー〉という朝のニュース番組があるので、通信指令係はおもしろがって飽きもせずに毎回言う。

「おはよう。けさは東の峡谷地帯の二十一区と二十二区をまわって、エダツノレイヨウ《プロングホーン》のハンターたちを調べる」

「了解」彼女は間を置き、マニュアルを調べているようだった。「それはミドルフォークとクレイジー・ウーマンのあたりね？」

「そうだ」

彼が無線を切ろうとすると、通信指令係は尋ねた。「元気？　きのう娘さんを大学へ送っていったんでしょう？　どうだった？」

「聞かないでくれ。ＧＦ53、以上」


きのうの日曜日、メアリーベスの古いミニヴァンで北からララミーへ近づきながら、私服のジョーは意気消沈していた。ガソリンも底をつきかけていた。八月も終わりだというのに北西からの前線がかかっており、軽い地吹雪が吹きつけてヴァンは二車線の高速道路の路肩へと押されていた。

「ちょっと、これ雪？」十六歳になる里子のエイプリルが、独特の言いかたで叫んだ。三番目か四番目の言葉を強調して軽蔑をこめた不信感を表明する。「八月に雪って、い、い、い、くそじゃん！」エイプリルはほっそりしているが頑丈で、その気がないかもしれないときでも挑発的に見えるとげとげしさが、外見と態度から感じられる。成長するにつれて、エイプリルは四十前で死んだ生みの母ジーニーに驚くほど似てきた。同じ薄い色の金髪、同じ間隔の狭いけわしい目。

ジョーとメアリーベスは視線をかわした。乱暴な言葉遣いをどこまで許すか話しあっていたが、まだ結論は出ていなかった。

エイプリルは続けた。「あたしが大学へ行くときは、あ、っ、た、か、い、とこ《ヽ》ろがいい。ここからうんと離れたどっか」

「よく自分が大学へ行くとか思うわね？」十四歳のルーシーが、前部座席の両親には聞こえないように低い声で言った。おそらくそのとおりだとしても、ルーシーのつぶやきはフェアではない、とジョーは思った。ふだんのルーシーはもっとそつがなくて突っかかったりしないので、ひとたび辛辣になると、ほかの娘たちより二倍も強烈だった。ルーシーは小柄だが、エイプリルのように骨ばってはいない。丸みのある完璧なプロポーション、金髪、美しい顔立ち、そして猫のような優雅さ。行きずりの人々が娘に注目する様子に、ジョーは気づいていた。気にくわなかった。

　メアリーベスは後部座席でのやりとりをすべて耳にしており、振りかえって次に来るものを制止しようとした。ジョーはバックミラーでエイプリルの反応を確かめた。彼女はいまにも爆発しそうだった。顔はひきつって真っ赤に染まり、鼻腔はふくらみ、隣にすわっているルーシーしか目に入っていなかった。

「あなたたち、やめなさい」メアリーベスは命じた。

「いまの聞いた、このうざい子が言ったこと？」エイプリルは怒りをこめてささやいた。

「聞いたわ、感心しないわね。そうでしょう、ルーシー？」メアリーベスは尋ねた。

　一拍おいて、ルーシーは答えた。「うん」

「だったらさっさとあやまってよ」エイプリルは口をとがらせた。「ばかなこと言うと、あたしはいつだってあやまらせられるんだから」

「ごめんなさい」ルーシーはつぶやいた。

「今日はみんないらいらしているのよね」メアリーベスは前に向きなおった。

ジョーはバックミラーでこんどはルーシーを見た。彼女は口だけ動かして「でもほんとだもの」と言っていた。

すると、エイプリルがルーシーに飛びかかり、指を使ってナイフでのどをかき切るまねをした。ルーシーは受け流したが、ジョーはその仕草に戦慄した。

「今日はけんか《ファイアワーク》なしで終わりたいものだわ」後部座席の出来事に気づかなかったメアリーベスが言った。「涙《ウォーターワーク》はしかたがないけどね」

ハンドバッグの中で携帯電話が鳴り、メアリーベスはとりだして表示を眺めると、またしまった。「母よ。間の悪いときに電話してくるこつを心得ているのね」

「ガソリンを入れないとだめだな」ジョーは言った。「ほぼガス欠だ」

すぐ先にガソリンスタンドがあると告げる緑色の看板には、こう書かれていた。

ロック・リバー
人口二三五人

海抜二一〇二メートル

今日は、十九歳の娘シェリダンが大学へ入る日だった。ララミーのワイオミング大学は、町から車で南へ四十五分の、高原の丘の上にある。新しく買った十五年落ちのフォード・レンジャー・ピックアップで、シェリダンは家族の車について高速道路の出口ランプへと向かった。荷台は彼女の持ちものを詰めた段ボール箱でいっぱいだった。四時間前にサドルストリングを出発するときジョーは荷物の上にタープをかけて縛ったが、強い風のせいで長い裂け目ができていた。さいわい、ロープが裂け目の上を押さえていたが、道中ずっと彼は気がかりだった。

メアリーベスはタープが裂けているのに気づいていないのか、気づいていてもどうでもいいのか、窓の外を眺めてティッシュで何度も涙をぬぐっていた。彼女の足もとに落ちて山になっているティッシュは、鳥の巣のようだった。

この風と寒さに、ジョーは冬用のコートを持ってくればよかったと思った。ここはつねに風の強い場所なのだ。上の葉がまばらな木々は節くれだってねじ曲がり、高地が生んだゴシック建築のガーゴイルのようだ。道路の両側には三メートル以上ある長い防雪柵が作られている。北からの風が吹きすさび、ジョーがガソリンを入れているあいだ、メアリーベスのヴァンもシェリダンのピックアップも揺れていた。

ジョーはシェリダンのピックアップの荷台にかけたロープを強く締めなおし、段ボール箱が開いていないか確認した。彼女の衣類が吹き飛んで荒野へと舞いあがり、ヤマヨモギの枝に引っかかるさまが目に浮かんだ。

ジョー・ピケットは四十代半ばで、中肉中背の引き締まった体つきだ。どんな単純なことでもつねにその価値を測るように、茶色の目を細めている。古い〈シンチ〉のジーンズ、はき古した〈アリアト〉のカウボーイブーツ、ヨークの入ったスナップボタンの長袖シャツ、〈ジョー〉と彫られたベルト。ヴァンの座席の下には、ホルスターにおさめた官給の四〇口径グロック23、クマよけスプレー、手錠、違反切符帳がある。家族と自分の武器を一緒に乗せるのはそぐわないと、考えていた時期もあった。だが、年月がたつうちに何人も敵をつくり、自分にはまずいタイミングでまずい場所にいる天賦の才能があるという事実を、歓迎しないまでも受けとめるようになった。疑惑を否定せず、背後を警戒するのをうしろめたく思わないことを彼は学んだ。たとえ、ララミーのワイオミング大学の新入生入学日であっても。

父親が車にガソリンを入れて荷物を固定しなおしてくれるのを見ていたシェリダンは、運転台の中からありがとうと小さく手を振った。ジョーは笑みを返そうとした。シェリダンは、メアリーベスやルーシーと同じく金髪で緑の目だ。年齢以上に大人なのだが、ジョーにとっていまは幼い少女のように無防備でか弱く思えた。〈サドルストリング・レディ・ラングラーズ〉のグレーのパーカを着て、髪を後ろで結んでいる。運転席にいるシェリダンを見て、ジョーは七歳のころの娘を思い出した。倒れずに三メートル以上自転車を漕ごうと、ひざをすりむきながらも並はずれた決意で何度も何度も練習していた。いまこのときまで、目が合ったこの瞬間まで、シェリダンが家を離れていくことを彼はほんとうにはわかっていなかった。

なんといっても、シェリダンは彼の相棒なのだ。鷹匠の弟子であり、けんめいにがんばるアスリートであり、最初の子どもであり、妹たちにとっては姉さんだ。ジョーがピックアップや雪上車を修理するとき、ガレージに入ってきて道具を渡してくれるのは彼女だった。本気で一緒にパトロールに行きたがり、たとえ無駄に終わっても、勇敢に新しい音楽やソーシャルメディアを彼に教えようとするのは彼女だった。遠くへ去ってしまうのではない、とジョーは思いたかった。夏休みやクリスマスには帰ってくるのだ。

ジョーはヴァンに乗りこみ、激しい風に抗《あらが》ってドアを閉めようとした。やっと閉めると、車内には張りつめた沈黙が漂っていた。メアリーベスが彼の腕をとって聞いた。「大丈夫？」

彼はシャツの袖で涙をぬぐった。「風のせいだ」

四時間後、シェリダンをララミーの寄宿舎の一室に送りとどけ、ルームメイトにあいさつし、ウォシェイキー・センターで最後の食事を共にして、さらに涙を流し、メアリーベスの母親からまたかかってきた二度の電話を無視してから、ジョーたちはサドルストリングへの帰途についた。ヴァンの中で、だれも口をきかなかった。それぞれが自分の考えにふけり、葬式帰りのようだとジョーは思った。いや、そこまでひどくはないか……

ハンドバッグの中でまた携帯が鳴って、メアリーベスはとりだした。彼女の表情から、相手がシェリダンであることを期待すると同時に恐れているのが、ジョーにはわかった。

メアリーベスはほうっとため息をついた。「またお母さんよ。出たほうがいいわね」

一瞬後、メアリーベスは電話に向かって尋ねた。「どういう意味、彼がいなくなったって？」

メアリーベスの母親のミッシーは、新しい夫とともにサドルストリング近くの牧場にいた。夫は大富豪の開発業者で、メディア界の大立て者でもあるアール・オールデンだ。ただの百万長者だったときにはレキシントン在住だったため、レキシントン伯爵《アール》と呼ばれている。結婚して牧場を合併させたために、メアリーベスの母親――ミッシー・ヴァンキューレン・ロングブレイク・オールデン――と伯爵は、ワイオミング州北部最大の地主になった。ミッシーは、三世代にわたる地主だったバド・ロングブレイクとの離婚によって広大な土地をわがものにした。離婚手続きに入ってから、バドは自分がサインさせられた結婚前の取り決めになんと書かれていたか、初めて知ったのだ。

伯爵はミッシーの五人目の夫にあたる。最初の夫（メアリーベスの父親の不動産業者）が若くして交通事故で死んで以来、彼女は再婚するたびにステップアップをくりかえしてきた。五ヵ月間喪に服したあと、ミッシーは相手の医師の離婚が成立したその日に再婚した。それからアリゾナ州の開発業者で下院議員の男に乗り換えたが、議員は不正で告発され、そのあと射止めたのがバド・ロングブレイクだった。アール・オールデンをつかまえたのはミッシーにとって最大の勝利で、六度目の結婚はもうないとジョーは考えていた。ミッシーは六十代半ばなのだ。いまだに目を瞠《みは》るほどの美人ではあるが――適切な調光と入念な準備が条件――伯爵と出会ったとき彼女の持ち時間は尽きようとしていた。ミッシーにとって幸いなことに、女としての魅力がまさに消え去る直前の最後の必死の攻勢は、みごと成功したのだった。ミッシーいわく、彼女とジョーの関係は複雑だった。ジョーは義母が我慢できず、彼女のほうはこの期に及んで声高に、自慢の娘——勇気と将来性を兼ねそなえた子ども——が猟区管理官風情と懲りずにくっついていることを嘆いていた。

メアリーベスは母親に言った。「ジョーにどう思うか聞いて、折り返しかけるわ、いい？」そのあと間を置いて、いらだちをあらわにして答えた。「もちろん、心配しているわよ。じゃあね」

ジョーは鼻を鳴らしたが、目は前方の道路に向けたままだった。

「アールがけさ馬で出かけたまま、帰ってこないそうよ。ランチには戻る予定だったって。なにか——事故でも——あったんじゃないかって、母は心配しているの」

彼は腕時計を一瞥した。「ということは、三時間の遅刻か」

「そうね」

「きみに何度も電話してくる以外に、ミッシーはなにかしたのか？」

メアリーベスはため息をついた。「ホセ・マリアにトラックを出して探すように頼んだって」

ジョーはうなずいた。

「アールは自信があるらしいんだけど、母に言わせると乗馬は得意じゃないらしいの。馬が逃げだしたか、どこかで彼を振り落としたんじゃないかって言っているわ」

「きみも知っているとおり、乗馬ではままあることだ」

「母はほんとうにうろたえはじめているのよ。彼は電話を持っていったのにかけてこないし、かけても出ないんですって。母の声からすると、パニックになりかけているみたい」

ジョーは言った。「もしかしたら、彼はミッシーとおさらばして自由へと馬を進めているのかもしれない。気持ちはわかるな」

「あまりおもしろくない冗談ね」


小さな家は二階建てで、寝室は三つ。別棟になったガレージと、裏庭に納屋がある。家の前に車をつけたときジョーはほっとしたが、今日一日のドラマはこれで終わったと思っていたら、間違いだった。ジョーが呼ぶところの〝感情の家〟は、帰宅したあともずっと沸騰しているようなありさまだった。まず、シェリダンが使っていた寝室へエイプリルが引っ越した――敵対する軍隊が戦場を分かちあうのと同じように、エイプリルはルーシーと同室だったのだ。ほっとした気持ちを隠しながらも有頂天のルーシーは引っ越しを手伝ったが、エイプリルのほぼからになったドレッサーの引き出しの隅から一袋のマリファナが出てきた瞬間、メアリーベスが入ってきた。メアリーベスはこの発見に愕然として、怒りをあらわにした。見つかってしまったことでエイプリルは守勢に立たされ、かえってむきになった。ルーシーはなんとかその場から逃げだして狭い家のどこかに消え、巻き添えになるのを避けた。

マリファナがあったことにジョーは落胆したが、驚きはしなかった。二年前、エイプリルが死者からよみがえったことは家族全員を嵐のように揺さぶったが、そのあとの状況はとても物語のようにはいかなかった。エイプリルは里親から里親へとたらい回しにされ、そのあいだに見てきたことややってきたことは、いま週に二度受けているセラピーで少しずつあきらかになっていた。そのときどきの里親の育児放棄と不適切な性的関心の両方によって、エイプリルは心に傷を負っていたが、ジョーもメアリーベスも彼女が立ちなおると信じていた。メアリーベスは、この少女を救うことを人生の目標にしていた。しかし、エイプリルの不機嫌と怒りは、シェリダンとルーシーにとってはつらかった。姉妹はもっと順調な――そして感謝の感じられる――仲直りを期待していたのだ。

マリファナ発見のあとは、どなり声や泣き声やなじりあいが夜遅くまで続いた。エイプリルを二ヵ月か三ヵ月外出禁止にするかどうか言い争っていたのだが、二ヵ月半に決まった。ジョーはメアリーベスを支えようとベストをつくしたものの、いつものように力が及ばなかったのを感じた。

そして、メアリーベスとエイプリルがそれぞれの寝室へ引きとった直後の午前二時半、電話が鳴った。

ジョーは瞬間的に思った。シェリダンだ。家が恋しくなったんだ。

ところがまたもやミッシーで、動転していた。夫に対して全部署緊急手配をかけるようにジョーに頼んでくれと、メアリーベスを急かした。すぐさま知事の側近に連絡してほしいとも訴えた——どうやら、スペンサー・ルーロン知事はミッシーから電話で三度、州軍を動員してオールデン伯爵を探すように頼まれたあとで、受話器をはずしたらしい。

婿の職業がなんなのかをミッシーがようやく理解したらしいので、ジョーは少し感心した。彼は電話に出て、ミッシーがすでに郡保安官のカイル・マクラナハンとサドルストリングの警察署長に夫の失踪を通報し、シャイアンのＦＢＩ支局とワイオミング州選出の上院議員二人と下院議員一人に伝言を残したことを確認した。夜中だというのに、牧童全員を捜索に行かせてもいた。

朝になったら動くとミッシーに約束しながら、ジョーは思っていた。伯爵はおそらく空港のフェンスに馬をつないで、レキシントンかアスペンかニューヨークかシャモニーの別宅へ逃亡したにちがいない。

3

月曜日の朝、出かけるのは心地よく感じられた。前線が通り過ぎたけさは気温が上がって蒸し暑く、ビッグホーン・ロードの砂利道を車で走りだすと、ヤマヨモギの甘い香りがした。ジョーはコーヒーを一口飲み、仕事に行けるのをありがたく思った。ビッグホーン・ロードは山へ入る主要道路で、彼の家の前を通っている。ビッグホーン山脈は猫背の巨人のようにのっそりと聳えて、地平線を占領している。家のフロントポーチと大きなはめ殺しの窓から見えるのは、ハコヤナギの密生した渓谷へと下っていく広々とした風景だ。渓谷では六つの支流が合流してトゥエルヴ・スリープ川となり、勢いと水量を増しながら、奔流は十三キロほど先のサドルストリングの町を抜けていく。合流地点の向こうの南側で地形は急にけわしくなり、ウルフ山と呼ばれる急峻な山をいくつかの峰が囲んでいる。ウルフ山の花崗岩の山腹に映える朝日と夕日を、ジョーはいつ見ても飽きることがなかった。飽きることなど決してないだろう。だが、今日は日の出までまだ時間がある。

多事多難の夏だったが、秋になってもそれは続いていた。

メアリーベスのビジネスコンサルタント会社〈ＭＢＰ〉は消滅したも同然だった。だいぶ前から地元の企業が買収を進めていたのだが、ついにワイオミング州にも不景気が襲ってきて、〈ＭＢＰ〉の大手顧客四社のうち三社が営業をやめてしまった。数ヵ月のうちに、〈ＭＢＰ〉の資産価値は買収交渉が始まったときとは比べものにならなくなり、双方が取引を白紙にすることで合意した。メアリーベスはまだ地元の小さな会社をいくつか個人で抱えてはいるが、長引いた交渉は、すっかり彼女のエネルギーを奪ってしまった。最近はトゥエルヴ・スリープ郡図書館のパートタイムの仕事を再開し、そのかたわら新しいビジネスチャンスを探している。ジョーの知るかぎり、メアリーベスはもっともタフで実際的な女だから、これは想定外の異例な失敗だった。だが、彼女は――自分たちは――かならず復活すると彼は信じていた。

〈ＭＢＰ〉からの収入がほぼなくなったために、夫婦は町の外に新しい家を買う計画をあきらめた。すぐそばに隣人――とくに芝と修繕の鬼である隣のエド・ネドニー――がいない生活を渇望していたジョーは、このなりゆきにがっかりした。

だが七月に、異動になっていた同僚のフィル・カイナーが健康上の理由で引退し、サドルストリングから十三キロ離れたビッグホーン・ロードの官舎へジョーたちが戻ってもいいという許可が狩猟漁業局から下りた。カイナーの退職によってジョーのバッジの番号は54から53に上がった。いっとき解雇される前には24までいっていた。その番号に戻れる日は来るのだろうか。町中にあった前の家は売りに出されており、買い手がつくまで家計はきついだろう。子どもたちが育ったウルフ山の近くの家に戻れたのは、ジョーには大きな喜びだった。とはいえ、さまざまなことを乗りこえてきたにもかかわらず、結局十年前のふりだしに戻ったという事実は否定できない。もといた〝感情の家〟に。しかも、シェリダンはいない。

「悩むことはないわ」メアリーベスは言っていた。「後退は新たな常識《ニューノーマル》よ」

目覚めつつあるサドルストリングの町を抜け、点滅する琥珀色から通常に変わった一本だけの信号を通過し、ジョーは州間高速道路までの八キロを走った。西へ向かう二車線道路に乗るとき、風力タービンに使う二十一・五メートルの長く細いブレードを積んだトレーラートラックの列が過ぎるのを待った。車列は南と東にある工場から来ており、もはや高速道路でもめずらしい光景ではなくなった。タービンやウィンドファームで使われる大量の部品が、ワイオミング州各地や西の山々にある建設現場へと運ばれていく。最初に見たのは二年前だった、とジョーは思い出した。とんでもなく巨大なおもちゃの大きな部品を思わせる装置の大きさと優雅さを眺めたくて、彼はしばらくついていったものだ。だがいまや、どこにでも真っ白なタービンの列が立ち、車列が通るのは日常茶飯事となった。

突然出現したウィンドファームは、ジョーの日々の任務にもまた新たな側面を生みだした。彼はため息をついて、二十一区と二十二区へ向かう高速道路に乗った。

やがて高速を下りると、そこはボブ・リーとドード・リーの夫婦が所有する牧場だった。公有地と私有地がチェッカー盤のように入り組んだ土地で、プロングホーンの大群が生息している。

ヤマヨモギの生える広大なリー牧場を眼下におさめられる、表面が平らなベンチの横まで車で上った。はるかかなたまで見渡せる頂上に着いたとき、東の地平線で朝日の上端がまばたきした。強烈なオレンジ色の光がベンチを照らしだす。その完璧な角度と輝きによって、いまだに丘の上に残っているアメリカ先住民が使った何百もの小さな矢じりと道具の先端が地面に浮かびあがった。これまでに見つけた、一般道からはずれたたくさんの場所の例に洩れず、ある目的のためにこのドラマティックな地形を利用するのは自分が初めてではないという事実に、ジョーは感動した。何百年も前に、シャイアン族やポーニー族の一団が、このベンチで武器や道具を作ったり、味方や敵の姿を求めて見張ったりする光景が、目に浮かんだ。

だが、朝日が昇るにつれて、南側に並び立つ風力タービンの列も照らしだされた。ひょろ長く白い歯ブラシのようだ。ゆっくりと回るブレードに陽光が跳ねてきらめいている。その手前がリー牧場の境界であり、向こうにはアール・オールデンと、もちろんミッシーのものである土地がどこまでも広がっているのだ。

ジョーは運転席側の窓を下ろし、スポッティングスコープをドアのフレームにセットした。夜明けが朝へと溶けていくにつれて、眼下の景色が手にとるように見えてきた。何百頭もの茶と白のプロングホーンがひざ丈のヤマヨモギの中で草を食んでいる。ミュールジカが風の強い草原から陰になった涸れ谷へと下っていく。その上を、ワシやタカが朝の上昇気流に乗って舞いあがり、ジョーの目の高さで大きく輪を描いている。

薄いほこりの雲とともに轍の道をのろのろと走っている一台の青のピックアップに、ジョーは焦点を定めた。車の窓にちらりとオレンジ色のものが見え、運転席と助手席に乗っているのはハンターだとジョーは思った。彼が丘の上から観察しているのを、相手は知るまい。

青のピックアップのエンジン音は遠すぎて聞こえないが、眼下を左から右へ走っていく車を追って、彼はゆっくりとスポッティングスコープを動かした。南へ向かっている。地形のせいで、丘の向こうの東側に大きな群れがいることに、彼らはまったく気づいていない。走っているあいだにちらりとでも群れを目にするかもしれないとジョーは思ったが、ピックアップはゆっくりと進みつづける。あきらかに、フロントガラスからしか獲物を探していない。

「ロード・ハンターか」ジョーはつぶやいた。車から発砲すれば規則違反で、違反切符を切ることになる。彼らが倫理的で法律を守るハンターであり、もし群れを見たら、車から降りて徒歩でプロングホーンを探しにいくようにと彼は祈った。

引き続きピックアップの動きを追った。ナンバープレート――ワイオミング州――がちらりと見えたが、遠すぎて数字は判別できなかった。そこで、ピックアップが視野のすべてをふさぐまで焦点を絞った。この距離では見えかたが不安定だが、助手席の人物が窓を下げて腕を突きだし、前方のなにかを指さすのが確認できた。

ジョーはスポッティングスコープから目を離し、裸眼で盆地全体を眺めた。ハンターたちが走っている轍の道は、遠くで細い黄褐色の糸と化している。そしてその道が丘を越えて消えているあたりに、大きな動物の黒っぽい姿がある。プロングホーンにしては大きすぎるし、ミュールジカにしては黒すぎる。とまどって、彼はスポッティングスコープを右側遠くに向けた。

それは乗り手のいない馬だった。大きくしなやかな馬体で手入れはよく、腹の下に鞍が逆さになってぶらさがっている。鞍が逆さになっているときにはたいてい馬が長距離を疾走してきたことを、ジョーは経験上知っていた。激しい動きで腹帯がゆるみ、上部が重い鞍の造りのせいですべり落ちてしまうのだ。馬は轍のあいだの草を食んでいたが、ときどき首を上げて確かめている様子から、ピックアップが道を進んでくるのに気づいているようだ。

もうだいぶ馬に近づいているのではないかと、ジョーはピックアップへ目を戻した。ところが、ピックアップは停車しており、乗っていた者たち――〈カーハート〉のジャケットを着て蛍光オレンジの帽子をかぶった年配の男二人――は車から降り、手振りをまじえて話している。助手席にいた男はまたなにかを指さしているが、馬ではなく、もっと上にあるものだ。はるか上にあるもの。

「なんだ？」ジョーは自問して、スポッティングスコープの視野を広げるとまた右に向けた。

馬がいるあたりの地平線を見たが、おかしなものはなにもない。怠け者のロード・ハンター二人があわてて車から降りてくるようなものは、なにも。それから、丘の向こうに直線となって並ぶ遠くの風力タービンの列を見た。それらはいま朝日をさんさんと浴びて、雲一つない晴れわたった青空を背景に、くっきりと浮かびあがっていた。

ブレードはみなゆっくりと回転しているが、じつはブレードの先端のスピードはまったくゆっくりではないと、ジョーはすでに知っていた。少なくとも十基のうち九基は、速い速度で回っている。そうではない一基に、彼は注意を向けた。風力タービンはそれなりに見てきたので、すべてが同じ速度で動かない場合もあるとわかっていた。そして、ときにはタービンが傷ついたり壊れたりして、ほかと比べてブレードの回転が乱れることも。しかし、このタービンは間違いなくおかしい。なぜなら、同じ列のほかのタービンの半分の速度でしか回っていないからだ。

ブレードを連結する中心部《ハブ》があって発電機や増速機を収納しているナセルの部分が見えるまで、彼はタワーの上部へとスコープの角度を上げていった。そして、なにが問題なのかわかった瞬間、「なんてことだ」とつぶやいた。

三本のブレードのうちの一本の軸に巻かれた鎖あるいはケーブルから、なにかがぶらさがっている。ハブの近くだ。ブレードの幅が広くなっている部分にしっかりと巻かれているので、中心へすべり落ちないのだ。重みがかかっていても、ローターはちゃんと回転しており、そのものはブレードとブレードのあいだを飛ぶように動いている。換気扇に張られたクモの巣に捕らわれたクモのように、ハブのまわりを旋回している。

距離は遠く、スコープを調節する指が震えて光景はぶれていたが、視界をすばやく横切るそのものを彼は捉えた。恰幅がよくがっちりとした体型、両側に広げた腕、V字に開いた脚——間違いなく人体に見える。

本物か？　たちの悪い冗談で、労働者がマネキンを吊りさげたのかもしれない。だれかがあそこまで登っていくことなどありえるだろうか？　ましてや、ブレードの軸にとりつけられた鎖に巻きこまれるなど？　どのくらいのあいだ、あそこにあるのだろう？

そのとき、場所と乗り手のいない馬と風力タービンの位置、そしてミッシーからの半狂乱の昼夜の電話が、頭の中で結びついた。

「まさかそんな」ジョーは叫び、ダッシュボードからマイクをとるとシャイアンの通信指令係を呼んだ。メアリーベスにはまだ電話しないでおこう。空中を回っているのがレキシントン伯爵の遺体だと、はっきりするまでは。

4

ブレードに吊るされた遺体が回転している風力タービンへ行く途中で、ジョーの車はハンターたちを追いこし、彼らは手を振りあった——町で見かけたことのある男たちで、獲物をちゃんと処理するモラルのあるハンターたちだった。リー牧場の境界フェンスへと、ジョーの車は轍の道を揺れながら走った。進むにつれて、タワーの列は空へ向かって高くなっていく。チューブが目を覚まして伸びをすると、フロントガラスの先を見つめて、ジョーの目的がなんであれめざす方向を確かめ、鳥はいないかと空を仰いだ。この牡犬に流れる猟犬ラブラドールの血のせいだ。突然唾液を出すのもそのせいで、唾液はダッシュボードの上の換気口の近くに垂れた。

ジョーはすでにシャイアンの通信指令係に一報を入れており、狩猟漁業局は州法執行機関の相互協力チャンネルを通じて、トゥエルヴ・スリープ郡保安官事務所など各方面に情報を伝えていた。運転中に関係者のやりとりが聞こえ、カイル・マクラナハン保安官がなにを考えているのかは想像するしかなかった。地元の法執行機関のネットワークを越えて、このニュースはどれほど速く、どれほど遠くまで広まっていくだろう。サドルストリングの多くの住民が警察無線を傍受しているから、噂は野火のようにトゥエルヴ・スリープ郡全体に伝わるはずだ。状況がはっきりするまで、メアリーベスが——それをいうならミッシーも——野次馬からの電話に悩まされないといいが。

リーとオールデンの牧場の境にあるゲートでブレーキを踏み、ジョーは目の前にあるものに当惑した。伯爵は、古いチェーンと鍵のシステムを高さ三メートルの電子ゲートに替えていた。この二、三年、地元ではこれが問題の一つとなっていた。何世代にもわたって道路を使ってきた人々を伯爵は締めだし、自分の土地に入ることも通過することもできなくしてしまったのだ。もちろんオールデンに私有地を守る権利があるのはジョーにもわかっていたが、こんなことをする意味があるのだろうか。自分の富と権力を、それらを持たない人々の鼻先でひけらかしているようなものだ。そして、いまジョーの目の前にあるゲートは、アールがかもしている物議の象徴だった。

アール・オールデンの牧場の本部に電話して解錠の暗証番号を聞けばミッシーが騒ぎだすだろうから、ジョーは四本の有刺鉄線のフェンスに続いているゲートの右側に車を止め、エンジンをかけたままにして降りた。ピックアップの荷台に上り、金属の道具箱の中を探してボルトカッターを出した。フェンスへ歩いていくとき、無線からざわざわと複数の声が聞こえてきた。通信指令係から別の通信指令係へ連絡が飛び、保安官助手、ハイウェイパトロール、地元警察官などがみな会話に加わっている。それを無視して、彼はフェンスの上から下までの有刺鉄線を切断していった。現場に一番乗りしたかった。

ゲートそのものと同じく、フェンスも完璧で新しく、ぴんと張られていた。ジョーのボルトカッターは光る金属製ワイヤを小気味よく切っていった。有刺鉄線は一本ずつ丸まっていき、ジョーの車が通れるだけの隙間ができた。フェンスを突破したときの快感は、驚くほどだった。


ウィンドファームの配置はよく知っていたが、この方向から近づくのは初めてだ。でこぼこの轍の道が、なめらかでゆるやかな傾斜の砂利道に変わり、それも開発によるものだった。ジョーは車を四輪駆動から二輪駆動にして速度を上げ、いちばんゆっくり回転しているタービンに向かって急いだ。

ワイオミングと西部諸州における急速なウィンドファームの建設によって、野生動物保護や環境の分野では新たな問題が生じていた。風力タービンはかなりの設置面積を必要とし、少なくとも一基あたり五十エーカー、あるいは回転の直径の三倍は間隔が離れていなければならない。百基というオールデンの壮大な建設計画は彼の土地のうち五千エーカーを占めており、各タービンをつなぐ道路も整備されている。しかしながら、地平線を越えて下流の変電所へ電気を届ける送電線はまだ一本も通っていない。

　風力発電会社は当然よく風の吹く開けた土地を選ぶため、未開発で制約のない場所、正気の人間なら家を建てたいとは思わない場所に基地を作ることが多い。風力発電産業にとって不幸なことに、こういった土地の多くでは、大型狩猟動物の冬期生息地や移動ルートに与える影響が懸念される。キジオライチョウ――中西部に生息する、ニワトリほどの大きさのめずらしい猟鳥――の数に及ぼす影響が、さしせまった問題だった。北米に生息するキジオライチョウの半数はワイオミング州におり、猟鳥の数は減少の一途をたどっているので、生息地への風力タービンの導入は、環境保護団体、ハンター、狩猟漁業局、また合衆国魚類野生生物局の関心事となっていた。

　風力発電事業地域でのキジオライチョウの生態モニタリングに協力して、その結果をシャイアンの本部に報告するようにとの新たな指示を、ジョーも受けていた。日頃あまり近づかないウィンドファームへ何度か出かけた折、関連性は断言できなかったものの、多くの鳥の死骸（キジオライチョウではなかった）、それよりも多いコウモリの死骸がタワーの下に積み重なっているのを見つけた。どうやら、ブレードの回転による気圧の変化でコウモリは本能のレーダーを狂わされ（理論上では）、方向がわからなくなって鋼鉄の塔にまっしぐらに突っこんで、死んでしまったらしい。

風力タービンの一列目に近づいたとき、別の車が高速でこちらへ向かってくるのが目に入った。保安官助手の第一陣かと思ったが、近くまで来ると、ドアについた〈風に縄をかけろ《ロープ・ザ・ウインド》〉のロゴで、伯爵の会社のピックアップの一台だとわかった。〈ロープ・ザ・ウインド〉はアール・オールデンのいちばん新しい事業だ。子どもたちと一緒に牧場での夕食に招かれたとき、ジョーとメアリーベスは熱烈な賛同を期待するオールデンから、ロゴのデザイン画を見せられた。風力発電ブームを予測して、少し前にこの会社と社名を買ってあったのだ、とオールデンは自慢していた。ロゴには三メガワットのタービンのナセルにまたがる大きなカウボーイの絵が描かれていた。カウボーイハットは向かい風であおられ、カウボーイは投げ縄で風をつかまえようとしていた。

「開拓時代のフロンティアのカウボーイの歴史的な姿と、二十一世紀の再生可能エネルギーの新たなフロンティアを結びつけたんだよ」伯爵はお得意の大言壮語を吐いた。「わたしはこいつが大いに気に入っている。ポートランドのいまいちばんのっているグラフィックデザイナーたちに大枚をはたいたんだ。みごとな出来上がりだ。どうだ、ご感想は?」

そのときジョーはいいですねと答えたが、あきらかに熱意が足りなかったらしい。伯爵はむっとした様子でデザイン画をしまい、のしのしと離れていった。彼は心から自分に賛同する人間を高く買っており、そうでない人間はまったく相手にしなかった。ジョーは相手にされなかった。

会社のピックアップはジョーと同時にタワーの下に着いた。ドライバーが降りてきて、両手を腰にあててジョーと向かいあった。二十代半ばの筋骨たくましい従業員で、頬からあごにかけて赤いひげをはやし、〈ロープ・ザ・ウィンド〉のロゴが胸についた真新しい上着を着ていた。「あなたにもあれが見えますよね？」彼はジョーに尋ねた。

「ジョークだといいんだが」よだれを垂らしているチューブが出たがったので、ジョーはやさしく車のドアを閉めた。

「くそ、ジョークであってくれ」従業員は後ろに下がってあおむくようにして見上げた。「なんなんだかさっぱりわからないし、どうやってあんな上まで行ったのかもわからない」

「どうやら死体のようだ」

「ああ」従業員はタワーのドアの掛け金をいじり、鍵がかかっているのを確かめた。「だけど、おかしいにもほどがある。タワーの中に入ってはしごに近づくには、鍵がいるんです。外からあそこまで上がる方法はないし、唯一ほかに考えられるとしたら、空中を飛んできてブレードにぶつかったってとこかな。そんなの、ありえないでしょう」

「ありえないね」

「とにかく」彼は鍵を出そうと上着に手を入れた。「行ってみよう」

従業員が自分の車からヘルメットやほかの装備を下ろしているあいだに、ジョーは運転台の携帯型無線機をつかんだ。スイッチを入れるとたちまち複数の声が聞こえ、そのうちの一つは直接彼に呼びかけていた。

「ジョー・ピケット、こちらはマクラナハン保安官だ。聞こえるか？」

ジョーは無視しようかと思ったが考えなおした。二人は長年にわたって衝突をくりかえしてきたが、これは間違いなく保安官の管轄だ。

「聞こえる」ジョーは答えた。

「現場にいるのか？」

「そうだ。おれが通報した」

「そうか、よし、そこでじっとしてろ。そっちへ向かってる。なにがあろうとも、タワーに上って犯行現場を荒らしたりするんじゃないぞ」

ジョーはその命令にいらだちを感じた。「なぜ犯行現場だと知っているんだ？」

沈黙が流れた。やがて、はるかかなたからだれかが――おそらくやりとりを傍受していたハイウェイパトロールだろう――言った。「いい指摘だ」

「おれのいまの指示は聞こえたよなあ？」十年前にヴァージニア州からワイオミング州へ来たあとに習得した、ゆったりしたうわべだけの西部訛りで、マクラナハンは言った。「なにがあろうとも……」

ジョーは無線を切ると、ベルトのホルダーにつけた。マクラナハンはジョーの知らないことを知っているらしい。そして、その情報を教えたくないのだ。いかにもあの保安官らしい。ジョーは目を上げて従業員を見た。「そちらがよければこちらはいつでも」

「それじゃ、行きますか。こいつの仕組みをお見せしますよ」

「上るのはしょっちゅう？」ジョーはタワーのほうを手振りで示して尋ねた。

「大人になってから、人生の半分はタービンの上で過ごしてきましたからね」

従業員はジョーにナイロン製のハーネスを渡した。ジョーは腕を通して、脚のあいだから二本のベルトを引っ張りあげ、胸のバックルにしっかりと留めた。従業員はジョーのハーネスの金属製ループにフックをはめ、ワイヤロープ付きの落下防止装置をつないだ。そして、どうやって落下防止装置をタワー内のぴんと張ったケーブルにとりつけるかをジョーに説明した。ケーブルはタワーの最上部からはしごと平行に地面まで張られている。もしジョーがバランスを崩したりはしごから足を踏みはずしたりしても、この装置がしっかり確保して落下をくいとめてくれるはずだ。

「てっぺんまでは七十五メートルある」従業員は教えた。「相当な登りです。それに、中の手がかりは若干すべりやすいんだ、わかるでしょ」

ジョーはうなずき、従業員についてタワー基部の昇降口ドアをくぐった。中に入るとたちまち暗くなり、壁にとりつけられた配電盤の緑色と琥珀色の光があるだけだった。ジョーの目が慣れるまでに、少し間があった。視線を上げると、細いはしごと安全ケーブルが上方の闇の中へ消えているのが見えた。

「上でなにを見つけることになるか、あなたはわかっているんじゃないですか」タワーの中では音が反響するので、従業員は小声で言った。

「考えはあるが」ジョーは答えた。「間違いだといいと思っている」

「外でうちの車以外に止まっている車は見なかった。こいつがどうやってゲートを通ったのかもわからない。けさ出勤したときには、全員居場所がはっきりしていたから、うちの人間じゃありませんよ」

「さっき馬を一頭見た」ジョーは言った。

暗闇でも、相手が目をむくのが感じられた。「馬？」

「ああ」

「おれはボブ・ニューマン」従業員は名乗った。

「ジョー・ピケットだ」

「あなたのことは聞いていますよ」ニューマンはそれ以上言わなかった。「そうだ――高いところは大丈夫？」

「たぶん」タワーの中に入って以来、ジョーは本能的な恐怖を感じていた。なぜなら、高いところは大丈夫ではないからだ。人生の最悪の瞬間の何度かは、ぎゅっと目をつぶって小型機の座席のハンドレストを握りしめていた。

「下を見ても上を見てもだめですよ」ニューマンは忠告した。「まっすぐ前を見て、一度に一段ずつ登って。たとえ高所が怖くなくても、下を見たらいい気持ちはしませんから、ぜったいに」

ジョーはうなずいた。

「もし途中でパニックを起こして動けなくなっても、楽な下りかたはないですからね」

「わかった」

「どうやってあんな場所に上がったんだろうな」ニューマンはつぶやくと、落下防止装置を安全ケーブルに留めてロックし、はしごに足をかけて登りはじめた。

「おれが二、三分先行して間隔を空けますから、そのあとついてきて」彼は肩ごしに言った。「くっつきすぎていると、はしごの揺れがひどくなるんで」そして登りながら、下に向かってジョーに指示を与えた。どうやってケーブルに沿って落下防止装置をスライドさせるかを説明し、ひと息つきたいときには、金属格子板の一時休憩スペースが十五メートルおきにはしごに設置されているからと、安心させた。高くなるにつれてニューマンの声は遠ざかり、やがてほとんど聞こえなくなった。ジョーがはしごの一段目に手をかけると、ニューマンの動きが振動となって伝わってきた。深呼吸して、落下防止装置をケーブルに留め、一段目を登った。そして二段目を。命綱に沿って引きあげられていくと、落下防止装置がきしんだ。足をすべらせてもほんとうに確保してくれるのかどうか、ジョーは手をのばしてぐいと揺さぶってみた。ちゃんと作動した。ずっと目をつぶったまま登ることにしようか、そのほうがましかもしれないと思った。だが、無駄だった。

上へ行くにつれて暑くなってきた。じっさいタワー内の温度が上がっているのか、はしごを登る運動のせいなのか、わからなかった。一段また一段と体を引きあげるせいで前腕は痛み、疲労と恐怖があいまって起きたらしい腿の震えを、彼はなんとか抑えようとした。はるか上で稼働しているタービンによって、あらゆる表面には薄いグリースの膜ができており、そのせいではしごはすべりやすかった。機械油の鼻をつく臭いがタワー内にたちこめている。転落する可能性や、地面からこの高さまで登ってきた事実から気持ちをそらそうと、ジョーはほかのことを考えた。

マクラナハンが〝犯行現場〟と言ったことも、手を出すなと言ったことも、引っかかっていた。自分の通報より前に無線で情報は流れていなかったのだから、もしかするとマクラナハンはこの事態にかんして内部情報――あるいはタレコミ――を入手していたのかもしれない。あるいは、ジョーが見つけたものは保安官事務所が捜査中の事件とつながりがあるのだろうか？

半分ほど登ったところで、ジョーはひざのあいだからちらりとのぞき、タワーの開いた入り口――まるで針で突いたような穴――から差しこむはるかに下の陽光を見たショックで、気が遠くなった。しっかりとはしごをつかみ、抱きしめるようにした。ブーツの底が段の上で危なっかしい音をたて、ジョーは何度も深呼吸をくりかえして恐怖を鎮めた。一時休憩スペースの格子板があるのが見え、そこまでのあと一メートルを登った。これほどの困難に立ち向かうのは初めてのような気がした。自分の脚が感じられないまま、片足ずつ金属の格子板に乗せた。格子板が揺るがず、自分がそこに立ってしばし内壁に寄りかかっていられるとわかると、ジョーはほうっと息を吐いて冷静になろうとした。

「大丈夫？」ニューマンの声が下りてきた。彼がいるのはずっと上のほうだ。

「ああ」

「よかった。おれはもうナセルのすぐそばです。忘れないで、ここまで登ったら安全が第一だ。上の風でたちまちてっぺんから吹き飛ばされかねない。だから、かならず輪付きボルトのどれかにハーネスのフックを留めて、確保されたのがはっきりするまでは一歩も踏み出さないで。いいですね？」

「わかった」間を置いてから呼びかけた。「ボブ？」

「なんです？」

「上ではなににも手を触れるな。おれが着くまで待っていてくれ。犯行現場かもしれないんだ」

ニューマンはかすれた声で笑った。「了解。手順は知っていますよ。テレビで見たことがある」

筋肉の震えがおさまり、呼吸がととのうと、ジョーははしごに戻ってふたたび登りはじめた。十五メートル上の、タワーの鋼鉄の壁に五センチ大の円い穴がうがたれているのが見えた。反対側の壁にもっと大きな楕円形の光の輪ができていた。そこまで登って、ひと息ついた。不思議な視覚上のトリックで、穴は外の光景をくっきりと反対側の壁に映しだしていた。まるで映写機のレンズのように。ずらりと並んだ風力タービン、それらをつなぐ道路、そばを飛び過ぎる一羽の鳥。この現象を説明する物理学の知識は彼にはなかったが、興味深く奇妙な眺めだった。遠くからウィンドファームへ向かってくる四台の車列まではっきりと見える。三台は保安官事務所のＳＵＶで、四台目はニューマンのとそっくりな会社の白いピックアップだ。携帯型無線機は切ってあるが、顔を赤くしたマクラナハンが自分を呼びだそうとマイクにどなっている姿が目に浮かんだ。投影されたシーンの横を登るとき、グリースにまみれた自分の赤い制服のシャツの表面に、車列が過ぎる光景がくっきりと映るのが見えた。

はるか上で鋼鉄のハッチが開けられる音がして、その音はタワーの内部全体にこだました。視線を上げると、遠く青い四角――空だ――が目に入り、すぐにはしごからナセルの床部分に移るニューマンの体が空をふさいだ。

二十秒後、ニューマンが下に向かって叫んだ。その声はこわばっていた。「思っていたよりひどい」彼の言葉はタワー内に反響した。「おれ、急に気分が悪くなってきた。食べてからすぐだとやばいですよ」

5

開いたハッチにたどりついたとき、ジョーは息を切らしていた。風は凄まじかった。それにもかかわらず、回転するブレードが大気を切り裂く壮大な音は聞こえたし、はしごの金属を通してタービンのモーターの振動も感じられた。ジョーが見上げると、ニューマンのヘルメットをかぶった頭が四角い開口部をふさぐようにあらわれた。

「きっと、これを見ても信じないよ」彼は叫んだ。「心配はいらない。不必要なものにはさわっていないから。それに、手袋をはめているし」

ジョーはハッチを抜けて、ナセルの波型金属の床にぐらつきながら立った。ニューマンはすでにカバーのボルトをはずして押し開け、太陽と風にナセル本体をさらしていた。ナセルそのものは奥行きがあって長く、棺のような形をしており、中には鋼鉄製のタービンが設置されている。外側のラインはすっきりとして実用的で、内部は発電機や増速機などで構成されている。タービンと内壁のあいだは、二人が肩を並べて立つのがやっとの狭さだった。ニューマンは、ナセルの壁にとりつけられている輪付きボルトを手で示した。ジョーは落下防止装置をはずし、向きを変えてハーネスを輪付きボルトに留めた。風に飛ばされないようにするまでの、どこにもつながれていない数秒間を鋭く意識した。

ふたたび目を上げ、ニューマンがのばした腕の方向を見た。冷たい風がむきだしの顔を殴りつけていくようだ。

近くからだと、ブレードの回転速度は目を瞠《みは》るものだった。速すぎて、ぼやけるほどだ。だが、プロジェクターで映しだされる映画の一コマのように、不気味なストップモーション効果に似た映像が見えた。それは確かに死体だった。チェーンの片端が両腕の下に、反対端がブレードのシャフトに二重に巻きつけられていた。ブレードと死体のあいだのチェーンの長さは一メートルほどだ。死者は空中を飛んでいる。男だ。なにか変だが、ジョーの知っている顔だった。間違いなく、伯爵だ。

アール・オールデンの目は閉じ、顔はおかしなほど細くやつれて二重あごに見えた。この前会ってから極度に体重が減ったかのようだ。だが、回っているのを見ているうちにジョーはその理由を悟った。伯爵の脚は、ジーンズにむりやり詰めこまれたソーセージよろしくふくれあがり、ジーンズは裂けて長い黒のカウボーイブーツが露出している。そのブーツもまた数サイズも大きく、四角く不格好に見えた。一瞥したとき、分厚い暗色の手袋をはめていると思ったが、やがて袖から突きだしている青黒いものはオールデンのひどくゆがんでしまった手なのだと気づいて、ジョーはぞっとした。シャツと上着はずたずたになっていたが、まだ風の力ですべてはがされてはいなかった。生地には黒ずんだ血と薄い色の体液がしみこんでいた。オールデンの左胸に、銃で撃たれた穴が穿たれているのがちらりと見えたように思った。

「なんてことだ」ジョーはうめいた。

「遠心力が彼になにをしたか見ろよ」ニューマンが言い、その口調から仰天ぶりが伝わってきた。「遠心力のせいで体液が全部下に向かって押されているんだ。歯磨き粉のチューブを回転するプロペラかなにかに吊るしたらこんなふうになるんだろう。こんなの、見たことないよ」

「おれもだ」ジョーは胃がむかつくのを感じた。顔をそむけ、手で口もとをおおった。のどと胸に酸っぱいものがこみあげてきた。

「あれは、おれの考えている人ですかね？」ニューマンが尋ねた。

「ああ」ジョーは吐き気をこらえた。

「二度だけ、会ったことがありますよ。クリスマスパーティとかで。いい人に見えたけどな。いろいろ噂は聞いていたが、おれやほかの連中をちゃんと扱ってくれた。あそこのハッチの鍵も彼なら持っていただろう」ニューマンは間を置いた。「あの人は若くない。いったいどうやってここまで登ってきたんだろう？」

ジョーはかぶりを振った。伯爵が登ったとは思わないが、まだ口をきける状態ではなかった。

「なにかわけがあってここまで来たにちがいないな」ニューマンは推測した。「チェーンは自分で持ってきたのかもしれない。ブレードに巻きつけて回転を止めようとしたとかかな。ところがチェーンに引っ張られて持っていかれちまったんだ。まったく、なんて死にかただろう。なんてとんでもなくひどい死にかただろう」

ジョーはナセルの周辺を見まわした。前方近くの内側の壁に、茶色いしみがある。ニューマンの肩をたたいて指さして見せた。

「あれはなんだ」ジョーは聞いた。

ニューマンは肩をすくめ、はっと気づいた表情になった。「血みたいだな」

「自分ではしごを登ってこられない場合、死体をここにあげる方法はあるか？」

ニューマンはうなずいた。「巻き上げ機《ホイスト》が置いてある。タービンの上で仕事をするとき、機材を上げるのに使うんです。テキサスのある男がてっぺんで心臓麻痺を起こして、ホイストで下ろさなくちゃならなかったって話を聞いている。だから、人間をここへ上げることはできるでしょう。百キロの荷重にじゅうぶん耐えられる」

伯爵の体重もそのくらいだろう、とジョーは思った。

「いったいだれがこんなことを？」ニューマンは言った。「こんな上まで死体を上げるのはえらく面倒だったはずだ」

「なにかを訴えたかったのなら、話は別だが」ジョーは回っているアール・オールデンの死体を振りかえって思った。滑稽な死にざまがふさわしい人間なんていない。二人が牛に跳ね飛ばされた事件を扱ったことがある。悲劇的で恐ろしい事故だった。それでも、人々は笑い話の種にした。

ニューマンはヘルメットの横を手の甲でたたいた。「そうか、わかった。どうして連中があなたをここに登らせたがらなかったのか。彼はあなたの義理のお父さんじゃないですか。ああ、なんてことだ」

ジョーは思った。義理の母のほうでなくて残念だ。口には出さなかったが、ナセルの側壁をつかむ前にハーネスのフックが呪いではずれたりしていないのを確かめた。身を乗りだして、下を見た。タワーの下を車列が取り巻いている。ここからだと車は小さく見え、ちょこちょこ走りまわる保安官と保安官助手たちはダニ同然だ。保安官助手の一人が、同行してきた〈ロープ・ザ・ウィンド〉の従業員の手を借りてハーネスをつけている。

「保安官がだれかを上によこしそうだ」ジョーはニューマンに言い、制服のシャツをたたいてデジタルカメラを探した。「現場を引きわたす前に、いくつか証拠写真を撮っておきたい」

「マクラナハン保安官？」ニューマンは聞いた。

「そうだ」

ニューマンは首を振った。「あれはあほうだな。二回ぐらい口論したことがあるんですよ。昔の西部のカウボーイ保安官のつもりらしい、まったくろくでもない大間抜けだ」次の瞬間、自分の言ったこととだれに聞かせたかに気づいて、急いでつけくわえた。「失礼。あなたの友だちかもしれないのに」

「友だちなんかじゃないよ」ジョーは答えた。

ニューマンはあきらかにほっとしたらしい。「郡のあちこちにやつの再選のポスターが貼ってあるでしょう。負けちまえばいいんだ」

ジョーはうなずいた。公《おおやけ》の場で賛成したくはなかった。マクラナハンはいたるところにスパイを放っており、だれが自分の味方でだれがそうでないか、細心にカウントしているという。保安官は敵に回る者には思い知らせてやるのを信条としており、ジョー・ピケットにかんしてはそれが彼の仕事の一部になっていた。

保安官助手がタワー内部を登ってくるのを待つあいだ、ジョーは携帯電話を出して短縮ダイヤルでメアリーベスにかけた。ちょうど図書館で勤務につくころだろう。

メアリーベスが出ると、彼は自分の居場所を告げ——どこにいようと、妻はもうたいして驚かないようだった——そして言った。「つらい知らせだ、ハニー。アールの死体を見つけた」

「ああ、なんてことなの」

「おれが牧場へ行って、お母さんに知らせるよ」言いながら、ジョーはすでにいやでたまらなかった。「おれから話したほうがいい」

「なにがあったの？　彼、馬から落ちたの？」

「もっと悪い。はるかに悪いよ。いまのところは、だれかが彼を射殺して風力タービンの一つに吊るしたんじゃないかと思う」

「ああ、なんてことなの、ジョー」メアリーベスはくりかえした。「ひどいわ」

「まったく」

「ちょっと待って。別の電話が入った」カチリという音がジョーにも聞こえた。「母からよ」メアリーベスの声は、柄にもなく激しく動揺していた。

「出たほうがいいわよね。母になんて言えばいい、ジョー？」

「タワーから下りたらできるだけ早くおれがそっちへ行く、と伝えてくれ」

「それで止められると思う？　母がどんな人か知っているでしょう」

「もちろん」

電話を切ってからすぐに、またかかってきた。メアリーベスだった。

「ジョー」彼女は半狂乱になっていた。「母が信頼している郡庁舎のだれかがいま内密に電話してきて、マクラナハン保安官が牧場へ部下を向かわせたって。アールのことを知らせるためじゃなくて、母を逮捕するためだって！　殺人容疑でよ、ジョー！　母はこの事件に関係していると思われているのよ」

　ケーブルでナセルに固定されていてよかった、とジョーは思った。突然体が軽くなったような感じがしたからだ。

「そいつはばかげているな」じっとこちらを見ているニューマンから顔をそむけて、ジョーは言った。自分がにやついているのではないかと、不安だった。

「あなた、あまり……驚いていないみたいね」メアリーベスは冷ややかに言った。

「驚いているよ」彼は訴えた。「ほんとうだ。とにかく……マクラナハンはばかだ。六十代の女性があの男を撃ち殺してウィンドファームへ車で運び、七十五メートルのタワーを登り、てっぺんに死体を上げてブレードに縛りつけるなんて、ありえない。もちろん、そんなことのできるすごい女がいるとすれば……」

「ジョー」

「冗談だ」

「そんな場合じゃないでしょう」メアリーベスは言い、ジョーは彼女が泣いているのに気づいた。

「悪かった。ひどかったね。いまのは口にするべきじゃなかった」

「そうよ、するべきじゃなかったわ。ジョー、どんな人間であるにしろ、なにをしたにしろ、あれはわたしの母親なの。そして、あなたの子どもたちのおばあちゃんなのよ。おばあちゃんが人殺しだなんて、あの子たちに思わせたいの？」

「まさか」

「もう切るわ」メアリーベスは言い、泣いているのをだれにも見られたくなくて怒ったように涙をぬぐう彼女が、ジョーの目に浮かんだ。同僚たちの前で感情をあらわにするのは、メアリーベスの流儀ではない。「なにかわかったら電話して」

「わかった」ジョーは通話を終えた。

「どうやら、地雷を踏んじゃったらしいね」ニューマンが言った。

ジョーが答える前に、ヘルメットをかぶったマイク・リード保安官助手の頭がハッチからのぞいた。彼は赤い顔をして、息を荒くしていた。ジョーは腕をのばし、リードがナセルに上がるのを助けた。呼吸がととのうと、リードは両手をジョーの肩に置き、じっと目を見つめた。「保安官はあんたの皮をひんむく気だぞ、ジョー」

ジョーは肩をすくめた。「なにもこれが初めてじゃないさ」

リード保安官助手とは長年のつきあいだ。ジョーは彼が好きだった。リードは控えめで仕事熱心で、マクラナハンの企みや影響力の網にからめとられるのをなんとかまぬかれていた。そして、次の選挙で保安官の対立候補として立つことを決め、ほぼ全員を驚かせた。そして、マクラナハンもまた、リードをただちに解雇しなかったことで全員を驚かせた。

「保安官があんたをよこしたとは、意外だな」ジョーは言った。

リードは低く笑った。「彼は乗り気じゃなかったが、手が足りなかったんだ。そして彼自身は太りすぎてもうはしごを登るどころじゃないからな」

「彼の手下どもはどこにいるんだ？」ジョーは尋ねた。マクラナハンは三人の若い保安官助手を雇って、ふだん彼らはもっぱらウェイトトレーニング室にたむろするか、マクラナハン自作のカウボーイの詩の朗読会に参加していた。ジョーは三人とも会ったことがあり、全員が保安官を手本としているのを見ていた。だから、彼らを相手にするには用心しなければならない。

リードはジョーを見つめた。「あんたは知っていると思うが」

リードの無線がガリガリと息を吹きかえした。下のピックアップは近いので、マクラナハンの声は大きくはっきりしていた。「リード保安官助手、上に着いたのか？」

「あと少しです」リードは答えてから、ジョーとニューマンに目くばせした。

「早くケツを上げろ」マクラナハンは命じた。

リードは深いため息をついた。

「あんたがまだいるのは驚きだよ」ジョーは言った。「でも、いてくれてありがたい」

「マクラナハンは友人を近くに、敵をさらに近くに置くんだよ」リードは言った。

「おれに目を光らせていたいんだ。じゃあ」リードは回転する死体をジョーの肩ごしに見た。「ほんとうだったんだな。アール・オールデン。こいつはでかい事件になるぞ」

ジョーはうなずいて、知っているわずかばかりの事実をリードに伝えた。行方不明の報告、乗り手の消えた馬、ニューマンと一緒にタワーに登ったこと。そして、ホイストの存在と血のしみらしきものを指摘した。そのあいだずっと、リードは黙って信じられないというように首を振っていた。それから無線ですべてを保安官に伝えた。

「証拠採取チームが必要だ」リードは言った。「痕跡が残っているし、血も採れるでしょう」

マクラナハンは言った。「シンディをそっちへやれっていうのか？　彼女の体重は、そうだな、百三十キロ超級か？　どうやってそこへ行かせようっていうんだ？」

「さあ」リードは答えた。

「せめて、そのいまいましい風車を回らないようにできないのか？」

リードはニューマンを見た。ニューマンは言った。「ええ。止めることはできますよ。でもジョーがなににもさわるなと言ったので」

「それは正しい」リードは答え、無線機のほうへうなずいてみせた。「だが、保安官の言ったのが聞こえただろう」

「それから、ジョー・ピケットのどちくしょうをそこからどかせろ」マクラナハンは言った。「やつは生まれつき争いの種なんだ。そこの上にいさせるわけにはいかない」

「彼にそう命じます」リードは言った。

「頼めよ」ジョーはぴしゃりと言った。

「頼むから」

「わかった。だが、まずマクラナハンがなぜ保安官助手たちをおれの義母の牧場へ行かせたのか聞かせてくれ。ちょいと脅かすために彼女を牢にぶちこむところはおれだって見たくてたまらないが、これはないだろう。どう見たって、彼女が容疑者のわけがない」

リードは肩をすくめた。「おれの知るところでは――いや、じっさいだれも直接おれには教えちゃくれないんだが――保安官は少し前からこういうことが」――彼は飛んでいる伯爵の死体のほうを手振りで示した――「起きる可能性について電話を受けていたんだ。昨夜もかかってきたらしい。マクラナハンもまた信じられなかったんで、すぐには行動しなかった。しかし、だれが電話していたにしろ――男だということしか、おれは知らない――死体発見の前に彼女の関与を示唆する情報を伝えていたんだ。おれには詳細はわからないよ、ジョー。マクラナハンが教えてくれなかった。あ、あ、あんたになら話すかもしれない」

ジョーは鼻を鳴らした。

下りる準備をするために、ナセルから落下防止装置をはずしてふたたびケーブルに留めていたとき、ブレードから死体をはずせる高さまで達する工業用クレーンを探している、とマクラナハンがリードに伝えるのが聞こえた。そしてすでに、州犯罪捜査部《DCI》に連絡して腕利きの法科学チームをよこしてくれるように頼んだらしい。

「こいつには万全を期したいんだ」マクラナハンはリードに言っていた。「ミスは許されない。近道も許されない。いいか、そこに留まって現場を確保しろ、リード。クレーンが着いたときにこっちの人間がいる必要がある。おれはこれから、逮捕と捜索を指揮するためにサンダーヘッド牧場へ向かうからな。そして、おれの許可を受けずにほかのだれもそこへ登らせるな」

「ここにずっといろっていうんですか？」リードは眉をひそめた。「夕方までかかるかもしれない。もしかしたら、夜になるかも」

「そのために高い給料をもらっているんだろうが」保安官は言った。「そしておれはこういう決断をするために、もっと高い給料をもらっているんだ。この事件は、山の渓流のようにクリーンで青空のようにオープンにしなくちゃならないんだ」

リードはジョーを見上げた。ジョーは言った。「いまの台詞、ニュースや選挙運動でも使うにちがいないな」

リードはかぶりを振ると、苦々しく笑った。「保安官はこんどの事件をいまいましいほど手際よく処理している。彼は逮捕に立ち会いにいく、そして大いに注目されるだろう。おれのほうはここで足止めをくらって、証拠採取チームや法科学チームが来るのを待ち、なんとかして死体を下ろさせ、物的証拠を見つけさせなくちゃならない。証拠の鎖のどこかに手続き上のミスがあったら、だれの責任になると思う？　ワイオミング州の歴史始まって以来の滑稽な犯罪現場に残されて、そこをまかされた男だよ」

ジョーはため息をついた。「幸運を祈る」そう言って、ハッチの上に立った。「あとで連絡するから、ここでなにが見つかったか聞かせてくれ」

「全部は教えられないかもしれないぞ」リードは答えた。「わかってくれるな」

はしごは登るよりも下りるほうが楽だった。

だが、地面に近づきながら、これからとんでもなく面倒な展開になりそうだとジョーは悟った。

6

レキシントン伯爵とミッシー・ヴァンキューレン・ロングブレイク・オールデンは、近接した二人の六つの牧場――ミッシーがかつて住んでいたロングブレイク牧場を含めて――を集めて合併させていたが、二人はサンダーヘッド牧場の樹木の豊かな敷地を自分たちの本部としていた。ジョーは入り口にある巨大なエルクの枝角を組みあわせたアーチをくぐり――ゲートはすでに開いていたので、車を止める必要はなかった――自分のすぐ前に到着したはずの車列が立てたらしい低く這う土煙を走り抜けた。本部に近づくと、さまざまな向きで構内に止まっている法執行機関の車の金属とガラスが、光っているのが見えた。

通る車があまりにも多いので、いつもなら大騒ぎして客に挑みかかってくる牧場の犬たちでさえ、馬小屋の脇にこんもりと茂るハコヤナギの古木の陰から、疲れたようにちらりと目を上げただけだった。

州のナンバープレートと屋根のアンテナからDCIだとわかる、印のないSUVの横にジョーは駐車した。車から降りてチューブも同行させ、牧場の初代の所有者スカーレット家のものだった古いヴィクトリア朝風のランチハウスへ向かった。新しい家が完成するまで、リノベーションしたこのブロックストーン造りの建物がジョーの義父母の家として使われている。家へ行く途中でハイウェイパトロールの車のバンパーを迂回したとき、西側の木立の切れ目から伯爵とミッシーの新居の角の部分が見えた。トゥエルヴ・スリープ川の対岸の高い崖の上を堂々と占めており、多くの切妻屋根、窓、尖塔が組みあわさった複雑なデザインだ。千四百平方メートルはあり、この不景気の中、ここの建設だけで、建設業者の半数とサドルストリングの材木置き場一つが破産せずにすんでいる。知らせを聞いた建設業者は今日は仕事を中断し、請け負った仕事はもはや終わりなのだろうか、これまでの作業の支払いはしてもらえるのだろうか、と心配しているにちがいない。

ジョーが来るのを見て、ソリス保安官助手がランチハウスの玄関の横のライラックの茂みから出てきた。ソリスはてのひらを前に出してジョーを制止した。「そこまでです」

ジョーは足を止めてソリスを観察した。四角い体型で、切り株のような首の上にブロックのような頭がのっている。がっしりとして筋骨たくましく、胸筋や上腕二頭筋や大腿四頭筋を目立たせるためにわざと小さいサイズの制服を着ている感じだ。目は黒くて小さく、黒いラップアラウンド型のサングラスのレンズの奥で、狙撃兵がひそむたこつぼのように見えた。襟からのぞく首にはできてまもないにきびが点々と並んでいる。ホルモンのせいか、とジョーは思った。

「保安官は中か？」彼は聞いた。

「そうです」

「通せ」

「だめです。だれも入れない。とくにあんたは」

ジョーは両手を腰に置いてかぶりを振った。「義母に会いたい。逮捕されたのか？」

ソリスの分厚い口の端にかすかな笑みが浮かんだ。「いまごろはもう」

「容疑はなんだ？」

「容疑は複数ある」ソリスは言った。「郡検事長に問い合わせたらいいでしょう。おれの仕事はだれも中に入れないことだ」

　両手を腰にあてたまま、ジョーは後ろに下がった。なんと現実離れした一日だ。前にこの家に入ったのは二週間前、メアリーベスと娘たちと一緒だった。ミッシーが献立を考えた――大学へ行こうとしているシェリダンのためにグリーンチリソースをかけたピーマンの詰めもの《チレスレジェノス》料理――が、それはルーシーの好物でシェリダンの好物ではないとわかった。ミッシーはすべての孫たちの中でもルーシーがお気に入りだった。ルーシーには自分と似通った部分があると思っているからだが、ルーシーはもはや祖母の愛情をうっとうしく感じていた。勘違いにもかかわらずミッシーは料理の指図をしたが、自分ではまったく口をつけなかった。シェリダンも同様だった。

いままたここに来た、とジョーは思った。ただ今回、ミッシーは家の中のどこかで逮捕されている……殺人容疑で？

ジョーは鼻先で笑った。

「なにかおかしなことでも？」ソリスが聞いた。

「この全体が」ジョーは答え、構内に止まっている車両や周囲に立っている法執行機関の人間たちを示した。「マクラナハン保安官が、再選の確率を押しあげるためになにか起きるのを待っていたのは知っている。だがおれでさえ、郡でもっとも裕福な地主を犯人と断定するとは思わなかったよ」

ソリスのあごの筋肉が、ガムを噛んでいるかのように動きはじめた。「彼女の容疑のくわしいことがわかるまで、その口を閉じておくほうがいいですよ。あんた、きっと驚くだろうな。忠告しておきますが、下がっておとなしくしていることだ。マスコミに狙われている」

ジョーは振りむいた。サドルストリングのマスコミといえば、〈サドルストリング・ラウンドアップ〉の二十五歳の編集者シシー・スカンロンと、〈ビリングズ・ガゼット〉のワイオミング州北部担当特約記者ジム・パーメンターだ。二人は、入るなと命じられたらしい犯行現場の黄色いビニールテープの向こうの木陰で、肩を並べて立っていた。ジョーは二人に会釈した。ジムも会釈を返し、シシーは手を振った。

「少なくとも二台のテレビ局のトラックがこっちへ向かっている」ソリスはなんだか満足そうだった。「ビリングズとキャスパーから。もっと来るかもしれない」

ジョーはソリスに聞いた。「それで、保安官はどのくらい前からこの逮捕を画策していたんだ？　ジムとシシーを二人いっぺんに呼ぶにはそれなりの時間がいる。しかも、ＤＣＩの車が何台も来ているな。つまり、じゅうぶんな余裕をもってシャイアンに連絡がいったわけだ。この作戦はいつから進行していた？」

ソリスはなにか言いかけたが、思いなおした。そしてゆっくりと微笑した。「だめだよ、その手はきかない。保安官と話してください。でなきゃ、もっといいのは、収監された親愛なる義理の母親と面会できるまで待つことだ。おれたちには話していないとしても、彼女はなにが起きているのかほかのだれよりもよく知っているようだから」

ジョーはうなずき、きびすを返すとシシーとジムに近づいた。

「お二人さんは状況説明を聞いたのか？」ジョーは尋ねた。よく知った仲で、彼は決して二人に手間をとらせたりはしない。電話があればかならず折り返し、率直に話をしてきた。そのかわり、二人はぜったいにジョーを痛い目にあわせたりはしない。

「待っているところなんだ」ジムは腕時計に目を走らせた。「マクラナハンは、三十分後には出てきて事件の全容について声明を出すと言っていた。もう四十五分たっている。きっと、テレビカメラが来るのを待っているんだよ」彼の口調には軽蔑がこもっていた。

シシーが言った。「もし、彼女が殺人容疑で逮捕されるようなビッグニュースなら、うちは号外を出すかもしれないわ。前代未聞だと思うけど」

シシーはレコーダーのスイッチが入っているのを確かめてから、ジョーのほうに向けた。「彼女がやったと思う？　たぶんあなたがいちばんよく彼女を知っているでしょう」

ジョーは危ない橋を渡っていた。自分がなにを言っても、誤った受けとめかたをされる可能性がある。言下に「ありえない」と答えたら、彼はミッシーの味方だと思われて、捜査から遠ざけられてしまうだろう。「ノーコメント」と答えたら有罪を匂わせることになる、なぜなら容疑者の義理の息子の発した言葉だからだ。少し考えてから、ジョーは低くあいまいに答えた。「その質問は郡検事長にしてくれ」

「死体を見たのか？」ジムがジョーに尋ねた。「風力タービンのブレードに吊るされていたというのはほんとうなのか？」

ジョーはうなずいた。シシーのさらなる追及からジムが救ってくれたのがありがたかった。「見たよ。しばらく忘れられない光景になりそうだ。マイク・リード保安官助手が現場にいるから、彼に連絡してみるといいかもしれない」

「オエッだわ」シシーはバッグから携帯電話を出した。「ちょっと失礼。電話を一本かけないと」

ジムは腕をのばして彼女の手に触れた。「死体が下ろされる前にカメラマンをウィンドファームへ行かせようって腹なら、さしつかえなければ写真を使わせてもらえないかな」

シシーはちょっと考えて——写真と記事が全国紙に掲載されてなにかの賞をとる可能性を考えているのを、ジョーは察した——折れた。「いくつか借りがあるものね」彼女はジムにそう答えた。

保安官が全容について声明を出す予定だとジムが言っていたので、マクラナハンは記者たちにもうなんらかの話をしたのではないだろうか、とジョーは思った。「保安官事務所にタレコミがあったと、マクラナハンは言っていたか？　こういう事態になるとだれかが予告していたと？」

ジムはうなずいた。「だれがタレコんでいたのか、心当たりは？」

ジョーはかぶりを振った。「ない。ところで、保安官はきみたちをいつ呼んだんだ？　けさか？」

ジムはため息をついた。「そうだ、朝早く。きっとでかいことになるから待機してろ、と。間の悪いことに、今日おれは子どもたちと釣りにいく予定だったんだ。道具だのなんだの、全部車に積みおわっていた。保安官がかけなおしてきて『ガセネタだった』と言うのを期待していたんだが、ここで落ちあおうとさ」

「朝早くって、いつごろだ？」ジョーは聞いた。

「七時ごろだったと思う。ちょうど着替えていたところだった」ジムはジョーの表情に気づいた。「どうかしたのか？」

「なんでもない」ジョーは動揺していた。では、マクラナハンはジョーが事件を通報する前にジム・パーメンターに電話していたというのか？　背後で数人の声がして、ジョーは振りむいた。うつむいたミッシーが保安官助手に付き添われて玄関からあらわれ、保安官事務所のＧＭＣへ向かうところだった。ソリスとほぼ同じぐらい大柄でがっしりとした保安官助手二人にはさまれたミッシーは、小さく見えた。マクラナハンは、マイク・リード以外は部下を情け容赦のない男たちで固めていた。

　ミッシーはほっそりとして、黒のスラックスの上にぴんとした大きすぎる白いオープンカラーのシャツの裾を出し、袖をまくっていた。そして飾り気のないフラットシューズをはいていた。セレブがガーデニングをする日のような服装だ、とジョーは思った。小柄な体格に比して、ミッシーの頭は大きく、なめらかなハート形の率直そうな顔だ。写真写りはつねに素晴らしく、カメラを通すと二十歳は若く見える。ひっつめに結った髪はいつもほど完璧ではなく、急いでととのえたかのように何本かほつれ毛が飛びだしていた。豊かで官能的な唇はきつく結ばれていた。ポーチを下りながら——両側の保安官助手たちが文字どおり連行していた——ミッシーは視線を上げてジョーを見つめた。

ミッシーの目の縁は赤くなっていた。いつもの化粧をしていないと、彼女は青白くやつれて小さく——年相応に見えた。前で手錠をかけられており、重いステンレスの腕輪のせいで、その手首はいっそう細く感じられた。ジョーは初めて、ミッシーの手の甲に年齢によるしわがあること、指が骨と皮であることに気づいた。女がいかに加齢に抵抗しようと手がすべてを物語ってしまうと、聞いたことがある。そしていまミッシーの手は物語っていた。

芝生を横切って車へ引きたてられるあいだ、ミッシーは視線をジョーからそらさなかった。無言で訴えていたが、屈服してはいなかった。彼女の後ろではカイル・マクラナハン保安官が戸口をふさいで立っており、一瞬ジョーに顔をしかめてみせてから、ジョーの頭ごしに構内を見た。ビニールの手袋をはめた両手に、レバーアクションの三〇‐三〇ウィンチェスター・ライフルを持っていた。その背後にはジョーの友人だったロビー・ヘーシグの後任である新しい郡検事長、ダルシー・シャルクがいた。

保安官が注視しているものはなんだろうとジョーは振りかえり、テレビ局のアンテナつきトラックが長い私道を近づいてくるのを見た。間違いなく、カメラの前に劇的に登場できるタイミングを、マクラナハンははかっているのだ。

ダルシー・シャルクは三十代はじめ、くすんだ金髪、濃い茶色の目、贅肉のないスポーツマン体型の女性だ。ロビーは三年前殺されたが、シャルクを副検事として採用しており、ロビーの亡きあと彼女はみごとに代理をつとめたので、郡検事長に立候補したときにも対抗者はいなかった。シャルクは独身で仕事に身を捧げており、いつも気を張りつめてはいるものの、ジョーは彼女を誠実で有能だと見なしていた。メアリーベスとダルシー・シャルクは同じランニング・サークルに属しており、馬が大好きだという点も共通していた。一緒に野外騎乗に出かけたことがあり、メアリーベスは彼女を高く買っていた。その点は、ジョーにも大事なことだった。

シャルクは一途で情熱的で長時間働いた。有罪を勝ち取る率は百パーセントだった。ジョーが見るに、検事として弱点があるとすれば、それは一分の隙もなくなるまで立件しないところだった。起訴すべきだとシャルクに持ちこんだ件で何度か――エルクの密猟容疑者、許可証申請のとき過去の狩猟違反歴を偽った可能性のある州外のハンター――いらだたせられた。なぜなら、さらに追及するには〝隙〟がありすぎるのではないかと彼女が判断したからだ。だから、マクラナハンのあとから出てきたシャルクの決然とした顔を見て、この逮捕にはじゅうぶんな根拠があるのだとジョーは悟った。そして今日初めて、ミッシーは無実だという自分の当初の仮定に疑いを抱いた。

たとえそうでも、ジョーはマクラナハンとシャルクに言った。「手錠はほんとうに必要なのか？　だって……彼女を見てくれ。抵抗するように見えるか？」

ミッシーはかすかにうなずいて、ジョーに感謝を示した。彼女には守ってくれる者が必要な様子で、自分がその役割を果たしていることを彼は奇妙に感じた。こんな状況にもかかわらず、威厳と落ち着きを保っているミッシーにいくばくかの感銘すら受けた。保安官助手たちは彼女の両側にのしかかるように立っていた。

ダルシー・シャルクは同意してジョーにうなずき、保安官の反応をうかがった。

マクラナハンはまぶたをなかば閉じてジョーに陰険な笑みを向けた。「はめたままでいい」手錠の鍵を手にミッシーのほうへ行こうとしたソリスを、彼は止めた。ソリスは戻ってきた。

ミッシーはなにも言わずに目を伏せると、ＧＭＣのほうへゆっくりと歩きつづけた。だが、マクラナハンは無言で部下たちに彼女をその場で止まらせるように命じた。ミッシーが車に乗せられるところをどうしてもカメラに撮らせたいのだ、とジョーにはぴんときた。

「おい、マクラナハン」ジョーは怒りが湧きあがるのを感じ、そのことに驚いた。

「さらに彼女を辱める必要はどこにもないぞ」彼は支持を求めてダルシー・シャルクに目を向けたが、検事長は顔をそむけていた。

容疑者ミッシーをふたたびＧＭＣへ歩かせるようにとマクラナハンがようやく命じたとき、ジョーは驚くべきものを見た。ビデオカメラがまわりだし、ジム・パーメンターとシシー・スカンロンがデジタルカメラでスナップを撮りはじめた瞬間、ミッシーの顔全体と態度が変わったのだ。いや、一変した。足どりがふらついた。両肩が落ちた。さっきまでの落ち着きがたちまち悲哀にとってかわられた。目はうるみ、唇はむせび泣きをこらえているかのように震えだした。あっというまに、ミッシーは哀れを誘う存在に、犠牲者になった。手助けなしではＧＭＣに乗ることもできないように見えた。カメラはこのすべてを捉えただろう、とジョーは思った。

しかし、マクラナハンはこのショーを見逃しており、記者たちが自分のほうを向くように咳ばらいした。記者たちの注目が集まると、彼は三〇-三〇ウィンチェスターを掲げて言った。「万全を期すためにまだ弾道検査をする必要はあるが、われわれはこのライフルがアール・オールデン殺害に使われた凶器と考えている」

ジョーは目を細めた。あのライフル、もしくはそっくりなものを見たことがある。伯爵のアンティーク銃の飾り棚で。

撮影させるために、保安官はライフルのレバーを動かして空薬莢を排出した。すぐにソリスが空薬莢を拾って紙の証拠品袋に入れた。それからマクラナハンは手振りでGMCのほうを示した。「そして、あそこにいる女性が引き金を引いたものと思われる。ミッシー・オールデンがこのライフルで夫を殺害した」

「と疑われる」ダルシー・シャルクが訂正した。

「と疑われる」マクラナハンはかすかないらだちとともにくりかえした。「そして、夫の死体を彼の新しい風力タービンの上に運んでブレードから吊るし、発見されるまで回転するように仕組んだのではないかと疑われる」

そう言うと、マクラナハンはソリスにライフルを渡し、ソリスは銃を持ち去った。保安官は両手を腰にあててそりかえり、〝おれがここの法律だ〟と告げる熟練のポーズをとってみせた。「この場で、迅速かつ徹底した捜査をおこなった、ここにいるトゥエルヴ・スリープ郡保安官事務所のわがチームの効率のいいプロの仕事ぶりを大いに称えたい、その結果がこの逮捕に……」

状況説明が〝カイル・マクラナハン保安官再選〟の街頭演説に変わっていくと、ジョーは立ち去ろうとした。そのとき、郡検事長が近づいてきてそばに立ったことに気づいた。

「あんなに露骨なやりかたをしなければいいのに」シャルクは低い声でジョーにささ

やいた。「スタンドプレーよ。陪審に先入観を与えてしまうわ」

「ちょっといいかな？」ジョーは誘った。

シャルクを記者会見の場から連れだしたものの、マクラナハンの説明が脱線した場合にまた自分が発言できるように、彼女があまり離れたがっていないのにジョーは気づいた。

「手みじかにお願い」彼女は言った。「あなたと話をするのが適切かどうかわからないわ。事件に関心があるの？」

「彼女はおれの義母にあたるんだ」

「知っている。だから、わたしの発言はすべて一般的な話に限られるのはわかっていただけるわね。マスコミに話すことと同じ、それ以上はなにも言えないわ、ジョー。インサイダー情報もなし、だから、困らせないで。微妙な状況なのよ」

「それはわかっている」彼はちらりと振りかえった。ＧＭＣの窓の向こうにミッシーの横顔が見える。カメラが相手をマクラナハンに切り替えたいま、ミッシーはまっすぐ前を見つめている。まるでジョーが上着を脱ぐように、ミッシーは哀れを催させる仮面をさらりとはぎ落としていた。

「ライフルはどこで見つかった？」ジョーは尋ねた。

「彼女の車の座席の下。ハマーに乗っているでしょう？　彼女専用の車よね」

ジョーはうなずいた。あのハマーでしょっちゅう彼の家の私道をふさぐので、車の出し入れができなくなってしまう。たいてい、エンジンはかけっぱなしだ。

シャルクは言った。「殺害現場と思える牧場にあったタイヤの跡は、ハマーのものと一致しているようよ。空薬莢が見つからないのが不思議だったんだけど、ライフルが発見されて、薬莢は排出されずにまだ中にあったの。それに、ライフルは彼女の指紋だらけだったわ」

「じゃあ、情報提供者は犯行現場まで知っていたんだな」

「それには答えない」

ジョーはちょっと考えた。「マクラナハンは協力者について触れなかったな」

「わたしからは言えない」彼女はかぶりを振った。「まだね」

「つまり、きみたちは情報提供者を確保しているわけか」ジョーは探りを入れた。

「彼から供述もとっている」

「ジ、ジョー」シャルクはいらだっていた。

「わかった、わかった。しかし、今回の事件はすべてあまりにも……都合がよすぎる」

「現実はそういうことなのよ、ジョー。あなたの義理のお母さんに対して含むところはなにもないし、保安官もそうだわ」

「ただし、ミッシーは相当でかい獲物だってことだ」ジョーは言った。「そしてこの郡の人気者ってわけじゃないのは確かだ。いいか、おれはそれについては知っているんだ。こんなふうに彼女を牢にぶちこんだら、マクラナハンの人気は急上昇するだろう。地位が高く権力のある人間が引きずりおろされるのを見るのが大好きな連中もいるんだ、地位が高く権力があるという理由で」

シャルクはうなずいた。「話は聞いているわ。この事件がお祭り騒ぎにならないように、全力をつくすと約束する。でも、彼女がひどいやりかたで人からものを奪う性分なのは事実。だから、わたしは彼女とかかわらないようにしてきたの」

「きみは運がいい」ジョーは言った。「では、推理としてはミッシーが伯爵を射殺して死体を風力タービンから吊るした、ということか？」

シャルクはじっと彼を見つめてから答えた。「目下のところは、それがわれわれの推理ね」

ジョーは帽子をぬいで髪をかきあげた。「風力タービンを近くで見たことがあるか？　どのくらい高いか？　死体を吊るして人目にさらす？　いったいなんの目的で？」

「おそらく、われわれを正しい道筋からそらすためでしょう。オールデン自身もまた物議をかもすことの多い人だった。敵がたくさんいたわ、それに彼のウィンドファームは近所からよく思われていないのを、あなたも知っているはずよ」

ジョーは苦情を耳にしていた。とくに、牧場主であるボブ・リーとドード・リーからは不満が出ていた。二人は〈ロープ・ザ・ウィンド〉を目の敵にしており、とくに自分たちの牧場を通る新しい送電線の計画に反対していた。オールデンは政府の収用権にもとづいて彼らの土地のかなりの部分を手に入れることで、すでにその道筋をつけていた。

「リー一家と話をする予定は？」

「ジョー、頼むから」

「では推理の第一部では、痴情のもつれによる殺害が、おそらく予謀なくおこなわれた。なぜなら、彼女はライフルを隠すどころか指紋を拭きとってもいなかったからだ。だが第二部では、人々の目を正しい道筋からそらすための意図的な企みを実行した」

シャルクはうなずいたが、いまの言葉を聞いてその目に疑惑が走った。

「いいだろう」彼は言った。「もうこれ以上内々の捜査についてはなにも聞かないよ、きみは教えられないんだから。とはいえ、動機についてはおれは疑問を感じざるをえない。ミッシーのことは知っているんだ、信じてくれ。どんな人間か知っている。ついに大成功をおさめるまで、彼女は生涯をかけて上りつめてきたんだ」ジョーは対岸の崖の上に建設中の邸宅のほうへ手を振ってみせた。「なぜそんな危険をおかす、このすべてを危険にさらす？　これこそ彼女が長年望んできたものなのに」

ダルシー・シャルクは眉を吊りあげて答えようとしたが、思いなおしたようだった。

「じゃあ、きみたちは動機を突きとめたんだな？」ジョーは驚いた。

「まだ話せる段階じゃないわ。でも、これまでにわかったことだけで起訴するにじゅうぶんな材料だと思っている」

「こいつは驚いたな。彼女が有罪だと本気で考えるだけの材料をもう手に入れたのか」

「記者会見に戻ったほうがいいわ」シャルクは向きを変え、ふと立ち止まってジョーを顧みた。

「わたしがあなたの立場だったら」彼女は思いやりのある口調で言った。「この件からは距離を置いておとなしくしている。脅迫ととらないでね、ジョー。わたしはマクラナハンとは違う。でも、これは言っておくわ。なぜならあなたのことが好きだし、わたしはメアリーベスとも親しくしている。今回、有罪は固いわ、ジョー。わたしはいつもよりいっそう慎重に進めている。あなたが捜査現場に出ていって困ったことになってほしくないし、わたしたちが衝突するような破目にはなりたくないの。でも、いまのところ、これだけは言えるわ。あなたの義理のお母さんは形勢不利よ。絶対的に不利」

「ずっと前から、こういったことを夢想してはいたんだ、じつのところ」

シャルクは微笑した。「それにはなんと言えばいいのかしらね」

「いまのは口にするべきじゃなかった」ジョーは恥ずかしくなった。「ミッシーはなにか認めたのか？」

「それは彼女の弁護士に聞いて」

「もう弁護士を決めたのか？」

「ええ。彼女はマーカス・ハンドに依頼した。彼は、自分がここに着くまで一言もしゃべるなと忠告したわ」

ジョーは動揺した。「マーカス・ハンドだって？　冗談だろう？」

「冗談ならいいんだけど」

マーカス・ハンドはワイオミング州の伝説になっていた。そして、ケーブルテレビの法律専門コメンテーターとして全国的にも知られていた。背が高く白髪を長くのばし、頭脳明晰で、〈ステットソン〉のカウボーイハットとフリンジをあしらった鹿革の服を好んでいた。製薬会社や医師たちを相手にした不法行為の訴訟で、ハンドは依頼人と自分自身のために何百万ドルも勝ち取り、刑事訴訟では多くの悪名高い、だが裕福な依頼人を無罪にしてきた。ジョーはマーカス・ハンドと個人的に会ったことはないが、傍聴していたジャクソンホールの法廷で、ハンドは陪審団を説得し、妻を殺したにちがいないとジョーが確信していた開発業者を有罪判決から救った。

「彼と対決するのが楽しみよ」シャルクは告げた。

「そうなのか？」

「言ったでしょう。有罪判決は固いの。あの高慢の鼻をへし折ってやらなくちゃ」

ジョーは思った。気の毒に、タフだけどまだ世間知らずだよ、きみは。

メアリーベスが彼女を好いている理由がわかるような気がした。


ダルシー・シャルクが戻ると、マクラナハンは記者たちからの質問をさばいているところだった。ジョーはミッシーが乗せられているGMCのそばへさりげなく近づいた。ソリスがさえぎろうとしたが、その前にミッシーは窓を少し下げてジョーのほうへ顔を向けていた。威厳が戻り、以前ジョーの見たことのあるものも、そこには加わっていた——冷たく容赦のない挑戦。

「たがいに意見の相違があるのはわかっているわ、ジョー」ミッシーは言った。「でも、わたしの娘とあなたの子どもたち——わたしの孫たち——のために、助けてちょうだい」

彼が答える前に、ミッシーは窓を閉めた。

「もういいだろう」ソリスが言った。「どいて。これから連行します」

震える手で、ジョーは携帯をとりだし、メアリーベスにメッセージを送った。


娘たちに心の準備を。

状況はきわめてまずい。


携帯をしまって腕を組み、自分のピックアップのグリルに寄りかかった。もし近くにいて事件を知ったら、ネイト・ロマノウスキならどうするだろう、と思った。ネイトもミッシーを嫌っていたが、メアリーベスとはつねにとくべつな絆で結ばれていた。この十一ヵ月間で何十回目になるのかもうわからないが、いまネイトはどこにいてなにをしているのかと考えた。そして、もはや自分たちは敵同士なのか、それともまだ友人同士なのか、あるいはどっちつかずなのだろうか、と。

だが、ネイト・ロマノウスキにかぎって、どっちつかずなどということはありえない。

7

ネイト・ロマノウスキは不安な気持ちで目を覚ました。その感覚は涼しい八月の午前中、ずっと続いていた。ネイトの三羽の鳥、ハヤブサ、アカオノスリ、ハクトウワシでさえも、彼が朝食に血まみれのウサギの肉片を与えるあいだ、禽舎の中でいらだって不機嫌そうだった。

ホール・イン・ザ・ウォール峡谷に、朝はいつものように二時間遅く訪れた。九時をまわらないと、絶壁の縁から朝日は差しこんでこない。だが、いったん日が差せば、和らげる風がないために光と熱は強烈だ。洞窟へ戻りながら、ネイトは山道がくねくねと続いている目の前の壁を観察した。山道は、峡谷の縁から雑木林とやぶをジグザグに縫って黄褐色の傷のように下っており、いま彼が立っている地点からはほぼ全体を見ることができる。四年前にこの場所を選んだおもな理由の一つが、これだった。隠れ場所には最適の、自然にできた地形。こちらからは峡谷へ入る唯一のアプローチがはっきりと見えるが、山道からは、よほどよく知らないかぎり、彼の住む洞窟を特定することはまずできない。ごくたまに人が来るが——たいていは下のパウダー川のミドルフォークへ向かう釣り人たち——ネイトは一度も見られたことはない。それが彼の望みだった。

このあたりへ釣り人たちが来るせいで、彼は山道の下半分に仕掛けた命取りのブービートラップをとりのぞき、かわりにセンサーと動作感知器と画像をノートパソコンに送れる狩猟用カメラ二台を設置した。最近も数人が峡谷へ下りてくるのをネイトは見ていたが、彼らは川へ向かう自分たちの姿がスコープの十字線に捉えられていたとは夢にも知るまい。

しかし、いまはとくに変わったものは見えない。穏やかで静かで、音がよく響く早朝の冷気は彼の味方だった。不審な物音はまったく聞こえない。

ネイトは岩山の中の洞窟に戻り、音をたてないように自分のフライフィッシング用の竿、フライ、つば広の帽子をとった。週末から、恋人のアリーシャ・ホワイトプリュームがここに来ている。彼女はまだキルトにくるまれて眠っており、ネイトはしばし安らかなその寝顔に見とれた。絹のような黒髪が枕の上に扇状に広がっている。先住民である一族のなめらかで高い頬骨、長いまつげ、彼女もまた不安を感じているかのように端の下がった美しい唇。

朝食にマスがあるとアリーシャが喜ぶので、ネイトは彼女のために二匹釣ってくるつもりだった。

自分でも説明できない感覚に従って、革のショルダーホルスターをトレーナーの上に装着した。強力な四五四カスール・リボルバーの握りは左の腰の上に突き出している、一秒もかけず右手で抜いて撃てるように。拳銃はスコープ付きで、五百メートル程度の距離ならネイトの射撃は百発百中だ。

彼は一瞬足を止め、洞窟の壁に出ている根に吊るしてある鏡に映る自分を見た。身長はほぼ百九十センチ、肩幅は広い。長い金髪をポニーテールにしてタカ狩り用の革の足緒で留めている。目は、彼自身から見ても鋭く冷酷で憑かれたようだ。鼻は細くとがり、あごはがっしりしている。たんに人生の多くの時間をタカと過ごしてきたから——彼は鷹匠だ——自分の鳥たちに似てくるのだろうか。ネイトはよくそう考える。太った男とブルドッグ、あるいは社交界のファッションモデルとプードルのように。

そっと洞窟の外に出た。ふたたび、目前の峡谷の壁を眺め、山道を上から下までじっくりと確認した。見るだけではなく、聞き耳をたてた。なぜなら、自然界の音——鳥のさえずり、岩にいる太ったマーモットの甲高い鳴き声、峡谷の縁を舞っているニワトリ大のカラス二羽の調子っぱずれのカーカーという声——は、目に入るものと同じくらい状況を伝えてくれるからだ。彼らのおしゃべりは心配いらないと告げている。完全に静かならそれは悪い証《あかし》で、侵入者がいるということだ。

意識の隅に悪い運命の黒雲がまだ漂っているにもかかわらず、異状はなにも認められなかった。

　それでも、車ほどの大きさの巨岩のあいだを川へ下り、生きものたちの自然の音楽が川の流れの音に変わるあいだ、ネイトはこの場所にいるのも長くはないだろうと思った。


　一時間後、三十センチクラスのレインボートラウト三匹を釣って戻ると、アリーシャは起きて着替えを終え、キャンプスタイルのキッチンでコーヒーを淹れていた。入り口に下げてある分厚い覆いを上げて括り、新鮮な空気と朝日を洞窟の中に入れていた。ベッドもととのえてあった。前夜情熱に駆られて脱ぎ捨てたままになっていた衣類は、彼のものと自分のものを分けてたたんである。コーヒーのいい香りが漂っている。

「こいつをおろすよ」ネイトはぎらりと光る鋼鉄のような三匹を、カッティングボードの上に並べた。

「すてき」アリーシャはほほえんだ。「いつ釣りの名人になる修業をしたの？　ジョーと？」

「ああ」ネイトはあいまいに答えた。「でも、こういう魚はだれでも釣れるんだ。すれていなくて腹をすかせていて、フライに飛びついてくる」

アリーシャはうなずき、ネイトは彼女がこちらの表情を読もうとしているのに気づいた。このところ、アリーシャはジョー・ピケットについて聞くようになり、ネイトはいつもはぐらかしていた。

「最近、彼の話をあまりしないのね」

「ああ、そうだな」

アリーシャ・ホワイトプリュームはウィンドリバー・インディアン保留地で教師をしている。白人と離婚して外界から戻ってきて以来、彼女はすぐ保留地の生活に溶けこんだ。実際的でカリスマ性があり、部族会議のメンバーに選ばれたばかりか、ショショーニ族と北部アラパホー族の若者が小さな商売を始めるための援助組織も運営している。アメリカ政府の父親きどりの温情や補助金には、軽蔑以外のなにものも抱いていない。そのせいで、アメリカ先住民は何世代にもわたって衰退してきたのだと彼女は感じている。小部数の地元紙や工芸品店やビデオレンタル店やサブマリン・サンドイッチのチェーン店といったビジネスを始めた若い事業主たちは、アリーシャを精神的な指導者と仰いでいた。彼女はまた三歳になる女の子の後見人であり、ネイトのもとへ忍んでくるあいだは自分の母親に預けている。彼はアリーシャを愛しているだけでなく、その強さ、スタミナ、楽天主義、誠実さを尊敬していた。自分がＦＢＩと問題を抱えているために結婚できないことを、申し訳なく思っていた。一緒にいるために、まるで密通でもしているかのようにこっそり通ってこなければならないなんて、アリーシャにはふさわしくない。

彼女は言った。「それじゃ、あなたとジョーは——まだ考え中というわけ？」

「きみも追及の手をゆるめないね」

「追及しているわけじゃないわ。答えてもらえるまで礼儀正しく聞いているだけよ」

彼はため息をついて魚をおろした。鋳鉄のスキレットに少量のショートニングを入れると、溶けて煙を上げはじめた。マスの切り身をバターミルクに浸してから、ひき割りトウモロコシをまぶしてスキレットに並べた。

「考えるべきなのはジョーのほうだよ。おれの立場ははっきりしている」

去年の夏、ワイオミング州南部のシエラマドレ山脈で、ネイトとジョーは放っておいてほしいだけだと訴える凶暴なふたごの兄弟と対決した。ジョーは兄弟を追捕する特命を受けており、ふたごが自分たちだけで暮らしている理由がわかったときでさえ、厳正に任務を遂行した。ネイトはその場から立ち去りたかった。ネイトの考えでは、それは法律と正義が一致していない例だった。だが、ジョーは法律を選んだ。

「自分がこんなことを言うとは思ってもみなかったけど」アリーシャは独特の音楽的な声で言った。「あなたも努力する必要があるんじゃないの」

「おれたちが協力して事件に当たると、きみはいつだって気に入らなかったじゃないか。どうして気が変わった？」

「彼はいい人間に思えるから」彼女は答えた。「そして、あなたのいい友だちに思えるから」

ネイトは一声うなった。

「政府の人間だからといって彼を忘れてしまうなんて、あなたにはできないわ。自分でもわかっているはずよ、二人でたくさんのことを切り抜けてきたんだもの。ジョーの娘さんとは連絡している？　まだタカ狩りの弟子なんでしょう？」

ネイトはうなずいた。シェリダンはいまごろはもう大学へ行ったはずで、どこの大学を選んだのか彼は知らない。どこにいるのかも知らない。それは気にかかっていた。

「シェリダンを罰するべきじゃないわ」アリーシャは言った。「彼女のせいじゃないもの」

「わかっているよ」相手の意見が正しいので、ネイトはいらだってきた。

「メアリーベスはおれがまだここにいると知っている」彼は言った。「少し前に電話してきて、こっちの様子を確認した。彼女の母親からまで電話があったよ」

「あのきれいなやり手の女？」

「ああ、そうだ」

「でも、ジョーからはないの？」

「ジョーからはない」

「電話はおたがいにかけられるのよ」

「ふうむ」

「どうなの？」

「そう、もしかしたらそのうち電話するかもしれない」

「だめ」彼女はきっぱりと言った。「彼に会っていらっしゃい。あなたたちは電話じゃろくに話なんかしないわ。聞いたことがあるのよ。まるで二匹のサルがうなりあっているみたい。あなたたちはなにも話さないわ」

　ネイトは切り身を引っくりかえした。ジュウジュウという怒ったような音が小気味いい。目を上げると、アリーシャがこちらを見つめて待っていた。

「わかった」いくらか棘を含んだ口調で彼は答えた。「だがまず、この峡谷から出なくちゃならない。理由は昨夜話しただろう」

　彼女は顔をしかめた。特殊部隊のある部署、汚れ仕事専門の部署にネイトが属していたころに関係したことだ。組織の名前も、そこにいたあいだなにをしたのかも、彼は語らない。この先も決して語らない、なぜなら彼女が憤激するだろうからだ。ジョーでさえ知りたがらなかった、たとえネイトが打ち明けようとしても。

彼がやってきたこと——彼のチームがやってきたこと——がよみがえっては苦しめる。許可も退役面接も年金もなしでネイトがいきなり辞めたため、暴露されるのを恐れている人間たちがいる。名前を明かしたり仕事についてばらしたりするとネイトが脅したことは一度もないのに、彼らは被害妄想患者に生まれついているのだ。かつてのチームメイト数人が別々にロッキー山脈へ来て彼を殺そうとした。各回とも失敗に終わり、連中はもうこの世にはいない。だが、チームの腐敗した核心部——四人の男と一人の女——はまだ生きており、国土安全保障省で出世を果たしている者もいる。ネイトは彼らを〈ザ・ファイブ〉と呼んでいた。

まだ信頼できる内部の情報提供者によれば、〈ザ・ファイブ〉はネイトの仕事ぶりと地下での評判が高まっていることに気づいているという。ネイトの息の根を止めれば、彼らの寝息がより安らかになるのは間違いない。

ヴァージニア州にいる情報提供者の話では、〈ザ・ファイブ〉はまだ戦闘態勢に入ってはいないらしい。昨夜彼らについてアリーシャに洩らしたせいで、けさ起きたとき自分は不安な気持ちだったのだろうか、あるいは別の理由だろうか。〈ザ・ファイブ〉が戦闘態勢に入ったのなら、アリーシャをそばに置いておきたくはない、と彼は思った。

神経が昂ぶっている別の理由は、地下抵抗組織の人数が増えていることだった。組織はネイトに助力と保護を求めていた。もともとは国の向かおうとしている方向がいやで現代アメリカ社会をドロップアウトした少数の人々にすぎなかったのが、数百人に、あるいはもっとふくれあがっている。彼らは西部の山々の辺鄙な場所で暮らしている。昨年ジョーとネイトが救いだした女――それぞれ理由は違ったにしろ――が、二人の意見の相違の契機となった。彼女はいまアイダホ州スネーク・リバーに、同類の人々と一緒にいる。活動が公《おおやけ》になったり取り調べられたりしたらなにが起きるか、ネイトには想像がつかない。だが、暴発の危険性はじゅうぶんあるとわかっていた。

「いろいろと考えることがあるんだ」切り身が黄金色に焼けたあと、彼は言った。スキレットから出してタオルの上にのせ、油を切ってさました。そして禽舎のほうを示した。「それに、あのいまいましいワシは完全に治っていて飛べるはずなのに飛ぼうとしない」

「なにかの象徴みたいね」彼女は言った。

「そうかもしれないな。食べよう」

「お願い、銃をはずして。文明人は銃を身につけたまま朝食を食べないのよ」

「初めておれを文明化人と認めたね」

「まだそこまでいっていないわ。めざしてほしいものね」アリーシャは顔を上げていたずらっぽく微笑した。「洞窟で暮らす必要を感じなくなったら、文明社会の仲間入りができるかも」


朝食を終えたとき、彼はふと思いついた。「きみは来るときラージ・マールに会ったと言わなかったね」

ラージ・マールは鷹匠仲間で、地下抵抗組織のメンバーでもある。大柄な男でネイトとは昔からのつきあいだが、西部へ来てから太ってしまった。あごひげと頬ひげをはやし、ケイシーのレストランのコックという職業柄、服にはしみがついている。峡谷の南の縁のそばにあばら家を借りていて、壁の穴《ホール・イン・ザ・ウオール》のネイトのねぐらに行く唯一の道はラージ・マールの家のそばを通っており、彼はネイトの友人として訪問者を通すか追いはらうかする。どちらにしても、ラージ・マールは自分の家のそばをだれが通って峡谷に行きそうかを、衛星電話でネイトに知らせてくれる。ネイトはアリーシャの訪問を予期していたので、いままで知らせがなかったのを失念していた。

アリーシャはマスの最後の一切れを口に入れて、嚙みながら目を閉じた。彼女は新鮮な魚が大好物で、ネイトは彼女が食べているのを見るのが大好きだった。アリーシャは言った。「マールは家にいなかったわ」

「仕事に行っていたのかな」ネイトは首をかしげた。

「車で通ったとき、レストランは開いていなかったの。ちょっと寄って、コーヒーでも飲もうかと思っていたのに」

ネイトはすわりなおした。「ラージ・マールは、出かけるときはかならずおれに知らせる」

彼女は肩をすくめた。「緊急の用事だったんじゃないの。病気のお父さんがいるんじゃなかった？」

ネイトは椅子の背にもたれて目をこすった。

「キャスパーへ行くなら、おれに知らせるはずだ。いつもそうしてくれる」そして、彼は急いでテーブルから立った。「アリーシャ、説明はできないが、なにかおかしい。荷造りしよう」

「どこへ行くの？」

「まだわからない」

「また戻ってくる？」

「いや」

8

携行対戦車無反動砲《ロケットランチャー》を持った酔っぱらいのカウボーイ二人ほど、厄介なものはない。

ホール・イン・ザ・ウォール峡谷へ向かうでこぼこの轍の道を運転しながら、ローリー・タリクが思ったのはそれだった。

本物のカウボーイだというわけではない、もちろんだ。二人は必須である〈ラングラー〉のジーンズをはき、大きな〈モンタナ・シルバースミス〉のバックルをはめ、〈シンチ〉の長袖シャツを着て、カウボーイハットをかぶっている。ジョニー・クックはオールバニーに近いニューヨーク州北部出身、寡黙で大柄で金髪。ドレネン・オメリアはデラウェア州出身、ずんぐりとした体型、おしゃべりで愛嬌はあるものの偽善的。だが、彼らは若くて屈強で頭が鈍くハンサムな上、人を楽しませようと一生懸命。最近解雇された観光牧場での出来事以来、目下無職であることはいうまでもない。

だが、彼女が借りたピックアップに積まれた梱包用の木箱の中に入っているＡＴ４肩撃ち式ロケットランチャーは、まさに本物だ。

昨夜、ローリー・タリクはサドルストリングの〈ストックマンズ・バー〉で飲みものを賭けてビリヤードをしていたジョニーとドレネンを見つけた。店内は暗く涼しく、細長い造りだった。西部流にごてごてと飾りたててあるのが心地いい、伝統的なバーだった。仕事に適した男たちを探すにはここがいい、と彼女はアドバイスを受けており、それはまさに正しかった。三晩続けてバーのスツールに一人で陣どり、バーテンダーの名前も知った――バック・ティンバーマンだ。ローリーは恥ずかしがるふりをして自分の名前は教えなかった。バーテンダーは彼女を〝リトル・レディ〟と呼び、「なにを飲むかね、リトル・レディ?」と話しかけた。

「おかわりをもう一杯お願い」ローリーは〈クラウンロイヤル〉のコーラ割りを頼んだ。かつて夫に、割ることで二つのうまい飲みものをだいなしにしているとたしなめられた。

クレジットカードの記録が残らないように現金で支払うと、その夜の二杯目に口をつけ、観光牧場をクビになった二人のカウボーイをちらりと盗み見た。彼らはキューにチョークをつけてコールショットを決め、新来の相手――たいていは観光客――を完敗させては、酒をおごらせていた。二人は彼女に気づいていた。ほっそりとした体つき、前髪を垂らした漆黒のショートヘア、真昼の空の色のような明るい薄青の目。

そして役柄にふさわしい服装。体にぴったり合った〈クルエルガール〉のジーンズに飾りのついたカウガール・ベルト、そして白いノースリーブのトップ。脚を組んでいたが、スツールを回して二人を見たとき、開いた唇を舌で舐める風情で、右のブーツの短剣のような爪先で小さな円をくるりと描いた。よし、二人はすっかりこちらに気をとられた。

彼女は観察を続け、彼らが見られているのを意識してできるだけ格好よくふるまおうと大ぼらや馬鹿話をやりとりするのを聞いていると、ますますおあつらえむきの男たちに思えてきた。まさに仕事にうってつけだ。彼らもまた役割を演じている。夏のあいだのレンタルカウボーイだ。ビッグホーン山脈のあちこちにある観光牧場には、ワイオミング州とモンタナ州のほとんどの地域と同様、こういう連中が集まってくる。客が期待しているので、ふさわしいルックスを持ち、役柄を演じられるパートタイムの労働者を、牧場主は求めているのだ。そしてジョニーやドレネンのような若者は、彼女が計画している仕事にぴったりだ。若く、ハンサムで（少なくともジョニーは）、白人であり、常雇いの従業員たちの脅威にはならず、観光牧場の運営には野心も興味もない。雪のない三、四ヵ月の短いあいだ喜んで働くが、貧乏だ。牧場の支配人にとっては、多少でも馬の知識があればよく、ギターが弾けてカウボーイ・ソングでも歌えれば上等だった。だが、まずは男たちがそれらしく見え、演じられることが重要で、野球帽を後ろ向きにかぶったり、ピアスをしたり、バギーパンツをはいたり、二サイズ大きいシャツを着たりするのはご法度だ。こういう連中は決して牧場の本物のカウボーイや牧童たちの代わりはつとまらないが、女性客にとっては快い目の保養であり、力強い腕と背中を生かして野外でのちょっとした雑用をしてくれる。

もちろん、マサチューセッツから来た裕福な労働組合のボスの十代の娘二人を、両親がスクエアダンスの会に参加しているあいだに家族用キャビンから連れだし、ビールを飲ませて酔っぱらわせて、納屋でコンドームの袋を嚙みちぎっている現場をつかまったりしなければの話——そういう場合、彼らは解雇される。ジョニーとドレネンのように。

そして、二人は歴史ある〈ストックマンズ・バー〉でビリヤードの腕を披露して酒をおごってもらう境遇になったわけだ。節だらけのマツ材の天井から鎖で吊るされたビールのネオンに見下ろされ、壁に飾られた何世代にもわたる地元のロデオ乗りたちの白黒写真に囲まれて。先人たちは彼らを値踏みし、間違いなく力量不足だと判断しているだろう。もっとも、ジョニーもドレネンもそんなことには洟も引っかけてはいるまいが。

二人が適役だと見当をつけると、ローリーはスツールを下り、女性用トイレへ行く途中、腰をくねらせるようにして彼らのそばを通った。二人は礼儀正しく帽子を傾けてみせ、彼女は立ちどまって話しかけた。ビリヤードのゲームが終わったら一杯おごらせて、あなたたちのスタイルが気に入ったわ、とてもすてき、と。二人はすぐに食いついた。

ローリー・タリクはトイレの近くにある背もたれの高い暗いブースの一つにすわり、待った。ティンバーマンが〈クラウンロイヤル〉のコーラ割りをもう一杯持ってくると、彼女はジョニーとドレネンが飲んでいた〈クアーズ〉の瓶ビールを二本頼んだ。ずっと数えていたので、それぞれがもう六本ずつ飲んでいるのを知っていた。

二人は最後のゲームを急いで進め、ドレネンが手玉をポケットに入れてしまって負けた。そのショットを見ていた彼女は、自分と早く同席できるようにわざとやったのだろうと思った。微笑したいのを抑えて待ち、にせもののカウボーイ二人がブースにやってきたときにほほえみかけた。ドレネンが隣にすわってもいいかと尋ね、ローリーは場所を空けた。ジョニーはテーブルの真向かいに腰を下ろした。二人ともカウボーイハットをぬがなかった。

ローリーが十歳年上で女友達がもう一人いなくても、かまわないらしい。〝死んだ夫〟というフレーズを彼女は会話のあちこちにちりばめたのに、ジョニーが自分の結婚指輪をじっと見ているのに気づいた。男たちの察しが悪いので、とうとう言った。「夫は二年前に殺されたの」これでようやく、彼らは理解したらしい。

「ああ、そいつはお気の毒に」ドレネンがもごもごと言った。

「どうしてそんなことに？」ジョニーが聞いた。

「撃たれたの」ローリーは低い落ち着いた口調のまま続けた。「それでね、じつはある男を探すのを手伝ってもらえないかと思って。現場にいたので、なにがあったのか彼は知っているのよ。ほら、あたしはこのあたりに馴染みがないでしょ。事情に通じた男二人に手を貸してもらえると、ほんとうに助かるんだけど」

ジョニーとドレネンは視線をかわした。ドレネンはにっこりしたが、ジョニーはどう反応していいかわからないのか、たんに酔っていて静かなのか、はっきりしなかった。男と呼ばれることにも、地元の人間と思われることにも、彼らが気をよくしているのがローリーにはわかった。

ジョニーはゆがんだ笑みを浮かべて手をさしだした。「ジョニーだ。こっちはドレネン」

ジュークボックスでパッツィ・クラインの〈ウォーキング・アフター・ミッドナイト〉がかかっていた。「パッツィよ」二人にはわからないと知っていて、ローリーは最初名乗った。まずジョニーと握手し、次にドレネンに手をさしのべた。ドレネンは最初ためらったが、握りかえした。

「会えてうれしいよ、パッツィ」ジョニーは言って、ビールを飲みほした。「よかったら、話をするあいだおれとドレネンにもう一本飲ませてもらえないか」

彼女はティンバーマンにまた指を二本示して、合図した。自分はもういいが、彼らは飲みたがっていると。

「かなりの額を払う用意があるわ。あなたたちが口を閉じていてくれて、じっさいに相手を見つけられたら。まあ、あたしはけっこう羽振りがいいのよ、生命保険金とか入ったから」

「くそ、昨今、金《かね》がほしくないやつなんかいるかよ？　金は……金《きん》みたいなものだぞ」ドレネンは言った。

ジョニーはにやにやしてドレネンに言った。「いまのは、おれが覚えているかぎり最高にばかげた言い草だぞ」

「もっとばかなことも言ったさ」

ジョニーは説明した。「わかるだろう、夏のあいだじゅう金持ちどもの相手をするのはストレスが溜まるんだ。やつらは、自分たちが金持ちだってことにさえ気づいていない、むかつくよ。こう言ってやりたいね、『持ち金の少しでいいからおれにくれ。あんたたちは気にも留めないだろうし、おれには使い道があるんだから』って」

新しいビールが二本運ばれてきて、ローリーはすわりなおした。自分はある程度手の内をさらした、あとは相手の出かたしだいだ。頼むからやらせてくれと言われるまでは、これ以上打ち明けるつもりはない。もし話がだめになっても、これまでのところは疑われるようなことはなにも口にしていない。探している男の名前も、彼女のアドバイザーの名前も。

「いまはたいして忙しいわけじゃないしな」ジョニーはビール瓶の曇ったガラスに指先で小さな円をいくつも描いた。

「まったく、おれたち、クレイジー・ウーマン・クリークの岸辺でキャンプしているんだぜ。夜は寒くなってきたし、こいつとくっついて温めあうなんてごめんだ」ドレネンはビールの口をジョニーのほうに向けて笑った。「おれとジョニーは——『ブロークバック・マウンテン』の恋人同士のカウボーイとは違うんだ」

「冗談じゃないぜ」ジョニーは友人にうめいてみせた。「金の話に戻ろう。ドレネンのことは気にしないでくれ。こいつは……おしゃべりでね」

ドレネンは気を悪くした様子もなくうなずいた。

彼女は首を振ってビリヤード台のほうへ手を振ってみせた。「仕事がなくて山の中で暮らしていても、車で町へ下りてきて遊ぶ余裕があるじゃないの」

「そうとも、マム」ドレネンはまじめな顔で答えた。「たとえ無職でも、町で一夜を過ごす権利はあるんだよ」

「もちろんそのとおりだわ」彼女はじっとドレネンを見つめて、この頭には石しか詰まっていないのだろうと思った。「だからここは偉大な国なのよ。だれも権利を奪われたりしない」

「まさに」ドレネンはうなずいた。「いまの一言で、あんたにキスしてあげたいよ」そして彼はローリーに身を寄せてもたれかかり、頰に口づけしようとしてあごを上げた。

「いて！」ドレネンは叫んで身を縮め、ぐいと頭をのけぞらせた勢いで帽子がブースの背にぶつかり、テーブルの上に落ちた。そして、彼は両手を腿のあいだに入れた。

「いまのはなんだ？　あそこを蛇に嚙みつかれたかと思った」

「蛇じゃないわ」彼女はテーブルの下でドレネンを突いた編み棒を引っこめた。「そして、キスはだめ。どんなおふざけもだめ。話がつくまでは」

ジョニーはたじろぎもせず無表情で眺めていた。そして彼女に目を向けて言った。

「でも、い、あとでなら期待していいのかな？」

「くそ」ドレネンは帽子をとってかぶりなおした。「彼女がやったこと、見ただろう？」

ローリーはジョニーに視線を返して答えた。「可能性はつねにあるわ。でも、やるべきことが先よ」

「金の話をしていたよな」ジョニーは声を低め、テーブルごしに身を乗りだした。

「どのくらいの金額を考えている？」

「一万ドル」彼女は答えた。「半分ずつ分けてもいいし、どっちが多くとるか決めてもらってもいいわ」

ジョニーは眉をひそめた。「どうして片方が多くとるんだ？」

「おれたちはきっかり半分こにするさ、なあ、ジョニー？」ドレネンが言った。

「あなたたちの好きにして。ただ、片方の仕事がもう片方よりも手間かもしれないと思っただけ。でも、どう分けようとあたしのほうはかまわない」

ティンバーマンがまたビールを持ってきて、ローリーは現金で払った。「ラストオーダーだよ、リトル・レディ」バーテンダーは言った。

「彼女はパッツィっていうんだ」紳士らしく女の評判を守るかのように、ジョニーは告げた。

ティンバーマンは彼女にウィンクした。彼は歌手の名前を知っていた。

「それじゃ」ドレネンも身を乗りだし、三人は頭を突きあわせた。「おれたちはだれを殺《や》るんだ？」

その口調は冗談半分だった。

彼女は尋ねた。「人を殺したことがあるの？」

その問いはしばし宙を漂い、ドレネンがすばやく答えた。「もちろんさ」だが、言ったあとその視線がさっとジョニーに向かい、また彼女に戻った様子から、嘘をついているのは明らかだった。相手を感心させようとしているのだ。そしてたぶん彼女が気づいていると察したのだろう、ジョニーに向かって偽の記憶を呼びおこすかのように、「あのメキシコ人」と言った。さらに声を低めて続けた。「あのふざけたメキシコ人の雇われカウボーイ。生意気な野郎でさ」

彼女はうなずいた。

「そう」ドレネンはブースの背に寄りかかって胸を張った。「やつはもう生意気な態度はとれないとだけ言っておくよ」

「あのメキシコ人な」ジョニーはうなずいた。「おれたちはくそったれを黙らせてやった」

彼女は言った。「男の名前はネイト・ロマノウスキ。だけど、それはあなたたちにはどうでもいいことだわ。それで、どこでキャンプしているって？　車で送ってあげるわ」

それは二年前の出来事だった。ローリーの亡き夫チェイス・タリクは、悪名は高いが地元の重要人物である男たちに雇われていたシカゴから、兄コーリー、弟ナサニエルとともに西部へ向かった。ＦＢＩがはなばなしい取り締まり作戦に出て、その結果チェイスの上役たちはシカゴから脱出しなければならなくなったのだ。最後に夫と会ったとき、彼は寝室でスーツケースに荷物を詰めていた。いつもと変わらず冷静で、二週間ぐらいで戻ってこられるだろうと告げた。電話するとチェイスは言ったが、正確な行き先は教えてもらえなかった。サボテンか鞍をお土産に買ってくるよ、と夫は言った。

チェイスが家計をすべてとりしきっており、収入はどうなっているのと一度聞いたときに恐ろしい冷酷な目でにらまれたので、当然ながら彼女は夫が不在になることを心配した。とくに、そのとき妊娠二ヵ月だったのだ。二人はノースサイドで裕福に暮らしていて、彼女が働く必要はなかった。毎日が、買い物とピラティスとシカゴの〝下部組織〟で夫が働いているほかの妻たちとのランチで過ぎていた。もちろん、〈トリビューン〉紙で〝タリク兄弟〟についての記事を目にすることはあり、チェイスが若いとき刑務所に入っていたのも知っていた。だが、彼はよく面倒を見てくれたし、毎月たっぷりと小遣いをくれた。名前を言うと、ローリーはクラブやレストランで下にも置かぬ待遇を受けた。彼女はあえて、あまりいろいろと考えないようにしてきた。それがローリーの暮らしの代価だった。

五週間ものあいだ、チェイスは連絡してこなかった。一度だけ、ワイオミング州ヒューレットというところから詰めものをした大きな封筒が届いたが、中には彼女の毎月の小遣いが入っていただけだった。メモさえ付いていなかった。

そのあと、ＦＢＩがやってきた。ドアを開けたとき、夫の身になにかあったことをローリーは知った。ワイオミング州北東部の、デヴィルズタワーのふもとの辺鄙な場所でチェイスは射殺された、とＦＢＩは告げた。チェイスの弟のナサニエルも殺され、長兄のコーリーだけが助かった。彼は勾留中で、連邦と州から起訴されるとのことだった。

絶望的な気持ちで、ローリーはデンヴァーにいる義兄に会いにいった。連邦勾留施設の分厚いプレキシガラスの向こうから、コーリーはなにが起きたかを彼女に語った。見たこともないほどでかい拳銃を持った地元の田舎者に、チェイスは不意打ちされたのだと。そのとき、彼女は初めて夫の仇の名前を聞いた。

ローリーは必死でコーリーを問いつめた。チェイスはどこにお金を隠していたのか？　どうしたら自分は手に入れられるのか？　また子どもが――コーリーの甥か姪が――生まれるのに、すっからかんの上、一人でどうやって育てていけばいいのか？

コーリーは助けてくれなかった。彼の話では、チェイスは自分の金は一人で管理していたという。それに、こっちはこっちの問題で手いっぱいだから、彼女は自分だけでやっていくすべを学ぶべきだ、とコーリーは言った。

ローリーは打ちのめされた。もう終わりだ。なにも手持ちのない状態でこんなふうに彼女を置いて死んでしまったチェイスを見つけだし、もう一度殺してやりたい気持ちだった。そこで、ローリーは中絶手術を受け、家を売り――詮索を避けるために、チェイスは彼女の名義にしていた――みずからの境遇から気をそらすために編み物を習った。怒りがおさまらなくなり、チェイスがもし帰ってきていたら自分の人生はどうだっただろうと、しょっちゅう考えるようになった。その田舎者がもし彼を殺さなかったら。

ローリー・タリクの父親はシカゴの〝下部組織〟で生涯を過ごした。市会議員をつとめたこともあり、賭け屋でもあり、市長の補佐でもあり――多くの仕事をしていたが、毎朝出かけていく事務所がある様子はなかった。子煩悩ではなくとも愛情のある父親で、ローリーと弟に慰めと安らぎを求め、自分がそれほど悪い人間ではないと思うようすがにしていたようだ。青白いたるんだ顔ののっそりした男で、とんでもない時刻に帰宅していたが、旅行に行けばかならず子どもたちにお菓子やお土産を買ってきてくれた。引退してからは庭でピーマンやタマネギを育て、もっぱらテレビを見ていた。だが、いまでも家族であり、ローリーが絶望して父親を訪ねたときには、家に迎えいれて彼女の苦境に耳を傾けてくれた。

ある晩、夕食後のワインを二、三杯飲んだあと、父親は復讐をするべきだと告げた。

「おまえがもとの亭主をどう思っていようと、死んで以来彼についてなにを耳にしようと、このまま仇を討たずにおくべきじゃない。何者かが家族に害を加えたなら、どういう理由があったにせよ、そいつはおまえを傷つけたことになる。そいつを見つけだして復讐を果たせ。自分のしたことには結果がつきまとうということを、思い知らせる必要がある。とくに、おれたちの愛する者に手を下した場合はな。それが世界に一定の秩序を保っていくためのただ一つの方法なんだ。なぜなら、おまえに代わってやってくれる人間は間違いなくだれもいないからだよ。政治家も警察もやってはくれない。歩きまわれるならおれが自分でやる、しかしあまりにも老いぼれてもうよれよれだ。復讐は人生を洗い清めてくれる。おまえにはそれが必要だ」


ローリーは先月ワイオミング州に来た。そして驚いた――だれもがみな知りあいのようだった。質問をすれば答えと手がかりが返ってきて、とうとうサドルストリングにたどりついた。ネイト・ロマノウスキを知っている人間を探しだすのに三日しかかからなかった。

彼女のアドバイザーは言った。「復讐をしたいんだな？　おれはやつのねぐらを知っている数少ない人間の一人だ」

それからアドバイザーは、友人のつてでロケットランチャーを手に入れられる、一晩でローリーのもとに届けられると請けあった。信じられないほど力になってくれたし、熱心すぎるほどだった。彼女は決して相手の意図について尋ねなかった、知る必要がないからだ。ローリーにとって大切なのは、二人の利害と目的が一致しているということだった。

そしてついに、報復のときが来た。人生を洗い清めるときが来たのだ。


山の中のキャンプに行くまでのあいだ、ジョニーとドレネンは翌日なにをするかについて——とくに、ローリーが仕事のために用意したロケットランチャーを担いで発射することについて——興奮しながら話していた。しかし、翌朝彼女が迎えにいくと、二人から前夜のような熱意は失せていた。

マツ林の中にあるいくつものキャンプ場を抜け、車両の進入を禁止する森林局の標識のある脇道へ入った。そこからさらに、レンタカーにこすり傷をつけながら密生したロッジポールマツの森を二キロ近く走って、二人の居場所に着いた。キャンプはみすぼらしかった。それぞれがしみのある薄いドーム型テントを立て、周囲には空き瓶がころがっていた。かまどにはアルミホイルや古い骨が散らばっていた。木のあいだに張りわたしたナイロンロープに服が干してあった。

　ローリーが車を乗りいれると、ドレネンが木立からジーンズのジッパーを上げながら出てきた。顔色は悪くげっそりとしていて、目は赤かった。彼女はエンジンを切って降りた。ドレネンはやあとうなずいてみせ、ジョニーを呼んだ。ジョニーは自分のテントから後ろ向きに這い出て立ちあがった。こちらもひどい様子だった。二人が意味ありげに視線をかわしたことから、彼らがなにかを決めたのがわかり、ローリーはどちらが最初に口を開くのかと待ちかまえた。

「おれとジョニーは」ドレネンがよごれた両手をジーンズのポケットに突っこんで、足もとの松葉に視線を据えた。「けさちょっと話をしたんだ。こんどの仕事、あんまりいい考えだと思えなくなってきた」

　ローリーはピックアップのグリルに寄りかかり、ジャケットの背中を通してエンジンの熱を感じた。ちょうど、午前の陽光が黄色い矢となって樹間から地面に差しこんできた。踏みつけられた草に、朝露の名残が光っている。空気は薄くひんやりしていた。「昨夜は気に入っていたことが、なぜ今日は気に入らないの？」彼女は静かに尋ねた。

　沈黙が返ってきた。いまは二人とも地面を見つめていた。彼らに平手打ちをくらわせて、頼むから男らしくしろとどなってやりたかった。だが、彼女は待った。

とうとう、ジョニーがもごもごとつぶやいた。「彼女に話せよ、ドレネン」

ドレネンは咳ばらいした。二日酔いのせいで、声はかすれて濁っていた。「命を懸けるには一万ドルは少ないと、おれとジョニーは思うんだ」

ローリーは微笑を抑えた。この男たちはとても……単純だ。「命を懸けるだなんて、どこから思いついたの？」

「なあ、パッツィ」ドレネンは言った。「昨夜はおれたちかなり酔っていて、とてもいい話に思えたんだ。とくに、ロケットランチャーを使うくだりは。すごくかっこよく思えた。だけど、その男をおれたちは知りもしないんだ。そいつがなにをしたのかも知らない」

「彼はあたしの夫を殺した。それ以上、なにが知りたいの？」

ジョニーは松葉を蹴った。「じゃあ、そいつは悪人なのか？」

「そうよ」

「だったら、どうして警察はそいつを逮捕して刑務所へ入れないんだ？」

「なぜなら、警察は無能だからよ」彼女はきっぱりと答えた。

ドレネンは言った。「そう聞いているよ」

「いい」彼女は説得にかかった。「相手はお尋ね者なの。だから隠れているのよ。彼が警察を呼ぶなんてありえないわ、そんなことをしたらつかまるもの。こんどの仕事は安全この上ないわけ。あたしの知るかぎり、ネイト・ロマノウスキになにかあったと知っても、警察は空涙さえ流さないでしょうよ。ええ、万が一あたしたちのだれかがつかまったとしても、表彰してくれるわ」

ドレネンは鼻にかかった笑い声を上げたが、ジョニーににらまれて黙った。

「無理に頼む気はないのよ。あなたたちはこれをやってもいいし、やらなくてもいい。ビリヤードの稼ぎで食べていってもいいし、故郷へ逃げ帰って親もとで暮らしてもいい、あたしはどうだってかまわないの。手を貸してくれるほかの人を探すだけよ」

二人は無言で彼女を見つめた。

「例のメキシコ人はどうしたの？」ローリーは聞いた。「昨夜はなにも気にしていないみたいだったのに」

その嘘を思い出すまで、一瞬の間があった。ドレネンは答えた。「あれには個人的ないきさつがあってね」

彼女は向きを変え、ピックアップのボンネットを指でとんとたたきながら車の向こう側へまわった。彼女がドアのハンドルに手をかけたとき、ドレネンが言った。

「二万ドルにならないかと考えていたんだ。それぞれに一万ずつ。あんたの頼みは大《おお》事《ごと》だよ、パッツィ。もしうまくいかなかったら……」

彼女は振りむいて微笑した。「うまくいくはずよ。あなたたちがあたしの指示に従ってすべて厳密にやれば、かならずうまくいくわ。今日の午後にはここへ戻ってこられる。一万五千までならいいわよ。それ以上は出さない」

彼女は待った。

「これは相談しないとな」ドレネンは言った。「五分くれ」

男たちがこちらに背をむけて話しあうあいだ、ローリーはピックアップの荷台に積んである梱包用の木箱を見た。長さは一メートル二十センチ、高さは三十センチほどだ。だれかが外側にホームセンターの名前と住所をステンシルで刷ってくれたので、疑う人間はいないだろう。ロケットランチャーの仕組みについて教えてくれた協力者の言葉を思い出した。三百メートル以内なら正確だが、もっと近寄れるならそれがいちばんいい。

木箱の横には、前の晩買って荷台で冷やしておいた〈クアーズ〉の瓶のケースがある。ローリーはジョニーとドレネンに声をかけた。「あなたたち、迎え酒がいる？勢いがついて心が決まるかもしれないわよ」

ドレネンは言った。「それはすごくいい考えだ」

二人がゆっくり近づいてくると、彼女は木箱の蓋を持ちあげた。ロケットランチャーは短くてずんぐりとした形で、詰めものの中に置いてあるだけで破壊的な武器だと感じさせた。

ジョニーはビールに手をのばしかけたが、それを見て動きを止めた。感心して、ヒューと口笛を吹いた。ドレネンも彼が見ているものを目にして、ささやいた。「たまげた。あんた、本気なんだな、パッツィ？」

二人が話に乗ったことを、彼女は知った。

9

ローリー・タリクは車の速度を落とし、轍の道からひざまであるヤマヨモギの茂みに入って、ここまで案内してくれたGPS装置を切った。じきに正午で、熱気が平原に揺らめいていた。遠くの地平線にビッグホーン山脈が見えていた。

「ここからだとあの山脈とのあいだに峡谷があるのがまったくわからないでしょう、おもしろい眺めね」ローリーはジョニーとドレネンに言った。「でも、あるのよ。ブッチ・キャシディとサンダンス・キッドが昔あそこの洞窟に隠れていたんですって」

「そいつらのことは聞いたことがある」ドレネンが言った。

「映画を見たよ」ジョニーが言った。

峡谷の縁に着く前に、ローリーはピックアップを止めてロケットランチャーの撃ちかたを二人に教えた。彼女のアドバイザーは注意深く操作をやってみせ、彼女にもくりかえさせた。これほど大きな火器についてローリーはよく知らないが、簡単に操作できそうで驚いた。とても簡単だ、たとえジョニーとドレネンでもしくじるはずがない。

彼女はピックアップの荷台に上がって梱包用の木箱を開けた。武器が完全に姿をあらわすまで男たちは用心深く見守ったが、見ていたのはおもに彼女の尻だった。それから二人は武器に興味を移した。彼らが本能的にロケットランチャーに魅せられたのは明らかだった。

ローリーはその武器を立て、付着していた詰めものをAT4から払った。それがいかに軽いかを知ったときは、驚いた。もっと重いと思っていたのだ。

安全ピンを抜き、カバーをずらして照準器が飛びだしてくるのを示した。肩に担いで照準器で狙えるように、ランチャーを二人に渡した。彼らは初めてエアライフルを与えられた少年たちよろしく、たちまち夢中になった。ドレネンはあとじさってジョニーに狙いをつけると、言った。「バーン。死ね、ターバン野郎め、死ね」

ジョニーは武器をもぎとった。彼女はひやひやして見ていたが、発射はされなかった。ジョニーはドレネンに言った。「よせ、このばかが。そしておれをターバン野郎なんて呼ぶな」ドレネンはにやにやして肩をすくめた。

彼女は、残る二つの操作手順、コッキングレバーをどう動かすか、どこに親指をかけて赤い発射ボタンを押すかを教えた。セーフティボタンを押しながら狙いをつけ、定まったら発射ボタンを押すようにアドバイザーは指導した。男たちに手順をくりかえしてみせ、そのあとジョニーが準備をして照準器を遠くの木に合わせるのを——ふたたびひやひやして――見守った。それからジョニーは注意深くコッキングレバーを戻し、次の指示を待った。

「背後に気をつけるのよ」ローリーは言った。「後ろへ排出されるガス《バックブラスト》があるから」

ドレネンは不満そうだった。「じゃあ、ジョニーが撃つのか？」

「そうだよ、ばか」ジョニーは答えた。

「それでも、金は山分けだぞ」ドレネンは言い、ジョニーはうなずいた。

「もしおれがはずしたら？」ジョニーは彼女に聞いた。

彼女はかぶりを振った。「チャンスは一度だけよ。これは一発必中の武器なの。発射したらおしまい。発射器はかならず持って帰ってきてね。そのへんに投げだしてこないで、あたしたちの指紋だらけだから」

駐車した茂みから峡谷の縁までは、かすかな足跡がついていた。ローリーは指さして、これを辿っていくようにと告げた。さらにビールの栓を開けつつ熱心に目を向け、耳を傾ける男たちに、彼女は渡されていた図面を示し、ボンネットの上に平らに広げた。

「ここが洞窟の入り口のあるところ」X印のついた楕円形を指さした。「下りの山道の途中に遮蔽物があって、そこから洞窟の入り口が見えるの。どこを見ればいいかわかっていればね。あなたたちはそこに隠れて狙うのよ。でも、ここへ来る途中でも言ったとおり、ただ発射してもだめ。かならず、じっさいに彼を目にしてからにして。彼がそこにいるのを確認してからよ」

「隠れ場所から洞窟までの距離は？」ドレネンが尋ねた。

ローリーは間を置いて、アドバイザーの言葉を思い出そうとした。「百五十メートル強。だから、それほど遠くないわ」

「そいつの外見は？」ジョニーが聞いた。

「あたしは見たことはないけれど、背が高くて髪が長い。大男よ。でも、峡谷の底にほかの人間がいるはずはないから」

「で、じっさいにそいつの姿を見なくちゃならないんだな？」

「そのために双眼鏡を渡したでしょう。間違いなく彼がいるのを確認する必要があるの。ただ洞窟を撃って、中の彼を仕留めたことを祈るんじゃだめなのよ」

「で、もしそいつがいなかったら？」ドレネンは尋ねた。

「二、三時間したら戻ってきて。あとでもう一度やってみることになるわ」

「〝あとでもう一度〟なんて聞いてないぞ」ドレネンは言った。

「やりとげないなら払わない」彼女は言った。「それが約束よ」

ドレネンは芝居がかったため息をついた。「だったら、そいつがいるように祈るよ」

「あたしが聞いたところでは、いるわ」

「だれから聞いたんだ?」ジョニーが尋ねた。「この件を、ほかにだれが知っている?」

ローリーは首を振った。「事態を把握している人物、そしてネイト・ロマノウスキを知っている人物よ」

ジョニーは眉をひそめたが、とりあえず納得したようだった。

「言っておかなければならないとても大切なことがあるの」彼女はジョニーからドレネンに視線を移してまた戻し、二人が自分に注目しているのを確認した。「ぜったいに命中させて。もしはずしたり失敗したりしたら、あたしたちはとんでもないことになる」

ドレネンは助手席のドアに寄りかかって、首を振った。「どういう意味なんだ?」

「あたしたちが狙っている男、彼には良かれ悪しかれ評判がある。こういう言葉を聞いたことがある、〝王を討つときにはかならず殺せ〟って? エマソンという男が言ったのよ」

「くそ、だれなんだよ、エマソンて?」ドレネンは尋ねた。「大物なのか?」

「それはどうでもいいの」彼女はアドバイザーの言葉を引用したのを後悔した。彼女自身、エマソンの正体については皆目わからなかった。「心配しないで。とにかくはずさないこと。たいしてむずかしくないはずよ」

二人はそれぞれもう一本ずつビールを持ち、さらにもう一本をジーンズのバックポケットに突っこんだ。彼女はピックアップの運転台に戻った。座席の後ろからニッティングバッグを出した。長いカウボーイブーツにしまっておくのが癖になっている自分の編み棒をとりだした。編むのはへただが、神経質になっていたので手を動かして気をまぎらわしたかった。編みものを始めてから、なんとか完成したものは幅三十センチ、長さ五メートルの長方形だ。目的などない。世界でいちばん長いマフラーだ。でも、終わらせかたがわからない。

感じをつかむためにロケットランチャーを交代で持ちながら歩いていく二人を、ローリーは見送った。出発する前に発射手順を復唱させたところ、覚えているようだった。武器のこととなると男は直感的にわかるのだ、と彼女は思った。男が直感的にわかるのはそれだけかもしれない。チェイスと彼の拳銃のことを思い出した。銃はまるで彼の延長のようだった。彼女は銃を見るだけで緊張してしまい、ニッティングバッグに隠してある三八口径にもめったにさわらない。

間違った場所を撃たないように、二人には地図を渡してある。

ジョニーとドレネンは五分後に峡谷を下る山道を見つけて、姿を消した。山道の上半分には罠は仕掛けられていない、とアドバイザーは請けあっていたので、そのことは二人に話してさえいなかった。

彼らが視界から消えると、彼女は猛烈な勢いで編みはじめ、爆発音を待った。洗い清められたと感じるのが、待ち遠しくてたまらなかった。

10

「急げ、急ぐんだ」ネイトは服をバッグに投げこんでいるアリーシャをせかした。

彼女は恐怖を湛えた目で見上げ、腕を広げて洞窟内を示した。「これをみんなどうするの？　ただ置いていくわけにはいかないわ」彼女が言っているのは、彼が三年ここで暮らしていたあいだに増えていった家具、道具、本、電子機器だった。

ネイトは肩をすくめてショルダーホルスターと四五四カスールを壁の掛け釘から下ろすと、二つともテーブルに置いた。「これだけあればいい」彼は言った。そしてつけくわえた。「あとは鳥たちだ。そう、連れていけるようにいまから頭巾をかぶせてくる」

アリーシャは目を丸くした。「銃や鳥以外のものも必要よ」

「あとはきみだ」誤解して、彼は答えた。

「そうじゃなくて。服がいる。それに衛星電話も。ほら」彼女は空のダッフルバッグをつかんでテーブルに置いた。「あなたが鳥の準備をしているあいだに、わたしが荷造りしておくわ」

彼はうなずき、洞窟の出口に向かった。途中で、一つの動作感知器の受信機が鳴った。ネイトはぎょっとしてそれを見つめた。いちばん上にあるセンサーだ。

「よし。急ぐぞ」


ジョニーが言った。「見えると思う」

「どこだ？」

「あそこ。反対側だ。おれの腕の先を見ろ」

ドレネンはジョニーと肩を並べて立ち、ジョニーの上腕二頭筋に頬をあてるようにかがんだ。目を細くして、ジョニーの腕に沿って照準器の先の峡谷の反対側を見た。

「ちょっと暗いな」ジョニーは言った。「茂みの裏側の半月みたいだ。アニメで見る洞窟とは違うな。どっちかというと、岩の割れ目だ」

一瞬後、ドレネンは言った。「よし、見えると思う」

「目をそらすなよ」ジョニーは言った。「山道を少し下ろう。こっちに洞窟が見えるなら、向こうからもこっちが見えるはずだ。だから、隠れ場所まで移動しよう」

ジョニーは砲身の前方についているハンドルを持ってＡＴ４を運んだ。前かがみになってペースを上げると、カウボーイブーツがゆるんだ石に当たって音をたてた。ドレネンも身を低くして続き、ゆるい砂利ですべった場合に備えて両手を前に出していた。ドレネンはバックポケットからビール瓶を出してキャップをはずし、脇に捨てた。

洞窟の入り口からの視界をさえぎる香りの強い茂みが山道の左側に来るまで、ジョニーはペースを落とさなかった。ドレネンが追いつくと、ジョニーはＡＴ４を置き、そっと二本の枝を押しわけた。「見えるか？」

「見失った」ドレネンは答え、ぐびぐびとビールをあおって目をうるませた。

「ビールを置いて双眼鏡を使え。そのためにあるんだぞ」

「うるさい」ドレネンは言ったが、指示に従ってビール瓶を足のあいだに置いた。そして双眼鏡を目にあてた。

ドレネンが焦点を合わせるあいだ、ジョニーは待っていた。友人を見つめ、表情を読もうとした。

「オーケイ」とうとうドレネンは言った。「また見つけた」

「なにが見える？」

「そうだな、洞窟の上のほうみたいだ。下半分は茂みで隠れているけど、穴は大の男がかがんだりしないで出入りできるだけの高さがあるらしい。中は見えない――暗いんだ――でも、毛布かなにかが両側に結んであるみたいだな」

ジョニーはうなずいて、バックポケットから図面を出した。開いて正面にかかげ、図面の特徴とじっさいの峡谷を照らしあわせた。

「そうだ」ジョニーは言った。「いま見えているあの洞窟の入り口が、パッツィがX印をつけたところだ」

「やったぜ」ドレネンは低く笑った。「こいつは、おれたちがいただいた中でも最高にお手軽な一万五千ドルだ」

「まだ成功したわけじゃない」ジョニーは言った。「洞窟から目を離すな。やつがいるかどうか見るんだ。おれは準備にかかる。くそったれが見えたら教えろ。チャンスは二度とないかもしれないんだ」

ネイトのタカ用の禽舎は高さ二メートル半、奥行き一メートル八十センチほどで、洞窟の入り口から約二十メートル離れたところにある。川の近くで集めたヤナギの枯れ枝でおおってあり、開けた場所だが、おかげでほぼ完璧にカモフラージュされている。中に入ったネイトは、横柄ににらんでいるワシは置いておき、まずハヤブサの準備にかかった。鉤状のくちばしに革のひもをつけた頭巾をかぶせ、後ろで縛った。猛禽類は頭巾をかぶせられると外界からの刺激に過敏に反応しなくなり、見えないので運ばれているあいだ飛ぼうとしない。それぞれの鳥に、ぴったり合うサイズの頭巾が用意されている。

ハヤブサに頭巾をかぶせておいてから、ネイトはヤナギの枝のあいだから向かい側の崖を一瞥した。動きは見えないし、うろついているシカやボブキャットがなにも知らずに動作感知器に引っかかるのはよくあることだ。残念ながら、山道にはビャクシンの密生した木立が何ヵ所かあり、隠れ場所になっている。何者か——あるいはなにか——がそこからあらわれるかどうか、ネイトはしばし観察した。なにも起きない。だが、切迫感は少しも弱まらず、彼のうなじの毛は逆立っていた。

鳥たちに向きなおり、アカオノスリに頭巾をかぶせた。この雌は逆らわず、一分もかからずに終わった。こちらを値踏みしているワシに彼は目を向け、ため息をついた。ワシは頭巾が好きではなく、よく大暴れする。ネイトは言った。「いまだけは協力しろ」

ワシは止まっていた太い棒の上で前後に体を揺らした。鉤爪は黒くて長く、悪魔のもののようだ。ワシを運ぶときに使う分厚い溶接用手袋をはめていても、締めつける力は強く、痛みのあまり彼はしゃがみこんでしまうことがある。いまはどんなばかないい、いい、いい、いい、いい、いい、まねもするんじゃない、とネイトは念じた。

こちらの目的がわかるように、大きな頭巾を慎重に雌のワシの頭上にかかげた。「よしよし」彼はやさしく声をかけた。「よしよし……」

禽舎の外で、アリーシャが呼んだ。「ネイト、別の箱が鳴ったわ」

二番目の感知器だ。くそ。「中に戻れ」彼は叫んだ。「すぐに行く。外から見えないようにしていろ、アリーシャ、頼む」

「わかった」恐怖を抑えて、彼女は答えた。


「あっ、おい」ドレネンが高い声で言った。「だれかいるぞ」

ジョニーは大きく息を吸った。興奮すると同時に、吐き気を催した。

「よく確かめろ」ジョニーはロケットランチャーを右肩に担いだ。照準器を上げ、頬を発射器に寄せた。遠くの洞窟の上部が見え、スコープを目を当てると、光景が視界に飛びこんできた。動きはあるが、なんなのかわからない。洞窟の入り口にいた人間はだれなのかわからないが、また中に戻った。

「だれかが動いたのが見えた」ジョニーは言った。

「おれはもっとよく見える」ドレネンは言った。「やつは洞窟の陰にいるけど、確認できる。髪が長いとパッツィは言っていた。長い黒髪。やつだよ」

「間違いないか？」ジョニーは突然怖気づいた。「ぜったいに間違いないんだな？　やつは金髪だとパッツィは言わなかったか？」

「やつだよ、ちくしょう」ドレネンは怒りをこめてささやいた。「撃て、撃て、撃てよ！　ほら！」

「くそ」ジョニーは言った。「コッキングレバーを忘れていた、いまいましい」

「おれがやればよかったんだ」ドレネンは自分を抑えきれず、片足から片足へ体重を移して跳ねはじめた。跳ねながら後戻りしたが、双眼鏡は目から離していなかった。

「よし」ジョニーはAT4を構えなおした。

「やれよ」ドレネンはまだ下がりながら、うっかりジョニーの後ろへ回った。「ほかの二つのスイッチも忘れるな」

そのとき、ネイトは周囲の異様な静けさに気づいた。鳥も齧歯類も息をひそめているかのようだ。そしてほとんど感知できないほどかすかに、彼は一つの音を聞いた。遠くても鋭い、カチリという金属音。

その音を彼は知っていた。過去に聞いた音。とっさに反応して大声を上げ、禽舎の中できびすを返して戸を開けた瞬間、轟音とシューッという音が峡谷全体に響きわたった。

砲弾の猛烈な推力にジョニーの気は昂ぶり、閃光と洞窟内部の爆発に息もできなくなった。腹に響く衝撃音は峡谷の両壁に何度も反響し、武器の威力そのものに度肝を抜かれて、彼は汗びっしょりになった。砲弾の航跡は凍りついたかのようにまだ空中に残っていた。カタツムリが這った跡のような白い煙が、ビャクシンの茂みからはるか下を流れる川の上へのび、まっすぐ洞窟の入り口へ続いている。

ネイトは見た。稲妻のような煙と閃光が、山道の途中のビャクシンの木立から自分のほうへ筋となって迫ってくるのを。

砲弾は彼の洞窟の入り口の奥へ消えた。一瞬後の爆発でいったん出た禽舎の中へ吹き飛ばされ、禽舎はぺちゃんこになった。彼は折れたヤナギ、傷ついた皮膚と骨、パニックになったタカたちの激しい混乱の中、地面にたたきつけられた。

ジョニーは飛びあがって発射器を横に投げ、わめくように叫んだ。「やった！　見たか？　やつを仕留めたぞ、ドレネン！　完璧な一撃でくそったれをやっつけてやった。見たか？」

耳鳴りがして両手は震え、白熱したアドレナリンが血管を駆けめぐっていた。セックスよりいい、金よりも、なによりもいいと彼は思った。カメラを持ってきていれば、弾道の煙や洞窟からもくもくと上がる煙の写真が撮れたのに。そうすれば、フェイスブックに上げられたのに。

それから後ろを向くと、ドレネンが道の上でもがき苦しんでいた。服に火がつき、髪も燃えている。鼻をつく臭いの黒煙が彼の頭を包んでいる。顔は黒くふくれあがり、まるで焦げた肉のようだ。バックブラストのど真ん中に踏みこんでしまったのだ。

「それをしちゃだめだと彼女が言っていただろう」ジョニーはうめいた。

ドレネンは幼女のようにきいきいとのどの奥から泣き叫んだ。火が消えるまで土の上をのたうちまわるドレネンを、ジョニーは眺めていた。

ジョニーの背後で、一羽のワシがくすぶる残骸から飛びたち、上昇気流に乗って雲一つない青空へ飛翔していった。ジョニーは首をまわし、舞いあがっていくワシを催眠術をかけられたかのように見つめた。

11

ネイト・ロマノウスキはうめき声を上げ、残骸の中で腹ばいになろうとした。だが、手と足が動こうとしない。彼はあおむけに倒れたまま、ワシが空へ飛びたって峡谷から出ていくのを見た。耳の中にキーンという高い音がこだまし、心は肉体から切り離されたかのように感じられた。まるで、思考が圧力で解放されたガスと化して雲となり、まわりを漂っているかのように。

目を閉じて、自分を立てなおそうとした。手足の自由をよみがえらせ、思考を頭の中にとりもどそうとした。ああ、耳が割れるようだ。

体の機能が戻るのにどれだけの時間がかかったのかはわからないが、両手を動かして顔をこすることができたときに、なんとか心身が回復してきたのがわかった。彼の皮膚は砂塵に薄くおおわれていた。それから、もがきながら横向きにころがった。破壊された禽舎の薄い木の板が彼の重みで砕け、頭がくらくらした。朝食べたものを吐くと、嘔吐物の臭いとともに、爆発物とほこりのつんとくる嗅ぎ慣れた悪臭がした。その両方の臭いで自分がどこにいるのかを思い出したが、なにが起きたのかはわからなかった。

耳鳴りを通して、峡谷の反対側から叫び声が聞こえたように思った。ひいきのチームが得点したときのファンの歓声。痛みをこらえて、ネイトは首をまわして見ようとしたが、視界はぼんやりとして焦点が合わない。見えたと思ったのは、山道で溶けあっているかのように立つ二つの遠い人影だった。あまりにもぴったりとくっついているので、抱きあっているかダンスでもしているのかと、一瞬思った。しかし、彼らは一緒に山道を登っていた。なんらかの理由で、どんなふうにかくっつきあって。

負傷し、混乱していても、ネイトは本能的に彼らが自分を攻撃し、こちらに銃があれば射程距離内にいることを知った。むろんいちかばちかになるが、不可能ではない。不幸にも、撃つために必要な手と目の連係がいまはできず、四五四もない。ショルダーホルスターをはずして掛け釘にかけたことをぼんやりと思い出したが、なぜだったのかわからない。いま自分は深刻な脳震盪を起こしていて、ちゃんとものが考えられないのだ。

次の瞬間、青天の霹靂のように、ホルスターをはずしていた理由を思い出した。ア、ア、リ、リーシャ。彼ののどから洩れた声は耳慣れないものだったが、どこかクマのうなり声に似ていた。

両手をやけどしながらくすぶる木をつたい、よろよろと洞窟の入り口へ向かった。不気味なほど静かだ。耳鳴りは心臓の鼓動と同じくらい激しく、身の毛のよだつ光景を彼は無音のうちに目にした。

わずかな服と髪。ベッドカバーの切れ端、電子機器の破片。彼女の靴の片方、まだ足が入ったままの。

ふたたびクマのうなり声が洩れた。低く重々しく、やがて声は詰まって吠えるようなむせび泣きに変わった。

彼は震える手をのばし、洞窟の壁に貼りついていた彼女の長い黒髪の一束をつかんだ。それを顔にあてて匂いを嗅いだ。彼女の匂いがした。

髪の束を顔にあてたまま、ネイトはゆっくりと振りかえった。さっき見た人影は峡谷の縁の近くまで達して、遠くの点になっていた。砲弾の航跡の煙は完全には消えておらず、中空に弧を描いている。胸の悪くなる明瞭さで、すべてがよみがえってきた。

ネイトは銃を探したが無駄だった。たちこめるほこりと煙でよく見えず、見えるものの、触れるものは彼の憤怒をかきたて、吐き気を催させた。アリーシャはつねにその体の各部分を合わせたものよりもはるかに素晴らしい存在だったのに、いま残っている彼女はこれだけ、各部分だけ。自分も殺されたかのように、彼はうつろに感じた。そして、武器があろうとなかろうといますぐ追いはじめなければ、彼らは逃げおおせてしまうと思った。

この両手で、あいつらを八つ裂きにしてやるのだ。

彼は峡谷を駆けくだった。頭は割れるように痛んだが、それをこらえながら猛然と川の中へ突っこみ、腿まである氷のように冷たい流れをしぶきを上げて進んだ。ぬるぬるした岩で足を滑らせて水中に倒れ、溺れそうになった。入った地点から二十メートルほど下流の川面に浮上したときには、完全にあおむけになっていた。

だが、冷たい水のおかげでいくらか頭がはっきりし、五感も少し鋭さをとりもどしていた。反対側の岸に這いあがりながら、二人の殺し屋はもう峡谷の上に近づいているだろうと思った。彼がじきに襲いかかるという事実も知らず、二人が低い笑い声を上げ、ハイタッチして勝利を喜び、みごとな一撃だったと背をたたきあうところを想像した。

ネイトはけわしい山道をがむしゃらに登った。ひざはがくがくし、息は荒かった。対戦車砲の発射地点だと確信した茂みにさしかかり、立ち止まって振りかえった。彼の洞窟の上部が目に入った。一条の煙が上がっている、まるで子どもの描く煙突のように。〈クアーズ〉のビール瓶が一本脇に捨ててあり、土の上にキャップが二つ落ちているのに気づいた。きっと指紋が残っているだろう。DNAも検出されるかもしれない。このずさんさに彼はとまどったが、ぐずぐずしなかった。自分を追っている過去からの人間たちがここまで雑な仕事をするのは解せない。かつての自分と同様、〈ザ・ファイブ〉はプロだ。彼らが証拠を残すはずはない。

峡谷の頂上近くまで来て、縁と、雨をはらんだ雲がいくつも流れている水色の空が見えたとき、彼はしばし足を止めて息をととのえた。やつらを見つけてもこちらが消耗していてはまずい。やつらののどを引き裂いてやるには最大のスピードと力が必要だ。

彼らはいなかった。

ネイトはふらつきながら道を進み、峡谷へ来て戻る彼らの足跡をたどった。一人が垂らした黒い血のしみを目にしたときは、かかとで踏みつけてやった。ヤマヨモギの平原には陽炎が立っており、少なくとも二キロほど離れた地点を遠ざかっていくピックアップの後部バンパーが見えた。タイヤの巻きあげたほこりがまだ空中に漂っている。

ネイトは背筋をのばして立ち、足を踏んばった。右腕を上げてアリーシャの髪を握りしめたままのこぶしの下に左手を添えた。右の人差し指を突きだし、親指を撃鉄のように起こすと、前腕の先に狙いをつけた。親指を戻した。

ネイトは言った。「きさまらは死んだ」

峡谷を下る途中、ネイトはすわりこんで両手で頭を抱えた。はぐれた積乱雲の一つが峡谷の上に張りだし、影を落としていた。不規則な雨粒が乾いた地面に強く打ちつけ、山道の岩を濡らした。彼は雨に向かって顔を上げたが、なにものも今日という日を洗い流すことはできないと知っていた。アリーシャの魂に、彼はささやいた。「ほんとうにすまなかった」

12

マーカス・ハンドが到着したとき、ジョー・ピケットは郡庁舎でデスクをはさんだソリス保安官助手に供述を終えようとしていた。黄昏の色が窓を染め、一日中大忙しだったにもかかわらず、室内は妙に静かだった。保安官事務所の職員の大半は夕食に出かけていて、リード保安官助手だけがまだ現場に残り、DCIの法科学チームと、伯爵の遺体を風車から落とさずに下ろす方法をけんめいに考えているらしいクレーン技師の手助けをしていた。

ジョーの携帯電話にはメアリーベスから三件のメッセージが入っていた。いったいどうなっているのか心配しているにちがいない。早く電話できないうしろめたさを軽くしようと、彼は携帯を握っていた。ソリスは二本指でキーボードを打っており、その指は首と同じように太かった。この一時間はほぼ、遺体の発見、タワー上への登り、伯爵の遺体の状態について、ジョーが思い出せることの聞き取りについやされていた。タイプするたびに、ソリスは綴りか単語を間違えるらしく、前に戻ってはミスを直していた。ジョーが代わりに打とうかと申し出ると、ソリスは険悪な目つきでにらみつけた。

「彼のブーツが大きく見えたそうだが」ソリスが言った。「どういう意味です？」

「遠心力のせいだ」ジョーは答えた。「長時間、しかも速いペースで回転していたので、体液が末端に集まってしまったんだ……」

「ほう、あんたは法科学者でもあるわけですか」ソリスは鼻で笑い、目を白黒させてみせた。「ただの猟区管理官かと思っていたら。中心力にもくわしいとは」

「遠心力だ」ジョーは訂正した。「調べてみるといい、だが、そのソーセージみたいな指で検索していたら一時間はかかるだろう」

「なあ、おい」ソリスはモニター画面からジョーのほうへ向きなおり、デスクごしに肉づきのいい顔をぐいと突きだした。「あんたみたいな連中のたわごとにはもううんざりなんだ……」

ジョーもげんなりして身を乗りだしたが、ソリスとことを構えるのはぐっとこらえた。そのとき、保安官助手の関心がほかに向いたことに気づいた。ソリスは小さな目を細めてジョーの肩の向こうを見ていた。

「ここは保安官事務所だが」ソリスはジョーの背後に向かって言った。「なにかご用ですか？」

次に響いた声は濃いシロップのように深くなめらかだった。「失礼、自分の居場所はよくわかっているよ。あんたたちがいまやさしく美しい無実の女性——おれの依頼人――を、そこいらの罪人のように牢の中にすわらせているのもわかっている。ただちに彼女と話をしたい。おれはマーカス・ハンドだ」

ジョーは首をまわし、入り口はおろか部屋全体を占領しているかのような刑事弁護士を見た。マーカス・ハンドはあらゆる点で大きな男だった。ドアの左側にある身長計からすると、背丈は二メートル近くあり、広い肩幅は、腿まで垂れた鹿革製フリンジ付きジャケットの肩パッドのせいでなおさら広く見える。長い銀髪は襟もとできれいにカールしており、間隔の空いた青い目は突き刺すようだ。顔は幅広で皮膚はなめらかで、ゴムのような唇は両端が下がっている。鼻は大きく、先がふくらんでいる。真っ黒なジーンズと、先のぴんと尖ったオーストリッチ革のカウボーイブーツをはき、大きな銀のバックルつきのベルトを締めて、革ジャケットの下には黒のタートルネックを着ている。山が高くつばの平らな黒い〈ステットソン〉のカウボーイハットには、銀と翡翠を使った先住民の小さな装飾ボタンがあしらわれている。手にしているのは、ブリーフケースというよりは鞍袋のような、すりきれた革のコーヒー色のポーチだ。

ジョーは聞いたことがある――確かめてはいないが――ジャクソンにあるハンドの事務所のデスクの後ろの壁には、荒削りの年代ものの板に次のような文句が焼きつけられているという。

料金（一時間単位）
無実のワイオミング州住民　千五百ドル
州外の住民　二千ドル

「きみは？」ハンドは室内に二、三歩足を踏みいれて尋ねた。

「ジェイク・ソリス保安官助手です」答えはすばやく弱々しく、ジョーの耳には驚くほど従順に聞こえた。

「ソリス保安官助手」ハンドは言った。「ただちに依頼人と話したい。いますぐにだ」

ソリスはごくりとつばを呑み、相手に圧倒されて赤くなった。「マクラナハン保安官に聞いてみないと……」

「だれにでも聞いてくれ」ハンドは言った。「十秒以内にすませてくれるならな。なぜなら、それ以上おれの依頼人との面談を遅らせるなら、ただちにすべての容疑を却下させる多くの根拠の一つ目になるからだ」

「まったく」ハンドは腕を上げて声音を変えた。さらに腹に響く声で、ジョーにはより大きく神がかって聞こえた。「あんたたちときたらとんでもないぞ、夫が――愛してきた相手が――無残な殺されかたをして悲しみに沈む未亡人を、じっさい勾留したばかりか――勾留だぞ――まるで犯行に関係した可能性があるかのごとく、マスコミの目にさらしたんだ。おれは個人的そして道徳的に憤激している。憤激しているんだ。こんなことは通用しない、ミスター・ソリス」最後は叫ぶように、ハンドは訴えた。

　保安官助手は電話をつかむと、あわててプッシュボタンを押した。ジョーはソリスからハンドに目を向けた。

「で、そちらは？」ハンドはまだなじるような口調だったが、鋭さはいくらか消えていた。

「ジョー・ピケット、ワイオミング州猟区管理官だ。遺体を発見した」

　ハンドは一瞬目を細め、エルクの仔に近づくオオカミのようにジョーを見た。「聞いた名前だ」ハンドはささやきに近い声で言った。それから思い出して指を鳴らした。「許可証なしで釣りをしたバド知事を逮捕した男だな！　新聞を読んであれほど大笑いしたことはないよ。あのとき、きみはうぶか狂信者かのどちらかだと思った」

「どちらでもない」ジョーは答えた。「仕事をしただけのことだ」

「ああ、なるほどね。だがおれの記憶では、きみはいまスペンサー・ルーロン知事のもとで働いているはずだな。彼の一種の秘密諜報員だ。知事の命令で派遣される非公式の移動カウボーイなんだろう」

「いまは違う」ジョーは答えた。

ルーロンとはもう一年も話していない。数年前、知事はジョーを気に入って、狩猟漁業局とは別の命令系統で働けるよう州政府内で策を弄し、各地へ派遣して本来なら彼の任務の範囲をはるかに超えた命令を下してきた。知事の謎めいた斥候であり、たしかに一種の移動カウボーイだった。ルーロンはジョーを支持していたが、つねに一定の距離を保ってきた。つまり、ジョーがへまをしても、自分は関知していないと主張できるように。

しかし、昨年シエラマドレ山脈でふたごの兄弟を相手にしたひどい事件があったあと、知事のオフィスからジョーには完全な沈黙しか返ってこなかった。ジョーは任務を果たした——彼なりに——だが、最終的な結果は間違いなくルーロンを怒らせた。それ以来、知事は助けの手をさしのべてもこなければ、ジョーに不利な事後処理をしようともしなかった。そこで、彼はトゥエルヴ・スリープ地区の猟区管理官としての役目に無事に戻った。でも、家の電話や携帯が鳴ると、いまだに知事からかもしれないと思って、ひりひりするような期待と恐れを感じるのだった。

「知事とは一、二度関わったことがあるよ」ハンドは言った。「仲よしだとは言えないな。だがこの人口の少ないワイオミング州でだれかを避けるのは至難の技だから、おたがい我慢している」

「あなたは、おれが刑務所に入れたかった有罪の人間を何人か弁護した」ジョーは自分でも驚くほど冷静に言った。「ステラ・エニスという名前に覚えはあるか?」

「覚えはあるかって?」ハンドはかすかに微笑した。「あの唇! あの脚! 彼女のことは夢に見るほどだよ。しかしながら、彼女の夫は法廷で無罪になった」

「彼は有罪だった」

「陪審の結論はそうではなかったんだ、ジョー・ピケット」

「ああ。あなたが逃がしたんだ、彼が手を下したのに」

「過ぎたことだよ」ハンドは手を振ってこの話題をしりぞけた。「強制的かつ巨大な権力と州の豊かな人材をもってしても、確実で隙のない立証ができなかった無能な法執行機関および検察に対して、こちらはどうすることもできない。きみが無能だと言っているわけではないよ、もちろん。説得力が足りなかっただけだ。さて、きみが遺体を発見したんだな? たしか依頼人と親戚なんじゃなかったか?」

ジョーはうなずいた。「彼女は義母にあたる」

ハンドは考え、笑みが大きくなった。ソリスは受話器を置いて、疲れた顔つきで弁護士を見上げた。「マクラナハン保安官はCNNのインタビューが終わったらすぐに来るそうです」

マーカス・ハンドは事態を確認するわざとらしい表情を浮かべてみせた。「CN

N？　全国ネットか？　おたくの保安官はいったいどういう話ができるというんだ？」

「さあ」ソリスは顔をそむけた。

「もう一度電話しろ」ハンドの声は冷たい鋼《はがね》そのものだった。「これ以上一秒でも陪審の心証を悪くするようなまねをするなら、おれがカマを掘りぬいてやつの口の中から美女たちにウィンクしてやる。わかったか、助手？」

ソリスは口ごもり、水槽の中の魚のように口をぱくぱくさせた。

「もう一度かけるんだ。おれが言ったことを伝えろ。そのあいだに、おれはここを通って依頼人のいる留置場へ向かう」

ハンドはまごまごしているソリスの前へ進み、保安官助手は電話をつかんだ。弁護士は大きな手をジョーの肩に置いて力をこめた。「この町でいちばんいいホテルはどこだ？　何日か泊まることになるかもしれない」

ジョーは肩をすくめた。「サドルストリングには、あなたがふだん泊まっているようなホテルはない。〈ホリデイイン〉があるだけだ」

ハンドは鼻を鳴らした。「あのランチハウスはどうなんだ？」

「サンダーヘッド牧場のか？」

「もちろん。一年前慈善パーティであそこに行って、アール・オールデンと奥さんのミッシーに会ったんだ。いい人たちだった。それにポルチコからの眺めが素晴らしくて、ティートン郡にある自分の牧場を思い出したよ。わかるだろう、起きると外に山の景色がある生活に慣れているんだ。牧草地に馬がいて牛が悲しげに鳴いている。来世では、自分の牧草地のどこにでも好きなように牛の群れを眺めよく配置してみたいよ。田舎の西部流の暮らしは、とても心が安らぐんだ。セロファンに包まれた薄いプラスティックのコップがあるありきたりのホテルより、ずっと安らぐ」

「家に泊まっていいかどうか、依頼人に聞いたほうがいい」ジョーは言った。「それに、牛の群れを動かすことも」

「もちろんさ」ハンドはジョーの肩をたたいた。「それでは、過去のいきさつはともかくとして、ミスター・ピケット、今回われわれは同じ陣営というわけだな」

「それは一概に断定しないでもらいたい」

一拍置いて、マーカス・ハンドは頭をのけぞらせて笑いだした。

13

ジョーが帰宅したときには、夕食はとっくにかたづけられていた。彼はテーブルについて、とっておいたスパゲティを温めてくれるメアリーベスにくわしい話をした。メアリーベスは熱心に耳を傾け、ときどき不安と失望でかぶりを振ったが、マーカス・ハンドに自己紹介した話が終わるまで待って、こう言った。「母にやれたはずがないわ、ジョー。性悪で冷酷でひどい人だけれど、やれたはずがない。保安官が情報を得ていた内通者がだれなのか知りたいわ。そうすれば、ほんとうはどういうことなのかきっとわかる」

「ダルシーもマクラナハンも話そうとしないんだ」ジョーは言った。「だが、すぐにはっきりするはずだよ。証拠を開示しないわけにはいかないんだから。ハンドはすべてをなるべく早く渡すように要求するだろう。とくに、起訴を急いでいるようだからね。ダルシーはかなり確信がある様子だったから、これは真剣に受けとめざるをえない。郡庁舎の噂では殺人罪を含む起訴の準備はもうできていて、明日判事の前で冒頭手続きをするそうだ」

メアリーベスは腰をおろして頰杖をついた。「わたしもそこは考えるの、そして不安になるわ。あなたの話からすると、ミッシーはアールに死んでほしいだれかにはめられたとしか思えない。あるいは、想像しうる最悪のやりかたで彼女を傷つけたいだれかに。もし母が殺したのなら、自分の車にライフルを置きっぱなしにしたりする？ そもそもどういう理由であの銃を使うっていうの、アールのコレクションの一つだと簡単にわかってしまうのに？ だれかがライフルを盗み、アールを撃ち、保安官が見つけるようにそれをミッシーの車に入れておいたのよ」

ジョーはうなずき、先を促した。

「母は銃のことはなにも知らないと思う。捜査側は彼女がじっさいに発砲したと言っているの？ 伯爵の遺体をくそ風車の上に運んでいって、鎖で吊るしたと思っているの？ ばかげているわ」

妻が〝くそ〟と言ったことにジョーは触れなかったが、いまやその言葉はわが家で許容範囲になったのだと悟った。

「だれもそうは言っていないよ。ミッシーが殺し屋を雇ったか、汚れ仕事をさせるための共犯者がいたと、捜査側は仮定していると思う」

「だれ？」メアリーベスは鋭い口調で聞いた。「そしてなによりも、なぜ？ 母はいま手に入れようとしてきたものをすべて持っているのよ。どうしてそれをぶち壊しにしたりするわけ？ 筋が通らないわ、ジョー。主張が正しいと、保安官とダルシーがそこまで自信を持っているのも筋が通らない」

ジョーもそれには賛成だった。

「母はたいていのことはやってのけるでしょうよ。でも、人殺しじゃないわ、ぜったいに」

「たしかに、たいていのことはやってのける」彼は言った。

「ジョー」

彼は皿の上のスパゲティを食べることに集中し、話題を変えようとした。

「家の中が静かだね。どうしたんだ？」つまり、エイプリルはどうしている？という意味だ。

「わたしが携帯をとりあげて、パソコンを使えるのは宿題のときだけだと言ってから、あの子は大むくれで部屋にこもっているわ。友だちとメッセージのやりとりができないのは、独房に閉じこめられるのと同じだと言わんばかりよ。まるで、わたしたちが世界から切り離したみたいにね」

ジョーはうなずいた。

「ルーシーは学校の劇のオーディション。帰りは友だちのお母さんが家まで送ってくれると言っていたわ」

「二人とも知っているのか？」

「ミッシーのこと？」

「ああ」

メアリーベスはため息をついてかぶりを振った。「まだ話してはいないわ。今晩、わたしたちで話さなくちゃと思っていたんだけど」

「おれたちで？」

「わたしたちで。でも、うまく言葉を選ばなくちゃね……むずかしいわ」

「シェリダンはどうする？」

メッセージを送ってできるだけ早く家に電話するようにと伝えたが、シェリダンは〈知ってる、ママ。だれでも知ってる。彼女がやったの？〉と返事してきただけだ、とメアリーベスは言った。

「それで、シェリダンになんと答えたんだ？」

メアリーベスはジョーをにらみつけた。「すべてが大きな間違いだって答えたわ」


ルーシーとエイプリルは居間のソファに隣りあってすわっていた。エイプリルは腕組みをして下を向き、むくれた顔で短剣を突きだすように目だけを上に向けていた。ジョーはルーシーに気をとられていた。劇のオーディションのあとも化粧を落としておらず、驚くほど大人っぽく美しく見えた。まるで一晩にして少女から大人の女になったかのようだ。この変化に気づいているのが自分一人ではないとわかっていたので、認めたくない気分だった。ルーシーを見ていると、近い将来、一晩中ショットガンをひざに置いてフロントポーチにすわり、ハイスクールの少年たちを警戒する自分の姿が脳裏に浮かんだ。町から遠く離れた場所に引っ越したのが幸いというものだ。

二人はどんなふうに知らせを受けとめるだろう。エイプリルは決してミッシーに馴染まなかったし、ミッシーは彼女を侵入者と見なしていた。じっさい、ミッシーにとって食物連鎖ではわずかにジョーの上にいるだけだ。その点、彼とエイプリルは同盟関係にあった。

最近のルーシーは祖母から距離を置いているものの、ミッシーがほかの娘たちよりもルーシーを気に入っているのは疑いのない事実だった。いっとき、ルーシーがまだおばあちゃんの魅力に弱かったころ、ミッシーは自分たちのためにおそろいの服を買っては自慢の孫をショッピングや昼食に連れだしていた。

「今日、恐ろしいことが起きたの」メアリーベスはソファの娘たちに告げた。

「あたしの携帯をとりあげたじゃない」エイプリルがこぼした。

メアリーベスは目を閉じて怒りを抑えようとした。「携帯よりもずっとひどいことよ。ミッシーおばあちゃんがアールを殺した容疑でつかまったの。けさ遺体が見つかったのよ。じつは、パパが見つけたの」

エイプリルは思わずぽかんと口を開けたが、たちまち感情をあらわにしたのに気づいて口を閉じた。〝不機嫌の永遠の仮面〟が一瞬だけはがれたかのようだ。こういう知らせに対してもろい部分が少女の中にまだ残っていることに、ジョーはほっとした。

ルーシーは目を大きく見開いていた。「学校でミッシーおばあちゃんのことをメッセージで聞かれたけど、なんて答えたらいいのかわからなかったわ」

「あたしにメッセージは来なかった」エイプリルは非難するように低い声で言った。「あんたがたに携帯を盗まれたから」

「なにもかも、とんでもない誤解なのよ」エイプリルにはとりあわずに、メアリーベスは言った。

「アールは死んでないってこと？」ルーシーはそっと尋ねた。

「いいえ……彼は亡くなったわ」メアリーベスは答えた。そしてジョーに向きなおった。「ジョー？」

「彼は殺された」ジョーは言った。「それは間違いない。何者かに殺害されたんだ」

「だけど、犯人はミッシーおばあちゃんじゃないでしょ？」ルーシーはジョーとメアリーベスを交互に見ながら尋ねた。

「もちろん違うわよ」メアリーベスは答えた。「でも、疑われているの。まだ全部の事実がわかっているわけじゃないけれど、ミッシーが犯行にかかわっているようにだれかが見せかけたんだと思う。それがだれなのか、なぜなのかはわからない。すべての捜査がすめば、おばあちゃんは帰ってくるわ」

「信じられない」ルーシーは言った。「ナイフで刺したとか、毒を盛ったとかなの？」

「違うわ」メアリーベスは怒ったように答えた。

ルーシーが、アールの死からミッシーが彼をどうやって殺すかという推理に飛躍したのを、ジョーは興味深く感じた。

「撃たれたんだ」彼は説明した。「そのあと風車に吊りさげられた」

「げっ」エイプリルが顔をしかめた。

「まるでジョークみたい」ルーシーは言った。「ミッシーのこと、みんななんて言うかな？　あたしたちのこと、どう思う？」

まさにそこだ、とジョーは思った。

エイプリルは鼻を鳴らしてすわりなおしたが、まだ鋼鉄の胸当てのように腕を組んだままだった。「そうねえ。たぶんこの完璧な小さな家族の中で、間違いをおかすのはあたしだけじゃないってことでしょ」

メアリーベスはひるみ、ふいに涙を浮かべた。ジョーは手をのばしてメアリーベスを抱き寄せると、エイプリルに言った。「おまえが頭にきているのはわかる。だが、いまのは余計だ」

「でも、ほんとだもの」エイプリルは目を細くして、険悪な表情になった。「きっと、真実にどう向き合うかをあんたがたが学ぶ潮時なんじゃないの」

「いいか」ジョーは言った。「おれたちはそういうことにはかなり長《た》けているんだ」

エイプリルはたちまちげんなりして、天を仰いだ。

「以上だ」ジョーの口調はきびしかった。そしてそれはめったにないことなので、効果はあった。

エイプリルはさっと立ちあがると自分の寝室へ向かった。したり顔で満足そうだったが、ちらりとジョーを振りかえった表情は、言いすぎたと思っているのを示していた。

ルーシーも立ちあがって彼女のあとからゆっくりと歩いていった。そして自室に入る前に告げた。「興味ないかもしれないけど、あたし、劇の役決まったから」

ジョーは殴られたような気がした。夫婦は娘に聞いてみようとも思わなかったのだ。メアリーベスは彼から身を離してルーシーの背中に声をかけた。「ごめんなさい、ハニー。あまりにも考えることが多すぎて……」

二人はベッドに横たわっていたが眠ってはいなかった。言葉はかわしていなかった。ジョーは一日の出来事を思いかえし、筋道を見つけようとした。いちばん説得力のある明白なシナリオ以外に、可能性はないだろうか？　無実の女性がなぜ、夫の死を聞いてすぐにマーカス・ハンドに電話しようと考えたのか？

そして、いったいだれが保安官に情報を流したのか？

メアリーベスも同じことを案じているにちがいない。だが、彼女にはほかにも思うことがあった。やがて、ため息をついてジョーに言った。「これで家族がばらばらにならないといいけれど」

「ミッシーの事件？」ジョーは聞いた。

「母のこともだけれど」メアリーベスは少し間を置いてから続けた。「シェリダンがいなくて寂しいの。あの子がいないままこれを乗り切っていくのは正しくない気がする。こんなことがあったときは、子どもたち全員にそばにいてほしいわ」

「シェリダンはそんな遠くにいるわけじゃないよ」

「いいえ、ジョー。遠くよ」

午前二時半に電話が鳴って、ジョーは急いで受話器をとった。まったく眠っていなかったのだ。メアリーベスはこちらへ横向きになり、〝いったいだれ？〟という表情で眉をひそめた。

「バーボンが見つからないんだ」マーカス・ハンドがどなった。「正確には、〈ブラントン〉の二十年ものだ。世界一のバーボンなんだよ。アールに一本プレゼントして、おれがまた来るまでもう一本をとっておいてくれと言ったのに。この家の隅から隅まで探したが見つからない。彼はどこに隠したと思う?」

ジョーは答えた。「知るもんか。彼は死んだんだ」

「夜が明ける前に探しだすぞ」ハンドは独りごとのようにつぶやいてから続けた。「電話した理由だがな、もう一つあるんだ。今晩依頼人と話したあと、器量よしのミス・シャルクと会って起訴内容について話しあい、およその手の内を聞いたよ。じつは、立件の大部分は、犯行の計画から実行まで密接にかかわった情報提供者から保安官に渡された情報が中心になっているんだ」

「知っているよ」ジョーは起きあがってベッドに腰かける姿勢になった。ハンドが鍋やフライパンのようなものを動かして探している音がした。

「聞いたところでは、その男は二ヵ月ほど前から保安官にこういう事件が起きると予告していたんだ。周知のとおりマクラナハンはうすのろだ、信じないで適当にあしらっていた。けさになって、マクラナハンの家に殺害と遺体の発見場所について男から電話があるまでな。そして魅力的なミス・シャルクによれば、情報提供者は喜んできみの義母に対する検察側の証人になる気らしい」

ハンドは大声でしゃべっていたので、話は受話器から部屋中に響いていた。

メアリーベスはささやいた。「その男の名前は？」

「その男の名前は？」

「くそ。書いておいたんだが」さらに調理器具ががちゃがちゃいう音。「おれのバーボンをどこに隠しやがった？　男のバーボンを隠す。それだけで撃ち殺されてもしかたがないんだ、おれに言わせりゃ」

「そんなことは聞いていない」ジョーは受話器を握りしめた。「その男の名前を覚えていないのか？」

ハンドはため息をついた。「バドなんとかだ。カウボーイっぽい名前だったよ。ミッシーの元亭主だ」

それを聞いたメアリーベスがあえぎ声を洩らした。

「バド・ロングブレイクか？」ジョーは詰問した。「バドがマクラナハンの情報提供者なのか？」

「ああ、その名前だ」

「信じられない」

「信じろよ。それが名前だ。もちろん、その男が信用できるかどうかについちゃまったくわからない。そして、ロングブレイクの名前はこのトゥエルヴ・スリープ郡じゃ有名だ、だからすぐに思い出してしかるべきだったのにな」

「なんてことなの」メアリーベスはささやいた。

「ミッシーはバドと離婚して、夫婦財産契約で彼の牧場を自分のものにしたんだ。二年間、バドを突き放してきた。二度と接触してこないように、禁止命令まで勝ちとった。この二年間、バドは酒びたりだったんだ」ジョーは言った。

「いまこの瞬間、おれがそうなりたいよ」

「バドには彼女をはめる理由がいくらでもある。恋に目がくらんでろくに読もうともしなかった契約書にサインしたせいで、三代続いた自分の牧場をミッシーにかすめとられたんだ。これは起訴に持ちこむには大きな弱点になる」

「そうかもしれない」ハンドはうなった。「あるいは違うかもしれない。密告屋のバドは、自分のためにアールを殺してくれとミッシーに頼まれたと言っているんだ。しばらくは、彼女をおびき寄せるために同意したように見せかけたと主張している」

賛成していないのが相手に見えないとわかっていても、ジョーはかぶりを振った。もしそうなら、バドとミッシーを結びつける通話記録があるだろう。もしほんとうにバドが前もって保安官に協力していたのなら、通話の録音テープも。

「うるわしのミス・シャルクが言っていたことはもう一つある」ハンドは続けた。「伯爵は離婚書類を準備していたというんだ。そのことはなにか知っているか？」

ジョーは言葉を失った。

唐突に、ハンドは叫んだ。「やった《ユリーカ》！　見つけたぞ。これがすべての鍵だ」

「なにをだ？」ジョーはためらいがちに尋ねた。

「〈ブラントン〉だよ。アールはクローゼットのいちばん上の棚に隠していた。おやすみ、ジョー」

さらに夜どおし、夫婦はハンドから聞いた内容を話しあった。数時間前まで比較的確実に思えていたこと——ミッシーがばかげた罠にはめられた——が、いまはいっそう複雑な様相を帯びてきた点で、ジョーとメアリーベスは同意見だった。たしかに、アール・オールデンが離婚を決めていたというハンドの話がほんとうなら動機はある。しかし、ミッシーがそれを知ってアールを殺そうと思ったなら、なぜこみいった演出をしたのか？　どうしてバドと共謀などしたのか？　バドが彼女を信じる理由などあるだろうか？　そしてなぜミッシーは、ライフルを自分の車に置きっぱなしにした？

また、バド・ロングブレイクが情報提供者なら、ミッシー同様自分も犯罪にかかわる理由はなんだろう？　二人で一緒に堕ちたかったのか？　そこまでバドは執念深いのだろうか？　それとも、彼には別の計画があるのか？

メアリーベスは言った。「ジョー、わたし、マーカス・ハンドが母の容疑を晴らしてくれると完全には信用できないように思うの」

「これまでの彼の戦績を聞いたことがある？」

「全部知っているわ。でも、ミッシーは好かれていないし、陪審員は地元の人たちがなるでしょう。ハンドを引きこんだのが裏目に出るかもしれない。彼はずる賢さと陪審団を手なずけることでは定評があるけれど。それについて本も書いてなかった？」

書いているとジョーは答えた。『8パーセントルール：トップ弁護士が教える依頼人を守る絶対確実な方法』という本だ。十二人の陪審員のうち、もっとも操りやすくて弁護士の味方につけやすく、最後まで持ちこたえて有罪評決に与《くみ》するのを拒むことで情勢を引っくりかえしたがる人間を、少なくとも一人見つけること。それが、ハンドの戦略なのだ。ジョーは嫌悪感を催して、その本を放りだしていた。

「そして、もちろんマクラナハンと彼の部下なんか信用していないわ」メアリーベスは続けた。「有罪判決に持っていくことに、保安官はすべてを賭けている。なにもかも公衆の面前にさらすつもりよ。もしミッシーが刑務所行きになれば、彼の勝ち。無罪になれば、彼の負け。捜査だけじゃなくて、おそらく選挙でも負ける」

ジョーはうなずいた。「ダルシー・シャルクはどうなんだ？」

「彼女は頭がいいしタフよ」メアリーベスは言った。「でも、これまでマーカス・ハンドのような手合いを相手にした経験は一度もない。彼女は一種のコントロール・フリークなのよ、わかるでしょう。なんでも完璧にした上で前に進めたがる。マーカス・ハンドは彼女を混乱させようとするでしょうね」

ジョーはとまどって首を振った。「それがきみの望みじゃないのか？」

「違うわ」

「だったら、わからないな」

「ジョー」彼女はあごを引きしめた。「マーカス・ハンドが法廷でダルシーをさんざんにやっつけたせいで、母が無罪になるのではいやなの。やっていないから無罪になってほしいの。わからない？　この事件が子どもたちの心に影を落としていくのはいや。わたしの心にも」

「ううむ」

「わかると言って、ジョー」

彼はほうっと長い息を吐いた。「きみの言いたいことはわかるよ」

「よかった。だったら、できることをやってなにがあったのか突きとめて。だれが殺したのか、なぜなのか。保安官とダルシーは視野が狭くなっているわ。すべてにおいて二人は、ミッシーが犯罪に加担しているのを前提に行動している。ぜったいに、ほかの要素なんか考えようともしていないわ。ジョー、わたしが心を開いて完全に信頼できるのは、あなただけなのよ」

彼はうめいた。「おれは猟区管理官だ、ハニー。もう知事の斥候役じゃない。彼はおれとはかかわりたがらない。シエラマドレでの出来事以来、おれはできるかぎり自分の任務だけに集中すると誓った。これ以上フリーランスの仕事はごめんだ」

彼女は微笑し、窓からの月光に目をきらめかせた。ときには、ジョー自身よりもメアリーベスのほうが彼のことをよく知っている。

「わかった」ジョーは言った。「毎日の仕事のあいまに、できる範囲で調べてみるよ。おれのもっとも得意とすることをやる——なにか思いつくまで、そのへんをうろうろしていよう」

メアリーベスはくすりと笑ってから、また真剣な顔になった。「ジョー、助っ人を呼ぶのはどう？」

彼はそっぽを向いた。

「ジョー」メアリーベスは彼の裸の肩に手を置いた。「もう一年近くになるわ。また連絡をとってもいいころよ。あなたたち二人は、このままだめになるにはあまりにも多くのことを共にしてきたでしょう」

「なにがあったか、知っているだろう」

「ええ。そして、あなたたちは一緒にやるほうがそれぞれ別にやるよりもいいってことにも、わたしは気づいているの。ねえ、あなたたちはまるで女学生よ。どちらも自分のほうから和解の手をさしのべたくないのよ」

「男は和解しない。なかったことにして、先に進むんだ」

彼女はジョーの目を見つめたままだった。これが効くのはわかっていた。

「彼がどこにいるのかさえ、おれは知らないんだ」ジョーはむっつりと言った。

「どこにいたかは知っているわ。そこから始めればいいんじゃないの」

ジョーは深いため息をついて目をこすった。「もしこれが、きみを牢から救いだすとか、シェリダンやルーシーやエイプリルを助けるとかなら……」

「ジョー、彼女はわたしの母親なのよ」

「ああ、もちろんわかっているよ」

メアリーベスは勢いづいて起きあがった。「個別に進めましょうよ。わたしは図書館の設備を使って、アールについてわたしたちが知らない事実を探りだす。もしかしたら、ああいう変わったやりかたで彼に死んでほしがっていた人物の手がかりが見つかるかもしれない。考えてみれば、おかしなものね。アールには五十回ぐらい会っているのに、ここへ来る前のことはほとんどなにも知らないのよ。何十年もかけて、彼は富をたくわえてきた。きっと、敵もたくさん作ったにちがいないわ」

「ぜったいそうだな」

「そして、あなたはあなたのすることをして」

「なにか思いつくまで、そのへんをうろうろする」ジョーは苦々しげに言った。

「もう少し熱意を示してくれるといいんだけど」

彼はほほえもうとした。「おれたちで犯人を見つけだし、でも黙っていて彼女を刑務所へ行かせるというのはどうだ？　そうすれば、きみはお母さんがほんとうは無実だと知って夜もぐっすりと眠れる——だが、ミッシーはもうおれたちのまわりをうろついてトラブルを起こすことはない。それで、みんなが幸せだ」

「いい解決方法じゃないわ。ぜんぜん」

「言ってみただけだよ」ジョーは彼女におやすみのキスをした。東の空がすでに白みはじめていた。

八月二十三日

風が吹かぬときは、櫂を漕げ。

——ラテン語のことわざ

14

ミッシー・オールデンの冒頭手続きがおこなわれたのは、郡庁舎の古いほうの棟にある、ティルデン・ムートン治安判事のエアコン設備のない狭い部屋だった。

ちょうどジョーが到着したときに、ソリス保安官助手がミッシーを部屋に連れてきた。マーカス・ハンドは二歩後ろを歩いて、前の二人にのしかかるようにしていた。ミッシーは前日より少し具合が悪そうだとジョーは思った。血色が悪く、髪は乱れていた。目は落ちくぼみ、唇は薄い縦じわが目立っていた。アマゾン族の干し首の縫われた口もとを、ジョーは連想した。大きなバスルームの鏡や化粧道具なしで留置場にいるのを、彼女はどれほど屈辱的に感じているだろう。

室内に椅子は十二しかなく、ジョーは出口にいちばん近い椅子にすわった。〈サドルストリング・ラウンドアップ〉のシシー・スカンロンが隣に席を占めた。傍聴者は彼らだけだったので、ジョーは驚いた。冒頭手続きに出るのは初めてで、略式の進めかたに彼はあっけにとられた。

ワイオミング州のほかの小さな郡のいくつかもそうだが、トゥエルヴ・スリープ郡は治安判事を置いている。現代では主流の巡回裁判所に郡が変更しないおもな理由は、ティルデン・ムートンにもう判事をやらなくていいとだれも言いたくないからだ、とジョーは思っていた。ムートンは、父親が建てた大きな複合施設でサドルストリング最大の飼料店を営んでいる。店は手を広げて、いまは金物類やスポーツ用品や作業着も扱っている。施設の建物は国の文化財に指定されており、カウンターの前の一つだけのテーブルといくつかの椅子は、牧場主や古くからの住民の朝の集会所となっている。ジョーはムートン飼料店をひいきにしており、ほしいものや必要なものはなんでもそこで買えるとメアリーベスに話していた。工具や釣りのフライの種類の多さ、そしてダクトテープの素晴らしい品揃えに、感心していた。

ムートンの善意の市民活動は知れわたっている――ほぼすべてのスポーツチームのスポンサーをつとめ、学校の旅行、祝賀行事、経済促進事業を後援し、共進会では一等賞をとった牛や羊の肉を買っているし、彼が〈ラウンドアップ〉に出している全面広告のおかげで新聞はもっているようなものだ。だから、彼が大切に思っている副業の職を解くのはだれにとってもメリットがない、と町全体が考えていた。ムートンは人がよくて治安判事という副業を誇りに思っているため、その肩書を奪って失望させる理由はなにもなかった。治安判事がいなくなるのはティルデン・ムートンが死んだときだと、だれもが思っていた。

ムートンは背が低く禿げ頭でぽっちゃりした体つきなので、アニメのキャラクターのように見える。腹は毎年ふくれて胴回りが太くなり、ベルトのバックルは胸からわずか五センチほどの位置だ。いつもめがねを頭の上に押しあげていて、ジョーは彼がじっさいめがねをかけているところを見たことがない。まなざしはやさしく、お粗末な駄じゃれの頻出する乾いたユーモアの持ち主だ。たとえば、店のダクトテープのコーナーには在庫品のアヒル《ダック》のデコイが置かれている。ムートンはまだみずから接客しており、必要なだけ相手をするので、客たちは満足して帰っていく。

だから、傷だらけのテーブルにミッシーとハンドが着席したとき、二人に敵意をむきだしにした顔を向けたのは、治安判事らしくなかった。ムートンの怒りの対象はミッシーか、ハンドか、それとも二人なのだろうか、とジョーは思った。

ダルシー・シャルクはてきぱきと進めていった。甲高い声で起訴内容を要約し証拠を並べ、まるで法廷に対する敬意を内心では軽蔑していることを押し隠しているかのようだ。シャルクが話しているあいだ、ミッシーはうつむいて横を向いており、無力な子犬がより大きく攻撃的な犬に傷ついた優位を明け渡したかのごとき風情だった。

十分もかからなかった。ティルデン・ムートンはうなずき、ダルシー・シャルクに謝意を示すと、ミッシーとハンドを見て返答を求めた。

ハンドは驚いているようだった。「失礼ながら、もっと多くの内容が提示されると考えておりましたが。依頼人を逮捕した保安官、そしてとくに被告人側に不利な発言をしているとミス・シャルクが言及された謎の証人の証言を聞けるものと思っておりました。ミス・シャルクがいまおこなった陳述は、新聞の一面を読めばだれでもできるものでしたよ」

ジョーもとまどっていた。起訴内容や証拠について、知られていなかった新しい情報が出てくるのではないかと思っていたのだ。

「証人はけさは出廷できません」ダルシー・シャルクは答え、ジョーは彼女の口調にかすかな動揺を感じた。

「出廷できない？」ハンドは驚愕したふりをした。「これらの起訴内容はほぼ完全にその謎の男の証言に基づいているんですよ。それなのに、出廷できないとは？」

「われわれにはほかの証拠がたくさんあります」シャルクはすばやく言った。「たとえば凶器です。被告人所有のハマーの中で発見されました」

「ばかげている」ハンドはいもしない陪審員に訴えるように叫んだ。「検察側によって、この地域社会の大黒柱たる女性は名声に泥を塗られた上に、投獄されたのですぞ。ところが、彼女をそこに追いこんだ証人を出廷させる必要はないというのですか？」

的を射ている、とジョーは思った。バドはどこにいるのだ？

「ミスター・ハンド」ムートンは言った。「あなたのことも、あなたの評判も聞き及んでいます。ものごとの進めかたを自分が指図できると考えているのもわかっていますか。なぜならあなたはこの州の大物だし、全国ネットのテレビにも出演していますからね。しかし、ここでのわれわれの進めかたは違う。いまここでは刑事事件を審理しているのではない。これが刑事事件かどうか、決めようとしているのです」

ジョーは思った。ティルデンはこの男が嫌いなのだ。もしかしたら、ミッシーがハンドに弁護を頼んだのは失敗だったかもしれない。

ムートン判事の話は終わっていなかった。「ミスター・ハンド、このごく初期の段階のうちに、親切心からちょっとしたご忠告を申し上げよう。〝地域社会の大黒柱〟といった言いまわしは、被告人がじっさい地域社会の大黒柱である場合にのみ効力を発揮するのですよ」

「たとえば」ムートンは続けた。「被告人がかねてから、大規模な家族農場をいくつも手に入れて地元民が長年使ってきたゲートにすぐさま鍵をかけたり、周囲を見下しているため郡内のいかなる市民活動にも参加を断ったり」──間を置いたとき、彼はちらりとミッシーのほうを見た──「少しばかり安いからといって食料品や金属製品や農業用品をすべて町の外の企業から買ったりしていたならば、そう、その人物は〝地域社会の大黒柱〟とは言いがたいでしょう」

ジョーは思わずすわりなおした。

「わかりました」ハンドは答えた。

ムートンはハンドもミッシーも嫌いなのだ、とジョーは悟った。

ティルデン・ムートンは小槌をたたいて助手に向きなおり、マーカス・ハンドとミッシーに告げた。「ここに、今週の金曜日、予備審問のための出廷を命じます。ヒューイット判事にはわたしから話を通してあり、彼は本件を迅速に進めたいと望んでいます。保釈金は百万ドルとなるでしょう」

「異議あり、判事どの」ハンドは言った。「百万ドルは厳しすぎる条件であり、不必要だ。この地に根を生やした素晴らしい女性である依頼人に、逃亡の恐れがあるとでも思われるのですか」

「わたしを〝判事どの〟と呼んでいただかなくてけっこう」ムートンは言った。「あなたの異議は考慮の上、却下します」

「ミスター・ムートン、保釈金の額についてわたしも意見があります、ただし理由は別です」ダルシー・シャルクが発言した。「被告人が亡くなった夫の財産を使って保釈を買いとれる点を考慮すれば、郡としては保釈を認めるより引き続き勾留を求めたいと考えます」

「われわれは保釈金の額を受けいれます」ミッシーと額を突きあわせて急いで相談したあと、ハンドはおとなしく言った。「そして、依頼人がまさに今夜から自分のベッドで眠れるように、しかるべき手続きをとる所存です」ハンドは声を低めたので、ジョーとシシー・スカンロンは身を乗りだして聞きとろうとした。「彼女が殺された夫の死を丁重に悼み、自分の生活と評判をとりもどす方法を考えられるようにです」

ダルシー・シャルクはため息をついて天井を見上げ、シシーはメモをとっていた。

午後の半日のあいだに百万ドルを集められる大金持ちというのはどんなものなのだろう、とジョーは思った。

「では金曜日に」ティルデン・ムートンは告げ、シャルクにうなずいた。

駐車場のピックアップに向かうと、ジョーは名を呼ばれた。振りむくと、マーカス・ハンドが弾むような大股で近づいてくるところだった。ハンドは困惑した顔つきだった。「興味深かった」彼は言った。「裁判のために、オールデン夫妻には町でもっと食料や小間物を買っておいてほしかったな。だが、いまはもうしかたがない」ハンドはジョーを見た。「きみが高潔な男なのは知っているよ」彼は言った。「ミッシーでさえそう言っている」

「ありがたいことだ」

「聞いたところでは、きみはバド・ロングブレイクをよく知っている――そうだな？」

「まあね」

「おれの受けた印象では、検事長は彼がいまどこにいるのか知らないんじゃないかと思う。彼女が見かけより巧妙で、どこかに隠しているのなら話は別だが」

ジョーはかぶりを振った。「ダルシーはそんな人じゃない。真っ向から勝負するタイプだ」

「なあ、おれのチームがまもなくジャクソンから到着するし、この小さな町を大いに引っかきまわせる調査員たちも雇った。しかし、彼らが着いて迅速に仕事を始めるにはあと二、三日かかるだろう。ただちに訴えを棄却させたいなら、おれたちにはそんな余裕をこいている暇はないんだ。その前にバドの居場所をきみが突き止めて、おれが彼と話すチャンスがあれば……」

ジョーは理解できないふりをした。

「おれたちは、始まる前にこれを終わらせられるかもしれない」ハンドは締めくくった。

「どうしておれにこの話をするのかわからない」ジョーは答えた。

ハンドはジョーの肩に大きな手を置いて、温かみと誠意のこもったまなざしを向けてきた。ジョーはぞっとした。「これだけは言わせてくれ。手助けしてくれたら、きみが知っていて愛している人たちみんなにとって、大きな意味を持つだろう。おまけに、それは正しいことなんだ。ミッシーから聞いた話からすると、きみにはその点が大切だそうじゃないか」

ジョーはピックアップに向かって歩きだした。ハンドの声が追いかけてきた。「もちろんおれたち二人、ミッシーとおれにとっても大きな価値がある」

ジョーは車に乗って窓を下げ、ハンドに言った。「最後の一言がなければ、話に乗っていたかもしれない」

「なんと、いまいましいね」ハンドは茶目っけのあるウィンクをしてみせた。

八月二十六日

東の風だ……風が東から吹くとき、わたしはいつも不安な感じを抱く。
――チャールズ・ディケンズ『荒涼館』

15

睡眠不足と考えすぎのためぐったりした気分で、ジョーは小雨と霧の中をサドルストリングまでの十三キロを運転した。涼しく暗い朝は先の見通しのきびしさを思わせ、日が差してくれないものかと願った。ミッシーの予備審問は郡庁舎で午後一時から始まる予定で、一緒に傍聴できるようにメアリーベスを図書館で拾うことになっていた。

ジョーの不快感のおもな理由は、法廷でふだんとは反対の立場にいることだった。いつもなら、野外の現場に出ているか、悪人を有罪にする手助けをするために出廷する――法執行機関の手続きや郡検事長の告発を回避する方法をひねり出すためにではない。制服のシャツを着て州から支給されたピックアップに乗りながら、まるで自分を反逆者のように感じた。いやな気分だった。

　ジョーは最初、バド・ロングブレイクを堅実で影響力のある市民、牧場主として知っていた。やがてバドは彼の義父となり、雇い主となった。最近では、哀れを誘う恨みがましいアルコール依存者になり果ててしまった。牧場を失ったことがバドを落胆させ、崇拝するミッシーを失ったことはなおさら彼を打ちのめした。彼がいかにミッシーをあがめ、彼女の企みや巧妙なやり口に気づいてもいなかったかを思うと、ジョーは茫然としてしまう。以前、突然の吹雪の中を牧場本部まで戻る車中で、バドはジョーのほうを向き、自分はこの世でいちばん幸福な男だと言った。生産性の高い牧場と美しい新妻を挙げて、ほかに唯一望むこと——たった一つ望むこと——は、息子か娘が牧場の継承に興味を示し、ロングブレイクの名前を絶やさずに続けていってくれることだ、と打ち明けた。

　だが、問題があった。バド・ロングブレイク・ジュニアは三十三歳になるが、まだミズーラのモンタナ大学の学生であり、おもな興味といえば、ヴェルサイユのフランス宮廷からヒントを得た道化師の格好をしてヒギンズ・ストリートでパフォーマンスを披露することだった。〝シャマーズ〟というあだ名で通っていたが、法律上も正式に改名した。シャマーズが得意なのは——その腕前はなかなかのものだ——諷刺的なパントマイムだ。そして、ドラッグを売って自分でも使っていた。二度目の逮捕のあと、判事は彼を父親の保護監督下に置くことに同意した。ジュニアの保護観察のあいだ（そのとき彼は名前をもとに戻していた）、バドはシャマーズを牧場に連れ戻し、息子を更生させようとした。当時ジョーは狩猟漁業局を解雇されており、短期間だったがロングブレイク牧場の牧童頭として雇われていた。ジョーはバド・ジュニアの教育をまかされた。だが、バド・ジュニアの興味を牛や馬やフェンスや遺産の継承に向けさせることはできなかった。とくに、フェンスはだめだった。なんとか半年もったが、バド・ジュニアは十一月の寒い日に姿を消した。三週間後、バド・シニアのもとに金を無心する息子からの絵葉書がサンタフェから届いた。そこには〝シャマーズ〟と書かれていた。

バドは、バド・ジュニアの更生をあきらめきれなかった。いつかは息子がさっぱりとひげを剃り、清潔な〈ラングラー〉のジーンズとブーツをはき、カウボーイハットをかぶって目の前にあらわれて、「今日はどの仕事をかたづける、おやじ？」と聞いてくれるのではないかと、老父は夢を見つづけていた。ジョーにはバドの考えが理解できなかったが、それはエイプリルが家に来た年よりも前の話だ。子どもの更生をあきらめるというのは、いまジョーが切りだせる話題ではなくなった。

バドの娘のサリーは、昨年ポートランドで起きた交通事故で重傷を負った。三度結婚し、錬鉄を素材に使うアーティストだったが、けがのせいで将来の見通しが立たなくなった。バドが旅行に行っていたあいだにミッシーが牧場の建物の鍵を替えた数ヵ月後に、娘の入院の知らせを聞き、彼は著しい下降スパイラルに落ちこんでしまった。

あれほどの仕打ちを受けたというのに、バドはまだミッシーに片思いをしていた。元妻に冷たくされればされるほど、ますます彼女に恋い焦がれた。禁止命令によっていかなる接触も禁じられていたが、ミッシーはバドがよそへ引っ越してくれないか、〈ストックマンズ・バー〉のスツールで耳を傾けてくれる者ならだれにでも自分の悲しい物語を語るのをやめてくれないか、と思っていた。他人にミッシーの名前を出すのをバドに禁じる裁判所命令を出してもらえないとわかったとき、彼女は怒った。そして、元夫を死ぬほど怖がらせるため、あの無法者の鷹匠ネイト・ロマノウスキを雇いたいから連絡先を教えてくれ、とジョーに頼んできた。ジョーは断った。

最後にバドと会ったのは去年のことで、彼は町の中にあったピケット家の裏庭に酔っぱらって入りこんできた。銃を持ち、混乱していた。ネイトと二人で老人を家に送り届けたが、バドは帰途の車の中でずっと泣いていた。自分がこんなざまに成り果てたのが恥ずかしい、と言っていた。ジョーはその言葉を信じ、そのうちバドは立ち直るだろうと考えた。

そしていま、マーカス・ハンドの話からすると、どうやらそうなったらしい。そして、ミッシーにとってはまずい方向に立ち直ったようだ。

ジョーの知るところでは、バド・ロングブレイクはいま〈ストックマンズ・バー〉の上にある寝室二つのアパートを借りていた。

ジョーが着いたとき、サドルストリングのダウンタウンを形成するほんの三ブロックは、まだ眠っていた。開いていたのはマット・サンドヴィックの剝製工房だけで、ここは閉まっているのを見たことがない。そして、つねにピックアップが二、三台、近くに止まっている。剝製制作の仕事がない夏の数ヵ月、生計を立てるためにサンドヴィックが毎日ポーカーの賭場を開いているという噂を聞いたことがある。だが、サンドヴィックは職人であり、ちゃんとした剝製師の免許を維持しようと努力しているので、ジョーは干渉はしていない。

メイン・ストリートを流して、〈ストックマンズ・バー〉の前の空いている駐車スペースを通り過ぎた。店の前にはすでに何台か駐車していた。ジョーはブロックをひと回りして商店街の裏通りに入った。通りの歩行者から自分の車が見えないように、大型のゴミ収集容器のあいだに駐車した。

ピックアップを降りて使い古した灰色のカウボーイハットをかぶると、古いレンガ造りの建物のあいだの狭い道を歩いていった。左側にはドラッグストア、右側には〈ストックマンズ・バー〉がある。バドが使っているのはバーの脇のドアだった。注意を引かないように地面にころがるビールの空き瓶を避けて進み、ブザーもドアベルもない壁を途方に暮れて眺めた。だれか見ていないかと周囲に目を配り——だれもいない——手をのばして掛け金を動かしてみた。鍵はかかっていなかった。

ドアは内側に開き、錆びた蝶番《ちょうつがい》がきしんだ。ジョーは中に入り、ドアを閉めた。階段は暗くて狭く、かび臭かった。少しして目が慣れてくると、よごれた照明スイッチが見えてつけてみたが、天井の電球は外れているか、切れているようだ。

狭苦しい階段を上るときは、肩が両側に触れそうになった。彼は最上段から目を離さないようにして、右手は腰の銃の握りにかけていた。この階段からもうアパートの一部なのかどうかは知らない。とにかく、バーの上の居住者は一人だけのはずだ。

二階に着くと、左手にドアがあった。そこがアパートの入り口であることを示すものはなにもなかった。部屋番号も名前も標示されていない。窓や覗き穴のないがっしりしたドアで、経年劣化のため少しゆがんでいる。表面のニスが筋になってはがれているさまは、十以上の舌が突き出されているようだ。神経を鎮めるためと、中に人がいるなら自分が来たことを知らせるために、ジョーは咳ばらいした。それから、ビジネスライクに三度ノックした。

「バド、ジョーだ。いますか？」

中からは返答も動きも聞こえてこない。

「バド？　いるんですか？」もう一度、手が痛くなるほど強くノックした。

しんとしたままだ。

ジョーは腰に両手を当て、念力を送るかのようにドアを見つめた。在宅を確かめるために事前に電話しようかとも思ったが、やめることにしたのだ。長年の捜査経験から、警告なしで行くほうが成果が上がるとわかっていた。容疑者の不意を突くと、驚いて有罪を認めたり、真実をほのめかす隠蔽行為に走る場合がある。ジョーの手管の一つは、たんにノックして自己紹介し、「なぜわたしがここに来たかわかっていると思うが？」と告げ、相手にしゃべらせることだった。この手で少なくとも十回以上、その質問をするまでジョー自身知りもしなかった犯罪を人々は示唆した。

しかし返答がないので、その質問をバドにすることはできない。

帰りかけたが、気持ちを抑えきれずドアノブを回してみた。鍵がかかっていた。もしかしたらバドは中にいて、夜更かしして寝たばかりなのかもしれない。もしかしたら具合が悪いのかも。けがをしているのかも。もしかしたら……

ジョーはドアに顔を近づけた。廊下が暗いので、ドアと脇柱の隙間から洩れるぎざぎざの光が見えた。鍵がかかっていても、密閉は完全ではなく、掛け金はないのが見えた。ノブ自体のばね付き錠だけだ。それに、ドアに隙間があるせいで、ばね付き錠は脇柱の金具にかろうじてはまっているだけだ。ジョーには意外ではなかった。牧場主――バドは元牧場主だ――は、保安装置や戸締まりにあまり関心がない。だから、自分たちのまわりに犬や銃を置く。

ジョーはひと息でノブを両手でつかんでぐいと持ちあげ、同時に肩でドアを押した。開いた。後ろに下がって脇に寄り、三センチほど開いた部分からのぞきこんだ。中に光はあったが、明るくはなかった。硬材の床に敷かれたラグの角が見え、ソファのかたわらにはビールの空き瓶がころがっていて、黒っぽい液体のこぼれた跡が点々と床についていた。

血だ、とジョーは思い、銃に手をかけた万全の態勢で少しずつドアを開けていった。

きしみながらドアが全部開いても、なにごとも起きなかった。バドは床の上にもソファにもいなかったが、クッションのへこみ具合から、そこで長い時間を過ごしていたのは間違いない。

目を凝らし、五感をとぎすまして、アパートの中へ踏みこんだ。室内は古い油やほこりや饐《す》えたビールや〈コペンハーゲン〉の嚙みタバコの臭いがした。

薄明かりは、ぴったりと閉ざされたぺらぺらの黄色いシェードから洩れて床を照らしている朝日だった。窓はメイン・ストリートに面していた。ジョーは数歩進んでしゃがみこみ、床に顔を近づけた。自分のブーツの先が液体に触れないように気をつけた。その場所を観察して、ほうっと長いため息をついた。しみは黒く、ついてから時間がたっている。たぶん、ペンキか油か靴磨きクリームだろう。

ソファの前のコーヒーテーブルの上にあるのは、ビール瓶、噛みタバコの汁を出すカップ、それに何冊も積みあげられた分厚い説明書。本ではなく、綴じた書類だ。いちばん上の説明書には、ビール瓶が置かれていた円いしみがいくつかついていた。表紙には『風力発電プロジェクトの経済学：増加する世界の電力需要に必要な、バランスのとれたエネルギー選択』とある。ジョーはそれを横にどけてほかのものを見た。『風力発電と風エネルギーの商業的利用で加速するワイオミング州の土地ブーム：地主たちへの手引き』。最後の書類の表紙には震える筆記体の文字で〈ボブ・リー〉と走り書きされていた。

「なんだ？」ジョーはつぶやき、もう一度「バド？」と呼びかけた。

返事はなし。ジョーは左側のキッチンを調べた。シンクにはよごれた食器が山になり、カウンターには食べかけのトーストが残っていた。半分空のカラフェがコーヒーメーカーに置いてある。ジョーは手をのばしてガラスに触れてみた。冷たい。冷蔵庫には、半ガロンのミルクと〈ミラー・ライト〉ビールの瓶が四本入っていた。ジョーはミルクのパックを開けて嗅いでみた。まだ腐ってはいない。

以前のバドはぜったいにこんなふうじゃなかった、と思った。整理の行き届いた牧場の道具小屋を思い出した。すべての道具は隅々までていねいに拭かれて、工場用道具収納箱のしかるべき引き出しにおさまっていた。ガレージの床や作業ベンチに油のついたぼろ布を放ることさえ、バドは許さなかった。そして、馬具は納屋の中にきちんと左右に分けて吊るされていた。小さな鞍は左側に、大きな鞍は右側に。

ジョーはバスルームに入った。垢じみた不潔なタオルが棒にかかっていた。さわってみると、乾いていた。ゴミ箱は丸めたティッシュでいっぱいだった。メディシン・キャビネットを開けてみた。さまざまな慢性疾患の薬瓶が五、六本あり、〈ロングブレイク〉とラベルが貼られていたが、歯ブラシも歯磨きチューブもなく、ほかの棚は空だった。どうやら、バドは欠かせない薬と洗面道具を持っていったらしい。

アパートの中を歩きまわってみて、自分の考えは当たっていると確信した。クローゼットにはまだ衣服が残っていたが、吊るされている服のあいだには大きな隙間があり、いくつか持ち去っているようだ。ベッドカバーは枕の上までかぶせてあったが、たくしこまれてはいない。急いでベッドをととのえた様子だ。

ミルクとコーヒーのことを考えた。食べかけのトーストは乾いていたが、カチカチではなかった。バドが出ていってからそう長い時間はたっていない。おそらく昨日あたり、朝食後に出ていったのだろう。

表の通りで、車のドアが二度ほぼ同時に乱暴に閉まる音がした。ジョーは急いで居間を横切り、窓のシェードの端を慎重に寄せて外を見た。

窓の真下の、早起きのカウボーイが空けたスペースに、保安官事務所のSUVが一台駐車していた。カイル・マクラナハン保安官が車の助手席側に立ち、運転席側のソリス保安官助手がサイドミラーで帽子とサングラスの位置を直すあいだ、両手を腰に当てていらいらしながら待っていた。保安官か助手が目を上げてこちらを見る前に、ジョーはシェードをもとに戻した。

できるだけ静かに開いているドアまで戻ったとき、一階の入り口のドアがどんどんとノックされた。ソリスが叫んだ。「バド・ロングブレイク？　いるのか？」

彼らは上がってくるつもりだ。

ジョーはすばやく外の廊下をのぞき、逃げこめるほかのドアがないか確認した。なかった。彼はバドのアパートの中に追いつめられ、唯一の逃げ道は保安官と助手が上がってこようとしている階段だ。

朝からのいやな気分が完全な罪悪感と恐怖に変わった。厳密には、令状なしで個人宅に入りこんでおり、自分がここにいるべき公式の理由はない。無理にドアを開けたのだから、器物損壊と侵入の罪に問われる可能性さえある。バドの居場所もいなくなったわけも知らないのに、保安官は罪科を上乗せして、ジョーが証拠を隠したり破壊したりしようとしたと言いたてるかもしれない。あるいは、そもそも彼がここにいたのは検察側の重要証人を脅迫、買収するためだと主張するかもしれない。

それはあながち的外れではない、とジョーは思った。とはいえ自分の観点からすれば、バドがほんとうに情報提供者なのか、そして理由はなんなのか、尋ねたかっただけだ。

ドアを閉めようとして、一瞬ためらった。階段を下りて保安官にあいさつし、元義父を探していたのだと言い訳しようか。だが、事件と関係がないならそんなことをする理由があるか？　自分が世界一嘘がへたなのはわかっている、とにかくそんなのは無理だ。

その瞬間ソリスが階下のドアを開け、ジョーはバドの部屋のドアをそっと閉めはじめた。また蝶番がきしんだが、その音は、「開いていなかったらえらいことでしたね。さて、彼の部屋はどこだ？　階段の上？」と保安官に言うソリスの言葉でかき消されたはずだ。

ハットバンドの下に汗の玉を感じながら、ジョーは静かにドアを閉めおえ、ばね付き錠が大きな音をたてずにまたかかってくれるように祈った。カチリという鈍い音がして、彼はほうっとため息をつくと後ろに下がった。

そして室内を見まわした。どこかに隠れてみるか？　保安官は令状を持っているだろうか？　鍵は？

階段を上がってくる保安官と助手の声が聞こえた。二階に着いたとき、マクラナハンが息を荒くしているのがわかった。

「さあ、ノックしろ、くそ」保安官はあえぎながら命じた。

ジョーはドアを見つめて待った。

ソリスは激しくドアをたたき、ジョーの心臓は早鐘のように打った。保安官助手のこぶしの力だけで、ドアはまた開いてしまいそうだ。

「バド・ロングブレイク？」ソリスは叫んだ。「いるのか？　トゥエルヴ・スリープ郡保安官事務所から来たソリス保安官助手とマクラナハン保安官だ。郡検事長から、証言するまであんたを安全な場所に移すようにと指示があった」

ジョーは呼吸を平静に保ち、落ち着きを失うまいとした。部屋に入る令状をとってきたのか？　そうなら、自分はおしまいだ。

「べらべらしゃべるな」マクラナハンは低くうなって部下を叱った。「とにかくやつにドアを開けさせろ」

さらに激しいノック。コーヒーテーブルの上の空き瓶が揺れた。ジョーはドアノブを凝視し、壊れてしまうのを待った。

「バド、ドアを開けるんだ」ソリスはどなった。それから、ひと呼吸置いて、声を低めた。「彼はいないんじゃないですか、ボス」

「だったらいったいどこにいやがるんだ？」

「おれにわかるわけないでしょう？」

「くそ――やつが行方をくらましたら……」

「力ずくで開けられますが」ソリスは言った。「この鍵はたいしたことなさそうだ。中からなにか聞こえて、彼がけがかなにかしているんじゃないかと思ったと言うこともできますよ」

「それで言い訳は立つが」マクラナハンは言ったものの、その口調からソリスに積極的に賛成していないのが感じられた。まだいまのところは。

「だめだ」少しして、マクラナハンは言った。「おれたちがドアを壊して彼が中にいなかったら、どう思われるか。一時間以内に令状をとって戻ってきて、開けられる。だが、おまえの言うとおりだろう――彼はここにいない」

「じゃあ、どこにいるんです？」ソリスは尋ねた。

「ばか。いまおれがそう聞いたばかりじゃないか。一分前にわからなかった疑問がいまわかるとでも思うのか？」

「いいえ、ボス」

「ちくしょう、なんてこった」

ジョーは深々と安堵の息を吸いこみ、鼻から吐いた。

「いいか」マクラナハンは言った。「やつが帰ってきた場合に備えておまえはここにいろ。おれは郡検事長に連絡して令状をとって戻ってくる」

バドが保安官に内緒で出ていったのは興味深い、とジョーは思った。

階段を下りていく保安官のブーツの足音が響いた。一瞬後、保安官は上にいる助手に叫んだ。「あの野郎を見つけなくちゃならん、それも早くな。やつがいなきゃ、こっちはにっちもさっちもいかなくなる」

「了解」ソリスは答えた。


ジョーは十分間待った。ソリスが命令に背くか、好奇心に負けて一人でドアをむり やり開けるのではないかと思った。もしそうなったら……そうなったら、自分はいったいどうしたらいいのだろう。意外にも、ソリスは外に立ったまま動かなかった。退屈した保安官助手がため息をつき、カントリーの曲を調子はずれにハミングするのが聞こえた。ジョーはそろそろとバドの寝室へ入り、ドアを閉めた。いちばん遠い隅へ行き、ポケットから携帯電話を出して911を呼びだした。

通信指令係が応答すると、彼は低い声で言った。「あのな、いまサンドヴィックのとこの賭場を出てきたんだが、老いぼれの牧場主が大騒ぎしてる。どっかおかしいんじゃないかと思うんだ、だれか寄こしたほうがいい」

「そちらのお名前をどうぞ」通信指令係は冷ややかに言った。相手の女性がだれなのか、ジョーにはわかった。彼女が自分の声だと気づかないといいが。

「どうだっていい。とにかく警察に、口のききかたに気をつけないとバド・ロングブレイクが痛い目にあうと伝えろ」そう言って、ジョーは電話を切った。

ドアの前に戻って耳をすました。一分後、ソリスの無線が音をたてた。通信指令係が先ほどの通報内容を伝えた。彼女はジョーのことを〝匿名の男〟と言った。

ソリスは答えた。「サンドヴィックのところ？　おれがいまいる場所のすぐ先だ」

「応援を送りますか？」

ソリスは鼻を鳴らした。「あの老いぼれならおれだけでじゅうぶんだ。保安官に、やつを見つけたとだけ連絡しておいてくれ」

すぐに、階段を駆けおりていくソリスのブーツの音がした。

ジョーはまた部屋を横切ってシェードを寄せた。保安官助手は無線でなにかしゃべりながら手を上げて通りかかった車を止め、メイン・ストリートを横断した。反対側の歩道に着くと、サンドヴィックの剝製工房へ向かってのしのしと歩きだした。そのあいだ、商店のウィンドーに映る自分の制服姿に目をやっていた。

ジョーはアパートを出て、ドアを閉めた。

16

気を引き締めて、帽子をきっちりとかぶりなおし、通路から歩道へ踏みだした。朝日が霧を追いはらい、雲は消えはじめていた。町の中でも、朝の小雨がもたらしたマツと香《かぐわ》しいヨモギの匂いが感じられた。どうやら晴天の一日になりそうだ。うまく切り抜けたことで誇らしい気持ちの自分に、ジョーは忸怩《じくじ》たる思いだった。

〈ストックマンズ・バー〉に入っていくと、バック・ティンバーマンはカウンターの奥で読書用めがねをかけて酒の注文書を書いていた。ティンバーマンは八十代だが、まだばりばりの現役だ。筋肉質の痩せ型で身長は一メートル八十以上ある。かつては酒好きでバスケットボールとロデオのチームの監督をつとめ、二十五年前に引退して店を継いで以来、一日たりとも休んだことはない。ストイックで声の静かなバーテンダーはみんなの友人であり、それは彼がなにに対しても公然と判断を下したり意見を述べたりしないからだった。客がなにやかや――用水権、銃、犬、隣人、政治、スポーツ――を論じはじめると、ティンバーマンは賛成するように軽くうなずいて、自分の仕事にとりかかる。ジョーはいつも彼に感心していた。

「バック」ジョーは声をかけた。スツールに腰を下ろし、カウボーイハットを逆さにしてティンバーマンの注文書の隣のカウンターに置いた。

「ジョー。コーヒーか？」

「頼むよ」

「ブラックで？」

「ああ」

ティンバーマンはコーヒーをついで、注文書に戻った。ジョーは早朝の客たちを見まわした。ほとんどが牧場従業員で、そのうちの四人がバーの隅にかたまってレッドアイを飲んでいる。元ハイウェイパトロールで、いまはパートタイムで山の上にある会員制リゾート〈イーグル・マウンテン・クラブ〉の門衛として働くキース・ベイリーが、何十年も路上での検挙を経験してきた者特有の疑いの目で、ジョーを見た。ジョーは彼にうなずき、相手もうなずきかえした。奥まった背の高いブース席にいる初老の男女は低い声で話し、テーブルごしに手を握りあっている。口論のあとの仲直りのようだ。〈ストックマンズ・バー〉は朝七時に開く。この伝統は八十年前に始まった。地元の牧場主やカウボーイが徹夜で家畜の分娩に立ちあったあとにビールを一、二杯ひっかけたがったり、二日酔いの連中がトマトジュース、タバスコ、ビールを混ぜたレッドアイを飲みたがったからだ。

「調子はどうだ、バック？」コーヒーを飲んだあと、ジョーは尋ねた。コーヒーは熱かったが薄く、色のついた湯と大差なかった。ティンバーマンはとりたてて客にコーヒーを勧めたいわけではないのだ。

「ぼちぼちだよ」

「上がりは順調か？」

「まあね」

ジョーは微笑した。噂では、バック・ティンバーマンはトゥエルヴ・スリープ郡でもっとも裕福な一人だということだ。長時間働き、金をほとんど使わず、客を大事にし、利益で金《きん》を買って貯めこんでいるらしい。新しい服を買うことなどほとんどない。いつも色褪せたカウボーイシャツ、すりきれた赤いサスペンダーという格好だ。

「以前おれの義理の父親だったバド・ロングブレイクのことが心配でね」ジョーは言った。「最近来るか？」

ティンバーマンはジョーから二つ離れた空席のスツールに手を振った。

ジョーは続きを待ったが、バックは注文書の計算に戻った。これでしまいらしい。

「バック？」

「あそこが指定席さ」ティンバーマンはキース・ベイリーの隣のスツールを示した。

「バーボンが好きだ」

ジョーはうなずいた。「最近来ているのかな」

ティンバーマンはあいまいに肩をすくめてから答えた。「たいてい来るよ」

「きのうは来た？」

ティンバーマンは計算中の場所がわからなくならないように走り書きの上に指を置いて、顔を上げた。「来なかったと思う。おとといは来たかな」

「いつ来るんだ？　つまり、何時ごろ？」

ティンバーマンの表情は、「たいていいまごろには」という言葉以外なにも告げていなかった。

「じゃあ、けさは彼を見ていないんだね？」

ティンバーマンはかぶりを振った。ベイリーのほうにうなずいてみせると、彼も肩をすくめた。

「そいつはめずらしいな、違うか？」

「そうかもな」

ジョーはため息をついて微笑した。これだから、みんながバック・ティンバーマンを信頼するのだ。

ジョーはバーテンダーのほうに身を乗りだし、ひそひそ声で聞いた。「バドは元妻のミッシーについていろいろ言っていたか？」

ティンバーマンは目をそらしたが、わからないほどにうなずいた。店の隅にいるカウボーイたちに、猟区管理官の質問に答えているのを見られたくないのだ。ジョーはすぐに察した。

「なにがあったか聞いているだろう？」

ティンバーマンはまたうなずいた。

「罪をきせるほど、バドは彼女を憎んでいたと思うか？」

ティンバーマンはさあね、という様子で肩をすくめた。

「あんたに法廷で証言してほしいなんていうつもりじゃないんだ。ただ、自分で今回の件を考えようとしているだけだよ。バドが親切な男なのは知っているが、ときにはかなり強情になる。きちんとかたづくまで、物事にこだわる。彼のところで働いていたとき、ゆるんだフェンスの同じ部分のことを毎日朝食の席で従業員にもちだしたので、おれが自分で行って修理して、彼を黙らせた。ミッシーへの報復に、彼は固執していたんじゃないだろうか」

「たしかにときどき、彼女については辛辣な言いかたをしていた」ティンバーマンは譲歩して答えた。

「おれだってそうだ」ジョーは言った。

ティンバーマンはそれにかすかな笑みで応えた――口の両端がわずかに上がっただ

けだったが。

「噂では、バドが検察側の切り札だそうだ」ジョーは言った。

ティンバーマンは「ふうむ」とうなった。「どうやら〈ジムビーム〉の注文を減らすべきだな。この先の二、三週間、それほど注ぐ機会がないかもしれない」

ジョーはコーヒーを飲み干した。「バドが風力タービンについて話したことは？」

ティンバーマンはとまどったように視線を上げた。「最近じゃだれだって話している」

ジョーは嘆息した。バック・ティンバーマンからなにかを引きだすのは容易ではない。「賛成とか反対とか、なにか意見がありそうだったか？」

「思い出せないな。おかわりは？」ティンバーマンは肩ごしにポットのほうを示した。

「もっとないか？」ジョーは聞いた。コーヒーのことではない。

「ないね」

「じゃあ、けっこうだ」

ジョーはスツールを下りてカウンターに五ドル置いた。

「それはいいよ」ティンバーマンは、視界から消えてほしいかのように札のほうへ手を振った。

ジョーはそのままにして言った。「彼に会ったら、おれに電話してくれないか？女房がこんどの件をとても心配しているんだ」

ティンバーマンはまたかすかにうなずいた。「彼は上に住んでいる。部屋を貸してしばらくになるよ。現金で期限どおり払ってくれるし、なんの問題もない」

「客が来ることは？」

「気づいたことはないね」

「じゃあ、最近はだれも？」

「来てない」

「コーヒーをご馳走さま、バック」

「またいつでも、ジョー」

ドアを開けて外に出る前に、ジョーはためらった。通りを見ると、ソリス保安官助手が無線に向かってどなりながらサンドヴィックの剝製工房から怒って出てくるところだった。

「一つだけ」バック・ティンバーマンが静かに言い、ジョーは自分が話しかけられているのに気づいた。

振りむいて、驚いて眉を吊りあげた。ティンバーマンは注文書から離れ、ジョーのそばのカウンターの角に立っていた。四人のカウボーイからできるかぎり距離を置いていた。

「一週間前、器量よしの女がここに来た。彼女とバドはかなり仲がよさそうだった。女の名はパッツィだそうだ」

ジョーはわけがわからずに首を振った。

「バドに会う前に、女はあんたの友だちがどこにいるか知っているかとおれに聞いた」

「そうだ」

ジョーは頭皮が縮みあがるのを感じた。「ネイト・ロマノウスキ?」

「彼女になんと答えた?」

「なにも。おれに関するかぎり、話すことはなにもない」

ジョーはうなずいた。そしてぴんと来た。「だが、女はバドと仲よくしていたと言ったな。ネイトについて彼に聞いていたと思うか?」

「確かなことはわからない」ティンバーマンは言ったが、ジョーは暗黙の答えを察した。

「なるほど。パッツィがまた来たら、教えてくれないか?」

ティンバーマンはわずかにうなずいて背を向けると、注文書に戻っていった。〈ジムビーム〉の注文を減らすのだろう。

ティルデン・ムートン治安判事は予備審問を開いた。マクラナハン保安官が起訴内容の要約と証拠証言をおこなったが、バド・ロングブレイクは姿を見せなかった。そのあと、ムートンは月曜日のヒューイット判事による罪状認否手続きへの出廷をミッシーに命じた。

八月二十七日

先人の弔《とむら》いをくりかえして、理論は進歩する。

——ポール・A・サミュエルソン

17

アール・オールデンの葬儀は、暑くて風のない朝がた、トゥエルヴ・スリープ郡墓地で執りおこなわれた。集まったのは少人数だった。

ジョーは黒いスーツを着て、メアリーベス、エイプリル、ルーシーと並んで陽光の下に立った。モーリー・ブラウン牧師が一度も会ったことのない男について追悼の辞を述べた。ジョーはシャツの下を一筋の汗がつたうのを感じた。視線を上げて、あたりの光景を眺めた。

墓地はサドルストリングの西方の丘の上にあり、十エーカーほどの広さだ。会葬者が立っているところから、丘の下を流れるハコヤナギの生い茂る川、サドルストリングの町、そして対岸の断崖の上にある〈イーグル・マウンテン・クラブ〉の建物が見える。芝生では虫がしきりに鳴き、ジョーの目の前で大きなバッタが棺の上に音をたてて飛びのった。空気には、花粉と掘りかえされた湿った土の匂いが漂っていた。堂々たる御影石の墓碑がパレットに載せて区画に運びこまれてあった。それは、隣に盛られてタープで覆われている、掘られた大量の土の山と同じくらいの高さだった。

ミッシーは棺と地面の穴をはさんで向こう側に立っていた。小さな姿は黒い喪服とベールに包まれ、両側にはマーカス・ハンドとマクラナハン保安官がいた。葬儀のあと、保釈中の彼女は家に戻る予定だ。サンダーヘッド牧場の従業員と建設労働者が数名、ほかの会葬者から離れたところにかたまっていた。彼らが来ているのは弔意をあらわすためだろうか、それとも最後の給料をいつ支払ってもらえるのか聞くためだろうか、とジョーは思った。

ブラウン牧師の話を彼はあまり聞いておらず、ミッシーを観察していた。ベールで顔が隠れていて、泣いているかどうかはわからない。とても静かに見えた。

ブラウン牧師がミッシーのほうを向いて、穴のそばに用意してある土を一握り棺の上に投げるように合図したが、彼女は「いいえ、けっこう」と答えた。

駐車場まで未舗装の小道を歩いていくあいだ、よく知りもしない男の葬式に出るのがいかに奇妙かをメアリーベスは語り、アールの親戚がどうして来なかったのだろうと不思議がった。

ジョーは肩をすくめた。同じことを考えていたのだ。

「あの墓石にミッシーがいくらかけたのか知りたいよ」ジョーは言った。「目下のところ、墓地でいちばん丈の高い墓石だろう」

エイプリルとルーシーはどこのレストランに行くかで言い争っていた。土曜日なので、ランチは外食にするという条件で葬式に出るのを承知したのだ。

「わからなかったが、お母さんは泣いていたか？」

「さあ？」

ジョーはメアリーベスの手を握り、力をこめた。そのとき、駐車場で車のエンジンがかかる音が聞こえた。

目を上げると、ボックスタイプの黄色い旧型ヴァンが無用の速さでバックして駐車場から走り去るのが見えた。

「あれはだれ？」メアリーベスは尋ねた。

「わからない。前の座席に二人乗っていたと思うが、顔は見えなかった」

「お葬式に来たのに遅れてしまったのかしら。もう少し会葬者が多いとよかったのにね」

「ああ」黄色いヴァンがまるでハチの群れに追われているかのように丘を駆けくだっ

ていくのを、ジョーは見守った。

八月二十九日

風車をふいごで動かすことはできない。

――ジョージ・ハーバート

18

ワイオミング地区判事ヒューイットの法廷における母親の罪状認否手続きのため、ジョーはメアリーベスに付き添ってトゥエルヴ・スリープ郡裁判所の階段を上っていった。荒削りの花崗岩造りの建物で、屋上には一八八〇年代にできた大理石のドームがあり、この町が期待されながらも達成できなかった栄華の象徴となっている。ジョーは妻のために重いドアを開けた。

「ここで裁判を受けたセレブはきみのお母さんが初めてじゃないよ」彼は言った。「放牧地争いのころ、ビッグ・ノーズ・バートがここで有罪になった。昔の西部の無法者たちが大勢出廷したんだよ。たいていは無罪になった」

「ジョー」メアリーベスはいらだっていた。「母は無法者じゃないわ」

「ごめん。ただ、歴史上の逸話を話しただけだ」

「なんにもならないわよ。図書館の同僚たちは、まるで家族に死人が出たみたいにわたしを腫れもの扱いよ」

「そうじゃないか」ジョーは思わず口走ってしまった。

メアリーベスは夫に向きなおった。「あなたはちっとも慰めてくれないのね。いま言ったのは、善意の人たちがわたしの前でどうふるまったらいいのか困っているってこと。わたし自身、どうふるまったらいいのかわからない。母が殺人罪に問われてなんかいないみたいに仕事に行くべきなの、それともうなだれ、恥じ入って歩きまわるべきなの？」

ジョーは手をさしのべて彼女の頰をなでた。「しゃんと顔を上げて。きみにはなにも恥じることなんかないんだ」

メアリーベスはうなずいて、目に感謝の色を浮かべた。「どっち？　わたし、この建物に入るのは初めてなのよ」

ヒューイット判事は小柄で髪は黒く、いつもぴりぴりしている。十七年間この地位にあり、ジョーは彼の尊大ぶらない点と、迅速かつ謹厳な審理進行への異常なほどのこだわりを、高く評価していた。だらだらと長い質問や陳述をやめさせ、弁護士にさっさと要点を話すよう命じることで、判事は知られていた。とくに多弁な弁護士に対し、ヒューイットはしばしば陪審員や依頼人の前で尋ねた。「一語単位で報酬をもらっているのかね？」

ジョーとメアリーベスは法廷へ入った。狭くて古い部屋で、模様のある錫のプレートでできた天井は高く、音はうつろに響いて聴きとりにくかった。マツの羽目板を使った壁には、一九四〇年代には西部の歴史と考えられていた古い絵画が飾られている。血まみれの頭部や出陣のペイントばかりが目につくインディアンの大量虐殺や、騎兵隊の突撃や、グリズリー狩りやインディアンの儀式や愛らしい子どもたちを満載した幌馬車といった、政治的に不適切な題材ばかりだ。狩猟漁業局の案件で証言の順番を待ちながら、以前からこの部屋で長い時間を過ごしてきたため、ジョーはその一枚一枚にすっかり馴染んでいた。法廷にいる時間は病院と同じくらい嫌いで、どちらにいるときも、つねに落ち着かず窮屈で場違いな気分になった。

「あそこに母がいる」メアリーベスが独り言のようにつぶやいた。

ジョーは目を上げた。ミッシーはこちらに背を向けて左側の最前列にすわっており、その隣には鹿革に包まれたマーカス・ハンドのがっしりした肩があった。ミッシーは慎み深く髪を結いあげて、薄い色のプリントドレスを着ていた。そのせいでじっさいの年齢より老けて見える、とジョーは思い、衝撃を受けた。

ハンドが入れ知恵したのだろうか。結局、保釈金を払ったあとミッシーは一週間あまり牧場にいて、ハンド、彼の弁護士や補助員のチーム、調査員たちと広い屋敷でともに寝起きしていた。逮捕のあと態勢を立て直し、自分の容貌の手入れをして魔法を働かせる時間はたっぷりとあったはずだ。だが、それを知らない者たちにとっては、まるで法廷に引きだされる数分前に独房でプリントドレスに着替え、化粧品や鏡は与えられなかったように見える。

通路をはさんで反対側では、ダルシー・シャルクが黄色い法律用箋のメモをチェックしていた。黒っぽいビジネススーツ姿で、黒いフラットシューズをはいている。マクラナハン保安官がシャルクの隣に悠然とすわっている。ベンチの背に片腕をかけ、あごを上げて、独善的で退屈した風情だ。

裁判官席の前には四人が立っており、ヒューイット判事は上から彼らをねめつけている。真ん中の二人の男はオレンジ色のジャンプスーツを着て、ボートシューズをはいている。長い黒髪、そして浅黒い肌。保留地に住む東ショショーニ族のエディとブレントのメニイ・ホースィズ兄弟だ、とジョーは気づいた。二人ともハイスクールでは長距離走の選手だった。ジョーは一度ならず二人の釣りの許可証を調べたことがあった。兄弟の左側に公選弁護人のデュエイン・パターソン、右側にダルシー・シャルクの副検事ジャック・ピムがいる。

さやいた。

「なにをやっているの？」ミッシーより数列後ろにすわりながら、メアリーベスがささやいた。

「罪状認否手続きの日なんだ」ジョーは低い声で答えた。「ヒューイット判事は月曜日にまとめてかたづけるのが好きなんだよ。メニイ・ホースィズ兄弟には車泥棒と覚醒剤売買の容疑がかかっている。お母さんは次だ」

「なんてことなの」メアリーベスはかぶりを振った。「まったくもう信じられないわ」

ジョーはすわりなおし、あらためて周囲を観察した。メニイ・ホースィズ兄弟と彼らの弁護人を除けば、だれもが次のイベントを待っている。ジム・パーメンターとシシー・スカンロンは、五、六人は来ている各新聞、ラジオ、テレビ局の記者たちの中央にすわっている。ソリスをはじめとするマクラナハンの保安官助手たちも五、六人おり、検察側のテーブルを前にしたダルシー・シャルクと保安官のすぐ後ろの席に固まっている。いつもなら〈バーゴパードナー〉でコーヒーを囲んでいる地元の野次馬たちも十人以上来ているから、開廷中、店の客はまばらだろう。たんなる好奇心だな、とジョーは思った。これは確かに最初の出廷とは違う雰囲気で、彼は状況の深さをひしひしと感じた。きっとミッシーも気づいていることだろう。

「母が振りむいた」メアリーベスがささやいた。

ミッシーはすわったまま後ろを向いて廷内の人々を見渡し、ジョーとメアリーベスを見つけるまでゆっくりと視線を移していった。「わたしたちを見ているわ」メアリーベスは言った。

ミッシーの目の下には黒い隈ができ、肌は羊皮紙のようにかさついている感じだ。あまりにも哀れに、あまりにも小さく、あまりにも……不当に扱われているように見える。

メアリーベスがこぶしを握りしめ、〝気をしっかり持って〟と伝えると、ミッシーは悲しげにほほえんでうなずいた。母親がまた前を向いたとき、メアリーベスはジョーに言った。「あんなにひどい状態の母は見たことがない。告発されているような犯行を実行できるなんて、だれが思える？」

そのとおりだな、とジョーは思った。

ヒューイット判事は音高く小槌をたたいて、メニイ・ホースィズ兄弟の裁判の日を決めた。兄弟と弁護人は、自分たちのためにいるのではない廷内の人々に疑い深い目を向けながら、ボートシューズの足音をまじえて退出していった。

「次」ヒューイットはスケジュール表に目を落とした。「共同謀議および第一級殺人の容疑に関して、トゥエルヴ・スリープ郡対ミッシー・オールデン」

その言葉に、メアリーベスは両手でジョーの腕を握りしめた。

「いよいよだ」ジョーはメアリーベスにささやいた。

ヒューイット判事に起訴内容を読みあげるダルシー・シャルクは、若くて頭脳明晰で闘士型で有能そうに見えた。彼女は驚くほど簡潔に郡側の主張を述べた。

「判事どの」彼女は法律用箋を前に持って立っていたが、ほとんど一瞥もせずに続けた。「郡は被告人ミセス・オールデンを五番目の夫アール・オールデンを故意に殺害した罪で告発します。ミスター・オールデンは離婚手続きをとるつもりでした、そうなれば彼女は長年けんめいに手に入れようとしてきた経済帝国のほとんどを失うことになります。われわれは、離婚手続きが迫っているのを知ったミセス・オールデンが計画を実行するために積極的に殺人者を雇おうとしたことを、疑いの余地なく証明する用意があります。そして、われわれがこれを知ったのは、引き金を引くように頼まれた男がそう述べるはずだからです。彼はまた、被告人のために殺人をおかすのをためらったとき、被告人自身が実行したと証言する予定です。われわれの証人は郡側と密接に連携しており、完全に協力的です。州の証人として彼女の有罪を証言することに同意しております。ミセス・オールデンと殺害者として雇われた本人とのやりとりを証明する通話記録が、こちらの手元にはあります。凶器と、それを証明する法科学的な証拠もあります。そして、動機と機会をともに立証する用意があります」

シャルクは間を置いて向きを変えると、隣のテーブルのミッシーを指さした。ジョーは彼女の手振りを目で追い、ミッシーの反応が検事長の重なる告発に対してそぐわないことに気づいた。ミッシーは物静かに検事長を見つめ、その目はうるんでいた。唇は震えていた。日頃の仲にもかかわらず、ジョーは義母に同情をおぼえた。

シャルクは続けた。「人民は被告人である」──彼女は法律用箋に目を落とした──「ミッシー・ウィルソン・カニンガム・ヴァンキューレン・ロングブレイク・オールデンが、これらの犯罪によって裁かれ、法のもとでもっとも重い刑罰を受けることを要求いたします」

傍聴席から何人かのあえぎ声が上がると同時に、満足そうな口笛も洩れた。廷内の傍聴者のほとんどはミッシーの離婚歴の全部は知らず、元夫たちの名前をこのように一続きに聞いたのは初めてだったにちがいない。これにはちょっとした劇場効果があったようだ。マクラナハン保安官は振りかえって目を輝かせ、廷内の反応を楽しんだ。そして、そうすることによって自分の手柄に見せかけた。ジョーの腕をつかむメアリーベスの手に万力のような力がこもり、彼は左手の指の感覚がなくなってきた。

「まず最初にやるべきことからです、ミス・シャルク」ヒューイット判事は冷ややかないらだちをにじませて告げた。「あなたは先を急ぎすぎているようだ」

判事は眉を吊りあげてミッシーとマーカス・ハンドを眺めた。ミッシーを見たとき、判事の表情がやわらいだのにジョーは気づいた。そして、ミッシーの外見と態度が判事にすら望ましい影響を及ぼしていることに驚いた。

「ミセス・オールデン」ヒューイットは穏やかに尋ねた。「起訴内容に申し立てがありますか？」

ミッシーもハンドも答えないでいるあいだ、質問はしばし宙に浮いていた。そのあと、ただ立つことさえその身の品格を落とすかのような嫌悪感をたぎらせて、ハンドは起立するとゆっくりと毛の長いバッファローのような頭をダルシー・シャルクに向けた。ジョーには彼の横顔が見えた。ハンドの皮膚は白熱した怒りに引きつっているようだった。

「ミセス・オールデン？」判事は促した。「いかがです？」

ミッシーは期待するようにハンドを見上げた。ハンドはシャルクをにらみつづけた。シャルクは視線をそらしたが、彼女が若干驚いているのがジョーにはわかった。
マ、ー、カ、ス、・、ハ、ン、ド、が報酬にふさわしい働きをしはじめている。
たっぷり一分間も張りつめた沈黙が続き、そしてヒューイットが身を乗りだしてけげんそうに目を細めたあとで、ついにハンドは軽蔑のこもった低い声で答えた。「われわれはこの非道なでっちあげを拒絶し、郡検事長が述べたすべての起訴内容、および彼女とマクラナハン保安官が今後つけくわえるつもりかもしれないわたしの依頼人に対するどんな起訴内容にも、無実を申し立てるものであります」

ヒューイット判事は目をぱちくりさせてから、ペースをとりもどした。「ミスター・ハンド、いまのは今後の裁判におけるあなたの最後の見せ場とするべきです」ハンドは弁解するように言いだした。「判事どの――」

「いまのは陪審団のためにとっておけばよろしい。ミセス・オールデン、あなたは弁護人のいまの発言に同意しますか？」

「はい、判事どの」ジョーの娘たちに話しかけるときにミッシーが使う小さな女の子のような声で、ミッシーは答えた。「わたしはなんの罪もおかしていません。アールを愛していました」

ヒューイット判事は最後の部分を手で振りはらうようにして、小槌をたたいた。彼は身をかがめてダルシー・シャルクに集中した。「ミス・シャルク、郡は準備を完了し、先へ進みたくてうずうずしているようです。この時点で日程を決めて前へ進むことに反対する理由はありますか？」

「判事どの？」シャルクの声がつかえた。

「聞こえたでしょう」判事は言った。「そしてあなたの意見もわたしはじゅうぶんに聞きました。あなたがたは証拠と証人はそろっているとお考えのようだ。この件を引きのばす理由はなにもないようですね？」

「ありません……」

「失礼ながら」この事態が信じられない様子で廷内を見まわしながら、ハンドが言った。「もう一度申し上げますが、ミス・シャルクと郡は、出廷もさせていない謎の男の証言をもとにわたしの依頼人についてとんでもない主張をしている。ミス・シャルクが当地のもっとも名誉ある検事長であることを疑うわけではありませんが、重要証人がまだ顔を見せず宣誓もしないうちに日程を急ぎ、依頼人をラスクの刑務所に入れるか致死注射によって処刑しようとするとは、とても信じられません」

〝注射〟と聞いてシャルクは天を仰いだ。

「ミス・シャルク？」ヒューイット判事は言った。「ミスター・ハンドの意見にも一理あります」

「証人はここへまいります」一瞬ためらってからシャルクは答えた。「出廷して証言します。そして記録のために申し添えますが、死刑を求刑するとは申し上げておりません」

「では、証人はいまどこにいるのです？」ヒューイットは尋ねた。

「個人的な用事で手が離せないのです。数日中には戻るはずです」

「個人的な用事？」ハンドはジョーをちらりと見てから、判事に視線を戻した。「これは初耳です。疑い深い、あるいは皮肉屋の人間なら、検察側は予告なく法廷に出現させるために証人をどこかに隠していると思わざるをえないでしょうな」

シャルクは顔を真っ赤にした。「そんなことはないと断言します」彼女は言った。「われわれは先に進む用意ができています」

ヒューイット判事はうなずき、てのひらでデスクをたたいて強調した。「それならけっこう。わたしが聞きたかったのはそれです。二週間後の九月十二日に開始される裁判のために、いまから被告人を再勾留します。陪審員の選任は当日の月曜日の朝に始めます」

手をのばしてヒューイット判事につかみかかるのを自制するように、マーカス・ハンドはすばやく胸の上で両腕を組んだ。そして言った。「二週間ですか、判事どの？これは殺人事件の裁判でしょうか、それとも陸上競技会の日程でも決めているのでしょうか？」

ヒューイットは発言の反響が廷内に浸透するまで待った——忍び笑いが一つ二つ洩れた——それから、判事は鋭い視線をハンドに向けた。

「いいえ、高名な刑事弁護士であり、ベストセラー作家でもあるミスター・マーカス・ハンド、ここは陸上競技会場ではないし、ティートン郡でもデンヴァーでもハリウッドでもジョージタウンでもありません。ここはトゥエルヴ・スリープ郡であり、わたしの法廷です」

判事を怒らせてしまったという事実を思い知らされて、ハンドは大きく息を吸うと両腕を下げた。反抗的に足をもぞもぞさせ、床に目を落とした。

「ミスター・ハンド、主張されるようにあなたの依頼人が間違った告発を受け、おっしゃるように無実なのであれば、一日も早く容疑を晴らして彼女を家に帰してあげたいでしょう。それなら、被告人を何週間も何ヵ月も法廷で嵐にさらすのはあなたがたにとって有利な方法ではない。そして、あなたが言うように起訴内容が根拠薄弱な見下げ果てたものであるなら、迅速に反証を挙げる以上に欲すべきことはないはずです。わたしはなにか見落としていますか？」

「いいえ、判事どの」ハンドは答えた。「わたしはあたうかぎり最高の弁護をしたいだけなのです。われわれはまだ検事長が集めた証拠を見ておりませんし、彼らの言うところの重要証人に会う機会も得ておりません……」

「検事長の発言をお聞きになったでしょう——全部、手配されます。ミス・シャルク、遅滞なくすべてを渡し、証人の陳述を弁護側が得られるようにしてください。いいですね？」

ヒューイット判事はハンドに向きなおった。「なにか申し立て《モーション》がありますか？」

ハンドは事件を棄却するように手振り《モーション》をしてみせた。ヒューイットは笑って拒絶し、ほかになにかあるかと尋ねた。ハンドがブリーフケースを開けて、裁判を引きのばすか、ダルシー・シャルクをぺしゃんこにするいくつもの申し立て書類を出すのではないかと、ジョーは予想した。

「申し立てはありません、判事どの」ハンドは言った。

ジョーはとまどって、身じろぎした。

「では、本件は以上です」ヒューイット判事は告げた。

シャルクはうなずき、弱々しい声で「はい、判事どの」と答えた。

休廷となったあと、メアリーベスはミッシーとマーカス・ハンドと手みじかに話をした。ジョーは廊下に出て待っていた。ストーブパイプというあだ名の元ロデオカウボーイの執行官補佐人が、配置されている金属探知機の奥からぶらぶら出てくるとジョーににやりとした。

「判事はちょっとしたものだよな？」ストーブパイプは言った。

「ものごとをちゃんと進める」ジョーは言った。

ストーブパイプは楊枝を口の左側から右側へ器用にくわえなおした。「ジャクソンから来たセレブ弁護士はなにがどうなっているのかよくわかってないんじゃないかね」

「わかっているよ」ジョーは答えた。「前にも経験しているんだ」

「そうかな？」

ピックアップへ向かいながら、メアリーベスはジョーに言った。「いまのはなんなの？　母はショックを受けていたわ」

「判事はきっちりと仕切っている。ヒューイットはつまらないことで時間を浪費しない。マーカス・ハンドはみごとな手腕を見せるはずだ。もちろん、ハンドの得意技は陪審員を操ることで、判事を操ることじゃないからな」

「無実の女性には、そんな必要はないわ」

ジョーはうなずいた。

「人の心を読むのは得意なのよ」運転台に乗りこみながら、メアリーベスは言った。「でも、判事の心は読めなかった。彼はだれに対しても怒っているみたいだったわ」

「急いでいたんだよ」ジョーはエンジンをかけた。

「でもなぜ？」メアリーベスはかぶりを振った。

「ストーブパイプと話したんだ。ヒューイット判事はアラスカのドールシープを狙っている。仕留められれば、グランドスラムを達成するんだよ。ストーンシープ、ロッキー・マウンテン・ビッグホーン、デザート・ビッグホーン、ドールシープ。ヒューイット判事のようなトロフィ・ハンターはグランドスラムをなしとげるためならなんでもする。そしてこれが唯一のチャンスかもしれない。アラスカの狩猟シーズンは来月だけなんだ。アラスカの狩猟漁業局の知りあいに詳細を問いあわせてみるよ」

メアリーベスはうめき声を上げた。「狩りに行くために急いでいるっていうの？母の命がかかっているのに？」

「人間には優先順位があるんだ。ハンドはそれに沿って動く必要があるのを覚悟しなければ。ドールシープの狩猟許可証の発行は、生涯一回かぎりなんだ」

「母はさっきあまりにも……孤独に見えたわ。生まれて初めて、わたしは彼女には支える人間がだれもいないと気づいたの。友だちはだれもいないのよ、ジョー」

彼は図書館へ妻を送るべく、車を方向転換した。「それは身から出た錆というものだな」

「でも、悲しすぎる。母はいまほんとうに一人ぼっちだわ」

「きみがいるじゃないか」ジョーは言った。

「でも、あなたはいない」メアリーベスは応酬した。

「そうは言っていないよ」

「あまりふさぎこみなさんな、器量よしの奥方」裁判所の芝生を横切って車に近づいてきたマーカス・ハンドが、メアリーベスににやにやしてみせた。

「なぜ？」メアリーベスは尋ね、ジョーは横から見守った。

「なぜなら、われわれは望みどおりの方向へ向かっているからですよ」

メアリーベスは説明を求めてジョーに視線を投げ、彼は肩をすくめた。

「あなたは二週間という期間に反対していたじゃありませんか？　もっと時間を稼ぐためにあなたがまったくなにもしなかったので、驚いたわ」

ハンドは低く笑ってジョーを見た。ジョーもやはり好奇心に駆られて眉を吊りあげた。

「いいでしょう」ハンドは言った。「だが、あなたがたと戦術について話すのはこれが最後だ。お二人を信用しないからというんじゃないが……まあ、とにかく。

バドについては意外だったが、これは朗報ですよ。二つに一つということだ。検察側は彼を隠している、あるいは彼の居所を知らない。われわれは二つの可能性のどちらにも対処できる。しかし、重要なのはこの事件のほぼすべてが検察側の重要証人の信頼性にかかっているということだ。もしバドを隠しているのなら、理由がある。たとえば彼が公衆の面前でなにを言いだすか信用できないとか、わたしが彼に質問すれば主張が崩れてしまうとか。これも望ましい点だ。もし検察側がバドの所在を知らないのなら、彼は出廷すらしないかもしれない。あるいは出廷しても、アルコール依存症のせいで信頼性はすでに損なわれている。これはまた素晴らしい。だから、裁判が早まれば早まるほど、われわれにとっては有利なんだ」

ハンドはふんぞりかえって微笑した。

「あと一つだけ言っておくことがあります」メアリーベスは告げた。「母は無実よ」

「もちろんそうですとも！」ハンドは答えた。

八月三十日

幸福な家庭こそがあらゆる野心の到達点である。

——サミュエル・ジョンソン

19

「このことがわたしたちの生活に及ぼす影響がいやでたまらないの」〈バーゴパードナー〉のピクニックテーブルでメアリーベスはジョーに言うと、食べかけのサラダの横に音をたててフォークを置いた。ジョーは子牛の睾丸を付けあわせたハンバーガーを食べおえようとしていた。どうしてこんなにボリュームのある料理を頼んでしまったのかわからない。午後の遅い時間になったら眠くなってしまうに決まっている。

「影響される必要はないよ」呑みこんでから、彼は答えた。〈バーゴパードナー〉では地元の牧草で育てた牛の赤身のひき肉を出しており、州法に違反して客のリクエストによってはミディアムレアで提供していた。自分がこれほどハンバーガー好きでなければいいのに、とジョーは思った。

「子どもたちは混乱して、しかもほったらかしにされているわ。わたしたちの関心がよそに向いているあいだに、エイプリルは間違いなくなにかたくらんでいるし、ルーシーは劇で役を射止めたのに親がほとんど関心を示さないことに腹をたてている。ジョー、あの子は主役なのよ。歌も、なにもかもやるの。才能があるのよ、なのにけさ学校へ行く前にあの子がわたしになんて言ったと思う？」

「なんて？」

「こう言ったの。『女性のスターは、自分たちを俳優って言いたがるの、女優じゃなくて。で、大人の女性がだれかを殺したら、殺人者、それとも女殺人者？』」

ジョーはハンバーガーの残りを置いた。「ルーシーがそんなことを？」

「ええ。こんどのことはあの子の心に重大な影響を与えている。学校でいろいろ耳にしてくるにちがいないわ」

「エイプリルはどうなんだ？　学校での様子だが。ハイスクールの子どもたちっていうのは最悪だからな」

メアリーベスはため息をついた。「そうよ。エイプリルの話だと、殺人罪に問われている祖母がいるなんて彼女はかっこいいと、人気のある生徒の一部が思っているっていうから、さらに悪いわ。想像できる、そんなこと？」

「できるよ」ジョーはむっつりと答えた。

「それに、わたしたちが気づいていなかったことがいろいろ起きているの。あなたに言うのを忘れるところだったのよ、じつは。図書館の地獄耳のエレノアによると、アリーシャ・ホワイトプリュームが先週仕事にあらわれず、だれも彼女から連絡を受けていないんですって。ハイスクールの人たちは心配しているわ。彼女は家にいなくて、里子の娘はまだアリーシャのお母さんのところにいるらしいの。そして、お母さんにもなにも連絡がないんですって」

ジョーは急に口の中が乾くのを感じ、アイスティーをごくごくと飲んだ。「アリーシャがいなくなったって？」

「彼女らしくないわ。どれほど責任感が強いか、あなたも知っているでしょう」

ジョーはあごをさすった。

「彼女が行方不明だと、ネイトは知っていると思う？」メアリーベスはできるだけさりげなく聞いた。「彼は知りたいんじゃない？」

ジョーはうなった。

「あなたが考えていることはわかるわ、アリーシャは彼と一緒だというのね。でも、お母さんに知らせずに小さな娘を放っておいたりしないわ」

「だれか保安官に連絡はしたのかな？」

メアリーベスは天を仰いだ。「エレノアによれば、きのう連絡したそうよ。マクラナハンの腰ぎんちゃくの一人が、アリーシャがいなくなってからまだそんなに日にちがたっていないから、なにかするには早いって言ったって。地元のインディアンを探すのは彼らの最優先事項じゃない、なぜならたいてい最後には出てくるからって、ほのめかしたそうよ」

「そいつはそう言ったのか？」

「そのとおりに言ったかどうかは知らない。とにかく、エレノアは怒っていたわ。でも、そんなことはどうでもいい。アリーシャが消えたのなら、なにかあったのよ」

メアリーベスは夫の反応を待った。

しばらくして、ジョーは沈黙を破った。「ハニー、おれにはよくわからないんだが。バドを探してお母さんの容疑を晴らしてほしいのか、アリーシャを探してネイトに連絡してほしいのか、学校の劇を見にいってエイプリルに説教してほしいのか、それともいっぺんに全部やってほしいのか。おれは一人しかいないんだし、仕事もあるんだよ」

メアリーベスは目をけわしくして、彼を黙らせた。フラストレーションをあらわにしてしまったことを、ジョーはすぐに後悔した。彼は妻の手をとった。フォークを握っていないほうの手を。

「ときどき、一時間ぐらいおれたちの心を交換してみたらどうかな。きみの心の中にはさまざまな思いがあって、全部の声を受けいれられないからおれはきっと車で崖からダイブしてしまうだろう。だけど、きみのほうはたぶんリラックスできるよ。なぜなら、あまりにも静かで、ちょっと昼寝をしたいという願望以外はほとんどなにもないから」

メアリーベスは一瞬彼を見つめ、すぐに大声で笑いだした。

「それが見たかったんだ」ジョーはあえて笑顔を返した。

だが、心の中の当てのないリストに、彼はもう一つの任務をつけくわえた。アリーシャを見つけること。

ジョーは図書館の駐車場に車を入れ、メアリーベスが中に入る前に二人は少しのあいだすわっていた。いま聞いた内容を彼女が整理し、方策を見つけようとしているのがジョーにはわかった。先週バドが留守だったことを告げ、鍵をこじ開けて彼の部屋に入ったのをためらいながら打ち明けたのだが、メアリーベスは動じなかった。

「それじゃ、バドの居所を向こうも知らないのね？」

「知らないと思う。重要証人を見失ったことをマクラナハンがダルシー・シャルクに話したときどうだったかは、想像するしかないね」

「バドがいないとすると、検察側にはなにがあるの？」

ジョーは肩をすくめた。「完全無欠の起訴だと思っていたものが消えてなくなるかもしれない。きっとハンドは大々的に発表するだろう」

「それでもバドの証言は生きているわけでしょう？」

「そうだろうな。彼がなんと話したのかはわからないが、ミッシーにとってかなり不利な内容にちがいない。だが、バドが出廷しなければ……」

「ダルシーは彼を隠したりしないわよね？」メアリーベスは尋ねた。「あなたの話からすると、彼は二、三日の留守のつもりで荷造りしたようだわ。だれかに誘拐されたんじゃないでしょうね？」

「争った形跡はなかったよ」ジョーは答えた。「彼を連れ去る前に誘拐犯が歯ブラシを持っていけとは言わないだろう」

「ダルシーはパニック状態のはずよ。保安官もね」

ジョーはうなずいた。

「もしわたしたちが先にバドを見つけたら？」彼女は聞いた。

ジョーは黙った。メアリーベスが考えているらしいことに不安をおぼえた。「見つけたらどうするんだ？」

彼女はかぶりを振った。「わからない。でも、もしかしたら彼はすべてがでっち上げで良心の呵責に耐えられなくなったから逃げたんじゃない？　仕掛けた罠で自分が果たす役割を放棄したがるかもしれないわ」

「メアリーベス」ジョーは妻の手に触れた。「それでも例のライフルがある。それに、アールがほんとうにミッシーと離婚しようとしていたなら……そう、まだ状況は有利とはいかない」

「彼が離婚しようとしていたと、なぜ向こうは知っているの？　それもバドから聞いたのかしら？」

ジョーは首をかしげた。その点は考えていなかった。

「隠れるとしたら、バドはどこへ行きそう？」メアリーベスは聞いた。「彼のことは、わたしたちかなりよく知っているわ。あなたは彼を知っている。どこへ行くと思う？」

八月三十一日

真実には議論の余地がない。悪意ある者は攻撃し、無知な者は嘲笑するかもしれないが、最後に真実は残るのだ。

――ウィンストン・チャーチル

20

翌日、テキサスから来たプロングホーン狩りのハンターたちの許可証とスタンプを調べたあと、ジョーは峡谷地帯を車で横断し、リー牧場のボブとドード夫妻の家へ向かった。リー牧場はミッシーとアールの土地に隣接している。寒冷前線が近づいているため、積雲が大空を流れていく。まるでもっと暖かい気候を求めてこの州から逃げだそうとしているかのように。牧場の本部に近づくにつれて、南の地平線にのぞいている風力タービンの上部で三枚のブレードが回っているのが見えてきた。大気には秋の冷たさが感じられ、けさ寝静まっている家を出る前、ジョーはフロントガラスの霜をとらなければならなかった。

罪状認否手続きと保釈金支払いのあと、マーカス・ハンドはミッシーを家に連れてかえった。メアリーベスによると、ハンドはジャクソンホールの事務所から弁護士補助員と追加の弁護士の大チームを呼び寄せたらしい。ハンドが呼ぶところの〈チーム・ミッシー〉は、ランチハウスの寝室の大部分を占領して裁判の次のステージに備えるということだ。衛星アンテナを積んだケーブルニュースのトラックがサドルストリングに続々と乗りこんできて、はるかニューヨークやロサンゼルスからも法律担当新聞記者が何人も訪れ、〈ホリデイイン〉の部屋を押さえていた。

バド・ロングブレイクについても、アリーシャ・ホワイトプリュームについても、進展はなかった。ジョーは保安官事務所にアリーシャの件を問い合わせ、電話に出たソリスは捜索を始めるまであと一日二日待つと答えた。ジョーがなぜかと尋ねると、その質問の含みが気に入らなかったらしく、ソリスは電話を切った。

隣のサンダーヘッド牧場の、かつてミッシーとアール・オールデンが君臨し、いまは〈チーム・ミッシー〉の中央司令部となっている壮大な石造りの本部とは違って、リー牧場の本部は下見板張りのくたびれた実用的な建物だった。以前は白かった家はペンキの塗りなおしが必要で、屋根の古い灰色のこけら板は太陽と風雨にさらされて、ゆがんでひび割れていた。建物は、荒れた轍の道の先の高原で風にあおられるヨーロッパクロマツの林――一帯で唯一の立ち木――の中にあった。マツはみんな南に傾いていた。風の吹きつける側は平らになり、南側は、背中を撃たれて倒れまいと枝先をのばしているかのように、生い茂ってごつごつしていた。リー牧場を形容するには、すでになければ〝不毛の〟という言葉を発明しなければならないだろう、とジョーは思った。

牧場の構内には、家、ガレージとして使われている三つの傷んだプレハブ小屋、木材のはがれかけた大きすぎる納屋、地面に打ちこんだ曲がった柱をいいかげんな柵でつないだくねくねした家畜囲いと誘導路があった。干し草の山を餌にしているヘレフォード種の牛と痩せた馬が、囲いの中に三々五々散らばり、近づいてくるジョーの緑色のピックアップに目を上げた。

彼はリー一家をよく知らなかった。地域社会の活動や市民集会や政治に参加するタイプの牧畜業者ではなかったし、ワイオミング州の畜産組織にさえ加わっていなかった。自分たちだけで生活し、問題のある狩猟動物やハンターについてさえなんの要求もしてこなかった。以前ボブ・リーが自分の牧場の干し草を食べてしまうエルクを三〇‐〇六ライフルで殺戮し、シャベルのついたトラクターで死骸を埋めたという噂をジョーは聞いていたが、彼についての通報はこれまで一度もなかった。

車から降りると、目のくぼんだ雑種の牧羊犬が何頭もフロントポーチの下から飛びだしてきた。ジョーは急いでピックアップの中のチューブの隣に戻った。チューブは驚いていたが、歯をむきだして迫ってくる群れから主人を守ろうという気はかならずしもないようだ。犬たちはジョーのピックアップの周囲をまるで木に追いあげたかのように走りまわり、歯を鳴らして吠えている。近くに人がいるのは間違いない。家の中には明かりがついているし、五台の車——傷だらけの牧場用ピックアップ二台、比較的新しいモデルのジープ・チェロキー一台、修繕した一九七〇年代の車台の低い大排気量のスポーツカー二台——が周囲に止めてある。ジョーは、家の中からだれかが出てきて犬を呼び戻してくれるのを待った。

ようやく、女が一人正面の網戸を押し開けて、外へ出ていくべきか中に戻るべきか迷っているように、そこにたたずんだ。年寄りででっぷりと太り、色の褪せたテント型のドレスを着て鮮やかな黄色のクロックスをはいている。鉄のような色の髪にはカーラーが巻いてある。ぎゅっと口を閉じたまま、女はジョーのピックアップをにらんでいた。彼は窓を下ろして声をかけた。「ミセス・リー、犬を呼び戻してくれませんか、あなたとボブにお話があるんだが？」

ドード・リーは中のだれかに向きなおって、質問に答えるかのように口だけ動かして「猟区管理官」と言った。彼女はジョーに叫んだ。「あの犬たちは襲ったりしないよ。何年も、だれも嚙んでない」

「あなたを信じます」ジョーは快活に言った。彼女を信じたものかどうかわからないが、自分の仕事の内容の三分の一は〈土地所有者との関係〉という項目に入ることを思いおこした。「だが、呼び戻してもらえるとありがたい」

ふたたび、ドード・リーは家の中のだれかに言った。「彼は犬が怖いんだってさ」彼女は目を白黒させた。それからジョーに向きなおった。「用事はなんなの？」

「ちょっとだけお話が。長くはかかりません」

「あたしたちに話があるって」ドードは中のだれかに言い、またジョーに尋ねた。「なんの話？」

黒い髪を肩までのばした、太鼓腹の大柄な男がドードを押しのけるようにして出てくると、犬たちをどなりつけた。油じみたデニム・ジーンズに黒い〈エアロスミス〉のTシャツという姿だった。そしてクロックスをはいているのが、ジョーの目には奇異に映った。犬たちは男の声にひるみ、一頭は打たれたかのようにキャンと鳴いて、群れはのろのろと家へ引きかえしていった。手荒く扱う者のそばでは犬たちがおとなしくなることをジョーは知っており、この犬たちがいい例だった。彼は車から降りてチューブを残したままドアを閉めた。自分はもう安全で犬たちはいなくなったので、チューブはいまになって吠えはじめた。そういうところがコーギーの血だな、とジョーは残念に思った。

「ありがとう」彼は男に声をかけた。「犬たちはあんたを恐れているようだ」

「当然だよ」男は答えた。

大男はドードよりはるかに若いが、無骨で幅広の顔と無愛想な態度に、ジョーは共通点を感じた。ドードの息子なのだろう。

「きみがウェス・リー？」

「そうだ」

「わたしはジョー・ピケット」

「知っている。噂は聞いているよ」ウェスの言いかたには感心している様子はまったくなかった。

「ちょっとだけみなさんと話をしてもいいかな？」

ウェスは母親を一瞥した。彼女は無表情に視線を返した。「さっさとしてくれ」ウェスは言った。「今日はちょっと忙しいんだ」

ジョーはうなずいた。忙しい理由は聞かなかった。「入ってもいいか？」

「アール・オールデンのことなら、たいして話すことはないよ」ドードが言った。

「彼のことなんです」ポーチの階段の上に立ちはだかってジョーを通す気配のないウェスの背後を、ジョーは見ようとした。「おたくの隣人の」

「ああいう目にあっていい気味だよ」ドード・リーは言った。

「おふくろ」ウェスはドードを制し、ジョーに疑いのまなざしを向けた。「おまわりにはなにも言わないほうがいい。言葉をねじ曲げて相手の不利に使うんだ」

「じゃあ、そういう経験があるんだね」ジョーはさりげなく言って、ウェスの横を迂回した。この息子の巨体と態度を警戒しているのを悟られないようにした。

「何年も前のことさ」ウェスは自分がジョーに及ぼしている影響をじゅうぶん承知しており、しぶしぶ彼を通した。

ジョーはうなずいて、話が終わったらウェス・リーの前科の記録を調べてみようと思った。長年、野外で初めて会う人間の値踏みをしてきた。そしていま、ウェス・リーはきわめて性悪だという強い印象を受けた。

家の中は暗く、散らかっていて、タバコの煙とエンジンオイルと犬の臭いがした。オイルの臭いがする原因は明らかだった。居間の中央の汚れたタープの上にエンジンブロックが鎮座していた。あたりには道具が散乱している。どうして別の建物で作業をしないのだろう、とジョーは思ったが、尋ねるのはやめた。他人には他人のやりかたがある。

ボブ・リーは丈の高い緑色の酸素ボンベをかたわらに、部屋の奥のくたびれたラウンジチェアにすわっていた。ボンベから黄色い管が鼻の下の人工呼吸器につながれているにもかかわらず、ボブはよごれた二本の指のあいだに火のついたタバコを持っていた。ボンベの横のステッカーに書かれた文字に、ジョーは目をやった。

警告：禁煙
酸素使用中
火気厳禁

テレビがついており、クイズ番組をやっていた。ボブ・リーは体格のいい男だが縮んで見え、骨の上で肉が崩れているかのようだ。大きな目はうるんでおり、唇は薄く、シャツの襟からしわだらけの皮膚がのぞいている。

「猟区管理官がなんの用だ？」ボブは尋ねた。その声はしゃがれていたが、挑むようだった。

ジョーは帽子をぬいで両手で持った。ウェスも中に戻ってきて、エンジンブロックの上に腰かけると大きな両手をひざに置いて、促すようにジョーを見た。ドードは、逃げる場合に備えて出口のそばにいる必要があるかのように、戸口から動かなかった。

ジョーは切りだした。「あなたがたは先週このあたりにいたのかどうかと思いまして。とくに日曜と月曜。アール・オールデンが殺された日、なにかいつもと違う様子がありませんでしたか、彼の牧場はおたくの隣でしょう」

ボブは咳きこみはじめた。やがて、老人は笑いだしたのだとジョーは気づいたが、痰がからんだために咳になったのだ。ウェスはとくに驚いたそぶりもなく父親を眺めていた。ドードは戸口で舌打ちした。妻も息子も完全に老人に従い、彼が話しだすのを待っていることを、ジョーは興味深く感じた。とくにウェスだ。

「いつもと違うとは？」ボブは尋ねた。

「たとえば、郡道に見かけない車がいたとか。よそ者か、あるいは知りあいでも日曜日に外をうろついていたとか」

「たとえば配送トラックとか建設車両とか？」ボブは皮肉な口調で尋ねた。「たとえばいまいましい風力タービン関係者が何百人も、ほこりを巻きあげて家畜を追い散らしながらうちの牧場を車で走っていったとか？　たとえばエンジニアや政治家がまるで自分のものみたいにうちの土地を通り抜けたとか？　そういうことか？」

ジョーは黙っていた。

「それがこのへんじゃ日常茶飯事だよ」ボブは言った。「もう一年になる。そしていま、おれたちは音にも悩まされている」

「音？」

「台所の窓を開けろ、ドード」ボブは命じた。

ミセス・リーは戸口を離れて台所に入った。シンクの上に大きな南向きの窓があり、彼女は掛け金をはずして開けた。

ジョーにも聞こえた。遠いが、空を切り裂くタービンのブレードのはっきりした高周波の響きに、金属と金属がこすれあう甲高いきしむような音がときどきまじっていた。

「くそったれの音が」ボブは言った。「あれで犬たちがおかしくなるんだ。おれたちもおかしくなる。おれは頭痛がするし、ドードは死ぬほどいらいらする。あんたが聞いているあの変な音は、タービンの一つのベアリングが抜けかかっているせいだ。きっと、しまいには連中があそこへ上ってとりかえるんだろう。だがそれまでは、おれたちは一日二十四時間あれを聞いていなくちゃならないんだ」

ジョーはうなずいた。家に入る前にあの高くたえまない金属的な音に気づかなかったことに驚いたが、犬の吠え声と風のうなりでかき消されていたのだろう。

「おれたちは一生のあいだあれを聞いていなくちゃならないわけだ、アール・オールデンのおかげでな」ボブは言った。「しかも、うちの道路にはあのでっかいやつまで建っている。あんたも来るとき見ただろう、送電線を作りはじめているのを？」

「ええ」輝く鉄塔が何本もヤマヨモギの原を横切っていた。あいだに張られた電線は、巨大な物干し綱のようだった。

「アールの指図さ。風力発電会社だからって公益事業でもやっている気で、あの鉄塔を立てるためにうちの牧場に通路を作る収用権があると思っている。あれを使って、自分の電力をどこかの送電網に送りこめるわけだ」

「だが、あなたは支払いを受けているのでは？」ジョーは確認した。「適正な市場価格を払わなければならないはずだ」

ボブは鼻で笑った。「ただも同然だよ。乾燥した牧草地なんてたいした価値はないと、連中は言うんだ。四代にわたっておれの一族がやってきた牧場を壊すことなんざ、いまいましい風力発電十字軍である州や連邦政府にとっちゃ、なんでもないんだ」

「くそったれの風車が」ウェスは吐き捨てるように言った。ジョーはウェスを横目で見て、悪意の激しさに驚いた。あきらかに凶悪だ。これほどの大男なら簡単に風力タービンのタワーの中を死体をかついで登れるにちがいない。

ボブは言った。「この郡の地面の下には天然ガス、石油、石炭、ウランが埋まっている。おれは採掘権を持っているが、最近そういうのはきたなくて悪いものだと思われているから、だれも興味がない。ところが、どういうわけだか風力発電はいいと思われているんだ。だから、連中は連邦政府の補助金だの税額控除だの、けっこうな特典をみんなものにしている。風力発電に関係するならなんでも有無を言わせず推し進めるんだ。一つ聞いてもいいか、猟区管理官」

「どうぞ」相手の痛烈な非難を終わらせて自分の聞きたいことに戻りたいものだと思いながら、ジョーは答えた。

「風力タービンを見て、美しいと思うか？　油井やガスの掘削装置よりも美しいか？」

「風力タービンだと思うだけです。それ以上でもそれ以下でもない」

「ふん！」ボブは首をかしげた。「だったら、くそったれの計画とお近づきになるべきだぞ。いままで見たこともない最高にすてきなしろものを仰げばいい。そうすればあんたの内側はうんとあったかくて心地よくなるはずだ。見るだけであそこがおっ立つ」

ウェスははじけるように笑いだし、ひざをたたいた。ドードがなだめた。「ボブ・リー！」

ジョーは肩をすくめた。

「アール・オールデンはあの風車を愛していると公言していた。政府の調査を受けるときや送電線用のうちの土地を役所に収用させたときには、いつだって風力発電基地を大絶賛していた。だが、あいつが建てた場所に気づいただろう？　うちの窓のすぐ外の、あの丘の上だよ。あいつは、自分が日がな一日風車を見たりあの音を聞いたりしなくてもすむ場所に建てたんだ。決して風が吹きやまない丘の上に。おれの土地のすぐそばに。おかげでおれの見る空も、静けさもめちゃくちゃにされた。おれは許せない。東部の騒々しい政治家どもがいい気分になるためだけに、あんなことが許されるものか」

「わかります」ジョーは言った。「でも、わたしが聞きたいのはそういうことじゃない」

ボブは身を乗りだし、慣れた様子で片手で酸素のチューブをはずし、もう片方の手でタバコを口に持っていった。深々と煙を吸いこむと、吸入装置をまたもとに戻した。爆発と火の玉を予期してジョーは息を止めていたが、なにも起きなかった。ボブは言った。「じゃあ、アール・オールデンが殺されて肉切れ同然にタワーから吊るされたのを、おれたちが気の毒に思っているかどうか知りたいのなら、答えはへっ、まさかだ」

「まさかだよ！」窓を閉めて掛け金をかけながら、ドードが台所から言った。

「しかし、日曜日になにも見なかったですか？」ジョーは話を戻そうとしてまた尋ねた。「もう保安官に話したことでもいいし、いままで考えてみなかったことでもいいんだが？」

「保安官？　彼はここには来ていないよ。あんたが最初だ。だがどうだっていい、なぜならおれはもう外に目をやりもしないからだ。配送トラックや〈ロープ・ザ・ウィンド〉の車が通るのは聞こえるが、頭がかっかするからもう見ないんだ」

「あなたはどうです、ドード？」ジョーは聞いた。「ウェスは？　なにか見たり聞いたりしていない？」

ドードは首を振った。「あたしたちはだいたいいつもカーテンを閉めているんだ。前はぜったいにそんなことしなかったけれど、いまはね。そしてあのトラックが舞いあげるほこりのせいで、窓は閉めっぱなし」

「ウェスは？」

息子が奇妙な微笑を浮かべているのを、ジョーは目にした。ほくそ笑んでいるかのようだ。「おれは一日中エンジンをいじっていたと思う」ウェスはあやふやな口調で答えた。「外の六九年型ポンティアックGTOジャッジを、もう一度走るように修理しているんだ。来たときにあんたも見ただろう。本物の車を作り、アメリカ人がそれを運転するのを怖がっていなかった時代のものだ」

ジョーは無言で立ち、沈黙があたりを圧するほどになるまで待った。三人のうちだれかが、急いで沈黙を埋めようとしてなにか役に立つことを話してくれるのを期待して。だが、ドードは両手をもむようにしてたたずみ、ウェスは壁の一点を見つめ、ボブはふたたびすばやく酸素とタバコの交換をした。

ジョーは口を開いた。「アール・オールデンに恨みを抱いていた人物を知りませんか？　彼を殺すほどの恨みを？」

〝そうじゃないやつがいるか？〟とでも言うように、ボブは鼻を鳴らした。

「では」ジョーは制服のシャツから名刺を出した。「時間をとってくれてありがとうございました。なにか思いついたら、いつでも電話してください」部屋を横切って名刺をボブにさしだしたが、彼は受けとろうとしなかった。自尊心を傷つけられて、ジョーはラウンジチェアの横の散らかったエンドテーブルの上に名刺を置いた。

「ミッシー・オールデンがやったと聞いたけど」ドードが目を輝かせて言った。「あたしは我慢できない、あのお高くとまったビッ……そう、最後まで言わないでおくけど、溝《デイッチ》と韻を踏んでいるよ」

ジョーは思わず浮かびかけた微笑をこらえた。帽子をかぶり、戸口へ向かった。ドアを開けながら、振りかえった。三人とも動いていなかった。彼らには話していないことがある、とジョーは確信した。

「思ったんだが、なぜあなたがたは話に出た風力発電のチャンスを利用しなかったんです？　土地はあるし、風もある。そして大金が入りそうだというのに」

ボブが答えた。「なにが起きているのかほんとうに知りたいか？」

「知りたい」

「だったら中へ戻ってきてすわれよ。ウェス、そのくそったれエンジンブロックの上の場所を、猟区管理官に空けてやれ」

21

ネイト・ロマノウスキはソルトリバー山脈の山腹のアスペンの茂みの奥深くに立っていた。涼しい秋の日で、そよ風が乾いたハート形のアスペンの葉を鳴らし、シェーカーを振るような快い音をたてていた。北側にはアルパインの町、その向こうにはジャクソンホールがある。南側にはアフトンがある。ネイトが立っている木陰からは遠くで湾曲しているグレイズ川の銀色の流れが見え、西を向くとワイオミング州フリーダムが見える。アイダホ州にも少しまたがっている町だ。ジープをもっと上方の樹影の濃い森の中に隠し、合流地点まで荒れた轍の道を徒歩で下ってきた。

彼は銃を届けにきてくれる男を待っていた。

ネイトは懐中時計を確かめた。ラージ・マールは一時間遅れている。遅刻の理由となる多くの出来事が起きる可能性はわかっていたが、ネイトはさらに二、三歩アスペンの茂みの奥に入り、万が一、自分を探している何者かにマールがつかまった場合に備えて体を低くした。最近、自分を追っている者が多いことは知っていた。

車のエンジン音が風に乗って聞こえてきた。金色の葉がはらはらと枝を離れ、撃たれた小鳥のように地面に舞い落ちた。二、三分後、エンジン音はもっとはっきりしてきた。ドライバーが上り坂でギアチェンジに手こずっているらしく、トランスミッションのきしむ音がときおりまじった。マールの運転はこんな感じ——どへた——なので、ネイトは身を起こした。

ラージ・マールのグリルに特徴のある一九七八年型ダッジ・パワーワゴンが下の雑木林を駆け抜けてくる。運転台に一人しか、巨体の人間が一人しか乗っていないと確認できるまで、ネイトは動きもしなければまばたきもしなかった。

ネイトは手を上げて木立から出た。乾いた葉が足の下でコーンフレークのように砕けた。フロントガラスの向こうでマールがこちらを認めてうなずき、ダッジのアクセルを踏んで上ってきた。ネイトのそばまで来ると彼はエンジンを切り、サイドブレーキをかけてドアを開けた。妙な様子はないかと、ネイトは注意深くマールを観察した。

ラージ・マールは身長二メートルを超す大男で、体重は二百キロ以上あるだろう。もっと新しい車も買えるが、ダッジの運転台の後ろの壁にシートをぴったりくっつけ、ブレーキとクラッチのアームを短くして、マールのサイズの人間が乗れるように改造してあるのだ。ラージ・マールはつねにキーをダッジの中に残しておく、なぜなら、これを盗むほど体のでかい車泥棒はいないからだ。彼は前にネイトにそう話していた。

マールの顔に神経質なぴくつきや目を合わせるのを避けるそぶりがないか、ネイトは注視した。あるいは、当面関係のない世間話を始めたりしないかどうか。そういった兆候は罪悪感のあらわれであり、すなわちラージ・マールの最期となる。

法律の多くを信じていないが、ネイトはつねに正義を信じている。そしてもしマールが自責の念かとんでもない間抜けぶり以外のものを示したら、ネイトは正義を実行するつもりだった。

「会えてよかった」ラージ・マールは車から降りてきた。「遅くなって悪かったな」

「どうしたのかと思いはじめていた」ネイトはじっとマールを見つめた。いまのところ問題はなさそうだ。

「向こうがスコープをつけるのに思ったより時間がかかったんだ。結局、倍率四倍のリューポルドにしたよ」

ネイトはうなずいた。「いいスコープだ」

「向こうもそう言っていた」

マールはブーツの先に目を落としていた。顔を上げなかった。ネイトは胸のうちで疑惑がふくらみはじめるのを感じた。

それからマールは言った。「こんなことになって、どうしようもなくすまなかったと思っている。あのチンピラどもにおれの敷地を通らせちまったのはおれのせいだ、ネイト、ほんとうに悪かった」

風が彼の言葉を運び去るまで、ネイトは黙っていた。マールの言葉に嘘はないように聞こえる。

「おれをだましやがったのは娘っ子なんだ、ネイト」マールは視線を上げ、そのまなざしはわかってくれと訴えていた。「いや、女というべきだな。彼女はあの二日前の夜、店に入ってきた。そして自分は東テキサスから来て、モンタナのどこかにいる妹を訪ねるつもりだと言った、たしかエカラーカと言ったと思う。くそ、きれいな目をして、そそる体つきで、おれに一緒に来てくれと頼んだんだ」

ネイトは慎重にマールを見守った。

「おれみたいな男を好いてくれる女は多くない。いつもはこんなふうにはいかないんだ、わかるだろう。体重が百キロとか百十キロだったころは問題なかったんだ。たいていの女はおれをバスケットの選手だと思ってくれた」マールは低く笑った。

「覚えている」ネイトは言った。「おれもその場にいた」

極秘作戦のときマールはネイトの部隊だった。二人は一緒にアフリカ、南米、中東を転戦した。なにもかもが崩壊したときも、彼は一緒だった。

マールはまだブーツを眺めていた。「ああ。だけど、女があんなふうにおれを見てくれたのは久しぶりだったんだ。一緒に来て妹に会ってくれと言われたとき……くそ、おれはグリルの前でエプロンをはずして、彼女についていった。店に鍵をかけたかどうかさえ覚えていない。そして、出かけることをあんたに伝えるのさえ忘れちまった。ほんのちょびっとでも、あんたがおれを許してくれたらと思う」

「ふん」

ラージ・マールは大きく息を吸い、思い切って微笑してみせた。首と肩から大きな重りが消えたかのようだった。「おれは、ほんのちょびっとわかってほしいだけだ。そしてこの場で誓うよ、あいつらを探すのを手伝う。あのちくしょうめらを見つけるまで、あんたのそばを離れない」

ネイトはかぶりを振った。「申し出には感謝するよ、だがこれはおれ一人の問題だ」

「ほんとうに、協力したいんだ。〈ザ・ファイブ〉だと思うか？　とうとう、やつらがあんたを見つけたのか？」

ネイトはあごをさすった。「あれはプロのしわざじゃなかった。〈ザ・ファイブ〉じゃないよ、マール。ずさんなアマチュアで、証拠を残していった。余計悪いがな。おれはじきにやつらを見つけてやる」

「名前はわかっているのか？　居場所は？」

「まだだ。だが、指紋とDNAを手に入れた。分析してもらう必要があるが、知りあいに頼むつもりだ。わからないのは、だれがやつらをあそこに行かせたのか、理由はなんなのかだ。そして、おれの居場所を教えたのはだれか。それが気にかかる」

「おれじゃないよ、ネイト。もしそうなら、いまここに来るものか」

ネイトはうなずいた。

「ちくしょう、あの女はおれを利用したんだ。まったくがっくりだよ」マールはうめいた。「妹を脅して家族の牧場から出ていかせ、自分が住めるように、用心棒としておれをそばに置いておきたかったんだ。こんがらかった話だが、あの女はずっと前にそこを出て、戻ってきたくなって権利を主張したわけだ。どういうことなのかわかってすぐに、おれはしっぽを巻いてケイシーに逃げ戻ってきた。そして、留守のあいだあんたになにが起きたのか知ったんだ。破壊の跡を見たとき……あんたは殺されたと思った。あんたから電話があって、ものすごく嬉しかったよ。女ってやつは」マールは悲しげに続けた。「うまくやってはいけないが、撃ち殺すわけにもいかない」

「全員じゃないがな」ネイトは言った。

マールははっとして目を上げた。「一味の中に女がいたのか？」

「おれの情報源の話ではそうだ。狙撃手じゃなかったが、あいつらをよこしたのはその女だろう」

「女の名前はわからないのか？」

「だれなのか、考えはある」ネイトは答えた。

マールのパワーワゴンに乗って、二人は山を上っていった。運転台のベンチシートの二人のあいだには箱が置いてある。急峻なソルトリバー山脈へさしかかる前に地形が力を溜めているかのように、しばらくは丈の短い草とごつごつした岩が広がる長い台地が十キロほど続いていた。古い有刺鉄線のフェンスが、道に沿って立っていた。

ネイトは箱を持って両手で量った。重いし、違和感がある。

「四五四カスールじゃないな」ネイトはマールを横目で見た。「どの銃を頼むか、ちゃんと打ち合わせしたと思ったが」

「あきれたな。重さだけでわかるのか？」

「五十グラムちょっと違う。これより軽い」

マールは口笛を吹いた。「あんたには驚かされるよ。そのとおり、四五四じゃない。フリーダム・アームズ社が新モデルを出したんで、試したいんじゃないかと思ってね」

ネイトは不安を感じて眉をひそめた。

「なあ、気に入らなければ、今日中に持ち帰って四五四と取り替えて、スコープも交換してくるよ。だけど、せめて試してから決めてくれないか」

「どんな新モデルなんだ？」ネイトは尋ねた。

「五〇〇ワイオミング《W》エクスプレス《E》用のモデルなんだ」マールは答えた。「ステンレス製で五発装塡のリボルバーだよ、あんたが使っていたのと同じで、ちょっとばかりでかいだけ、五〇口径だ。重さはスコープなしで一・四キロ近いかな。四五四と同じフレームのモデル83だから、手にすれば感覚は同じはずだ。銃身は七・五インチ。長さ一・七六五インチの薬莢下部を補強してある弾薬《ベルテッド・カートリッジ》で、弾丸を三万五〇〇〇ｐｓｉの圧力で射出。四四マグナムの倍ぐらいの威力がある。ベルテッド・カートリッジを使うおかげで弾倉が少しだけ軽くなっている」

ネイトは感心して眉を吊りあげてみせた。

「あんたの四五四ほど速くはないが、ノックダウン・パワーはまさっている。四五四はＴＫＯ（破壊力の目安の数値）が30だが、五〇〇は39ある。そして売った男によれば、車に轢かれるのと貨物列車に轢かれるぐらいの違いがあるそうだ。ムースだろうがアフリカ水牛だろうがグリズリーだろうが、なんなく倒すはずだ。破壊力は驚異的だよ。弾は肉と骨を吹き飛ばすが、そのあと発見されることはめったにない。この点は、あんたが高く買うんじゃないかと思ったんだ」

ネイトはうなずいた。そこは気に入った。「射程距離は？」

「約五百メートル。とはいえ、最適距離は百メートル以内だ。ふさわしい者が持てばね」マールはネイトにウィンクした。「そして調節可能なスコープをつければ、一千メートルの精確な射撃も不可能じゃない。そして近距離からなら、ブルドーザーだって破壊できるだろうさ。なんてったって、あんたはネイト・ロマノウスキだ。評判てものがある。人間にも獣にも最悪の銃を持っていてしかるべきだろう」

ネイトは言った。「興味が湧いてきたよ」

握った感じはよかったし、バランスも重さも気に入った。ラージ・マールはネイトの後ろに黙って立って、彼が武器を手に馴染ませるのを見守っていた。ネイトは両手で銃をもむようにし、次に用心鉄《トリガーガード》に指を入れて回し、スコープを調べ、そして回転弾倉の装塡口を開けた。

この手のモデルには習熟していた。大きな弾丸を一発こめて薬室を一つ飛ばして回転させ、次の三発を装塡した。安全のため、撃針が一発分空けておいた薬室にくるようにしたのだ。そのあとネイトは右腕の延長のように銃を持ちあげると、左手を右手に添えた。まばたき一つせず、左の親指で撃鉄を起こした。回転する鋼鉄の弾倉のカチリという音は頼もしくクリアに響いた。

二人の横にあるフェンスは、ゆがんだ木の柱が約三メートルおきに配置されている。ネイトは自分の立ち位置から十五本目の柱――距離五十メートル弱――に狙いを定め、発砲した。衝撃は半端ではなく、一瞬あたりの空気が吸いこまれたような感じがした。ラージ・マールは叫んだ。「ちくしょう！　おれの耳……警告ぐらいしろよ」

柱は真っ二つに裂けていた。一筋の煙とほこりが柱の上に立ちのぼっていた。有刺鉄線は衝撃でゆるみ、上下に揺れている。

ネイトは冷たい笑みを浮かべた。「四五四とは違う感触だな」独りごとのようにつぶやいた。「こいつに比べると四五四はスパッとした感じ——。五〇〇はラバに蹴られたみたいなダイレクトな反動がある」

それからネイトはさらに十五本向こうの柱を数え、約百メートル先の柱の上部を吹き飛ばした。左肩上の耳近くまではねあがった銃を水平に戻しながら、彼はまた撃鉄を起こした。さらにもう一発銃声が轟き、百五十メートルほど先の柱が木っ端のように裂けた。ネイトは数え、フェンス沿いに狙いをつけて最後の一発を撃った。

「すごいな」ラージ・マールは耳から指を抜きながら言った。「だけど、最後のは外れだ」

「いや。もっと向こうを見ろ。二百五十メートル先だ」

二百五十メートル先の柱は真っ二つに裂け、上半分は下半分に沿って倒れかかり、留めてある有刺鉄線のおかげで地上に落ちてはいなかった。

「口にするまでもないが、たいした射撃だよ」

「だったらなぜ言う？」ネイトは聞いた。「お手柄だ、マール。こいつならやれるだろう。いくらだ？」

「五〇〇WEは、スコープなしで二千三百ドルが相場だ。弾だけで一発三ドルする、その点は忘れるなよ。だけど、状況を考えれば、金をもらうわけにはいかない」

「おれは借りを作るのが嫌いなんだ」

「状況を考えれば」マールは言った。「おれにできるせめてものことなんだ。アリーシャのことはほんとに好きだった、知っているだろう。あんたが彼女を思っていたのもわかっている」

「彼女の話はやめてくれないか」ネイトは言うと、撃鉄を起こしてマールの眉間に銃を向けた。

「彼女を殺したやつらについてなにも知らないと、もう一度言ってみろ」抑揚のない声で、ネイトは告げた。

マールは目を丸くした。この近さなら、長く暗い銃身の奥におさまっているブロンズ色の弾丸の先が見えるはずだ。そして、撃たれた自分の頭がどうなるかも。

「なにも知らない」マールはささやいた。

「わかった」ネイトは撃鉄を戻し、銃を新しいショルダーホルスターにおさめた。

「はっきりさせたかっただけだ」

両足の力が抜けたかのように、ラージ・マールは自分のピックアップのグリルに倒れかかった。そして大きな手を心臓の上に置いた。「もうそういうのは勘弁してくれよ」

草原台地を離れる前に、ネイトは財布から百ドル札を二枚出し、固く丸めて五〇〇WEの真鍮の空薬莢の一つに突っこんだ。最初に吹き飛ばされた柱の割れ目に、彼はその薬莢を押しこんだ。

「牧場主が新しい柱を買えるようにな」彼はマールに説明した。

ゆっくりと車で下山しているとき、ネイトは言った。「アイダホでダイアン・ショーバーがどうしているか聞いているか？」

去年シエラマドレ山脈でジョー・ピケットとともに経験した出来事のあと、ショーバーは広がりつつある地下ネットワークの助けで移動した。ネイトはダイアンとも、彼女を受けいれた自分の友人たちとも連絡をとっていなかった。

マールは答えた。「名前と髪の色を変えたよ。もう走っていないから、ちょっと太ったな。だが、どうやら現地に溶けこんでいるようだ」

ネイトはよかったという意味で一声うなった。

「射撃の練習をしている。聞いた話だと、彼女は変革を待っているそうだ。ネイト、どう思う？　変革はあるかな？　あいつらが来ておれたちの銃や自由をとりあげようとするだろうか？」

「さあな。いまおれが考えていることはただ一つで、そのことじゃない」

「心配なんだ」ラージ・マールは言った。「みんな心配している。だけど、戦わずしてそんなまねさせるものか。くそったれどもがわかっていないのは、武装した市民の存在がなにを意味するかだ」

ネイトはまた一声うなった。

「話していた指紋とDNAの身元確認はどうやってやるつもりだ？」ネイトのジープのそばまで来たとき、マールは尋ねた。

「法執行機関に知りあいがいる。きっと手を貸してくれるはずだ」

少しして、マールは聞いた。「あの峡谷へ下りていってかたづけておこうか？　また住めるように？」

「いや」

「じゃあ、戻る気はないんだな？」

ネイトはかぶりを振った。「腹をたてた女一人とちんぴら二人がおれの居場所を突き止められたのなら、〈ザ・ファイブ〉にとっては朝飯前だろう。ああ、あそこはおさらばする」

「どこへ行くんだ？」

「これから」ネイトはホルスターと銃をたたいてみせた。「狩りにいく」

「なにか必要なときは知らせてくれ」マールはジープの隣に車をつけた。「金でも、弾薬でも、手作りの料理でも。なんでも。とにかく言ってくれ。そして連絡を絶やさないでくれよ」

ネイトはマールに視線を向けた。「どうして？」

「おれたちがあんたを必要とするときのために。ほんとうにやばい事態になったらさ、わかるだろう？　でなけりゃ、〈ザ・ファイブ〉がまだ生きている昔の隊員を全員消しはじめたら。もう大勢残っていないのはわかっている。でも、息をしているかぎり、おれたちはやつらにとって脅威だ」

ネイトはうなずき、目で別れを告げると、マールのパワーワゴンから降りた。

ラージ・マールの車が去っていくと、ネイトはショルダーホルスターをはずしてジープのボンネットの上に置いた。そして五〇〇WEを抜き、ジーンズのポケットに手を入れた。

アリーシャの長さ七、八センチの髪を固い一本に編み、その片端をハヤブサに使っていたしなやかな革の足緒につないであった。足緒のもう片端を五〇〇の銃口の端、フロントサイトのすぐ後ろに結んだ。

リボルバーを構えて、狙いをつけた。髪が風に少しそよいだ。長距離射撃のとき風速を計るのに役立つだろう。そして、自分に思い出させてくれるだろう――そんな必要などないが――いま彼の心にあるただ一つのことを。

九月二日

兄弟たち、悪口を言い合ってはなりません……律法を定め、行うかたはお一人だけです。この方が、救うことも滅ぼすこともおできになるのです。隣人を裁くあなたは、いったい何者なのですか。

——ヤコブの手紙　四章十一節～十二節

22

金曜日の夜、ジョーとメアリーベスはジョーのピックアップでサンダーヘッド牧場の夕食会に向かった。ミッシーから招待があり、ジョーは今週ずっとこの会を恐れていた。ルーシーは劇の稽古があるので来られず、エイプリルに話すと、彼女はこう言った。「あたしは外出禁止なんだから。外出禁止オーマイガッなの」

「家族の集まりは例外にしてもいいのよ」メアリーベスは言った。

「あんたがたの問題の一つはね、しょっちゅうルールを変えるってことよ」エイプリルは大股で自分の部屋へ戻り、ドアを閉めた。

〝オーマイガッ〟に加えて、最近エイプリルのお気に入りのフレーズが批判をこめた〝あんたがた〟だった。

　ジョーは妻のために玄関のドアを開けた。横を通るとき、メアリーベスは言った。

「噂どおりマーカス・ハンドが優秀だといいんだけど。でないと、エイプリルはますます図に乗るわ」

「やれやれ」ジョーは顔をしかめた。


「気が乗らないな」車で高速道路に乗りながら、ジョーはつぶやいた。

「そうね。わたしだって、楽しくてたまらないわけじゃないもの。でも、母は応援してくれる人がいるのを自分の目で見る必要があるのよ。どんな気持ちか、想像できるでしょう？」

　彼は口をつぐんで運転を続けた。もしミッシーが多少なりとも地元の人々と仲よくしようとしていたら、せめていくばくかの敬意を示していたら、少しは味方もいたかもしれないのに。

「いまあなたがなにを考えているかわかる」

「どうしようもないんだ」

　家を出る前にシャワーを浴びてジーンズと〈シンチ〉のシャツに着替えてきたが、

昼間ずっと戸外で風と陽光にさらされていたために、顔はまだ火照っていた。まずナゲキバトの狩猟が解禁になり、この二日間というもの、ジョーは野外でハンターたちや獲物の数をチェックしてまわっていた。仕留めたハンターが見せなければならないものが、一食分になるかならないかの——たしかに美味ではあるが——やわらかな灰色の鳥数羽の入った小さな袋というのは、このシーズンだけだ。しかし、ナゲキバトは来てあっというまに移動してしまうので、その数日間は狩りも管理も猛烈に忙しく、ジョーは事件を調査する時間がまったくとれなかった。

ジョーの長時間労働とメアリーベスの図書館の夜勤のせいで、二人は家ですれ違いが多かった。

高速道路を降りてサンダーヘッド牧場の入り口のシンボルであるエルクの枝角をアーチにした堂々たる門をくぐったとき、ジョーは言った。「この機会に、ボブ・リーと話して以来気になっている疑問をいくつかミッシーに聞いてみようと思うんだ」

「どんな疑問？」メアリーベスは尋ねた。

ジョーは〈ロープ・ザ・ウィンド〉の風力タービンのある北へあごをしゃくってみせた。「風だ。どうもいやな感じがする」

夕食は、めったに使われないダイニングルームの豪華な長テーブルで供された。ホセ・マリアは牛追いの仕事からこちらへ回され、黒のジャケット姿で、牧場育ちの牛のヒレ肉、アスパラガスのオランデーズソース添え、ガーリック風味のホソオライチヨウのロースト、皮の赤い新ジャガイモを給仕した。ミッシーはテーブルの片端にすわっていつものようにほんの少し料理をつつくだけだった。真珠と黒のカクテルドレスは彼女のほっそりしたスタイルと若々しい脚を引き立てており、ジョーには法廷で見たあのやつれた女と同一人物とは思えなかった。

マーカス・ハンドはテーブルの反対端に陣どっていた。ジーンズにゆったりしたキューバ風のシャツ、カウボーイブーツ、チェーンで首からぶらさげた老眼鏡。大食漢で、騒々しく料理を口に運んでは一口ごとに赤ワインか白ワインで流しこんでいた。ハンドはグルメとしても有名で、大量のぜいたくな食事について悪びれないエッセイをたくさん書いている。ジョーが全国誌で読んだ一つでは、地元のレストランでフライドチキンがあまりメニューにないことを嘆き、たっぷりとした食事を楽しむ大食らいを見下すようなまねをエリートたちはやめるべきだと主張していた。ハンドはホソオライチョウを裂いてばらばらにし、肉を骨からはいでかじった。そのあと大腿骨を二つに折り、骨髄を吸った。

ジョーとメアリーベスは中央で向かいあってすわり、両端にちらちらと視線を走らせて、目が合うとたがいの戸惑いを確認しあった。ジョーは不安と重苦しさの漂う夕食になると思っていたが、これは様子が違う。どうしても彼の視線はうめき声を出すほどの情熱で料理を堪能しているハンドへ行ってしまい、こちらが覗き屋のような気分にさせられた。

「このライチョウは、これまで味わったうちでも最高に脂がのっている。しかも、ご存じのとおりおれは世界中を食べ歩いてきたんだ」ハンドは椅子にすわりなおして半眼になり、うっとりとした口調で言った。食べかけの腿の骨が太い葉巻のように口から突きだしていた。

「たしかにおいしいわ」ミッシーがテーブルの反対側から応じた。顔を輝かせ、ジョーには妙に気安げに見えた。メアリーベスも同じことを思ったらしく、苦労して動揺を押し隠していた。

「新鮮なライチョウは上等なワインのようなものだ。鳥が食したマツの実とヨモギが肉の中に味わえる。まるで、名シェフがそこに加えたかのように。世界の一流料理人がどれほど多くのしゃれたソースを鶏肉にかけようと、どんな詰めものをしようと、新鮮なライチョウのローストの風味と香りを再現するのはまず不可能だ」

ジョーとメアリーベスなど部屋にいないかのように、ミッシーが低い声でまっすぐハンドに向かって言った。「こういう鳥がどんなにおいしくなるか、これまで知らなかったわ。そのへんにいくらでもいるの、バタバタ飛びまわっているわ。あれがライチョウだとさえ知らなかったのよ。ただの太った小鳥だと思っていた」

ハンドは笑ってゆっくりとかぶりを振った。彼はミッシーに惹かれている。もしくは、巧みにそう思わせている。

「このダイニングルームと同じ。アールは決してここで食べようとはしなかったわ。暗すぎると言っていたし、美味な料理とワインにもこだわりがなかった。アールにとって、食事はたんなるエネルギー補給だったの。でも、すてきな部屋よね？　新鮮なおいしいライチョウを食べるのにふさわしい、すてきな部屋だわ」

「お母さん」メアリーベスは鋭い口調で割りこんだ。「大丈夫？」

「とても素晴らしい気分よ、ハニー」ミッシーの声には、ジョーがいままで聞いたことのないかすかな南部訛りが感じられた。その軽い抑揚にハンドが好ましげな微笑を浮かべた。まるで、彼女の声が二人だけにわかる青春時代のなにかを思い出させるかのように。

ジョーはぞっとした。ミッシーはハンドを誘惑している。

「マーカスが撃ち落としたのよ」ミッシーは説明した。「今日の午後、わたしのところに持ってきてくれて、このとおり素晴らしい料理になるだろうと言ったの」

「高地で狩りをするのはいい気分転換だよ」ハンドはまだミッシーに視線を向けたま

まだった。「おれはどこへ行くにも、パーディの水平二連ショットガンを持っていくんだ、念のためにね。狩りや射撃は頭をすっきりさせてくれるし、大切な事柄だけに集中させてくれる」

ミッシーは赤らんだ頰と微笑を隠すために少し顔をそむけた。

ジョーは言った。「ライチョウのシーズン解禁は二週間後ですよ」

「失礼、なんだって？」ハンドは言った。

「あなたは密猟した」

突然、室内が静まりかえった。ジョーの視界の端で、ホセ・マリアがミッシーのそばから隅の暗がりへあとじさった。

「あれはわたしの鳥よ」ミッシーは言った。「わ、わたしの、牧場にいるんだから」

「いや。ライチョウは野生で州が管理している」ジョーは答えた。

「ここが共産主義の中国だとは知らなかったわ」

ジョーは肩をすくめた。

「メアリーベス」ミッシーの口調には棘があった。「あなたの夫は興《キル》ざめ《バズ》だわ」

「興《バズ》ざめ《キル》でしょう」ジョーは訂正し、ハンドに向かって言った。「あとで違反切符を置いていく。ご心配なく。あなたなら罰金を払える」

マーカス・ハンドはジョーににやりとしてみせたが、その目は怒りと恨みを隠しきれてはいなかった。

あとの夕食はぎごちない雰囲気だった。ジョーは気づかないふりをしていた。ライチョウはたしかにうまかった。メアリーベスとミッシーが、子どもたちや図書館や天気についての話題で空白を埋めた。とにかく事件以外のことで。

マーカス・ハンドはグラスを見てはしょっちゅうワインを満たした。ドアごしに、ジャクソンホールから来たハンドの法律事務所のチームが小さい別の部屋で食事をしている様子が聞こえてきた。感謝祭の子どもたちのように、六、七人で食卓を囲んでいるのだろう。ライチョウのローストは出されていないかもしれない。

ホセ・マリアがバーボン・ソースをかけたバニラ・アイスクリームの小皿を運んできたとき、ジョーはミッシーに向きなおった。

「アールの風力発電計画には、あなたはどの程度かかわっていたんですか？」

ミッシーの微笑がこわばった。「なぜそんなことを聞くの？」

「ワイオミング州で最大の規模だし、建設には何千万ドルもかかっている。新しい馬囲いを作るのとはわけが違う。当然、ご夫婦で相談したものと思う」

「それがどうしたの？」ミッシーは助けを求めてテーブルの向こうの弁護士を見やっ

た。ワインセラーで見つけてきた貴重な赤ワインをもう一本開けるのに気をとられていたので、ハンドは応じなかった。メアリーベスも黙っていた。

「あなたはおれに殺人事件の調査に手を貸してくれと頼んだ」ジョーはミッシーに言った。「おれはあぶない橋を渡っているんですよ、組織上は別のチームに属しているんだから。だから、多少でも手を貸すなら、いくつかはっきりさせていただかないと。わけもわからずに進むわけにはいかない」

「あなたはそれが得意なんだと思っていたけれど」ミッシーはそう言ってからメアリーベスがにらんでいるのに気づき、すばやくつけくわえた。「あなたがしてくれていることに感謝していないわけじゃないのよ、ジョー。わたしがこんどの事件に無関係だと証明するために、勤務外のかなりの時間を割いてくれているのはわかっているわ」

ミッシーはスプーンでちょっぴりアイスクリームをすくって、舌先でなめた。そうしながら少し目を閉じた。ハンドの食への恍惚をもっと微妙な形で表現しているかのように。これが彼の注意を惹くことを彼女は知っているのだ。さっそく効果があらわれてハンドは顔を上げるとミッシーを見つめ、魅惑されたようだった。

「アールのビジネスにわたしがどの程度かかわっていたのか、彼は知りたがっているの」彼女は説明した。

「なぜそれが重要なのかね？」ハンドはジョーに尋ねた。

「なぜなら、隣のボブ・リーと話をしたんだ」ジョーは親指でリー牧場の方角を漠然と示した。「ボブが言うには、アールは二年前にやってきて、その場で土地を買いたいと申し入れたが、彼は売ろうとしなかった。そこでアールは隣接する丘だけに絞って価格を提示してきた。ボブは売るのはかまわないと思った、なぜならそこは家畜か干し草を置いておくぐらいの価値しかなかったし、過去の見積もりの二倍の額だったから、せいぜいアールを利用してやろうと考えたんだ。その売買の手続き完了から一週間もしないうちに、アールはシャイアンから来た男と会って彼の会社を買収した――〈ロープ・ザ・ウィンド〉を」

ジョーは相手が理解するまで待った。ミッシーの反応をうかがったが、彼女は例の無機質な磁器のような表情のままだった。

「そこでボブは、風の強い丘こそがアールのほんとうにほしがっていたものだと気づいた」ジョーは続けた。

ミッシーは言った。「あなたが聞いているのは、わたしたちが結婚する前に起きたことよ」

「あなたがバド・ロングブレイクから隠れてアールとこそこそしはじめたころだ。風力発電ビジネスに参入しようとしていることを、アールはあなたに話したんじゃないですか」

ミッシーの目は冷たくけわしくなり、彼女はほとんど口を動かさずに答えた。「話題はほかにたくさんあったわ」

ジョーはうなずいた。「ボブ・リーによると、当時〈ロープ・ザ・ウィンド〉はちゃんとした会社だった。現政権になって再生可能エネルギーの一大ブームが起きる前から、事業をやっていたそうです。しかし、どうやらアールは先見の明があったらしい、ブームになる前にすべての手はずを整えた。〈ロープ・ザ・ウィンド〉はすでに稼働していたので、彼は迅速に動けた。だからその会社を買収したんです」

ハンドが言った。「アール・オールデンはそういう天才だったんだ。連邦政府がエタノールに補助金を出しはじめる前に、不景気だったアイオワの農場をいくつも買いあげていた。風力にかんしても、同じ勘を働かせたんだな。アール・オールデンの非凡な才について聞いているのはそういうことだ」ハンドはうなずいた。「そして、おれが長年雇われてきた裕福な依頼人の三つの一般的なカテゴリーの一つに、彼はあてはまる。おれたちとは違う最上級の世界の住人さ。もっとも、彼らのおかげでいまやおれもその世界に住んでいるかもな」ハンドはくすくす笑った。「だが、話がそれてしまった。とにかく、長年のあいだに金持ちには三種類いることを学んだんだ、たった三種類だよ。一番目は最初から富を与えられていた人間だ。自分たちで稼いだわけじゃないから、このタイプはだいたいトラブルに陥るね。といっても彼らは大いに富を楽しむ。歪んだ特権意識を持っていて、自分たちに規則は適用されないと思っているから、よく一線を越えてしまうんだよ、やれやれ。おれはそういう連中を大勢面倒みてきた。たとえ刑務所行きをまぬかれても——その点、彼らはほんとうに感謝してくれる——最後には手に負えない状況になる。たいていひどい自己嫌悪にはまりこんでいて、こいつには伝染性がある」

ジョーはすわりなおし、黙って聞いていた。ハンドがしゃべるあいだ、くわえている腿の骨が上下した。

「二番目のタイプは、おれに言わせれば〝もの作り屋〟だ。彼らは起業家であり、リスクを恐れない。たいていはつつましく始め、やがて客が求める製品やサービスを創りだす。こいつらは真にクリエイティブでクレイジーな天才たちだよ。典型的なアメリカ人さ。彼らは本物を生みだす——仕掛け、アイディア、装置、発明、なんでもだ。多くはその分野の底辺からスタートして登りつめていく。信託財産を持って生まれてきた赤ん坊どもとは違って自己破壊的ではなく、手に入れたものを守るために闘う人間だ。家へ帰れるよう司法取引をしたり罰金を払うよりも、法廷で無実を立証するほうを選ぶ。彼らとはよくおれの報酬についてもめるんだよ、わかるだろう」ハンドはにやにやした。

そして間を置いて続けた。「アール・オールデンは三番目のタイプの創始者の一人だろうな。アールはかすめとり屋《スキマー》だ——だった。最近よく耳にする、ウォール・ストリートの大立て者タイプさ。アールはそこそこの資産でスタートしたが、すぐに規制をくぐり抜けてほしいものを手にするすべを身につけ、分け前をものにしていった。とくになにも生まなかったし、とくになにも作らなかった。しかし、政治を利用して、金の流れるところに身を置く方法を見出したんだ。金の出所《でどころ》に筋が通っているかとか、道徳的か倫理的かなんて気にしなかった。関心があったのは金がどこから来るかだけだ。そしてあきらかに、アールは農民たちより先にエタノールの価値に気づいた。エタノールを製造するためには生みだすより多くのエネルギーを使ってしまうし、そのために貧しい国々から食用のトウモロコシを奪ってしまう。だが、政治家と農業関連産業はもうかるんだ。そしてアールは、無知な牧場主より先に風力発電に目をつけた。おれが見たところでは、彼こそ最高のかすめとり屋《スキマー》だよ」

「いとわしい」メアリーベスが低い声でつぶやいた。

「アールがやらなければ、だれかがやったはずだ」ハンドは答えた。「少なくともアールはここできみのお母さんの面倒をみていたし、ある程度はきみのご家族もね。そして今回にかぎっては、彼はかすめとるだけではなく自分でなにかを作りあげたんだ」

ミッシーは口を出さなかった。富の方法論について彼女はまったく興味がないのだ、とジョーは思った。大事なのは自分の男が富を所有しているかどうかだけ。金の出所以上のところに目がいかないのは、亡くなった夫と同じだ。

ジョーは言った。「ボブ・リーの話はとても参考になって、手がかりをいくつか得た。ボブは恨みがあり、アール・オールデンの不慮の死をかならずしも残念がってはいなかった。風の強い丘のことでアールにだまされたと思っている——それは間違っているが。アールは牛の放牧よりもましなあの丘の利用法を知っていただけだ」

「恨んでいたと言うが」ハンドは身を乗りだし、口から骨を出すと脇に放った。「どの程度だ？　おれの調査員を行かせて話を聞いたほうがいいほどの恨みか？」

ジョーは肩をすくめた。「あれは食えないじいさんだ。あなたに都合のいい話にはならないだろう。それに、体が悪い。酸素ボンベを使っていて、ほとんど動けないんだ。ボブがアールの遺体を風力タービンに運びあげるのは不可能だよ」

「それができそうな人間は、ほかにいるか？」ハンドは眉を吊りあげて尋ねた。

「そうだな。ボブには息子がいる」

「ウェスね」ミッシーの目が細くなった。「彼は大男よ。バイクや改造自動車を乗りまわしている。何度かあの田舎者をうちの土地から追いはらったと思うわ」

ジョーは両手を上げた。「誤解しないでほしい。いまはなにも告発しているつもりはないんだ。リー一家はちゃんとした人たちだし、ちゃんとした証拠もなく彼らを疑うべきじゃない。じっさい、証拠はないんだ。おれが言いたいのは、アールには美人の妻以外にも敵がいたってことです」

「恥を知りなさい」ミッシーは低い声でジョーを罵った。「もちろん、彼には敵がいたわ」

「保安官とかわい子ちゃんのミス・シャルクはリー一家を聴取したのか？」ハンドは腕でそっと皿を脇に寄せ、テーブルの上で両手の指を合わせると疑問を口にした。

「いや」ジョーはミッシーのほうにうなずいてみせた。「彼らはほかに目がいっていない。一人の容疑者をつかまえて、なにがあろうと彼女を有罪にするつもりだ」

「バドのせいね」メアリーベスが言った。

ミッシーは答えた。「そう、バドのせいよ」

ジョーは義母に向きなおった。「どうしてライフルがあなたの車の中にあったんです？」

ミッシーは目を光らせ、息を吸って口を開こうとした。メアリーベスが止めるのではないかとジョーは思ったが、妻はそうしなかった。母親がなんと答えるか、注視していた。

「どうでもいいことだ」ハンドが割って入った。「ミッシー、答えるな。いまさら詮ない話だ」彼はジョーに言った。「当然、彼女をはめようとした者があそこに置いたのさ」

「自分の依頼人の口から聞きたくないのか？」ジョーは尋ねた。

ハンドはあきれたような顔ですわりなおした。「聞きたくないね」ようやく答えた。まるで、ジョーがこの上なくばかばかしい質問をしたかのように。そしてハンドは手を振って話題を変えた。

「すべて、きわめて興味深い展開だ」マーカス・ハンドの目は輝いていた。「自分がいまなにをしたか気づいているかね、ミスター・ピケット？」

ジョーとメアリーベスは彼に視線を向けた。「どういうことだ？」

「きみは別の説を打ち立てたんだよ」ハンドは塔のように合わせた指の上にあごをのせた。「検察側の主張に合理的な疑いを示してみせた」

「ジョー！」メアリーベスは驚いて叫んだ。そしてハンドに向かって言った。「でも、なんの証明にもなっていないわ。母が無実だという証明になっていない」

「その必要はないんだ」突然専門家らしい態度になって、ハンドはメアリーベスに答えた。「ここでのわれわれの仕事は殺人者を見つけることじゃない。それは法執行機関と検察がやることだ。ペリー・メイスンの小説じゃないんだよ。証人席での自白なんか起こらない。われわれに必要なのは――そしてあなたの賢いご亭主ジョーがわれわれに与えてくれたかもしれないものは――おれが頼るべき八パーセントの疑いだけだ」

ミッシーはなにも言わなかった。ジョーは感謝を期待してはいなかった。彼女はただ、このうえなく満足げな顔で椅子の背にもたれただけだった。まるで、これは前もってわかっており、すべては当然自分にもたらされるものだとでも言いたげに。

マーカス・ハンドが部下たちに矢継ぎ早に新しい指示を出しているあいだに、ジョーとメアリーベスは外に出て彼のピックアップへ向かった。ハンドが新たな説を組み立てて、宣誓供述書をとったり面談をとりつけたりするために、トゥエルヴ・スリープ郡ほか多方面に人員を送りこむ手はずをととのえている様子が、背後から聞こえてくる。

メアリーベスは黙ってジョーと並んで歩いていた。ジョーが妻のために車のドアを開けたとき、彼女は言った。「母の無実を証明するだけですべてが終われればいいと思っていたんだけど。すっきりとね」

「めったにそうはいかないんだよ、注目を浴びる殺人事件や、金と野望が双方にからんでいる場合、あるいは被告人側に……」ジョーは唇を噛んだ。

「二人が殺しあっていないかどうか、ルーシーとエイプリルの様子をチェックするわ」メアリーベスはバッグから携帯電話を出した。ジョーは彼女のひざごしに手をのばし、車の床に置いてある書類と規則集の箱の中から違反切符帳をとりだした。「すぐに戻るよ」

ミッシーが玄関にいた。長年、どこでも両者は二人だけになるのを意識的に避けてきた。どんな口論になるかわからないからだ。ジョーは暗がりに彼女が立っているのを見て、一瞬足を止めた。ミッシーは無言で彼を待っていた。彼女はこっそりタバコを吸っており、火が闇に赤く光っているのが見えた。

ジョーは言った。「これはホソオライチョウを密猟したマーカス・ハンドの違反切符です。渡してもらえますか」

彼女は一瞥もせずに受けとった。「あなたはつねに期待を裏切らないわね」そう言って煙を吐きだした。中庭の向こうにいる娘に聞こえないように、声は低めていた。「恐れ入ります」

「あなたがいましてくれていることは、わたしのためというより妻と娘たちのためなのはわかっているわ。あたりまえよ」

ジョーは反論しなかった。

「わたしを情《じょう》のかけらもない牝犬だと、あなたは思っている。目を見ればわかるわ。わたしには軽蔑しか感じていない。この場所を見て」ミッシーは言った。「そして、あとで考えてみて。これまで簡単だったと思っているんでしょう?」

　彼が答える前に、ミッシーは続けた。「わたしは十一人きょうだいの末っ子で、両親はことあるごとにわたしが生まれたのは間違いだったと言っていた。一家は毎年のようにミズーリかアーカンソーの牧場を転々としていた、父を雇ってくれるところならどこでも。わたしに家庭というものはなかったの。一つのベッドに子ども二、三人で寝たわ。服は六人の姉たちが順番に着たお下がりばかり。だから、わたしが着るころにはぼろぼろだった。一度なんか、兄がダクトテープでこしらえた靴をはいて学校に行かなくちゃならなかったわ」

　彼女は間を置き、ジョーは立ち位置を変えて地面を見た。

「ハイスクールを卒業して二年たつまで、新しい服は着られなかった。それは自分で買ったのよ。でも、そのころ両親はすっかり年老いて耄碌していたから、わたしの名前さえろくに思い出せなかった。兄や姉たちは散り散りになり、そのうちの一人でもどこにいるのか、生きているのかさえわたしは知らないし、気にもしていないわ。冗談だと思うでしょう、でも違うのよ」

「もう帰らないと」ジョーは言った。

「あなたはわたしを、ステップアップするために男と結婚する義母としか見ていない。なぜこういう人間になったか、あるいはどうやって這いあがってきたか、あなたは決して見ようとも考えようともしてこなかったわ。そして、わたしが這いだしたどん底からメアリーベスをちゃんと――ちゃんと価値のある人間に――育てあげるのがどれほどたいへんだったかも、一度として考えてみたことはないでしょう」

「ええ」ジョーは答えた。「あまり考えてこなかったと思う」

ミッシーは勝ち誇ったようにほほえんだが、それは嘲笑に変わった。「このすべてを何者かが取りあげようとするなら、その人間もわたしを知らないのよ」

「あなたがやったんですか、ミッシー？」ジョーは唐突に尋ねた。

嘲りの笑みを残したまま、彼女はぴくりともしなかった。深々とタバコの煙を吸いこむと、彼に向かって吐きだした。「あ、あ、あなたはどう思う？」

そしてミッシーはきびすを返し、家の中へ戻っていった。ジョーが渡した違反切符がひらひらと地面に落ちた。

「なにを話していたの？」ジョーがピックアップに乗りこむと、メアリーベスは聞いた。

「彼女の子ども時代の話だよ。おれが前に聞いたことのないいくわしい話」

メアリーベスは座席にすわりなおし、とまどってジョーを見た。「母の子ども時代がどうかした？」

「あちこち転々としながら育ったこと、大勢のきょうだいたち、両親、貧困、そういう話だ。彼女があいう人間になったことの説明に聞こえた」

メアリーベスは驚愕していた。「母が話したの、それを？」

「ああ」

「ダクトテープで作った靴の話はしなかったでしょう？」

「したよ。初めて聞いた」

「ジョー、わたしの祖父が南カリフォルニアで十以上の車の販売代理店を所有していたこと、祖母が女優だったことは知っているわよね。母はほしいものはなんでも与えられて育った一人っ子だったのよ。甘やかされた人間で、嘘八百を並べたてるの」

ジョーは答えた。「全部知っているよ。彼女はまばたき一つせずに嘘をつく」

「そして、夕食のときマーカス・ハンドに色目を遣っていたあのやり口。ほんとうにいやになるわ。アール・オールデンは亡くなった《ベアリー・コールド》ばかりなのに」

「彼の亡骸《なきがら》もきみのお母さんほど冷《コールド》やかになることはないよ」

帰る車の中で、二人は役割分担を決めた。たとえハンドと部下が新たな理論を展開しても、なにがあったのか、だれがアールを殺したのかを確実に知ることが肝要だと、メアリーベスは考えていた。合理的な疑いさえ示せれば、ハンドは気にもしないだろうが。

ジョーも賛成だった。「〈ロープ・ザ・ウィンド〉についてきみがなにを探りだすか、興味深いな。どういういきさつだったのか。経営者は何者なのか――何者だったのか」

「できるかぎり調べてみる」メアリーベスは言った。

「それから、ハンドが言っていたようにアールがそれほどたいしたかすめとり屋《スキマー》なら、どうしてじっさいの風力タービン建設に自分の金をあんなにつぎこんだんだろう？　ミッシーは初期投資についてよく知らないようだったから――彼女なら知っているはずなのに――別のだれかが出資していたんじゃないか？　そのほうがアールの流儀に合っている。そうだとすると、だれだろう？」

「それは考えていなかったわ。調べてみるわね。州は法人の記録を持っているはずよ。すべて公開されているわ」

「おれは引き続きバドを探す。それほど遠くには行っていない気がするんだ。そして今晩の話とは違うが、ハンドはバドこそがまだ鍵だと知っている。もしバドが証言台に立って信頼できるとなれば、もはや一巻の終わりだ。だから、ダルシー・シャルクと話をしたい。おれたちが考えているよりも、ミッシーについて確かな証拠を握っているにちがいないよ、そうでなければあんなふうに強引には出ない。バドの証言だけを根拠にしているはずがないんだ」

「もしかしたら、ダルシーはマーカス・ハンドを負かしたいのかもしれないわ」

「もしかしたらね」

「あるいは、母を有罪にしたいのかもしれない」

「ありえるな」

「マクラナハン保安官の動機はわかっているわ。再選されたいのよ」

「ああ」

「ジョー？」サンダーヘッド牧場の門をくぐったとき、メアリーベスは尋ねた。「リー一家が関係しているとほんとうに思う？」

ジョーは五分間黙って運転してから答えた。「いや、思わない」

「だったら、なぜわたしたちはこんなことをしているの？　マーカス・ハンドが疑惑をつくりだすのに手を貸しているだけ？」

「そうだな」

「だったら、ボブ・リーはなにも関係がないとはっきりさせたいわ、そうすればほかの可能性を当たれる。アールは過去に山のような取引をしてきたわけだから、わたしたちの知らない敵が何人もいたかもしれない。ただじっとして、ハンドが母を疑惑から救いだすのを見ているのはいやよ。なんだか卑怯な気がするの。ほかに方法があるでしょうに」

　ジョーは肩をすくめた。「ベストをつくして彼女を助けだしてほしいときみは言わなかったか？　自分たちを助けだしてほしいと？」

　メアリーベスはため息をついた。「ええ、だけど、わたしが言いたかったのは母の無実を証明するのを手伝うべきだってこと。判事や陪審員が判断できなくなるように、水をめちゃくちゃにかきまわして濁らせるんじゃなくて。無実であることと、有罪でないことは違う」

「マーカス・ハンドにとっては同じだ。きっと、きみのお母さんにとっても」

「でも、わたしたちにとっては違うわ」

　妻を怒らせない答えを、ジョーは思いつけなかった。

「ジョー、この件に応援を呼ぶべき潮時よ。十日後には裁判が始まってしまう」

　彼はうなずいた。

「ジョー？」

「今日、彼に電話してみた」ジョーは打ち明けた。「つながらなかった、伝言を残す手段もなかった。電話を替えたのかもしれない。だから、最後に彼がいた場所に行ってみて、じかに会うしかなさそうだ」

「だったら行って、ジョー。あとのことはいいから」

九月五日

発見されればあらゆる真実はたやすく理解できる。肝心なのは、発見することだ。
――ガリレオ

23

労働者の日《レイバー・デイ》の週末を、ジョーは担当地区をパトロールして野外で過ごした。トゥエルヴ・スリープ川流域、サドルストリングとウィンチェスターのおもな通り、ビッグホーン山脈の登山道。夏のもっとも忙しい二度の週末の習いで、ジョーは赤いシャツと緑のピックアップによって自分の存在をできるだけ目立たせるようにした。今シーズン最初の連休と比べて、釣り人、ハンター、ハイカー、キャンパーの気分が違うことに気づいた。五月の戦没将兵追悼記念日《メモリアル・デイ》の週末はたいていまだ寒いが、出会う住民たちはこれから暖かくなるという楽観的な期待でうきうきしている。レイバー・デイの週末は快適な気候といいコンディションに恵まれることが多いのに、夏が終わってしまうという喪失感と恐れがまじっている。レイバー・デイの週末のほうがけんかや規則違反が多く、歩きまわる住民たちには前の連休のときより余裕がないように感じられるのだ。

ジョーは川の発着地点でドリフトボートから降りてきた釣り人数名に、許可証不所持の違反切符を切り、満員の小型ゴムボートに対して人数分の救命具を積んでいないと注意した。任務を遂行し、法律を守らせているだけだったが、ミッシー、アール、バド、マーカス・ハンド……そしてネイト・ロマノウスキについてわかったことに考えが向かっていくため、気が散ってしかたがなかった。


土曜日に、壁の穴《ホール・イン・ザ・ウオール》へ続く轍の道にあるラージ・マールの家が無人であることを知って、彼は胸騒ぎがした。暑く風の強い日で、峡谷の手前の岩石丘を越えてきた塵が舞っていた。粗い砂がジョーのピックアップのボンネットに雨のように降りそそぎ、ダッシュボードのダクトから入ってきた。峡谷へ下る山道の入り口が近づくにつれて、彼の胸騒ぎはひどくなった。

洞窟への山道を歩きはじめる前からすでに、不安は確かなものになっていた。大気にははっきりした空虚感が漂っており、上へと燃え広がった煤の黒い跡がついて大きく損傷した洞窟の入り口を見たとき、胸を強打されたようなショックをおぼえた。

ジョーは洞窟内部の瓦礫をブーツの先で少し動かし、見覚えのある品々を認めた。

ネイトの無線機とモニターは破壊されていた。テーブルと椅子はほぼ消滅していた。衛星電話は中身が飛びだしていた。残骸をかきわけながら、ジョーは恐慌に駆られた。もしネイトが爆発に巻きこまれていたとしても――いったいなにが起きた？――遺体の痕跡はなかった。つまり、やったのがだれであれ、遺体を持ち去ったのだ。あるいは、なんとかして友人は生きのびたのか。しかし、洞窟内の焦げた壁を調べ、残っていた破片を蹴って確かめていくうちに、これを生きのびられた者がいるとはとても思えなくなってきた。

こんなことは、想像だにしていなかった。ネイトは偏執的ともいえるほど安全に気を配っていたし、峡谷に侵入しようとする者がいればかならず気づく能力がある。だから、この攻撃を仕掛けた者は山道のワイヤやセンサーやカメラをすりぬけて、洞窟の入り口に手榴弾か爆発物を投げこめる距離にまで近づいたということだ。さもなければ、長距離から狙ったのだろうか？　ミサイルとか？

そのとき、瓦礫の山の中に黒いひび割れたものが見えた。最初、焼け焦げた肉かと思った。吐き気をこらえつつ、ジョーは折れた棒を使って瓦礫を物体からとりのぞいた。それは皮膚でも体の一部でもなく、アリーシャ・ホワイトプリュームの黒い革のブーツの下半分であることがわかり、彼は衝撃を受けた。

「なんてことだ」

ネイトがどう考えるかを察したジョーは、洞窟を出ると壊れた禽舎の上にある茂みに囲まれたくぼ地へ登っていった。一度友人が案内してくれたことがある。狭いが、牧歌的な空間だった。空き地に一つだけある丸い大きな石に裸ですわって、読書したり考えごとをしたりするのが好きなんだと、ネイトは言っていた。そこは霊的な場所だと彼は感じており、ジョーにも好きなときに来て使っていいと言ってくれた。ジョーは遠慮した。

そう、彼女はここにいた。というか、とにかく遺体の一部は。ネイトは急ごしらえの台の上に遺体を安置し、イエズス会が禁止する前の、伝統的な先住民の方法で太陽と鳥のなすがままにまかせていた。彼女のわずかな衣服と髪が四隅の柱に結ばれており、そよ風に漂っている。頭蓋骨は横に傾き、大きな白い歯が異様で不自然な笑みをジョーに向けている。遺体をついばんだカラスはほとんどきれいに食べつくしていた。カラスたちは張りだした枝から小さな黒い魂のない目でジョーを見つめ、彼が立ち去るのを待っている。

ネイトはカラスが大嫌いだった、ジョーは知っている。

だから友人に敬意をこめて、ショットガンで一羽を木から撃ち落とした。黒い羽が枝のあいだを舞いおりて松葉を敷きつめた地面に落ちた。ほかのカラスたちは騒がしくカーカーと鳴き、バサバサという羽音とともに飛んでいった。

彼がいなくなったら戻ってきて、残りをかたづけるのはわかっている。だが、自分はぜったいに戻ってこないとわかっていたし、おそらくネイトも戻らないだろう。もし、友人がまだ生きていたとしても。

そして、恋人を殺してネイトの聖域を跡形もなく破壊した襲撃で、彼が死んでいないのなら……犯人の受ける報復は凄まじいものになるだろう。


土曜日の夜、話を聞いたメアリーベスはソファの背にもたれて目を閉じた。「かわいそうな、かわいそうなアリーシャ。ネイトと一緒にいたらなにかあるかもしれないと、彼女はずっとわかっていたわ。でも、こんなふうに死ぬなんてひどすぎる。ご家族が気の毒。生徒たちや、彼女を知っていたみんな……」メアリーベスの声はとぎれた。

少しして、目を開けるとジョーを見上げた。「なにがあったのか、わたしたちには決してわからないわね？」

「たぶんな。ネイトが戻ってきて話してくれないかぎり。あるいは、犯人が吹聴でもしないかぎり」

「これが社会の枠外で生きていくことの代償なのね。恐ろしいことが起きても、だれにもわからない。これがネイトの生きかたの代償なんだわ」

「それか、刑務所で暮らすか。ネイトが自分で選んだ道だ」

「そしてあなたは彼に手を貸した」メアリーベスの言いかたにはかすかに同情の響きがあった。

「そうだ」

「彼がどこにいるか、見当がつく？」

「いや」

「でも、生きていると思うのね？」

ジョーはうなずいた。「だれかが台を作っていた。ネイトを狙ったやつでないことは確かだ。ラージ・マールかもしれないが、彼も姿を消したようだ」

彼女は考えながら自分の体を抱くようにした。「かわいそうなネイト。アリーシャに惚れこんでいたのに。彼、どうすると思う？」

ジョーはためらわずに答えた。「西部流の展開になるだろう」

メアリーベスが止めるように言わなかったことに、彼は驚いた。


翌朝早く、ジョーは車で町を出てウィンドリバー・インディアン保留地の中心部へ向かった。緑色の猟区管理官のピックアップ・トラックは表にいる人間たちにいつもじろじろ見られる。たいていは、こんどはだれが保留地の外でなにをやらかしたのだろうと詮索するまなざしだ。なぜなら、ジョーには保留地内での管轄権はないからだ。道端をゆっくりと歩いていた大柄な女と小柄な女と、校庭でバスケットのピックアップゲームをしていた少年たちに、彼は帽子を傾けてあいさつした。何本かの木の枝に、それにたいていのガレージにあるバスケットボールのゴールのリングに、プロングホーンの死体が吊るされていることに気づいた。プロングホーンを解体していた三人の男たちは、通りかかった彼が車を止めるかどうか目を細めてじっと見つめた。

アリス・サンダーの家は、狭苦しい住宅地の真ん中にある、こぎれいな農場スタイルのプレハブ住宅だった。彼女の車はガレージへ続く私道に止まっていた。なぜアメリカ先住民は車を止めるためにガレージを使わないのだろうとジョーは思ったが、それは謎のままにしておいた。

保留地では血縁が深く広くつながっており、だれもがどこかで親戚関係にあることをジョーは知っていた。アリス・サンダーはワイオミング・インディアン・ハイスクールの受付係をしている。彼女とアリーシャは親しい友人で、おそらく遠縁でもある。アリスは卵形の顔と親切そうな面差しの先住民で、その目は長年学校でさまざまなことを見てきたのを物語っている。地域社会の中では、だれもが打ち明け話をし、頼りにする要《かなめ》というべき存在だ。すべてを知りながら、口を閉じていられる女性なのだ。

ジョーはアリス・サンダーの車の後ろに駐車して、大きく息を吸ってからドアを開けた。チューブには中にいろと命じた。朝露に輝く芝生を玄関へ歩きながら、彼は帽子をとった。

ノックしようとしたら、彼女がドアを開けた。

「ミセス・サンダー」ジョーは口を開いた。

あいさつの微笑も、歓迎の会釈もなかった。その顔は静かでストイックだった。アリスはジョーのピックアップから彼の帽子へ、そして彼の表情に視線を移した。そして言った。「彼女は死んだのね？」

ジョーは言った。「残念です」

かすかにまなざしが揺らめいたが、唇は動かず、涙もなかった。

「あなたの車が来るのを見てすぐにわかったわ。しばらく前から、アリーシャは亡くなったという気がしていたの」

彼は足もとに目を落とした。

アリスは尋ねた。「どんなふうに？」

「なにがあったのか、正確なことはわからない。何者かがネイトを狙ったとき彼女は一緒にいた。犯人がだれなのか、どうやって居所をつきとめたのかもわからない。彼女が標的でなかったのは確かです」

たいして驚いてはいないように、アリス・サンダーはわずかにうなずいた。「ネイトは生きているの？」

「そう願っているが、それもわからないんです。彼から連絡はない。ところで」ジョーは視線を上げた。「ジョンソン郡の警察はこのことを知りません。わたしは通報しなかった。知っているのはわたしの妻とあなただけです。遺体をこちらへ運んだり、弔いに行かれるご希望があれば、場所をお教えできますが」

「考えてみるわ。彼女の遺体は敬意をもって安置されていた？」

ジョーはうなずいた。

「だったら、いますぐそれは必要ないわね。知らせにきてくれてありがとう。感謝するわ、ジョー」

「いえ」

「犯人を見つけて罰するつもりね？」

「ネイトがすでに追跡にかかっているでしょう。彼と連絡がついたら、わたしにできることをやります」

彼女は同意してうなずいた。「悪いけれど、そろそろ帰っていただいてもいいかしら。一人になりたいの」そして、彼女はドアを閉めた。

ジョーはしばしポーチにたたずみ、それからきびすを返してピックアップへ戻った。

保留地内の犯罪発生率の高さ、奪い去られたあまりにも多くの若者、何年もそういう悲劇を見続けてきたアリス・サンダーのような女性にとって、死は人生の一部なのだとジョーは思った。


二日間というもの、パトロール中も洞窟の中の光景――そして台の上のアリーシャの遺体――が脳裏に焼きついて離れず、夜に目を閉じてもそれは消えなかった。峡谷の地理とネイトの安全保障システムからして、ジョーの説は遠距離からの砲弾発射に傾いていた。おそらくあまりにも遠くからだったので、自分が発見されたことにネイトは気づかなかったのだ。

そうなると、ラージ・マールとジョー自身以外に、だれが友人の居場所を特定できたのだろう。一度行っているから、シェリダンは知っている。メアリーベスも漠然とはネイトの隠れ場所を知っているが、一度も行っていないし地図の上で見つけることはできない。もちろん、ネイトの居所を承知しているほかの人間と彼が接触していたかどうかは、ジョーにはわからない。ネイトについてはジョーの知らないこと、知ろうとしなかったことが多すぎ、いまは知っていたらとほぞを嚙む思いだった。

ジョーがパトロールに出ているあいだ、メアリーベスは祝日の長い週末を図書館での調査にあてた。風力発電事業について詳細がわかってきた段階で、彼女はジョーの携帯にかけた。知れば知るほど、心はかき乱された。

電話に出たジョーに彼女はまくしたてた。「生みだすエネルギーがクリーンでコストがかからないから、ああいう風車が作られているんだとずっと思っていたわ。ところが、まったく違うのよ。建設の理由は政治的なもので、風力発電が必要なのは、電力の一定の割合が風力発電や太陽光発電のような再生可能エネルギーでなければならないと、州や市が定めているからなの」

「落ち着けよ」ジョーはなだめだ。「風力はこの州の財産の一つだよ」

「わかっているわ。いま興奮しているの。コーヒーを飲みすぎたし、知らなかった情報が多すぎる。それに、そう、風が強いから、じっさい風力タービンが利益を生むだけの発電をしているところもいくつかある。以前に作られたタービンのほとんどは、ある程度役に立つ場所に建設されているわ。でも、風がずっとやまずに吹いている場所は州にも国にもどこにもないの。調べてみたら、優良な風力発電所でも稼働能力の四十五パーセントしか発電できていないって。たったそれだけよ。それに、風が吹いているときに送電網が必要としていなければ、エネルギーをためておく場所がないの。そんなに大きな電池はどこにもないってことよ。エネルギーの多くは無駄になっているだけ」

「わかった。だが、それがアール・オールデンの発電事業とどう関係しているんだ？」

「まだはっきりとはわからない。でも、マーカス・ハンドがアールについて言っていたでしょう、彼はかすめとり屋《スキマー》でもの作り屋ではないって。この事業はぴったり当てはまりそう」

「そこがわからないんだ。風力タービンを一基立てるのにいくらかかるんだ？」

　金額を調べたと彼女は言い、読みあげた。タービン一基の建設にかかる費用は、部品、道路工事、諸経費を含めておよそ三百万ドルから六百万ドル。費用は、タービンが一・五メガワットの発電機か、より新しくて大型の三メガワットの発電機かによって違ってくる。

「たまげたな」ジョーは言った。「それじゃ、アールのウィンドファームにある百基のタービンは……」

「計算したわ」彼女は読みあげた。「四億ドルの投資よ」

　ジョーは口笛を吹いた。

「アールの規模のウィンドファームなら、ボブ・リーは最低でも毎年百五十万ドルももらっていてもおかしくないわ。すべてを考慮しても、彼は最初の三十年間のリース契約に対して四千五百万ドルは受けとっていてもいいはずよ」

「驚いたな」

「その金額なら殺しも辞さない人間は大勢いるわね、あるいはその金額をだましとられたら」

「彼は人を殺すようなタイプには見えないが。では、〈ロープ・ザ・ウィンド〉について教えてくれ」

「まだ調査中なの。かなり興味深いことがわかっているけれど、もう少し追跡する時間をちょうだい」


引き寄せられるかのように、ジョーは風の強い丘とサンダーヘッド牧場のウィンドファームへ続く轍の道に向かっていた。二週間前にプロングホーンのハンターたちと出会い、そのあとアールの遺体を見つけたルートを、ふたたびたどった。タービンのブレードは雲一つない空をうなりながら大鎌のように切り裂いており、ジョーはリー牧場の端に着いたところで道からそれて車を丘へ向けた。

頂上に別の車が止まっているのを見て驚いた。赤いスバルのワゴン。郡検事長ダルシー・シャルクの車だ。

彼女はジョーが来るのに気づいていなかったらしく、背後から上っていっても振りむかなかった。車の外でボンネットに寄りかかり、胸の前で腕組みをしてウィンドフアームを眺めていた。赤いタンクトップ、ぴったりフィットした白いショートパンツ、ポニーテールにした髪をロープ専門店のロゴが入ったキャップの後ろの穴から垂らしている。

休日に彼女と会うのは初めてだった。日に焼けた長い脚を交差するようにして立っている。若々しく引きしまった体型で、間違いなく魅力的に見えた。

突然横にあらわれて脅かさないように、ジョーはダルシーの車の後ろにピックアップをつけながら軽くクラクションを鳴らした。その音に彼女ははっとして振りかえった。彼だとわかるまで、目には恐怖と怒りが浮かんでいた。なにか恥ずかしいことをしているところを見つかったようなその態度に、なぜだろうと彼は思った。

中にいろとチューブに命じて、車を降りた。

「ここできみと会うとは思わなかった」ジョーはカウボーイハットをかぶるとゆっくりと近づいていった。「びっくりさせて申し訳ない」

「風力タービンに気をとられていたの。それに、あれが出す高い音。まるで、あの音以外なにも聞こえなくなるみたい」

「ほんとうに風が強いときに聞いてみるべきだ」ジョーは言った。「トラックが迫ってくるのかと思うよ」

「つねに欠点はあるものね」彼女は向きなおり、ジョーが来たときと同じポーズに戻った。

彼はスバルのグリルにもたれてダルシーの横に立ち、あたりを見渡して彼女の注意を引いていたものを見ようとした。「欠点があるって、なにに？」

「あらゆる種類のエネルギー計画に、かしら」

メアリーベスから聞いたことを思い出したが、いまはそれを話すときではないと彼は判断した。

「頭の中を整理していたのよ」ダルシーは説明した。「あなたが死体を発見した日、事態はかなり混乱していたわ。どこでアール・オールデンが射殺されたのか、どれほどの距離を運ばれてきたのか、どのタービンに彼が吊るされていたのか、確認しておきたかったの」

「回っていないやつだ」ジョーは教えた。「鑑識が作業できるように、それだけ動かなくしてある」

少しむっとして、彼女はジョーを見た。「そ、それくらい、い、知っているわ。ただ、ミッシーがなぜとくにあの風力タービンを選んだのかと思って。彼が撃たれた場所にいちばん近い一基ではないのに。手前に八基あるわ」

ジョーはあごをさすった。「それは考えなかったな。もしかしたら、彼が吊るされていた一基はここからいちばんよく見えるからかもしれない。遺体が確実に発見されるように」

「でも、なぜ？」

「それはわからないよ」

一瞬後、ダルシーは言った。「わたしたち、こんなふうに話しあっているべきじゃないわね。だれかに見られたらどうする？」

ジョーは肩をすくめた。彼もそれを考えていた。

「だって、この事件についてあなたとはもともと対立関係にあるんだもの。あなたには話せないと前に言ったでしょう」

「わかっている」ジョーは答えた。「その点は尊重するよ」

「そうしてくれているのは知っているわ。でも、あなたがこちら側だったらいいのに」

「どちらかについているわけじゃないよ。なにがあったのか、真実はどうなのか、おれは探りだそうとしているんだ。だから、どちらかにつくということじゃない」

ダルシーはかぶりを振って眉をひそめた。「それは違うと思うわ、ジョー。わたしは郡検事長で、証拠にもとづいて訴えを起こしている。あなたはわたしが誤っていると証明しようとしている」

彼は言いかえそうとしたが、腕組みをして景色に目をやった。いつのまにか、二人ともまったく同じ姿勢で立っていた。

「ボブ・リーに聞かれたことを思い出すな。あのウィンドファームを眺めたとき、きみにはなにが見える？」

彼女は軽口で答えようとしたが、真剣な質問だと思いなおしたらしい。「アメリカの未来が見えるわ。いいにしろ、悪いにしろ。陳腐に聞こえるだろうけれど」

ジョーは口を引き結んで眼前を見渡し、ダルシーの言ったことを考えた。

「美しい光景だと思うか？」

「風力タービンが？」

「ああ」

「そうね。優雅なたたずまいよ。太陽の光に輝いている、たとえうるさい音は出していても」

彼はうなずいた。「もしあれと同じ機械が石油かガスを産出しているなら、あるいはあれが原子力発電なら、きみの目にはやはり美しく映るか？」

「ジョー、なにが言いたいの？」彼女はいらだちをにじませた。

「きみと同じく、おれも頭の中を整理しているんだ。人がどの立場にいるかによって、ものは美しく見えるのかもしれない」

彼女はジョーをにらんだ。「いまは気を散らされたくないのよ、ジョー。勝たなければならない殺人事件の訴訟を抱えているの、こういう議論をしている場合じゃないわ」

「そうだな。おれは、なにかを目にして自分の見たいものを見るのは簡単だと言いたいだけだ。ほかのだれかは、同じものを目にしても違うものを見るかもしれない」

「なにが言いたいの？」ふたたび彼女は詰問した。

ジョーは肩をすくめた。

「言っているのは風車のこと、それともあなたの義理のお母さんについてわたしの視野が狭くなっているんじゃないかってこと？　だれがアール・オールデンを殺したのか、別の方面にも目を向けるべきじゃないかってこと？」

ジョーは直接答えなかったが、ウィンドファームのほうへうなずいてみせた。「両方を少しずつかな」

「だめ」彼女はいきりたっていた。「だからあなたはここへ上ってくるべきじゃなかったのよ。だから話したりするべきじゃなかった。あなたはわたしを望まない方向へ誘導しようとしている」

「ダルシー、おれはなにがあったのか調べようとしているだけだ」

「あなたのおかげで落ち着かなくなってきた」彼女は言った。「行きましょう」

「ああ」

夕方、ジョーは裏道や轍の道を通って帰路につき、サドルストリングのメイン・ストリートを橋へ向かって車を走らせた。大気はどんよりとして蒸し暑く、通りかかった〈ストックマンズ・バー〉から酔っぱらいが数人、ビール瓶を手に出てきた。だれだろうと、彼はちらりと視線を走らせたが、地元民ではなさそうだった。三十代で、男三人と女二人。男たちはひげをはやしてバギーパンツをはき、女たちはカーゴショーツとアウトドアタイプのサンダルをはいている。

大きすぎる黒いポロシャツを着て野球帽を目深にかぶった男が、視線を上げて車で通るジョーを見上げた。一瞬、二人の目が合った。

見覚えがあるというショックが全身を貫き、ジョーはブレーキを踏んだ。

男は一団から離れ、急いで顔を伏せた。突然向きを変えてこわばった足どりでバーに戻る彼に、仲間たちは呼びかけた。

「シャマーズ、どうしたっていうのよ？」女の一人が叫んだ。「幽霊でも見たみたいよ！」

24

ジョニー・クックとドレネン・オメリアはワイオミング州中西部にあるファーソンとエデンの中間で、メタンフェタミンとセックスに明け暮れていた。二人は一週間近くをここで過ごしていた。当面の計画はカリフォルニアをめざして西へ進むか、せめてラスヴェガスへ行くことだった。だが、まだユタ州との境にも着いていない。

エデンという小さな町に入ったと告げる緑色の看板を見て、二人は車を止めることに決めた。エデンなんて名前の場所に来たらビールを飲むしかないじゃないか？　とジョニーは言った。

ジョニーは休憩しているところだった。トレーラーから五十メートルほど離れたヤマヨモギの茂みのあいだにだれかが置いたディレクターズチェアにだらしなく腰かけ、タバコを一本吸ったあと缶ビールを飲んでいた。遠くのウィンドリバー山脈に日は落ちかかっているが、戸外はまだ暑く、ジョニーは自分のシャツやズボンがどこにあるのか、どのトレーラーの中なのかわからなかったので、カウボーイハット、ボクサーパンツ、ブーツという格好でむきだしのひざの上に銃を置いていた。シャツなしだと自慢の肉体を見せられるのがわかっているので、気にしていなかった。

ときどき身を起こして、二二口径のルガー・マークⅢで穴から顔を出すジリスを撃った。二匹仕留めた。命中すると、「血しぶきワオ！」と空に向かって叫んだ。ほかのジリスたちが駆け寄って仲間の死体を食べるのを見つめつつ、卑劣な友人どもも撃ち殺した。ある時点で、残酷きわまる世界における友情の性質について悟りを得たのだが、いまはもうなんだったのか覚えていない。

暑いにもかかわらず、ジョニーは身震いした。震えは全身を走りぬけ、前腕に鳥肌がたった。その直後に体がかっと熱くなり、額を汗がだらだらと伝うのを感じた。ヤクのせいだ、と思い、なにかを食ったのはいつだったか思い出そうとした。たぶん二日前だ。温めたマヨネーズに一本ずつひたして冷たいフランクフルトソーセージ一袋分を食べたのを、ぼんやりと記憶している。だけど、夢だったのかもしれない。

後ろで声がしたので、振りかえるとドレネンがトレーラーの一台から出てくるところだった。ドレネンは中の女の一人になにか言っており、彼女の笑い声が聞こえた。

「どこへも行くなよ、そして眠りこむんじゃないぞ」ドレネンは念を押した。「一服やったらすぐに戻ってくるからな」

ほこりの中をジョニーのほうへぶらぶらと近づきながら、ドレネンは言った。「まったく、ヤマネコみたいな女だ。ぐっとくるね。ああいうのはたまらない。リーサ、たしかリーサって名前だ」

ジョニーはうなずいた。「黒い髪？　インディアン風の？」

「そうだ。おれを焼きつくしちまいそうだぜ」

たとえ金のためでも、ドレネンと寝てくれる女がいれば幸いというものだ、とジョニーは思った。ロケットランチャーの爆風による彼の顔と首のやけどは見られたものではない。赤くて生々しくてじくじくしている。つねにハイになっているので、ドレネンは自分の見かけがどれほどひどいか忘れているが、彼以外はとうてい忘れられるものではない。しばらくすればよくなるだろう――永久に残る傷ではない――だが、それまでは気色が悪い。

ドレネンはジョニーの隣の地面に崩れるように倒れこみ、ひじをついて体を起こした。手をのばしてジョニーのひざから銃をとると、ジリスに向かってろくに狙いもせずに撃ってから返した。「外した」彼は言った。「あのパイプをどこへやった？」

「ここにはない」ジョニーはピックアップのほうを示した。「あの中だろう。おれのシャツとズボンがあったら教えてくれ」

「どうしたのかと思っていたよ」ドレネンはゆっくりと四つん這いになった。「ヤクはまだたっぷりあるよな？」

「あるだろう」ジョニーは心ここにあらずだった。「なに一つ思い出せないんだ。だからおれを当てにしないでくれ」

ドレネンは笑って立ちあがり、またヤクをやるためによろよろとピックアップへ歩きだした。「おい、おれはこの西部流の暮らしが気に入ったよ」

二台連結のトレーラー住宅の集まりは、そう長いあいだここにあるわけではなかった。てんでんばらばらに駐車していて、ジョニーから見ると空中から高原砂漠へ投げ落とされたかのようだ。トレーラー住宅まで続く未舗装道路はでこぼこで古く、その場所の名前を示す看板は一つもなかった。ガスバッグ・ジムという元エネルギー労働者が管理しており、二台連結トレーラー住宅の一つを小さな事務所にして金を集め、女たちをあてがい、ときどきウォッカを飲みすぎるか覚醒剤をやりすぎるかして気を失っていた。

ドレネンとジョニーは〈エデン・サルーン〉の天然ガスの試掘労働者からこの場所のことを聞いた。二人は、カリフォルニアへの旅を続ける前に巨大なジョーナのガス田の端でビールを引っかけてビリヤードでもやろうと、店に入ったのだった。ガスバッグ・ジムがファーソンとエデンの中間のヤマヨモギの原で商売をしており、そこから三十キロちょっとしか離れていないと知って、二人はいいぞと思った。

それが四日前のことだ。あるいは、少なくともジョニーは四日前だと思っている。

ドレネンに聞いてみなければ。

ガスバッグ・ジムの商売はすべて現金のみで、二人には好都合だった。つまり、記録はなにも残らない――クレジットカードの領収書もなし、身分証明書の提示もなし、本名を名乗る必要もなし。二人はたがいを〝マーシャル〟〝マザーズ〟と呼ぶことにした。なぜなら、ドレネンはラッパーのエミネムのファンで、エミネムの本名はマーシャル・マザーズだからだ。だが、ジョニーは忘れてしまい、彼らが一度に三人の女とベッドにいたとき相棒を〝ドレネン〟と呼んだ。女の一人で、リーサ・リッチという胸の大きい黒髪の美人が、昨夜彼らをなだめすかしてほんとうの名前を言わせた。なぜか、彼女は二人の本名にとても関心があるようだった。

「くそ」覚醒剤用のパイプを手に、ドレネンがピックアップからよろめきながら戻ってきた。「おれたち、あっというまに……金を使いきったな」

「そうだな」ジョニーはうめいて顔をごしごしとこすった。自分の顔が自分のものとは感じられず、だれかがほんとうの顔の上に縫いつけたかのようだった。「おれの顔、ふつうに見えるか？」

ドレネンは目を細くしてジョニーを見た。「ふつうに見えるよ。パンツなしのヤリすぎのドラッグ中毒にしては」

二人はこの冗談に大笑いした。だが、ジョニーはまだ自分の顔が変な感じがした。縫い目があるのではないかと、指先であごの線をなぞってみた。

そのときドレネンが言った。「さっきガスバッグ・ジムと話したんだ。このままじゃどうなるかわかっているし、おれたちはたちまち金欠だ。だから、やつに提案をした」

「それで？」

「それでだな」ドレネンは冷えた〈クアーズ〉を開けた。クーラーバッグの蓋を閉めると、その上にすわってジョニーと向かいあった。ひざが触れあうほどの近さだった。「いいか、おまえとおれを除いたやつの収入源は、ここととパインデールのあいだのジョーナのガス田で働いているやつらだ。この週末やつらを見ただろう」

ジョニーは見ていた。何十人もの男たちが、四駆の新型ピックアップに乗って列をなしてやってきた。客の多くが、エネルギー会社が建てた〝男性用キャンプ〟で暮らしていた。近くに女はほとんどいない。男たちの話題はだいたい三つに限られていた。娼婦、狩り、天然ガスの値段急落でクビになったらみんなと同じ失業者だということ。彼らは、持っているあいだに金を遣いたがっていた。

「一時解雇はどんどん増えていく」ドレネンは続けた。「この場所はじきにゴーストタウンみたいになるよ。あいつらは解雇通知を受けとって、来たところへ戻っていくだろう。ガスバッグ・ジムはあの女たちを追いはらってトレーラーを売らなくちゃならなくなる。おれはそう思うんだ」

「だから？」ジョニーはドレネンの背後の野原が見えるように体を動かした。二十メートル先にジリスがあらわれ、ジョニーは銃を構えて撃った。外れた。ドレネンの耳のすぐそばで発射されたので、彼はびくりとした。「くそ、おれに当たるところだったじゃないか、このあほう」

「悪かった」ジョニーはさらにドレネンの背後にジリスを探した。

「とにかく」ドレネンは耳をこすって聴覚をとりもどそうとした。「売春婦の需要はつねにどこかにはあるわけだ。二、三ヵ月後にここではなくなるだろうが。で、ガスバッグ・ジムに話したのは、おまえとおれがRV車を手に入れ、女どもを詰めこんでどこか景気のいいところへ連れていくってことなんだ。たとえば、ノースダコタじゃでかい油田が見つかったっていうじゃないか。ガスバッグ・ジムの話じゃ、ワイオミング州の南でも石油とガスが見つかったらしい。ワイオミング州南部からコロラド州北部にかけてのどこかだ。そして、あのろくでもない風車があらゆるところにできはじめている。だれかがあれを作らなくちゃならないんだろう。つまり、ここみたいな片田舎に食いつめた男たちが大勢集まってくるわけだ」

ジョニーは目をこすった。目は燃えるようで、赤い練炭みたいに見えるに違いない。そんなふうに感じられるからだ。ピックアップに行って、自分もまたヤクをやって、切れたあとの抑鬱状態を避けないと。体中の皮膚の下をクモが何百万匹も這いまわっているみたいだ。ヤクをやればクモどもも静かになるはずだ。ジョニーは言った。「車輪付きの売春宿って感じか?」

「まさに」ドレネンは答えた。「まさにそうさ。掘削場所へ行って労働者たちに宣伝して、公有地かぼんくら牧場主の土地で商売を始め、分け前をとる。もちろん、娼婦たちを守っていい仕事ができるようにしてやらなくちゃならない、だから現場に常駐して見張っていないとな。おれが経理と書類仕事をやるよ、おまえは見回りをしてにらみをきかせていればいい。おまえならできるさ」

「できるよ」ジョニーはクーラーを指さした。ドレネンは立ちあがって彼にビールをとってやった。

「金をこしらえなくちゃ」ドレネンは言った。「おれたちはすっからかん寸前だし、そこいらには仕事がない。九月でシーズンは終わりだから、観光牧場も雇ってくれない。まったく、おれたち、二週間であの金を全部遣っちまったんだ」

「また別のだれかを殺せるかもしれないぞ」ジョニーは拳銃をたたいて声を落とした。「RVでドサ回りするよりは楽だ」

ドレネンはうなった。「知りあいでだれかを始末したがっているやつはいない。だから、そこにも仕事はない」

「もしかしたら政府から失業手当をもらえるかもしれないぞ。ガス田の労働者が言ってたんだ、仕事探しを始める前だって、そういうやつを二年間もらえるって。うまい話に思えたけどな」

ドレネンは天を仰いだ。「そいつは最低生活水準だぞ。おれたちはそんなんじゃだめだ。食物連鎖のもっと上のほうで生きなくちゃ」

「じゃあ、どこでRV車を手に入れるんだ？　あれは高いぞ」

「そこまではまだ考えてない」ドレネンはジョニーの心配をしりぞけた。「なんとかして一台手に入れたとして、なぜガスバッグ・ジムはやつの売春婦たちを貸して取り分をとるのを承知するほど、おれたちを信用してくれるんだ？　彼は昔からの知りあいじゃない。それにだ、これがそんなに冴えたアイディアなら、なぜガスバッグと仲間たちが自分たちでやらない？　おれたちが必要なわけでもあるのか？」

ガスバッグ・ジムには、つねにルイスとジーザスという大柄なメキシコ人二人が影のようについていた。ルイスはこれ見よがしにショルダーホルスターを装着していた。ルイスはときおりレーザーサイトを使ってAR15系ライフルでジリスを撃っていた。ルガーも持っていた。

ドレネンはぽかんとした顔をしたが、やがて不機嫌な表情になった。「全部をちゃんと考えたわけじゃないって言ったろう」彼は口をとがらせた。「考案中のアイディアがあるって言ったんだ。どっちかが少しは先のことを考えておかなくちゃならないだろ」

ジョニーはひざに目を落として微笑した。少なくともこのひざは自分のものに感じられる。「ズボンをどこに置いたか思い出せるといいんだが」間を置いてから続けた。「おれも考えていたんだ。あのパッツィはどうだ？　おれたちが会いにいって、あの件をしゃべるとほのめかしたら、もっと金を出すんじゃないか？　なんたって、あの女はどこかから大金を持ってきていたんだからな。出所《でどころ》にはもっとすごい額の金があるにちがいない」

ドレネンはかぶりを振った。「その点は、おれのほうが先に考えた。だけど、あの女はシカゴから来たんだ。住所も知らないし、あれが彼女の本名かどうかもわからない。名刺とかくれたわけじゃないだろう」

「シカゴには一度行ったことがある。確かにでかい街だよ。そしてパッツィはその筋につてがあるんだと思う。意味、わかるか」

ドレネンが答えなかったので、ジョニーは友を振りかえった。ドレネンはインディアンがよくやるように脚を組んで地面にすわっていた。顔をのけぞらせ、上空のなにかを見つめていた。

「どうした？」ジョニーは聞いた。「雲がどの動物に似てるか、また聞くつもりじゃないだろうな？　おれは興味ないぞ」

「見ろよ」ドレネンはビールの缶で空を示した。

ジョニーはため息をついて見上げた。えらい苦労に思えた。

「見えるか？」ドレネンは尋ねた。

「なにが？」

「鳥だ。ワシかなにかだよ、旋回しているだろう？」

ジョニーは目を細めてようやく見つけた。はるか頭上を舞っている。

「峡谷で仕事をかたづけたときのこと、覚えているか？　ああいう鳥がいたよな？」

「ああ」

二人は同時に同じことを考え、目を合わせた。

「ありえない」ドレネンはむりやり笑ってみせた。

「まさかな」ドレネンの顔を正面から見て、ジョニーは少し気分が悪くなった。

25

ジョーは窓がなく暗い〈ストックマンズ・バー〉に入った。明るい九月の日差しのもと一日中戸外で過ごしたあとなので、急な暗さに入り口で一瞬立ちどまった。目が慣れるまで待つあいだ、ほかの感覚を働かせた。奥にあるビリヤード台で球を突く音、牧童が「おかわり」と言ってビアマグをカウンターに置く音が聞こえ、汗、ほこり、タバコの煙のまじったつんとくる臭いがした。見えてくる光景のサウンドトラックは、ジュークボックスでかかっているルシンダ・ウィリアムズの〈放っておけない《キャント・レット・ト・ゴー》〉だ。

おれもだ、とジョーは思った。

スツールはほぼふさがっていた。半分は常連客で、三日間の飲み騒ぎの最終ステージにどっぷり浸っている。このあと、休暇が終わってしまう憂鬱の延長戦に突入するのだ。〈イーグル・マウンテン・クラブ〉の門衛のキース・ベイリーはいつもの席に陣どり、大きな両手でコーヒーのカップを握っていた。ジョーが顔を知らない観光客も二、三人おり、地元の人間にまじってはいたが、やはり浮いている。大学生ぐらいの年齢のカウボーイとカウガール志望の一団が、生意気な態度で店の奥を占領していた。だが、ジョーが探している人物はいない。外はどこも明るくさわやかで木々もさまざまに色づく初秋の日和だというのに、人々が洞窟のような店の暗い慰めを選ぶのは残念なことだ、とジョーは思った。

視界がはっきりしたとき、バック・ティンバーマンが暗闇から姿をあらわした。ティンバーマンはすわっている客たちの上に立ちはだかり、両手をガラスの仕切りにのせて、ジョーに向かって「なにか？」と言いたげに眉を吊りあげた。

ジョーは尋ねた。「いまだれかここを走り抜けていかなかったか？　三十代半ばの男で、痩せ型で、いま流行の無精ひげをはやして、黒いシャツに野球帽の？　酔っぱらった目つきの？」

ティンバーマンは口だけ動かして「すまない、お役に立てないよ、ジョー」と言ったが、そのあいだにすばやく視線をバーの奥へ走らせた。ほかの客たちに気づかれないそぶりだった。ジョーはうなずいて感謝を示し、自分自身の考えであるかのように、こぼれたビールで粘つくマツの板張りの床を客たちを避けながら奥へ向かった。失礼と断りながらカウボーイとカウガールの予備軍たちをかき分け、壁ぎわに並ぶブースの横を通り、ビリヤード台を迂回した。プレーヤーの一人が顔を上げたとき、ジョーは知りあいのことを聞くように話しかけた。「あいつはこっちへ行ったか？」プレーヤーはキューの先で方向を示した。「裏のそのドアから出てったよ」

「ありがとう」

カウボーイとカウガールのあいだのドアはごたごたした物置に通じており、そこから路地へ出る裏口に行けるのだ。商品の搬入に使われている。物置にはビールの梱包箱や樽が天井まで積まれているが、そのあいだにスティール製のドアまで通路ができていた。出口の横の壁にはブレーカーやバルブや水道管がところ狭しと配置されている。ジョーは明かりのスイッチを探したが、見つからずにあきらめた。

ドアを押し開けて路地に出ると、すばやく両側を見た。シャマーズはいない。

両手を腰にあてて考えようとした。どこへ行ったのだろう？

急いで建物を歩道側へまわり、正面にいたバド・ジュニアの仲間たちに話を聞こうとした。ところが、彼らもいなくなっていた。

応援を呼べればと思ったが、またもや彼は完全に一人で行動している。バド・ジュニアは裁判のために町へ戻ってきたのか？　もしそうなら、なぜジョーを見て逃げたのだろう？　父親が注目を集めている裁判に来るのは、なにも悪いことではない。

バド・ジュニアは表通りにも裏の路地にもおらず、ジョーは車が発進する音もドアが閉まる音も聞いていない。彼は困惑した。それから、建物の屋上に続く錆びたはしごがあったのを思い出し、店から出たときに上を見なかった自分に舌打ちした。おそらくシャマーズははしごを上り、ジョーが脇目もふらず眼下を走って表へ回るのを眺めていたのだ。

　あれがシャマーズだったのは確かだろうか？　もしそうなら、バド・ジュニアはふつうの服装をしていた。ストリート・パフォーマンス用のふわふわしたシャツも着ていなかったし、道化師の帽子もかぶっていなかった。パントマイム用の白い化粧もしていなかった。なんと野球帽をかぶっており、それもちゃんとしたかぶりかただった。ストリートファッション風に後ろ向きでも斜めでもなく前向きにかぶっていたし、つばは平らではなくシールははがしてあった。それに、シャマーズのトレードマークだった蹴りまわして遊ぶ豆を詰めた袋《ハッキー・サック》も足もとにはなかった。しかし、ジョーはあのうつろな目を覚えていた。何度となく見たことがあるからだ。ジョーとは違う見かたで世界を眺めている薄青の目。自分と自分のような自由な魂を抑圧する場所として、彼は世界を眺めている。興奮して瞳孔がほぼつねに開いているせいだけで、そう見えるのではない。彼の目は、牧場でのジョーの頼みごと、たとえば「支柱穴を掘る道具を持ってきてもらえないか？」といったことに対して、「なんでおれが？」と語っていた。

　はしごはだめだとジョーは気づいた。路地へ戻って見上げたら、上部がレンガの壁から外されていたのだ。だれかが登ろうとしたら、はしごは建物から倒れるように落ちて、地面に激突するだろう。バド・ジュニアが使っていたらよかったのに。そうしたらつかまえられただろう。

次の瞬間ジョーは口もとを引きしめ、シャマーズがどこに隠れているのか悟った。

バド・シニアの空っぽのアパートへ上る階段へのドアは、前と同じく開いていた。ジョーはできるだけ静かにゆっくりと階段を上った。二階で物音がしないか、バド・ジュニアがハミングしていないか、しばし聞き耳をたてた。シャマーズはいつだってハミングしているか、ジョーが聞いたこともなく、まず好きにならないバンドの歌のさわりを歌っていた。苦悩とか破滅とか多様性の欠如についての歌だった。

ジョーは二階に着いた。前のように照明は消えていたが、ドアの枠に貼られた保安官事務所の封鎖テープが破られていた。息をひそめて、帽子をぬぐと上体をかたむけ、耳をドアに押しつけた。中から低周波の振動が響いてくる。冷蔵庫か……エアコンだ。ああいう窓で断熱性の低い古い建物だから、最上階はうんと暑いにちがいない。

そのとき聞こえた。ハミングだ。次にへたな歌も。

ゆ、ゆ、ゆ、ゆっくりしろよ、ラ、ラブ……

ジョーは天を仰ぎ、声に出さずに言った。見つ、つ、つけたぞ、シ、シ、シャ、マ、マーズ。

ノックしてもバド・ジュニアが入れてくれるとは思えない。バド・ジュニアはどんな理由であれ逃げだしたのだ。ジョーには管轄権も相当の理由もないため、ドアを破るわけにはいかない。シャマーズのことはよくわかっている。国に対して軽蔑しか抱いていなくても、彼はすぐに憲法で保障された権利を主張するだろう。バド・ジュニアはかつてジョーに言っていた。人々を幸福にするドラッグを売ったり、ケチなやつらの財布のひもをゆるめるためにストリート・パフォーマンスをしたりするだけで、サツは自分をいじめたりブタ箱に入れたりするんだ、と。

では、どうやって自発的に出てこさせる？

ジョーは下の〈ストックマンズ・バー〉の物置の中の様子、ブレーカーや水道管の位置を思い出し、微笑した。

電気と水のない二十分間を過ごしたあと、シャマーズは出てきた。ジョーは〈ストックマンズ・バー〉とドラッグストアのあいだの歩道に立ち、ドアのすぐそばで待っていた。二階のドアが開く音が聞こえ、バド・ジュニアが吹き抜けにブレーカーと水道管のバルブがないかと探しているあいだ、さらに二分間待った。

とうとう、罵り声と階段を下りてくる重い足音が聞こえた。シャマーズは電気と水が止まったことでティンバーマンを罵っていた。ジョーは脇にどいた。

ドアが開き、バド・ジュニアはジョーがレンガの壁に寄りかかっている後ろを振りかえらずに、出てきた。

ジョーは声をかけた。「シャマーズ」

バド・ジュニアは動きを止め、それから叫び声を上げてすばやく方向転換をしようとしてよろめき、よごれたセメントの上に倒れこんだ。「死ぬほど驚かせやがって」彼はジョーに言った。「あんたがおれの電気を止めたのか?」

「久しぶりだな」ジョーは手を貸してシャマーズを立たせようとした。

だが、バド・ジュニアは最初手をとろうとはしなかった。やがて、ため息をつき、ジョーに引っ張られて立ちあがった。あいかわらず、彼は不機嫌で横柄だった。バド・ジュニアはジョーより十センチほど背が高く、筋肉質だ。それでも、ジョーはバド・ジュニアと表通りのあいだに立ちはだかった。通路は狭いので、バド・ジュニアがジョーを避けて表通りへ行くのはむずかしい。

「どうしていた?」ジョーは尋ねた。

「元気だ。元気だよ。なあ、また会えてうれしいよ、ジョー。だけどおれは急いでるんだ」彼は相手が脇に寄るかどうか確かめるために一歩踏みだしたが、ジョーは動かなかった。バド・ジュニアはにらみ、きっと口を結んだ。

「お父さんのアパートの鍵をどこで手に入れた？」

「どこだと思う？　おれは押し入ったりしてないよ、責めてるつもりならね」バド・ジュニアは言い訳がましく言った。「それに、電気や水道を止める権利があんたにあるのか？　ひどいやり口だよ」

「それじゃ、バドが鍵を渡したんだな？」

バド・ジュニアはズボンとシャツについた土を払った。「悪いか？　なんてったっておれは息子だよ」

「父親を憎んでいるのかと思っていた」ジョーは答えた。「そう言っていたじゃないか、ああ、千回も」

バド・ジュニアは無言だった。

「葬式に黄色いヴァンで来ていたのはきみか？」

「そうかもな」シャマーズはジョーと目を合わせようとしなかった。

「敬意を表するためにきみがあそこへ行ったとは信じられない」

「むしろアールの墓につばを吐きかけてやりたいくらいさ」

「バドはどこだ？」

「なに？」

「彼を探している。話をしたいだけだ。きみは、ミッシーにかけられた容疑と父親が重要証人であることを知っているはずだ。バドがどこにいるか教えてくれないか？どこで鍵を受けとった？」

バド・ジュニアはジョーの向こうのメイン・ストリートを見た。「ほんとうに行かなくちゃ。悪いが、あんたとぐずぐず昔話をしちゃいられないんだ」

バド・ジュニアが自分を追いはらおうとしている様子、視線を避けている様子が、ジョーは気に入らなかった。バド・ジュニアが押しのけようとしたとき、彼は正面に立ちはだかった。

「おかしいな」ジョーは言った。「なにを隠そうとしている？」

「なにも。そこをどいてくれ。おれには権利があるんだ。逮捕するか、さもなきゃどきやがれ」

「きみは父親を憎んでいた。牧場を憎んでいた。この町を憎んでいた。ワイオミング州を憎んでいた。なぜいまここにいる？」

「人は変わるもんだ」

「きみは変わらない」

「なあ」バド・ジュニアは訴えるような口調になった。「もう行かないと。おれは自分の権利を知ってる。ここで足止めさせたりくだらない質問にむりやり答えさせたりすることはあんたにはできない、知ってるんだ」

「なぜ変装している？　なぜふつうの男みたいな格好をしているんだ？」

「くそ寒いから。それだけだ」バド・ジュニアはジョーと視線を合わせた。「おれはあんたも憎んでたよ。ダドリー・ドゥ－ライト（テレビ漫画に出てくる単純で間抜けな騎馬警察隊員）の貧乏白人。それにつまらなくて平凡な家族もね。あんたみたいなやつは……」バド・ジュニアは唇を震わせて間を置いた。

「言えよ」ジョーはたんたんと促した。バド・ジュニアの考えなしの罵詈雑言をさんざん聞いてきたので、自分がショックを受けていないことにショックを受けた。バド・ロングブレイクの息子は自分の感情をなんの抑制もなくべらべらしゃべってしまう。頭に浮かんだことはなんでも言葉にする。ジョーは彼を無視し、かかわりを持たずに無関心でいるすべを学んでいた。口を閉じていられないバド・ジュニアによってずいぶん傷ついてきたが、自分が言ったこととそれが他人から引きだす反応を結びつけることが、バド・ジュニアにはまったくできないようだった。いまでもそうだ、とジョーは思った。

「あんたたちはおれの家族の牧場に住んで、ミッシーばばあと同じようにおやじを利用してきた。おれと姉貴をあんなふうに閉めだして、おれを遠ざけた……」

「おれはきみを助けようとしたんだ」ジョーは歯をくいしばった。「お父さんの頼みで、生活のために働くのがどういうことか教えようとした」

「あほか」シャマーズは目をむいた。「そんなわけあるか」

シャマーズを目にするとき、赤いマントのように下りてくる怒りのフィルターの向こうを見透かすのはむずかしかった。「上で歌っていたのはだれの歌だ？」

「なに――デス・キャブ・フォー・キューティ（アメリカのロックバンド）か？」

「デス・キャブ・フォー・キューティ？」

「ああ」

「おれは好かない」ジョーは手をのばしてバド・ジュニアの耳をつかんだ。

「なぜここにいるのか言え」ジョーはぎゅっと耳をひねった。脳裏に、自分にかけられそうな容疑がいくつも浮かんだ。たくさんある。しかし、どんな理由であれ、警察と話すのを避けるためならバド・ジュニアはなんでもする印象を受けた。

「痛いじゃないか」バド・ジュニアは叫び、ジョーの手をつかもうとした。ジョーはブーツの先でシャマーズの向こうずねを蹴りつけた。バド・ジュニアは金切り声を上げてうずくまった。

「この技は友人から習ったんだ」ジョーは言った。「ネイト・ロマノウスキを覚えているだろう？　さあ、おれの知りたいことを言え。さもないと耳をねじ切るぞ。耳が引きちぎられるのを二度ばかり見たことがある。鶏の手羽をもぐときのようなパチンという音がするんだ。あの音は知っているな？　自分の耳の内側から聞いたらさらにひどい音だろう」

「頼むよ……ジョー、あんたらしくもない」痛みのあまり、彼は目に涙を浮かべていた。

ジョーはうなずいた。自分らしくない。構うものか。彼は耳をねじった。バド・ジュニアは口を開けて叫ぼうとした。

「大声を出すな」ジョーは命じた。「出せば、耳をなくす。そしてそのときは、引きちぎれる耳がもう一つ残っている。耳が二つなくなったら、デス・キャブ・フォー・キューティを聞くのはかなりむずかしくなるな」

シャマーズは口を閉じたが、胸の奥からしわがれたような音を発した。

「どうしてここにいるのか話せ」

「家に帰りたかったんだ」バド・ジュニアは吐き捨てるように答えた。「た、た、ただ家に帰りたかったんだ」

ジョーはあっけにとられた。「だが、きみには家はない。バド・シニアは牧場を失った。知っているだろう」

「うう、うう、うう、うう」バド・ジュニアはうめいた。

「おれたちはきみのお父さんを利用したりしなかった。ミッシーは利用した。きみも利用した。だが、おれは彼のために働いていたんだ」

「うう、うう、うう、うう、うう」

「さあ、どこへ行けばお父さんを見つけられる？」ジョーは圧力をかけ続けた。

「あんた、ほんとに知らないのか？　ほんとに？」

「どうしてここにいるのか話せ」

シャマーズは鋭い声で叫んだ。「自分のものをとりもどすためにだ」

「きみのものはもうなにもない」だが、シャマーズの目に尋常ではない熱意――前には見たことのない熱意――を見て、彼に人が殺せるだろうか、あるいはせめて父親に手を貸せるだろうか、とジョーは思った。そんなふうにこの男について考えたのは初めてだった。

「全部話すんだ」とバド・ジュニアに命じたあと、ジョーは視界の隅に動きをとらえた。視線を上げると保安官事務所のＳＵＶがドラッグストアとバーのあいだの道の前を通り過ぎるところだった。ハンドルを握っているのはソリスだ。見られたか？

ジョーは思わず耳をつかんでいた力をゆるめた。シャマーズは突然解放されたこのチャンスを目いっぱい利用した。すわっていたゴミだらけの通路の上で、手を後ろに引くと大振りのフックを全力でジョーのこめかみに叩きつけた。この打撃でジョーはシャマーズから手を離し、よろめいた。バド・ジュニアはなんとか立ちあがってふたたびパンチをくりだし、ジョーのあごを捉えて倒した。ハッキー・サックで鍛えた足の攻撃からジョーは顔を守ろうとしたが、バド・ジュニアの勢いには憤怒と絶望で火がついており、手痛い蹴りを五、六回くらった。転がると、背中を二ヵ所激しく蹴られた。一ヵ所は背骨沿いで、もう一ヵ所は腎臓のそばだった。ようやく気をとりなおしてもがきながら四つん這いになったときには、シャマーズは逃げたあとだった。

ジョーはその姿勢のまま長いあいだ動かなかった。頭と顔がずきずきしていた。ショックが薄れていくにつれて、蹴られた腕、肩、首、背中があらためて痛みはじめた。

うめきながら、なんとかレンガの壁に寄りかかり、這いずるように体を持ちあげて、二本の足で自分を支えられる状態になった。血が出ていないかと頭をさわったが、大丈夫のようだ。ソリスがまた車で戻ってきて自分を見ないように、心の底から願った。だれにも見られたくなかった。

よろよろしながらピックアップへ戻り、まるで別人の、たぶんネイトのものであるかのように、自分の右手を――バド・ジュニアの耳を引きちぎりかけた手を――見た。

バド・ジュニアは狂ったように闘った。自己防衛のため、そして自分を守ろうとするジョーの本能よりも強かった彼の内部のなにかのため。ジョーはバド・ジュニアにある意味で感心する一方、自分のとったやりかたと、油断して反撃されてしまったことを恥ずかしく思った。

自身に腹をたてながら、ピックアップに乗りこんだ。バックミラーでわが目を見つめ、こちらを見返しているのはだれだろうと思った。

十分後、また声を出せるほどには回復したと感じ、ポケットから携帯を出した――壊れていなかった――だが、メアリーベスにかけようとしたとき着信があった。表示画面を見ると、妻のほうが彼を呼びだしていた。

「おれだ」しわがれた声で出た。

彼女は一瞬黙った。「ジョー、大丈夫?」

「もちろん」

「声が変だけど」

彼はうなった。

「ねえ、急いで電話しなくちゃならなかったのよ。〈ロープ・ザ・ウィンド〉という会社にはほんとうにいかがわしいところがある。午後ずっとネットで調べていたんだけど、目の前の疑問に対する答えが見つからないの」

「たとえば?」シャマーズに蹴られた背中が痛み、ジョーは座席の上で体をずらした。以前肋骨を折ったことがあるので、今回そこは無事だとわかっていた。全体として問題はなさそうだが、どこかが傷ついたり損傷を受けたとわかるのは、しばらくしてからだろう。

「州の文書局のサイトで、最初に会社設立を申請したときの書類を見つけたわ。五年前、アールは経営陣に入ってはいなかった。五年は、風力エネルギー会社にとって永遠にも等しいわ。五年前なんて、大昔よ。

会長で最高経営責任者《CEO》は、オリン・スミスという男。住所はシャイアンの私書箱になっているわ。だから、もちろん次の段階はオリン・スミスがどういう男か、彼はアールと関係があったのか、調べること」

ジョーはふうむとうなりつつ、先を促した。

「ヒットは何千件もあったわ。そして、ここから話がおかしくなるのよ。オリン・スミスはワイオミング州で設立された何百もの会社の会長でCEOなの。〈ロープ・ザ・ウィンド〉のようなエネルギー産業から、わけのわからない〈プレイリー・エンタプライズ〉〈ビッグホーン・マニュファクチャリング〉〈ロッキー・マウンテン・インターネット〉〈カウボーイ・クッキー〉まで……ありとあらゆる会社を持っているの」

「二つばかりは聞いた名前のような気がする」

「わたしも。でも、ほんとうに変なのはこういうことなの。いま挙げたのはたんなる社名。聞いたことのある会社みたいだけど、じっさいは存在しないのよ」

　ジョーは首を振った。「なに？」

「どの会社もなにも作っていないみたいなの。設立後、なんの記録もない。名前だけで、たんにあるというだけ」

「わからないな」

「わたしもよ。理解できない。そして、いったいなぜアール・オールデンがここに登場してくるのかも」

「もしかしたら、見当違いの方向を調べているのかもしれないぞ。どんな陰謀にもつながってくるとは思えないよ」

「そうね。でも、一つだけ興味深いことを見つけた」

「なんだ？」

「オリン・スミスの居所はわかると思う」

「早く教えてくれ」

「シャイアンの連邦留置所よ。グーグルで名前をサーチしただけでどれだけの事実がわかるか、驚きね」

「容疑は？」

「ええと」メアリーベスがキーをたたいている音がした。「証券詐欺、投資アドバイザー詐欺、郵便詐欺、電話詐欺、非合法活動推進のための国際的マネーロンダリング……その他もろもろ。全部で十一よ」

「どこが彼を勾留しているんだ？」

「ＦＢＩ」

「よし」ジョーはメモをとっていたペンを置いた。「あそこには貸しのあるやつがいる」

　切る前に、ジョーは言った。「お母さんに、バド・ジュニアが町に戻っているのを知っているか聞いてみてくれ。ミッシーはなにか隠していると思う」

「バド・ジュニア？　シャマーズのこと？」

「ああ。町でばったり出くわしたんだ。残念ながら見失ってしまった」

　それ以上のことはあとで話そう。もっとあとで。

「ミッシーがなんと言っているか知らせてくれ」

「いつ家に戻る？」

「戻らない」腫れて傷が見えはじめている頬骨とあごを、彼はバニティミラーで眺めた。「夜を徹してシャイアンまで車をとばして、オリン・スミスに会うよ」

サドルストリングを出て南へ向かいながら、ジョーは携帯の電話帳をスクロールしてチャック・クーン特別捜査官の名前を探した。

26

「さあ、走れ」ネイト・ロマノウスキはジョニー・クックとドレネン・オメリアに命じた。

「頼むよ」ドレネンは懇願した。「こんなことさせられるはずないよ。残酷だ」

「させられるはずない」ジョニーもくりかえした。

ネイトは眉を吊りあげ、低いしわがれ声で言った。「そうか？」

ガスバッグ・ジムの営業場所から東へ一・六キロ、ウィンドリバー山脈の方角へと、彼は黙って二人を歩かせてきた。情報を提供したリーサも一緒だった。指示を受けて二人の名前を聞きだし、身元を突きとめた、黒い髪の女だ。クリームを入れたコーヒーのような肌の色、黒い目、高い頬骨。大きな乳房が白いタンクトップの下で盛りあがっている。背が低く、筋肉質だが形のいい脚で力強くヤマヨモギの野原を歩いていた。足が痛くなるので、ストラップのついたハイヒールはぶらさげて持っていた。

トレーナーが手の合図で猟犬に命令するように、ネイトはジョニーとドレネンを五〇〇ワイオミングエクスプレスの銃の先を振って歩かせていた。太陽は背後で目の高さまで沈んでおり、日暮れまであといくばくもない。四人の長い影がヤマヨモギと乾いたチートグラスの野原にのびている。ジョニー・クックはまだボクサーパンツとブーツをはいただけの姿だった。

「どういう意味だ、走れって?」ドレネンが聞いた。「後ろから撃つ気か?」

ネイトは肩をすくめて答えた。「身分不相応なチャンスを与えてやっているんだぞ。昔からあるインディアンのトリックだ。コールターズ・ランについて聞いたことは?」

「コールターズなに?」ジョニーが聞いた。

「あるわ」リーサが言った。「ブラックフィート族の話でしょう」

「そうだ」ネイトは肩ごしに答えた。そして二人の男に注意を戻した。「十九世紀のはじめ、現在のモンタナ州スリーフォークスでの出来事だ。ブラックフィート族はジョン・コールターをつかまえた、イエローストーン公園を最初に発見した白人だ。彼らは彼をどうすべきか迷った。仲間のジョン・ポッツをそうしたように殺すべきか、裸にして走らせるべきか。そして昔からのインディアンのトリックを使うことに決めたんだ。少し先にスタートさせて、あとから追いかける。彼らが知らなかったのは、コールターは俊足だったことだ。彼は一人だけを除いて戦士たちよりも速かった。川に近づいたとき、ブラックフィート族の一人がコールターに追いついて槍を放ったが、外した。コールターは槍をつかんで追いついた男に向け、刺し殺した。

そのあとコールターは川に飛びこんだ。そしてブラックフィート族が彼を探していた数日間、土手沿いのからまった流木の下に隠れていた。とうとう、コールターは逃げおおせて二、三年かけてなんとか東部へ戻った。最後には、サリーという女と結婚したよ。というわけで、ジョン・コールターはハッピーエンドを迎えた」

「いい話だ」ドレネンは言った。「だけど、こいつはばかげているよ。おれはどこへも逃げないぞ」

ネイトはにやりとしてなにも言わなかった。

「ああ、くそ」ネイトの酷薄な微笑に悪意を読みとって、ジョニーは嘆いた。夕日に照らされた燃えるような綿雲以外は深くやわらかな青の夕空を見上げた。「あのいまいましい鳥を見たときからわかってたんだ……」

ネイトは言った。「おれの鳥じゃない。だが、ちょっと効果的だったたな？」

「あんたの鳥だと思ってたわ」リーサが言った。「あんたの魂みたいなものだと思ってた。あたしたちはそういうことを信じるのよ」彼女の声には、なぜ自分がここにいるかをネイトに思い出させる独特の音楽的な抑揚があった。思い出させてもらう必要など、もちろんなかった。

ネイトは彼女に微笑した。「信じたいなら信じればいい」

「ああ」ドレネンはこぶしを固めて彼女に一歩近づいた。「信じたいものを信じろよ、チクリ屋め。チクリ屋の売女《ばいた》め」

ネイトはリボルバーを持ちあげ、ドレネンは目を上げて大きな銃口を見つめた。体をこわばらせて足を止めた。

「おまえは彼女をリーサ・リッチという名だと思っている」ネイトは低い声で言った。「おれは彼女をリーサ・ホワイトプリュームとして知っている。保留地でおれの恋人の義妹だった。恋人の名はアリーシャだ。おまえたち二人が彼女を殺した」

正体を明かされて、リーサはつんとあごを上げると挑むように、そして誇らしげに両手を腰にあてた。ドレネンはあとじさった。

ネイトはリーサに言った。「どんな男か話しただろう。こいつはきみを好きなんかじゃない。ベッドでこいつを楽しませてやっているときでさえ、こいつはきみを蔑んでいた。楽しませてやればやるほど、軽蔑する。それは、こいつが心の底で自分自身をどう思っているかを如実に示しているんだ。勉強になったか？」

彼女はため息をついたが、ネイトと目を合わせようとはしなかった。「まあね」

「ああ、くそ」ジョニーの口調はさっきよりも悲愴だった。「ドレネン、もう口を閉じておけ」

「だけど、いいか」ドレネンはジョニーに言った。「彼はなにも証明できないんだ。

おれたちが恋人をどうかしたと彼は言っているが、やったのがおれたちだと証明はできない」

「わかっていないな」ネイトは言った。「おれはなにも証明する必要はないんだ。そういうのは流儀じゃない」

ジョニーは尋ねた。「おれたちだって、どうして確信できるんだ？　別のだれかだったらどうする？」

「おまえたちはどのみちおまけにすぎないんだ」ネイトは言った。「正直なところ、おまえたちのような間抜けの二人組をおれによこしたとは、侮辱もいいところさ。そして、あぶないところまで迫られたのには頭にきている。よく聞け、おまえたちは現場に指紋とＤＮＡを残していた。おまえたちが捨てていったビール瓶を法執行機関にいる知人に調べてもらったんだ。ドレネン・オメリアという名前がすぐに挙がった。そのあと、ジョニー・クックという前科者とつるんでいることもすぐにわかったよ」

山道に置いてきたビール瓶をいま思い出したらしく、ジョニーは非難するようにドレネンに向きなおった。

それから、彼はネイトに顔をしかめながら尋ねた。「あんたがあの標的だったんだろ？　どうやって逃げた？」

「おれは洞窟にいなかった。だが、おれの大事な相手がいた」

ドレネンに向かって、ネイトは言った。「どうやらおまえはロケットランチャーの爆風を顔じゅうに浴びたようだな」

「頼むよ」ドレネンは両手をネイトとリーサのほうにさしだして懇願した。「引き金を引いたのはおれじゃない。おれじゃないんだ」

ジョニーは相棒の裏切りへの怒りに顔をゆがめた。そしてジリスの共食いを思った。「おれたちの考えじゃなかった。おれたちは酒で頭がいかれてて、サドルストリングで会った女にこの話を持ちだされた。彼女の考えだったんだ。おれたちを雇い、車であそこへ連れていって、ロケットランチャーを渡した。そして報酬をくれた。おれたちはつまり」――ジョニーは間を置いてふさわしい言葉を探した――「彼女の操り人形だった」

「操り人形か」ネイトはつぶやいた。「その女は背が高く美人で三十代半ばくらいか？　シカゴのアクセント？」空いているほうの手をあげ、人差し指で眉のすぐ上の額に線を描いてみせた。「こんな黒い前髪の？」

「その女だ」ドレネンはすばやく答えた。「名前はパッツィだと言ってた」

「そうだ」ジョニーはまだドレネンに怒っていたが、生き残るための新たな可能性を優先した。「パッツィだ」

「パッツィ・クラインのパッツィか？」

「そうだ！」ドレネンは叫んだ。「そうだよ。だれだか知らないが」

「ばかどもが」ネイトはうなった。そしてリーサに言った。「名前はローリー・タリクだ。二年前、彼女の夫といざこざがあった。彼女が決着をつけたがっていると聞いていたから、いずれなにかあるんじゃないかと思っていた。しかし、どうやっておれの居場所や近づく方法を知ったのか、まだわからないんだ」

「おれたちだって知らないよ！」ドレネンは叫び、ネイトと絆を結んで共感を得ようとした。「おれたちには決して話さなかった。ただあそこへ車で連れていって、こう言っただけだ。『ここにロケットランチャーがあるわ、あんたたち、山道の下のあの洞窟、あれを狙って！』」

ネイトは銃口をジョニーに向けた。「彼女はいくらくれた？」

「たいした額じゃないんだ、じつは。ガスバッグ・ジムのところに一週間いつづけられる程度だよ」

「い、いくらだ？」

「たった一万五千ドルさ」額の少なさのせいで自分たちの罪をけちなローリー・タリクに押しつけられるかのように、ドレネンは答えた。

ネイトは大きく息を吸って一瞬目を閉じた。あまりにも低い声だったので、ドレネンとジョニーは一心に聞き耳を立てた。

「おれのアリーシャをたった一万五千ドルのために殺したのか」

「その女があそこにいるなんて知らなかったんだ……」ドレネンは訴えはじめた。「あのパッツィが、あんたは手ごわいやつだって言った——警察が追っているけど、あんたの隠れ場所がわからないんだって。あんたはパッツィの亭主を殺した、あんたを倒すのは社会のためにいいことなんだって、そう言ったんだよ」

「一、一万五千ドルか」

「なあ」ドレネンは言った。「おれたち、あの女を探す手助けができるよ。もう彼女にはなんの義理もないんだ。あきらかに、おれたちに嘘をついていたんだからな。だれが見たって、あんたはいいやつだってわかる。あんたにおれたちの新しい商売に加わってもらったっていい。なあ、ジョニーが言ったみたいに、おれたちはただの操り人形だったんだ」

ネイトは無言だった。四人の影はさらにのび、その長さはグロテスクなほどだった。太陽はネイトの真後ろに位置しており、ドレネンとジョニーが彼を見るには目の上に手をかざさなければならなかった。

「ちっぽけな男たちの影がこんなに大きいとは興味深いな」ネイトは言った。「話はもうじゅうぶんだ。さあ、走れ」

「なあ、頼むから……」ドレネンは肩を落としていた。

「走れ」

「おれたちはなんでもする。おれはなんでもするから……」ドレネンは訴えた。

「走れ」

ドレネンがまだうめいていたとき、ジョニー・クックは突然きびすを返して駆けだした。足は速く、ドレネンとの距離は早くも十メートルほど広がった。ドレネンはぎょっとして、まずジョニーを、次にネイトを見て、それからすばやく後退した。ネイトを見たまま五メートル離れると、ドレネンは背を向けてできるかぎりの速さで走りだした。

ネイトは二人が遠ざかるのを見つめた。夕日の最後の輝きの中に、彼らは小さなベージュ色のほこりの雲を舞いあげていた。乾いた土を踏む足音と、恐慌をきたした荒い息遣いが聞こえた。

ドレネンはジョニーの少し左側を走っていたが、まだ相棒から二十メートルほど遅れていた。ドレネンが叫んだ。「待てよ、ジョニー……待てったら！」

だが、ジョニーは速度を落とさなかった。

一分後、リーサがネイトの腕を引いた。「追いかけないの？　あいつらを逃がすつもり？」

遠ざかる二人の影は小さく、暗くなっていく。夕日を浴びたウィンドリバー山脈が彼らの上にそびえている。

ネイトは言った。「ジョニーは足が速いが、コールターほどじゃない」

「え？」

ネイトは彼女の前をすばやく左側へ数歩移動した。遠くの男二人はまだ左右に距離がある。ネイトはさらに数歩大股で左へ動き、ジョニーが引き離しているため差はあるものの、ドレネンとジョニーが遠くで一つの影に溶けこむ位置で止まった。

彼は銃を持ちあげると、左手で右手を支えるようにして構えた。両眼を開いてスコープを見て、撃鉄を起こした。

一発の銃声が轟いた。二つの射出口から赤い霧が風に舞った。

二人の死体はラバに蹴られたかのように倒れ、動かなかった。地面にぶつかった衝撃で、そのまわりにさらにほこりが上がった。薄暮の大気中にピンク色の煙が漂っている。

リーサはぽかんと口を開け、目をむいていた。

ネイトはそこまで見にいく必要のないことをスコープで確認した。「ひもが切れた操り人形というところだな」

弾倉を回転させて空薬莢を出し、ポケットに入れると、ソーセージほどの太さの新しい弾薬を空の薬室に装塡した。そして、五〇〇を左腕の下のショルダーホルスターにおさめた。

「この弾は一発三ドルもするんだ」彼はリーサに言った。「その価値もない男たちに一発以上使って無駄にすることはない」

彼女は口もきけずに首を振った。

「おれはシャベルをとってくる、それから消える。シカゴへ行く途中、きみを故郷へ送ってやれるよ」

彼女は拒もうとしたが、相手の表情を見て思いなおした。

九月六日

できるのに犯罪を防がない者は、促すに等しい。

——セネカ

27

ジョーは夜明けにシャイアンの北側の街境に着いた。ずっと州間高速道路二五号南線を走り、車を止めたのはガソリンを補給したときと、キャスパー郊外のノース・プラット川沿岸で二時間仮眠をとったときだけだった。夜のあいだ無線は静かで、だいたいは法執行機関員の任務開始と終了を告げるあいさつだったため、ジョーには考える時間がたっぷりとあった。アール・オールデンの死とミッシーの逮捕について明らかになった事実を総合して一本筋の通ったシナリオを描けないか、本質的に異なるパーツ——風力発電、ボブ・リー、バド・ジュニアの突然の出現——がうまく構図にはまらないか、と考えをめぐらせた。だが、まったく思いつけず、無駄な努力をしているだけのような気がしはじめた。

ダルシー・シャルクやマクラナハン保安官のように、自分もほかのありうるシナリオを犠牲にして一つの理論に固執しているとしたら？　自分も視野が狭くなっているのか？　伯爵の死体を発見して以来ずっと、彼は居心地の悪い孤立した気分だった。ジョーは合法的な――かなりきわどいとしても――捜査ぎりぎりの線で動いてきた。善意から、起訴を阻もうとしてきた。野外では、ほぼ毎日応援なしで動くことに慣れている。今回の場合、いつもある不安はさらに強かった。頼れるのは自分だけで、観客からはブーイングを浴びているような気がした。

だが、ジョーはメアリーベスに約束した。それを破ったりはしない。アール・オールデンには自分が知っている以上の、そして間違いなく郡検事長が知っている以上の背景があることを、彼は疑っていなかった。自分の心もとない本能に従うことが、ミッシーの有罪に疑問をもたらす結果になるかどうか――それはだれにもわからない。

コーヒーが飲みたかった。

ダウンタウンの連邦組織の窓口が開くには早すぎる時間だったので、ジョーは新しいワイオミング州狩猟漁業局本部――やはりまだ閉まっている――のそばを通ってフロンティア・パークの先をセントラル・アヴェニューへ入り、シャイアンの古い市街地の中心へ向かった。コンビニで、発泡スチロールのカップ入りコーヒーと電子レンジで温めたブリトーの朝食を買った。店を仕切っているのは太りすぎのゴス・ファッションの女で、見えるだけでも十ヵ所以上にピアスの穴を開け、腕全体に刺青を入れていた。コーヒーは苦かった。

州議事堂の金色の円屋根は昇りはじめた九月の朝日を浴びて、目もくらむほど輝いていた。二四番ストリートを進んで縁石に車を寄せたとき、スペンサー・ルーロン知事が朝露の光る議事堂の芝生をオフィスの脇の入り口へ大股で歩いていくのを見て、ジョーは驚いた。ルーロンは一人で、頭を垂れている様子からあきらかに深く考えこんでいた。さかりのついたエルクのように脇目もふらず入り口へと突き進んでいる。ジョーは腕時計を見た。六時だ。

彼はピックアップから降り、帽子をかぶってあとを追った。知事が使ったドアは鍵がかかっておらず、ジョーは議事堂に入ってドアは自然に閉まるにまかせた。ワイオミングだけだ、と思った。知事がボディガードもつけずに動きまわり、議事堂のドアが警備員もいない状態で開けっぱなしなのは。

静かな薄暗い廊下を歩きながら、ジョーは帽子をぬいで左手で持ち、標示のないドアをノックした。「おはようございます」

ドアの向こうでルーロンが低く罵り声を発するのが聞こえたが、一瞬後、知事はドアを開けてそこに立った。堂々たる姿で、目を細くして訪問者をにらんでいた。ルーロン知事は大男で血色がよく、もじゃもじゃの茶色い巻き毛は白髪になりかかっている。せっかちでぶっきらぼうで、胸は大きく厚い。以前は連邦検事で、いまは知事として二期目の後半に入っている。何千人もの有権者と名前を呼びあう間柄で、彼らはルーロンを〝スペンス知事〟と呼び、彼の家に電話して（ルーロンの番号は電話帳に載っている）、苦情を申し立てたり熱弁を振るったりする。

ジョーはルーロンのおかげで元通り復職し、給料も少し上がった。ときには悪賢い知事の手法と、たがいの意見の衝突にもかかわらず、ジョーはこの男に深い忠誠心を感じていた。

「おはようございます、知事」ジョーはもう一度言った。

「顔をどうしたんだ？」

「殴られました」

「まさにそうだな」

「早い登庁ですね」

「やっかいな問題が山積みなんだ」ルーロンはデスクの正面の空いた椅子にすわるように促した。「いったいなんだってこんな闇の奥までやってきた？」

ジョーは腰を下ろし、サイドキャビネットの上のコーヒーメーカーからコーヒーをついでくれたルーロンに感謝した。「ここに来たのは囚人を聴取するためです。名前はオリン・スミス。連邦政府の留置所にいます。ＦＢＩとわれらが友チャック・クーンが取り調べている。たまたまあなたを見かけたので、ごあいさつしようと思って」

「ごあいさつね」ルーロンは苦々しい口調で言った。「長くかからないといいが。最近早くここへ来ているのは、東部標準時が二時間早いからだ。つまり、ワシントンの連中はおれたちをコケにしたり、どうやって暮らすべきか口出ししたりするための不断の努力をするにあたり、二時間先行しているというわけさ。連邦政府のあほうどもをやっつけるためだけに、余計に働かなくちゃならん。一日たった六時間の勤務ではもう追いつかないんだ」

半分冗談だと示そうと、ルーロンはちらりと歯を見せておざなりな微笑を浮かべた。「この州の人々におれが選ばれたのは、彼らのために働くためであって、ワシントンの厄介なお荷物連中のためじゃない。だが、こういうていたらくだ、もううんざりしてきた」

「なるほど」ジョーはこの話題を何度となく聞いてきた。みんなが聞いてきた。知事がワイオミング州で記録的な人気を誇っているのは、これが理由の一つなのだ。それと、連邦政府の役人との争いを解決するために、グローブなしの拳闘や射撃コンテストを持ちだしかねない彼の性格も。

「きみはとくに間の悪い日に来た」ルーロンは言った。「保留地やマイノリティの雇用や環境保護なんたらについて、ちょうど新しい連邦法とやらが、こっちの頭にどっさり降りかかってきたところなんだ。電話をかけてあいつらをどなりつけてやらないと」

「わかります」ジョーは言った。

「おれはおれの州を統治したいだけだ。自分の時間のすべてをあののろまどもを罵倒したり訴えたりすることに使うのはごめんだ。あほらしい、マイノリティがなんだかおれは知っている――やつらに教えてもらう必要なんかない。マイノリティというのはな、ワイオミング州で民主党の知事だということだよ、くそ！　まったく、なんだってやつらはおれの人生をだいなしにしてくれるんだ？」

ジョーは思わずくすりと笑ってしまった。

「さて、きみの用事はなんだ？　去年の、山にいた兄弟の一件のなりゆきについて、おれが不満なのはわかっているな。きみのやりかたが気にくわなかったのも」

「わかっています。あの状況下では、自分は最善をつくしました」

「きみがそう思っているのは知っている。だが、おれが望んでいた結末とは違う」そして、知事はがっしりとした手を振ってこの話題を終わらせた。「おれにはもっとイエスマンが必要だ。もっとイエスマンがいてしかるべきだ」ルーロンはにやりとした。「そして、きみのように一人でものを考えて行動する人間は減らすべきなんだ。

いいか、おれは知事なんだぞ」

ルーロンは天井を見上げて両腕を広げた。「神よ、おれの追従者はいずこに？　何人か揃えるために合衆国上院に立候補するべきでしょうか？」

ジョーは鼻を鳴らした。

「狩猟漁業局はじき新しい局長を迎えることになるぞ」ルーロンはいつものようにテレビのリモコン並みの速さで話題を変えた。「彼だか彼女だかとうまくやってくれるといいが。新局長はきみのような自立した行動を許さないかもしれない。つまり、今日は火曜日の朝できみはシャイアンにいる。仕事はどうした？」

「この三連休、ずっと働きづめだったんです」ジョーは言った。「この前調べたら、州はわたしに二十五日分の代休を与える義務がある」

「代休など、ぜったいにきみはとらないな」

「今日と、今週二、三日は例外になるでしょう。わたしはいま別件を調べているんです」

「なるほど。理由があってここへ来たな。なんだ？」

「風です。裏にはなにがあるんです？」

ルーロンは鼻先で笑って天を仰いだ。「どこにでもあるな、そうだろう？　ああいうウィンドファームは？　おれは基本的に考えかたには反対じゃないし、じっさい効率的なコストで生産を上げられる場所も二、三ある。しかし、風力発電事業者はほかのみんなと同じ条件で闘うべきだ。ああいう連中の多くはおれの脇腹に刺さった棘みたいなものだ、もうじゅうぶんだっていうのに。彼らは見渡すかぎりの丘や稜線の上に風力タービンを建てたがっている。しかし、なんといってももっとペースダウンするべきだ、われわれが規制できるようになるまで」知事はかぶりを振った。「かつて、ワイオミング州はクラス5、6、7の強風に呪われていると思っていた。ところがいまは、風に恵まれているのだとわかった。だが、とにかく、もっと規制が必要だ。だれもが窓の外にああいうものを見たがっているわけじゃない。この二、三年で、われわれはみんな〝景観〟という言葉を学んだ。だが、理解させなければならないのは、ああいう風力タービンの真下に石油やガスや石炭やウランが埋まっていて、必要なのに掘るのを許されていない状況で、なぜあのタービンの列をおったてているのかだ。ああいった風車を建てる理由は、現実より願望にもとづいた思考と政策であって、必要からではないとしたら。まったくわれわれはなにをしている？」

ジョーは〝ただの猟区管理官なので〟というふうに肩をすくめてみせた。

「きみが知りたいのはそういうことか？」ルーロンは尋ねた。

「それもですが、とくに腑に落ちないのはわたしの地区でおこなわれている〈ロープ・ザ・ウィンド〉の事業です」

ルーロンはすわりなおして腹の上で指を組みあわせた。彼の腹は、ジョーが最後に見たときよりもさらにせり出していた。「わかった。きみの義父の件だな」

「一部は」

「ほんとうにタービンのブレードから吊るされていたのか？」

「ええ。わたしが死体を見つけました」

「なんと」ルーロンは戦慄が走ったかのように身じろぎした。「ひどい死にかただ。これが流行にならないといいが」

「たいへんすぎる。たいていの犯罪者はあんな手間をかけるのをいやがりますよ」

「きみの義理のお母さんによろしく伝えてくれ」ルーロンは眉を吊りあげた。「最大の寄付者の一人を第一級殺人罪で失いたくはない。その手のスキャンダルは見栄えがよろしくない。ありがたいことに、おれの任期は残り少なくなっているし、ばかな共和党員がおれを引きずりおろすためにこの件を使うこともないだろう……だが、話がそれたな。おれの理解しているところでは、〈ロープ・ザ・ウィンド〉はワイオミング州で最大の単独民間風力発電事業になるはずだった。タ、ー、ビ、ン、百基だぞ！　だが、この殺人事件で事業は暗礁に乗りあげたというところだな。そして、きみは目に見える以上のものが今回の件にはあると思うのか？」

「おそらく」

ルーロンは首をかしげた。「きみと義理の母親の見解が一致することはめったにないと思っていたが。なぜ助けようとする？」

「彼女を助ける、というわけじゃない、じっさいはそうなんですが。わたしの妻が……」

「それ以上言うな」突然知事は大笑いした。「この件できみに話せることはあまりない。州はかかわっていないんだ。完全に地主と電力会社と連邦政府のあいだだけで話が進められた。州の土地は含まれていないから、われわれはずっと蚊帳の外だった」

「そうじゃないかと思っていました」ジョーは言った。「じつは、次の月曜に裁判が始まるんです」

ルーロンはすわりなおした。「ずいぶん早いな」

「ヒューイット判事が――」

「ヒューイットか」ルーロンはジョーに続きを言わせなかった。「郡検事長だったころ、おれは何度か彼の前で裁判を経験した。一度、彼に歌わせられた。じっさい、歌を歌わせられたんだ。だが、それはまた別のときに話そう。あの男は現実主義者だよ」

「彼はアラスカでドールシープの狩猟許可をとっている。シーズンが終わる前に、裁判を終わらせたいんです」

ルーロンは声高に笑った。

「だから、なにか裏があるとしても、それを調べるのに一週間もないというわけです」ジョーは苦々しく続けた。

「風力発電ラッシュにも通じる勢いだな。コントロールがきかず、動きが速すぎてだれもついていけない。常軌を逸した計画に自己満足するためにわざわざエネルギー政策を変えるにあたり、ほかの国ではどうなったかをだれも立ちどまって見ようとはしない。雇用は失われ、景気は悪くなり、どの国も完全にあれからは手を引いている。ところがこの国はどうだ、まったく！」ルーロンはデスクを乗りこえてきそうな剣幕だった。「風力発電のせいで奇妙な仲間意識が生まれた。従来の化石燃料業界はあれが憎くてたまらず、昔からの敵と手を組みだしたんだ、環境保護団体と。地主の一部は風車が気に入り、一部は嫌った——支払いを受けるのがだれかによるんだ。連邦政府はわれわれの頭ごしに動いている、なぜならそれが新しい政策だからであり、経済的にメリットがなかろうが、州が関心を示そうが、どうだっていい。それに、とんでもない額の連邦政府の金がつぎこまれている……じつにばかげた事態に突き進んでいるぞ」

「お時間をとってすみませんでした」ジョーは立ちあがった。「背景を教えていただいて感謝しますが、あなたがお忙しいのはわかっている」

ルーロンはまぶたの厚い目で値踏みするようにジョーを見た。「会えてよかったよ、ジョー。いまでもおれはきみを信頼できる男だと思っている、あんなことがあってもな」

「ありがとうございます」

「きみとおれ、その関係は終わっていない。おれにはまだ任期が二年残っている、またきみに連絡する必要も出てくるかもしれない。新しい局長が決まったら、その点を協議しておくつもりだ。おれが頼んだら、応えてくれるか？」

ジョーはためらってから返事をした。「もちろんです」

「それがきみの許容範囲内ならば、だな」ルーロンは皮肉な口調で言った。「〈単純で間抜けな騎馬警察隊員はなにをするべきか《ホワット・ウド・ダドリー・ドウ・ライト・ドウ》？〉と記したバンパーステッカーをつけるべきだぞ。縮めて〈ＷＷＤＤＲＤ〉だ。じつにふさわしい」

ジョーはうなずいた。「自分がそう呼ばれたのは、この二日間で二回目です」

「当たっているのかもしれないな。しかしまあ、そこがきみを好きな理由の一つでもある」

ジョーは肩をすくめた。

「だが言ったように、おれには将来もっとイエスマンが必要だ」

「残念です」

「じゃあな、ジョー。素晴らしいご家族のみんなによろしく伝えてくれ」いつもの出ていけという合図だ、とジョーは思った。いままで、まるで天気の話でもしていたかのようだ。

「知事のご家族にもどうぞよろしく」

「協力するようにクーンに言え。さもないと、おれから連絡がいくとな。やつは、おれからの連絡が好きじゃない」

「ありがとうございます」


FBI特別捜査官チャック・クーンは言った。「ああ、やつをつかまえているよ。だけど、なんでぼくがあんたをオリン・スミスに会わせなくちゃならない?」

「言っただろう」ジョーは説明した。「いま調べている事件の手がかりを彼が与えてくれるかもしれないんだ。おれの知るかぎり、そもそもきみたちが勾留している理由とは関係のないことだ」

シャイアンの連邦政府センターの三階にある長い会議テーブルに、彼らは二人だけですわっていた。建物に入るために、ジョーは武器、携帯電話、鍵、金属製品を一階のセキュリティ・ゲートのロッカーに預けなければならなかった。チャック・クーンに会うときと、けさ知事と面会したときの対照的な違いを、ジョーは思わずにはいられなかった。

「顔をどうしたんだ？」クーンは尋ねた。

「意欲的な怠け者とトラブルになった」ジョーは答えた。

「そんな人種がいるのかよ」

「おれも知らなかった」

「ネイト・ロマノウスキと最後に会ったのはいつだ？」

クーンがさりげなくそれをすべりこませたことに、ジョーは苦笑を抑えた。

「一年も会っていないよ。じつは、いま彼がどこにいるか知りたくてな」

「それをぼくに言うなよ。まったく、ジョー。こっちはまだ彼を追っているんだ、わかっているだろう」

ジョーはうなずいた。

クーンはまだ少年らしさを残していたが、短く刈った茶色の髪には白髪がまじりはじめていた。前任者が官僚組織のはしごを上って以来、シャイアン支局をまかされてきた苦労からだろう。クーンはどうがんばっても連邦捜査官に見えてしまうな、とジョーは思った。白いシャツの上にサイズの合っていないスポーツジャケットを着て、ネクタイを締めている。シャワーを浴びるときも、子どもたちと遊んでいるときも、身分証明書をひもで吊るして外さないようなタイプだ。ジョー自身の体験と州内のほかの法執行機関から聞いた話では、クーンはプロの仕事をし、名誉を重んじる男だ。遠くにいるＦＢＩ長官の下で働いているのは間違いないが、支局長としてのこの二年で、ごちゃごちゃと管轄が重なりあうワイオミング中の無数の不仲の町や郡や州や連邦政府機関と、彼は関係を築いてきた。ジョーはクーンが好きだったし、角を突きあわせていないときは、二人で家族のことやクーンの新しい趣味であるアーチェリーについて話したりする。

「で、なぜスミスは勾留されているんだ？」ジョーは尋ねた。

「投資詐欺容疑だ。あんたが聞いていないとは驚きだよ。この二年、まさにここシャイアンで派手にやってくれた。一種のハイテク・ピラミッド方式さ、財産を税金でとられたくない投資家を、自分の計画に投資しろと説得したんだ。合法のオフショア企業を通じて金《きん》や不動産などの有価資産を買う方法を開拓した、とスミスは公言した。そうすれば現金を政府から守れるし、同時にドルが下落した場合に損失回避ができると、投資家を説きつけたんだ。なかなか洗練されたやり口だよ」

ジョーはうなずいた。

「最近はこういうペテンが急増していてね。金持ちは怯えはじめている。一部は、五十パーセントの所得税を払わずにすむならなんでもする気でいるよ。だから、オリン・スミスのような輩《やから》の話を聞くと、分別をかなぐり捨てて無謀な行為に走るんだ」

「それで、オリン・スミスはちゃんと分配金を払っていたのか？」

「最初はね」クーンは認めた。「典型的なバーニー・マードフ（自身の証券会社を通じて三十年にわたる巨額の金融詐欺事件を起こした）型の詐欺だが、ひとひねり加えてある。資産保護のために初期に出資した数人の金持ちは、たしかに金《きん》の値上がりなどによる分配金の小切手を受けとった。すると、彼らは仲介手数料目当てで友人たちにスミスからキックバックを受けたと話した。ところが、金持ちたちがどんどん彼に現金を送るにつれ、初期の出資者たちへの分配金の額は減っていき、あとからの出資者たちにはゼロだったんだ」

「ひとひねりとは？」

クーンは嫌悪と賞賛のいりまじった様子で首を振った。「マードフと違って、スミスは決して公明正大なふりはしなかった。自身のウェブサイトやメールで、自分はシステムから外れたところで活動していると自慢していた。それによって、自分と投資家たちは自由な事業経営を守るという高尚な行為をしているんだと、主張していたんだ。彼は〝資本家階級のストライキ〟と呼んでいた。オリン・スミスに出資した人々は、彼が証券取引委員会にもどこにも報告しないだろうと知っていたんだ。最終的には、もし税率が下がるときが来たら、投資家たちは彼に自分たちの資産を売却して現金を戻すように指示する、そういうことだ。オリン・スミスにとって、しばらくのあいだはうまくいっていたわけだ」

「では、きみたちはどうやって彼をつかまえた？」ジョーは聞いた。「非合法的な行為に手を出していたと認めることになるから、だれも彼を突き出そうとはしないわけだろう？」

「当ててみろよ」

ジョーはちょっと考えてから答えた。「離婚か」

「当たり《ビンゴ》。モンタナ州在住の若い美人妻と七十歳の夫が別れた。メンバーがみんな大富豪の高級スキーリゾートを二人は共同で所有していて、妻は全財産の半分を望んだ。夫が財産のほとんどをスミスの会社に投資していたことを知ったとき、彼女は頭にきてモンタナ州の連邦捜査局に通報したのさ。ＦＢＩはなんなくファイアウォールの壁を突き破ってＩＰアドレスをたどり、このシャイアンに行き着いた。そして、ほどなくだれのしわざか突きとめた、オリン・スミスはここで何年も詐欺をくりかえしていたからな」

ジョーはすわりなおした。「わからないな。その男は数百万ドルの価値がある合法的な風力発電会社のトップでもあったというのに。一方で、彼はきみたちのレーダーにしばらく前から引っかかっていたわけか」

「で、彼に面会したいのか？」クーンは聞いた。

「そのためにここへ来たんだ」

「ぼくも立ち会うよ。もし話したがらなければ、それまでだ。あと、彼は弁護士の同席を要求するかもしれない。その場合、あんたには待ってもらわないと。それから、質問が不適切な領域にさしかかったら、ぼくがストップをかける。いいね？」

ジョーは顔をしかめたが、選択の余地はなさそうだ。「わかった」

28

ネイト・ロマノウスキは、ジャクソンホール空港の長期用駐車場の空きスペースにジープを入れて、腕時計をチェックした。午前十時三十分。

グランド・ティートン山脈のノコギリの歯のような稜線が西の地平線を独占している。よく晴れた涼しい日で、空気はぴりっとしていた。ティウィノットとグランド・ティートンの二つの高峰の頂はうっすらと雪におおわれていた。スネーク川沿いの谷間に茂るハコヤナギとナナカマドはすでに金色に黄葉している。ハイウェイでは、ヤマヨモギの平原から迷いこんできた牡のムース二頭がアスファルトを横断しており、交通渋滞を引きおこしていたが、ネイトはたんに迂回して溝を通って進んだ。国立公園内にある唯一の空港であるため、途中の景観は素晴らしいものだったが、彼は何度となく見てきたし、心はほかのことで占められていた。

バイザーを下ろして、小さな鏡に映る自分を見た。画家が、完成か、あるいはさらに修整が必要か、自分の作品を見きわめるように。映っているのが自分だとはほぼわからなかった。髪は黒く染めて短く刈ってあるし、目はカラーコンタクトで茶色になっている。流行の黒縁のほっそりしためがねをかけ、チョコレートブラウンのジャケット（襟には乳がん検診推進のシンボルであるお決まりのピンクリボンが留めてある）、黒のポロシャツ、チノパンツという服装で、新品の軽量ハイキングシューズをはいている。完璧なジャクソン人種に見える、とネイトは思った。ジャクソン、アスペン、ヴェイル、サンヴァレーといったリゾートタウンの通りに、ぴったりと馴染むはずだ。西部の山岳リゾートのあちこちに別荘を構えている、政治屋やヘッジファンド・マネジャーやハリウッドスターのように。

座席の下の金庫に五〇〇ワイオミングエクスプレスを隠し、新しい財布をチノパンツのバックポケットに入れ、黒革のパスポートをジャケットの胸ポケットにおさめたあと、ネイトはオーストラリア風のつばのある帽子をかぶった。あまりにも本物らしく見え、彼は自分を殴り倒したい衝動を我慢した。

カウンターの向こうの金髪をドレッドロックにしたチケット係は、次のフライトでシカゴへ行きたいと彼が言ったとき、ろくに目を上げもしなかった。彼女は身分証明書を見て言った。「ミスター・アビー、午後一時三十六分発のユナイテッド四二六便に空席が一つあります。こちらですと、デンヴァー乗り換えでシカゴに午後七時十四分にお帰りになれます」

「けっこう」彼は言った。

「お預けになる荷物はありますか？」

「いや。この手荷物だけだ」

「今日はクレジットカードのお支払いで？」

「現金で」

百ドル札を八枚渡したときも彼女はほとんど顔を上げず、四十ドルの釣りをよこした。

チケット・プリンターが音をたてて、彼女はイリノイ州シカゴのウェスト・サニーサイド・アヴェニュー二九三四に在住のフィリップ・アビーにチケットや身分証明書を渡した。

チケット係と同じく退屈そうに見える白い制服の運輸保安局職員がいるセキュリティのほうへ、彼はゆったりした足どりで進んだ。リゾートタウンではありがちな勤務態度だ、と彼は思った。働かなければならない人間がみんな、シフトを終えて外へ行き、ハイキングなり、マウンテンバイクなり、スキーなり、自分の趣味を楽しみたくてうずうずしている。彼らは仕事をするふりをしているだけで、その仕事はたんに余暇を過ごす資金を稼ぐためだけに存在しているのだ。雇われている会社や住んでいる地域社会に対して、なんの愛着も持っていない。チケット係に航空会社の中で出世する野心はないし、運輸保安局の職員は、郵便局の雇用がいっぱいだったというだけの理由でそこにいる。

彼が何者か、どんな外見かにだれも関心はなく、毎日空港を利用する大勢のエリートたちは施設内の下級職員と親しくなろうなどとは思っていない。不審を招かずに到着ないし出発するには、このあたりで最高の空港だ。

それに、シカゴに早く着ける。

フィリップという名前は『タカ狩り』の著者であるフィリップ・グラシアからとった。無人島に持っていく十冊を選んだときに入れた一冊だ。アビーは政治的諷刺小説『爆破――モンキーレンチギャング』の著者エドワード・アビーからで、これもかつて十冊の中に入れたが、さんざん世の中を見てきたいまなら別の本を選ぶだろう。たぶん孫子の兵法書になる、ただ偽のパスポートに使う名前としては最適とはいえない。

彼は孫子の兵法の二つを思い出した。

不意を突いて襲え、意外な場所にあらわれろ。

そして……

最初から武器を用意していけ、だが敵からも奪え。

ウェスト・サニーサイド・アヴェニューの住所は汚職で逮捕されたイリノイ州前知事、ロッド・ブラゴジェビッチのものだ。これを採用したとき彼はにやりとした。

ＦＢＩの監視リストに載って以来、ネイトは定期便の飛行機に乗ったことはないし、二度と乗らないと誓っていた。大いに賞賛されている合衆国空港の面倒な警備対策については耳にしており、金属製品や百ミリリットル以上の液体容器を荷物に入れないようにした。職員が過去の残滓である有効期限切れ間近なパスポートをチケットと照合したあと、彼はスムーズにセキュリティを通過した。かつて違う名前のパスポートを十通発行され、まだあと二通予備として持っている。現金でチケットを買った自分に職員が質問をしてくるかもしれないと思っていたが、ノーチェックだったので驚いた。さいわい、職員たちは孫たちを訪ねる八十代半ばの女性が、シャンプーの大瓶を化粧ポーチに入れて機内に持ちこもうとしていた問題にかかりきりだった。

手荷物をひざの上に、フィリップ・アビーならそうしそうなのでブルートゥースのイヤフォンを耳に、彼は一人で出発ロビーにすわった。陽光の角度で変化するティートン山脈の景色を眺めた。乗る予定の機が着陸すると、降りてきた乗客たちがぞろぞろと出口を通ってくるのを眺めた。みんな金持ちの白人で森や山が好きらしく、楽しそうに話したり、隣の席だった客たちに谷間にある自宅の方角を巨大な窓ごしに指さしたり、着陸したとき遠くのハイウェイに見えたムースの噂をしたりしている。すでに携帯電話やブルートゥースでどこかへ連絡をとっている者たちもいる。

彼はため息をつき、シカゴへ向かうためにフィリップ・アビーのふりを続けた。

29

「わたしはあなたになにも約束はできない」ジョーはオリン・スミスに言った。連邦ビルの地下の聴取室で、二人は小さなテーブルをはさんですわっていた。

「だったら、なぜわたしはここにいるんだ?」スミスは低い声で言った。「クーン捜査官は、あんたが調査中の事件について——なんだか知らないが——わたしがなにか知っているかもしれないとしか言わなかった」

部屋は狭くて息苦しく、壁はお決まりのライトグリーン、照明は眩しすぎるほどだ。室内にはジョーとオリン・スミスだけだが、南側の壁のマジックミラーの向こうにクーンがいることは二人とも知っていた。天井の対角線上の隅に、赤いライトが点滅する二台の監視カメラが設置されていることも。

スミスは疑わしそうにジョーを見た。「狩りや釣りをしたことはいままで一度もないんだ。野外に行くのさえ好きじゃない。熱いシャワーも冷えたカクテルも水洗式トイレもない場所へ出かけていく意味がわからないんだ。わたしに言わせれば、キャンプなんて蚊に食われにいくようなものだよ」

「そこがはっきりしてよかった」ジョーは言った。「だが、これは狩りにも釣りにも関係のない話なんだ」

「だけど、あんたは――猟区管理官なんだろう？」ジョーの制服の袖のワッペンを読んで、スミスは聞いた。

「そうだ」

「来るビルを間違えたんじゃないか？」

「いや」

オリン・スミスは六十代半ばで、カリスマ性や自信を示すオーラはなにも感じられなかった。背が低く、まっすぐな鼻と決して一ヵ所に長く留まらない傷ついたような目の、軟弱そうな容姿。皮膚は羊皮紙のように薄く青白い。昔のにきびの痕が頰と肉づきのいい首に残っている。囚人用のオレンジ色のジャンプスーツを着て、ひものないボートシューズをはいている。スミスがほかの囚人と違っている点は二つある、とジョーは思った。髪はのばして後ろに流しているが、大きすぎる耳を隠すためにレイヤーをつけたカットには金がかかっている。そして歯は、二連の真珠を思わせる完璧な人工歯冠だ。

「わたしの質問はあなたがいま訴えられている事件とは無関係なんだ」ジョーは言った。「興味があるのは、あなたのもっと前の人生だ。〈ロープ・ザ・ウィンド〉という会社を持っていたころの」

その名前を聞いて、オリン・スミスは軽い電気ショックを浴びたかのように身震いしたが、すぐに落ち着きをとりもどした。

「わたしはたくさんの会社を持っていた」スミスはようやく言った。

「そこから始めよう」ジョーは胸ポケットから小さなスパイラルノートを出した。

「協力して質問に答えてくれたら、わたしにできることとして、地方裁判所の判事にいい心証を伝えておこう。それに、じつのところ知事に対しても同じことができる。証言で罪に陥れたりはしない」

「知事だって？　彼と知りあいなのか？」犬のようにかすかに首をかしげた様子には、疑いがにじんでいた。

「ときどき彼のために働いている」ジョーは答えた。「知事を知っているなら、彼がなにをするか、なにを言うか、保証できる者はわたしを含めてだれもいないのはわかるだろう。だが、真実を打ち明けて助けてくれたら、そのことは知事にかならず伝える」

「惹かれる話だ」スミスは言った。「いまのを文書にして弁護士に送ってくれるか？」

「だめだ。わたしの言葉だけだ。信じるも信じないも、そちらしだいだ」

「弁護士を呼ばないと。彼の同席なしであんたと話すべきじゃないんだ」

「好きにしてくれ」ジョーはすわりなおした。「弁護士が来るまで待つよ。だが、わたしの時間は限られているし、シャイアンに住んでいるわけじゃないんだ。わたしと話すべきかどうか弁護士とじっくり検討したあとでも、いま出した条件が有効とは限らない。あなたたちが決めたときにまたここへ戻ってこられないかもしれないし、来たくないかもしれない」ジョーは祈っていた。弁護士を呼んで引きのばしたりしないでくれ。

「徹夜で運転してここまで来たんだ」ジョーは続けた。

「それはあんたの問題で、わたしは関係ない」

スミスは黙ってジョーを値踏みしていた。超然とした静かな態度でジョーを見つめ、相手がはったりをかましているのかどうか見きわめようとするギャンブラーのようだった。

「この件についてはまた連絡するとしよう」スミスは立ちあがった。彼は部屋を横切って、マジックミラーをたたいた。

「いまのところ話はここまでだ」スミスは告げた。

ジョーは内心で悪罵を吐き、連邦法執行官がドアを開けてスミスを外に出した。

「やつは策略家だ」廊下をエレベーターへ歩きながら、クーンは言った。「あんたをしばらく引っぱって、結局なにも話さなかったとしても驚かないよ」

「時間が限られていると言ったのは嘘じゃない」ジョーは言った。「今晩はいられるかもしれないが、それがせいいっぱいだ」

「待たされているあいだ、どうするつもりだ？」

ジョーは肩をすくめた。

「夜まで彼から連絡がなかったら、晩飯に来ないか？　ステーキかハンバーガーでも焼くよ。あんたはビールを持ってきてくれ」

「ステーキにしろよ。下層階級の州職員よりも、きみたち連邦政府の役人がどれだけ多く稼いでいるか知っているぞ」

クーンは鼻先で笑った。セキュリティ・ゲートで、クーンがパッドを操作するとドアはすっと開いた。「彼が話すと決めたら電話するよ。携帯の電源を入れておいてくれ」

ジョーはむっつりした顔でうなずいた。


ダウンタウンのウェスタン・ウェア専門店でメアリーベスに意匠をこらした新しい腕時計を買っていたとき、携帯が鳴った。メアリーベスは馬の手入れをしていたときにうっかり腕時計を小川に落としてしまったのだ。彼女は〈ブライトン〉の時計が好きだった。ジョーはカウンターから離れて胸ポケットから携帯を出した。クーンからではなく、メアリーベスからだった。

「どんな具合？」彼女は尋ねた。

彼は携帯を肩と首のあいだにはさみ、バックポケットから財布を出して店員にクレジットカードを渡した。

「うまくない。シャイアンで足止めをくっているんだ、オリン・スミスが話すのを待っている」

「残念ね。で、いまはどこにいるの？」

「店の中だ」

「スポーツ用品店？」

「いや」

「ジョー、あなたショッピングはしないじゃないの」

「もう二度としないよ。おれに必要なのは大地だ、星空の下に広がる大地だ」

彼女はくすくす笑った。心地いい声だったが、突然笑いは消えた。「このばかげた殺人容疑が晴れたら、わたし、母を殺したくなると思うの」

「いいね」ジョーはつぶやいた。カウンターの向こうの店員がクレジットカードを返してきて「失礼ですが、このカードは使えませんでした。別のをお持ちですか？」と言ったので、そちらに気をとられていた。

クレジットカードとデビットカードをとりかえながら、ジョーは顔から火が出る思いだった。メアリーベスは口座の金の出入りをこまめにチェックしており、贈る前にプレゼントを買ったことを気づかれてしまうかもしれないので、デビットカードは使いたくなかったのだ。

「どうしてクレジットカードがだめなのかわかるか？」ジョーは彼女に聞いた。「いま焦ったよ」

「今月は支払いが遅れているの。状況はわかっているでしょう。ごめんなさい。ところで、なにを買っているの？」

「聞くな」

「ジョー、わたしになにも買わないで。なにもいらないし、今月はきびしいのよ」

「心配するな」ジョーはなんとか話題をそらそうとした。店員がデビットカードを読み取り機に通し、手続きができそうなので、彼はほっとした。

「わたしが言ったこと、聞いていたの？」メアリーベスはいらだっていた。

「ああ。お母さんを殺そう」

この言葉に店員が目を上げ、ジョーはまたあわててそっぽを向いた。

「母は、まるで女学生みたいにマーカス・ハンドの腕にぶらさがって平然と町を歩いているのよ。黄色い声で笑ってはしゃいで、ここぞとばかりにお金を遣っている。ジヨー、彼女、ハマーを運転しているのよ——あのライフルが見つかった車なのに——そして、家具屋で一万五千ドルもするエルクの枝角のシャンデリアをハンドに買ってやったの。即金で払って、すぐに牧場へ運ばせたわ。そのあと彼をカントリークラブへ連れていって、プロゴルファーにお金を払ってほかの人をコースから出させて、自分たちだけで1ラウンドまわったのよ。まるでこの世にはなんの心配もないみたいにふるまっている、みんな噂しているわ」

「噂なんか気にするな」

「わたしのことじゃなくて、母のことよ。まったく超然としたふるまい——大物のジャクソンホールの弁護士がついていれば、法ですら超越するみたいな。もしわざと町に悪い印象を与えようとしているのなら——陪審員の心証を悪くしようとしているのなら——これ以上はないやりかただわ」

ジョーはため息をついた。「ミッシーのことがわからないよ」

「わたしもよ。でも、いまやカントリークラブの仲間でさえ母の敵になった。あの人、なにも考えていないのよ」

「そう決めつけないほうがいい。お母さんは自分の利益にならないことはぜったいにしない。なにか企んでいるんだ——おれたちがわかっていないだけだ」

「意地悪ね、そんな言いかた」

「だが、ほんとうだ」ジョーは少し間を置いた。「おれとしてはこのまま家に帰って、なりゆきにまかせることだってできるんだ、そうだろう」

メアリーベスは沈黙した。

「本気じゃないよ。ちょっといらだっているだけだ。一晩中運転してきて、連絡を待っているしかないんだから。そのあいだ、お母さんは弁護士にシャンデリアを買ってやったわけか」

「わかるわ。母はときどき自分自身が最大の敵なの」

「おれがそうなのかと思っていた」店員が腕時計をギフト包装するかどうか手振りで聞いてきて、ジョーはうなずいた。

「いいえ」メアリーベスは言った。「あなたは、あんなしょうもないガリガリの老婆を助けようとしてくれる男よ」


シャイアンから七十キロ以上の山越えをしてララミーへ行くことを考えて、ジョーは腕時計を見た。シェリダンの授業のスケジュールは知らないが、いつのまにか車でリンカーンウェイを南下して州間高速道路八〇号西線への入り口へ向かっていた。高速道路に乗ると、携帯の短縮ダイヤルでかけた。

「パパ？」シェリダンはあきらかに驚いていた。背景に風や話し声が聞こえ、彼女は学生たちの一団と歩いているところのようだ。

「やあ、ハニー」

「パパ、なにかあったの？」

「なにもないよ。元気そうだね」

「電話してきちゃだめ、そうでしょ？」

彼は反論しようとしたが、娘が正しいと思いなおさないわけにはいかなかった。

「いまシャイアンにいるんだ。どうしている？」

シェリダンがだれかに言うのが聞こえた。「ちょっと待って、すぐ行くから」それから父親に向かって答えた。「どうってことないわ。まだ様子見って段階。なにもかもちょっととまどうことが多くて、疲れてるの」

「ちゃんと眠っているか？」

娘は笑った。「どう思う？」

彼は話題を変えた。「今日の午後はどんな予定だ？」

シェリダンがためらったので、一瞬彼は通話が切れたのかと思った。「授業が一つあって、そのあと友だちとコーヒーを飲むの。どうして？　こっちへ来る気だったの？」

「コーヒーを飲むのか？」

「パパったら」いいかげんにして、という口調だった。

「もちろん飲むよな」ジョーは耳が火照るのを感じた。「いや、ちょっと時間を潰さなくちゃならなくて、おまえの様子でも聞こうと思ったんだ。どんな具合か」

シェリダンはまたためらった。ふたたび口を開いたときその声は低く、だれかに聞かれるのをいやがっているようだった。「会いたくないわけじゃないわ、パパ、だけど……むずかしいの。やっと家じゃなくて大学にいるんだっていう実感が湧いてきたばかりなのよ。いま予定を変えてパパに会うのはちょっとつらいと思う。またもとに戻っちゃうから」

「わかるよ」彼は言った。「確かに」

「オリエンテーションのときの女性が言っていたでしょう。六週間。親に会うのを六週間我慢しなさい、そうすれば楽になるって」

「覚えている」

「来る途中なの？」

「いや」ジョーは道路の脇に車を寄せ、咳ばらいした。「じゃあ、ちゃんとやっているんだな？　きちんと食べているね？　みんなとも仲よくやっている？」

「イエス、イエス、そしてイエスよ」シェリダンはほっとしているらしい。

「おばあちゃんのことは知っているね？」

「ママからちょくちょく経過を聞いてる」

「おまえがいなくてみんな寂しいよ」

「あたしもよ」

「いいか。お母さんとはちゃんと連絡をとりあうんだぞ」

「そうするわ、パパ。電話してくれてありがとう」

彼は顔をしかめて携帯をポケットにしまい、ゆっくりと車を走らせてシャイアンへ戻るためにUターンできる場所を探した。脳裏に、シェリダンが同じ年頃の学生たちとコーヒーを飲んでいる姿が浮かんだ。

心を引き裂かれたわけじゃないが、ひびが入ったのは確かだ、と思った。


チャック・クーン一家とともにステーキとビール二本の夕食をとったあと、ジョーはホテルの部屋のデスクの前にすわり、アール・オールデン殺害から現在までの時系列表を作り、わかっている事実一つ一つに印をつけていった。すべてを書きだすことで、なにか思いつくかもしれない。

だが、なにも思いつかなかった。

今日五十回目に携帯を見て、クーンかオリン・スミスの弁護士からの電話を受けそこねていないか確認した。電話はない。

念のためにいま一度ネイトの衛星電話の番号を打ちこんでいたとき、着信があった。クーンだった。

「こいつはびっくりだよ。オリン・スミスが明日の朝一番であんたと話すとさ」

30

ネイト・ロマノウスキはシカゴのサウスサイドのサウス・ステイト・ストリートをゆっくりとレンタカーで走っていた。窓を下げ、助手席の手の届く場所に一泊用旅行かばんを置いて。空気はなま温かく湿気があり、ガソリンの排気臭や料理の匂いやゴミ箱の腐ったゴミの臭いがいりまじっている。夕日は沈みかけ、ミシガン湖の波に躍る残照が、空とダウンタウンのビルの西面を燃えるように輝かせている。だいぶ暗くなっているので、ビルの明かりが灯りはじめている。

単純なこと、と彼は思った。単純なことがあまりにも違う。たとえば、夜が訪れたからといって涼しくならない。オヘア空港に着陸したときと変わらず暑くてむしむししている。ホール・イン・ザ・ウォール峡谷の圧倒的な無限の静けさの中で長いこと暮らしていたので、大都市のホワイトノイズの耳ざわりな音は、彼の五感を鈍らせ、耳を打った。谷間はあるが、両側にはレンガと鋼鉄のビルが聳え立ち、歩道は人々で溢れかえっている。しかも、見上げれば空は街の明かりで濁って石鹸水のようで、星も見えない。

単純なこと。たとえば、今日ターミナルを歩いて〈シカゴ・トリビューン〉を買い、混雑したバーの中に腰を下ろし、ページをめくって見つけた記事。

サウスサイドのパーティで二人死亡、二人負傷――車からの射撃

九月六日

警察および亡くなった被害者一人の家族によれば、月曜日の早朝、サウスサイドのストニー・アイランド・パーク付近で、通りかかった車からの射撃によって二人の男性が殺され――一人はまもなく父親になる予定だった――ほかに二人が負傷した。

銃撃の容疑で一人が尋問を受けているが、起訴はされていない。

午前二時四十分ごろ、四人の男性がイースト八四番ストリートとサウス・ステイト・ストリートの交差点付近をパーティに向かっていたとき、通りかかった車から銃撃を受けた。

サウス・エヴァンズ・アヴェニュー九〇〇〇のJ・D・ファー（二十二歳）が撃たれ、搬送先のオーク・ローンのアドヴォケイト・メディカルセンターで死亡が確認された。クック郡の検死官事務所によれば……

というわけで、彼はいまそこへ向かっている。

じょじょに監視されている雰囲気になってきた。建物の裏や路地に集まっている人影からの視線が感じられる。暗くなるにつれて、彼らは街灯の下へ出てきた。二十四時間営業のコンビニや軽食堂やバーといった、特定の場所に集まるギャングたちだ。ネイトが南下していくと、ミシガン・アヴェニューを急ぐスマートな服装のビジネスマンたちの姿は消え、だぶだぶのシャツ、上着、ズボンという格好の夜の人種がとってかわる。果たして、二つの人種が日々顔を合わせることはあるのだろうか、とネイトは思った。

いま自分はジャクソンホール風アウトドアスポーツ・スタイルの服を着た白人で、新しいレンタカーをゆっくりと走らせ、フロントガラスごしにではなく窓を下ろして横を見ている。彼の発している一種のシグナルに対して、何人かが反応している。

サウス・ステイト・ストリートと七一番ストリートが交差するあたりがぴったりくる感じだ。そこには照明の明るいガソリンスタンドがあり、闇に沈む地域の中で眩しいほど煌々と照らされているので、ほかになにも見えないくらいだ。ガソリンスタンドに併設されているコンビニに若い客が一人いる。高いカウンターがあり、その内側に設置されているプレキシガラスが店員と客のあいだのバリアになっている。ネイトは、ぎらぎらした照明が届かないガソリンスタンドの脇にバックで入った。こちらからガソリンスタンドの中は見えないが、店員からも彼が見えない。ネイトは照明灯と隣接する建物にセキュリティカメラがあるかどうかチェックした。いくつかある。だが薄暗い中でレンタカーから出なければ、身元を確認される恐れはない。

騒々しい交差点だった。ステイト・ストリートの高架下で車がつながっており、数台の開いた窓から重低音の曲の一節が聞こえてくる。だが、それを上まわっているのが違うレベルの暗さと雰囲気だ。

七一番ストリートには軒の低い小売店が並んでいる。タトゥー・パーラー、質屋、低価格雑貨店、美容院。店のドアにはアコーディオン式のセキュリティ・ゲートが設置され、どの窓にも鉄格子がはまっている。閉まっている店の中から洩れてくる光はぼんやりとしてやわらかい。

通りをはさんでガソリンスタンドの反対側にあるのは、鮮やかな黄色に塗られた低く四角い軽量コンクリートブロックの建物だ。正面の壁の横には〈ステイト・ストリート・グリル〉とあり、二十四時間営業と謳っている。供されるメニューがレンガの横にペンキで書かれている。

Tボーンステーキと卵料理　九ドル九十五セント

ジャークチキンウィング
バーベキュー・リブ
朝食メニュー一日中あります

このあたりは、まさにネイトが求めているものにぴったりだ。古くからあり、暗く（ガソリンスタンド以外は）、荒廃した都会の街。建物はそれほど密集していないので、集まったり隠れたり走ったりする余地がじゅうぶんある。出入り口が多いのでだれかをつかまえるのはむずかしそうだし、出口ランプで車中から銃撃して北のきらびやかな中心部へ向かう車列にまぎれこむまで、あっというまだろう。

通りと食堂を眺めていたとき、バックミラーにちらりとなにかが映った。彼らは車の背後の両側から近づいてくる。

突然、助手席の窓がどんよりした白い目の黒く丸い顔でふさがれた。「あんたなにしてんだ？」まるで一語のように問いかけてきた。十四、五歳かもっと下かもしれない、とネイトは思った。斥候だ。少年は髪を短く刈り、頬はぷっくりとして、口もとは無表情だ。あまりにも大きすぎて辺境のバッファロー皮の外套を連想させるダウンコート、その下にも大きすぎる服。

運転席のすぐそばで、少女が言った。「なに見てんのさ、ミスターマン？」

ネイトは一人からもう一人へ視線を移した。二人は慣れた用心深い――警官のようなー―やりかたで、車に近づいてきた。少女の肌は少年ほど黒くなく、ビーズを使って編んだ髪は後ろに流している。わざとらしいストリート風のしかめつらにもかかわらず、魅力がないわけではなかった。

「ここでなにしてんだ？」ネイトのうぶさかげんに驚いているかのように、甲高い声で少年はまた聞いた。

「いまのは気に入った」ネイトは少女に言った。「ミスターマン」

「なんなのさ？」

「役に立ってもらえないかと思ってね」ネイトは低い声で言った。「おれは手助け《プロテクション》を求めているんだ。きみたちが正しい方向へ導いてくれるんじゃないかな」

「避妊具《プロテクション》？」やはり甲高く鋭い、あざけるような声だった。「コンドームのことか？中にあるよ」少年は肩ごしに親指を上げて、ガソリンスタンドの壁のほうを示した。

そして自分のジョークに笑い、少女も笑ってくれないかとうかがった。

「おれの言う意味はわかるだろう」

「あんた、おまわり？」少女が尋ねた。「そうなら言って、あんたおまわりに見える」

「違う」

「嘘。あんた嘘つきのくそったれよ、ミスターマン」

ネイトはため息をついた。「とんだ言葉遣いだね。いいか、おれは銃を買いたいんだ。おまえたちが手を貸せないというなら、それができるやつを探す。おれは現金を持っているし、いらいらしはじめている」両腕をのばして二人の耳を引っつかみ、車内へ連れこんでわからせてやることもちらりと考えた。もっとひどいことだってしてきたのだ。

少女は彼を眺めまわした。その顔は敵意に満ちていた。ネイトはこの子が気の毒になってきた。なぜなら彼女の目は、まだ破滅してはいないもののその途上にあることを物語っていた。少女は「ここでちょっと待ってな」と言い、姿を消した。

少年は偉そうに彼に首を振ってみせ、なにか言いかけた。ネイトは歯を食いしばり、「よせ」とささやいた。

その言葉にびくりとして、少年もいなくなった。

十分後、ネイト・ロマノウスキはレンタカーをステイト・ストリートの出口ランプへ向けた。二人がよこしたギャングはたいていのチンピラと同じく九ミリのセミオートの中古品をたくさん揃えていたが、ネイトは彼が持ってきた唯一のリボルバーを買った。五発装填、銃身二・五インチ、四四口径のステンレススティール・ダブルアクション・トーラス・ブルドッグ。

「そいつはくそばかでかい穴を開けるぜ」ネイトが選んだとき、チンピラはケラケラと笑った。

「銃について教えてもらう必要はない」ネイトは言い、八枚の百ドル札を渡した。チンピラは箱半分の弾薬をつけてきた。あとの十発はなんに使われたのか、ネイトはあまり考えなかった。


五車線の道路を中心街へ向かいながら、ネイトは思った。単純なこと。禁止しようとやっきになっている街で、登録のない拳銃を買うのがいかに簡単か。つまり、どこでも——いつでも、買おうと思えば買えるのだ。銃器販売店でごたごたする必要はまったくない。何時間もの手続き、売買業者、書類、ＩＤ、犯罪歴チェックなどいらない。

欲望が、目的が、百ドル札の束があるかぎり、彼は取り引きできる。ホテルのビジネスセンターで二十分パソコンを使えば、ほかに必要なものも手に入るだろう。

本能的に手をのばし、一泊用旅行かばんの中の四四口径のどっしりした鋼鉄のふくらみに触れた。孫子の言葉について考えた。

そして、朝には狩りに出かけることを。

九月七日

彼らは風の中で蒔き、嵐の中で刈り取る。

――ホセア書　八章七節

31

スミスは言った。「〈ロープ・ザ・ウィンド〉について、なにを知りたいんだ？」

自己評価の高い人々をジョーが尋問するとたいていそうなのだが、オリン・スミスが心を開くのに時間はかからなかった。いかにして多くの会社を所有するようになったか、どうやって獲得したか、スミスは説明した。彼がかつての事業の戦略と成長を語るあいだ、ジョーは感心してうなずき、ときどき「まさか――冗談だろう？」とか「そいつはいいアイディアだ」とか口をはさんだ。すると、おだてられたスミスの口はさらになめらかになった。

オリン・スミスはビジネスの成功を誇りに思っており、ようやくそれに耳を傾けてくれる人間があらわれたことに感謝していた。

一九九〇年代の最後のエネルギー・ブームのあいだ、ワイオミング州がビジネス参入を主導していたのを——合法的に——利用したことを、スミスは説明した。有限会社を州内で設立する手続きをごく簡便かつ低コストにする法律を、州議会が通過させた。ワイオミング州で新事業を始めるのを応援するだけでなく、安い税金とわずかな規制という利点によって、現存企業の本社を移転させようという考えだった。スミスはそのプロセスの裏表に精通し、会社組織設立を希望する人々と、申請を処理して有限会社として認める州政府の仲立ちをしばらくのあいだつとめていた。

「わたしは世界中の新聞やビジネス雑誌に広告を出した」スミスは言った。「〝ワイオミング州であなたの会社を法人化しよう。安くて簡単で面倒はいっさいなし!〟。手数料をとって、依頼人が書類をきちんとそろえるようにアドバイスし、依頼人にかわって州政府の書記官のオフィスへ提出しにいってやった。新しい法令をどれほど多くの人々が利用したか知ったら、あんたは驚くよ」

だが、二、三年間まとめ役をつとめるうち、この分野でのスミスの競争相手はどんどん増えていった。そして、すでに創られて〝地位を確立している〟操業可能な会社——書類上だけでも——を求める新しいマーケットがあることに、彼は気づいた。

「考えてみてくれ。あんたが企業家か、まとまった金が手に入ったばかりだとしよう。金を銀行に預け、収入を公《おおやけ》にして税金を払うかね、それともその金を〝投資して〟当時スモールビジネスのオーナーの利点がたくさんあった会社所有者になるか？　交際費や旅費や税額控除といった利点だよ？」

ジョーはうなずいた。「いやまったく」長年の尋問を通じて、「いやまったく」という言葉が相手に話を続けさせる効果があることを、彼は知っていた。

「そのあと、思いついたんだ」スミスは言った。「ペーパーカンパニーを作って登録しておくのがあまりにも簡単だったので、経済を先読みして、投資家や企業家がすぐに買いたがりそうな名前の有限会社を作ったらどうだろう？　つまり、二、三年の社歴があって書類上の記録もある会社の所有者として銀行に行くのと、新規事業についてごたいそうな考えを並べまくって交渉するのと、どちらが得か？」

「いやまったく」ジョーは答えた。

「だから、それがわたしのやったことなんだ」スミスは自慢げに続けた。「響きのいい社名を考えて法人にして、ストックしておく。なにがホットでなにがこれから流行《はや》るか調べ、そのための名前をこしらえる。わたしは名前をつける天才なんだ、そうだろう」

ジョーはうなずいた。

「いくつかの社名は言葉遊びになっている。〈虎の子《ネスト・エッグ》マネジメント〉〈処世上手《グリーン・サム》グロウス〉とかね」スミスはますます活気づいていった。「そうして、ああいう連中の多くは、クールでモダンだけれどじつは具体的ではない社名を好むと気づいたんだ。たとえば、〈パワーテク・インダストリー〉とか〈マウンテン・アセット〉とか〈大地《テラ》テク〉とか〈グリーンテク〉とか〈テラグリーン〉とか――グリーンとかテクとかが入っていればなんだって最高なんだ……」

スミスは何十もの社名を挙げ、ジョーはメアリーベスが電話で伝えてきた社名リストを思い出した。どの会社もじっさいに聞いたことはないのだが、まるであるような気がする。オリン・スミスにはたしかに名前をつけるセンスがあるらしい。

「では、あなたはインターネットの黎明期にあらゆる種類のドットコム・ネームを買った人たちと同じようなものだな」ジョーは言った。「一般的な名前を囲いこんで、人々がそれらを使いたいときにはあなたに使用料を払わなければならなかったわけだ」

「そのとおり、ところが、とんでもない終わりが来たんだ」スミスは口もとをゆがめた。

「どういうことだ?」

「どうも、高潔さに欠ける人間がこういう社名を買って破廉恥な目的で使えばいいと気づいたらしい」

「たとえば？」

スミスはマジックミラーを一瞥した。向こう側ではクーンが間違いなく聞き耳をたてている。

「どうやら」彼は言葉を選びながら慎重に話した。「会社を通じて違法な資金をロンダリングするのは、ほかのどんな方法よりお手軽らしいんだ」

「ドラッグ売買で得た金とか？」ジョーは尋ねた。

「どうやらね。ほかのあらゆる現金もだよ。聞いたところでは、ロシア・マフィアとメキシコのドラッグカルテルも、ワイオミング州で安く会社を設立して財政的処理の隠れみのに使えることを気づいたんだそうだ」

「あなたがそれをやったり、それについて知っていたわけじゃないんだな」ジョーは言った。

「もちろん違う」スミスは傷ついたふりをした。「州の書記官がわたしを締めだして、ワイオミング州の有限会社は新しい規制をすべてクリアしなくてはならないと言いだすまで、なにも知らなかった。正確な住所とか理事会とか、そういうくだらないことを持ちだしてきたんだ。とにかくフェアじゃないよ」

「いやまったく」

「そこで、わたしは所有していたものを売却せざるをえなくなった、しかもすみやかに。書記官がわたしのビジネスを放っておいてくれれば、まだやっていただろう。FBIが言うようなことに巻きこまれたりは、ぜったいにしなかったはずだ。わたしはやったと言っているわけじゃないよ、わかるだろう」スミスはまたちらりとマジックミラーを見た。

「〈ロープ・ザ・ウィンド〉についてだが」ジョーは割りこんだ。

スミスはいったん口を閉じてすわりなおした。「わたしの最高傑作の一つだ。さまざまな産業や製品に使えただろう。その名前を思いついたとき、風力発電のことなんか正直考えていなかった。だれも考えていなかったよ」

「では、アール・オールデンと会ったのはそういう絡みだったんだな」ジョーは促した。

「まだだ。もっとあとでだよ」

「なによりあとだ？」

スミスはもじもじして、それから両手をこすりあわせた。

「兆しが見えた。新しい大統領、新しい政権。〝石油への依存を断ち切る〟というスローガン、再生可能エネルギー、ソーラー発電、風力発電、そういった大風呂敷。まさに目の前にあったから、これは来るなとわかった。彼らは選挙運動のあいだずっと主張していたからね。

で、そのころには、わたしはもう面倒ごとなしには新しい会社を作れなくなっていた。それでも、すでに登録ずみの社名がまだたくさんあったんだ。ちょっとリサーチして、この州でいちばん風が強い地域はどこなのか調べた。そこで、企業家たちが来るのを待たずに、先を見越して動くことにしたんだ。こちらが出かけていって、実業家や地主にこれからの流れがどうなるか説明する。わかるよな、きわめて明白だったんだ。ワシントンのばかどもは〝グリーン・イニシアティブ〟（再生可能エネルギーや省エネルギー産業の育成などで、環境保全と経済発展を図る）に八百六十億ドルの予算を組んだ、再生可能エネルギー計画へのローン保証や認可のための四百億ドルを含めて。ところが、だれでもいいから相手を説得すること――そこがまさに――わたしの失敗した点だ」スミスは吐きだすように言い、うなだれて両手のあいだのテーブルの表面に目を落とした。

ジョーは当惑してかぶりを振った。「でも〈ロープ・ザ・ウィンド〉は……」

「しばらくは確かに一人の男が関心を持ってくれたが、彼はただの無知な牧場主で、決断ができなかった。何ヵ月も話を引っ張って、ついにわたしの電話に出なくなった。二年ほどなんの音沙汰もなかったのに、少し前に突然連絡してきてやっておけばよかったと言うんだ。病気になり、自分の人生を振りかえって、風力発電プロジェクトを始めなかったのは間違いだったと気づいたと。いまになって気づいたのさ、あのくそばか野郎」

「その男の名前はボブ・リーか？」

スミスはかぶりを振った。「ボブ・リーのことは覚えているよ。当時興味を示さず、さっさとおれの土地から出ていけとぬかしやがった」

「じゃあ、だれだったんだ？」ジョーは尋ねた。

「バドという名だ。苗字はロングストリートかなんかだ」

「バ、バ、バド・ロ、ロングブ、ブレ、レイク？」

「そうだったと思う」

ジョーは唖然として首を振った。「彼はどこから電話してきた？」

スミスはどうでもいいというように手を振った。「アメリカのビジネスはビジネスだと言ったのはカルヴィン・クーリッジ大統領だった。聞いたことがあるだろう？」

ジョーはうなずいた。

「もう違う。それは過去の話だ。おれが自分の構想を世間に示してみせたとき、わかった。だれもリスクをとったり汗水たらして働いたりしたくないんだ。成功すれば政治家の標的になるから、もうビジネスを所有したりしたくないんだ。だれもがすわりこんでビクビクして、下を向いて嵐が過ぎ去るのを待っている。過ぎ去ればの話だがね」

ジョーはふたたび話題をもとに戻そうとした。「では、あなたの会社に投資しようとする人はだれもいなかったのか？」

「そう言っているだろう」スミスはいらだっていた。

「だったら、どうして自分でやらない？　どうして〈ロープ・ザ・ウィンド〉を自分で活用しない？　自分でビジネスを始めて人々が求めるものを提供すればいいじゃないか？　こういうことに、あなたは才覚があるように見えるが」

スミスはあきれたようにジョーをにらんだ。「あほらしいことを言うなよ。なにを考えているんだ？　これはカモのためなんだ。最近みんなが金をもうけるのはそういうやりかたじゃない。会社を持つなんてカモのやることだ。人を雇うなんて、ばかのやることだ。自由市場で金をもうけるには、金をだましとるくそったれでなくちゃだめなんだ」

ジョーは混乱してすわりなおした。

「今日《こんにち》、勝者と敗者はワシントンの連中によって決まる。勝者は――彼らに恵みあれ――悪条件を排除する。あんたが勝者なら、金を自分に送らせるようにして、失敗はしない。失敗してしまっても、保釈金を払えば出られる。だが、あんたが敗者なら、そうだな、ブタ箱行きになって間抜けな猟区管理官とお話しするはめになる」

「バド・ロングブレイクだが、病気だとあなたに言ったんだな？　彼はどこから電話してきたって？」

質疑応答は午前中いっぱい続き――アール・オールデンの名前がその多くに出てきた――ジョーはオリン・スミスに「ちょっと待っていてほしい」と頼んで外に出た。チャック・クーンは廊下のスツールにすわってマジックミラーごしに面談を見ていた。

「法律用箋かなにか借りられないか？」ジョーは頼んだ。「メモ帳がいっぱいになってしまった」

「彼があんなにしゃべったのを初めて見たよ」クーンはやれやれと首を振った。「あんたはじっさい、聞きだすのがうまいな」

「彼は自分のなしとげたことが自慢なんだ。だれかにそれを知ってほしいんだよ。彼はある意味で一種のゆがんだ天才だし、多くの仕事をした。だれもがみんな自分を凋落させた詐欺事件についてばかり聞くから、いらいらしているんだ」

「必要な情報は得られたのか？」

ジョーは指先でこめかみをこすった。「期待していた以上にな」

「彼がさんざん話題にしているこのアール・オールデンだが」クーンは言った。「殺されたあんたの義父だろう？」

　ジョーはうなずいた。

「聞いているよ。いやはや、彼はあの男をほんとうに憎んでいるな」

「州の書記官と同じくらい憎んでいる。以前ワイオミング州では何十もの会社を登記するのは合法だったと彼は話していたが、知っていたか？」

「ああ。そもそもそれで、二、三年前オリン・スミスはぼくたちのレーダーに引っかかったんだ。州の問題だったんで、それは州のほうに任せたが、そう、ぼくたちは知っていたよ」

　ジョーは口笛を吹いた。「事態は予想外の方向に進んでいる」

「あんたはこのバド・ロングブレイクという男と知りあいなんだろう」

「かつての義父だよ」

「あんたの家族はたいへんなものだな」クーンも口笛を吹いた。「法律用箋をとってくるよ。だが、スミスは今日の午後事情聴取があるのを忘れないでくれ。ランチのあとには終わらせてもらいたい。ところで……」

「ありがとう」ジョーはうなるように答えた。「だが、腹は減っていないんだ」

「さて」新しい黄色の法律用箋を手にして、ジョーはふたたび聴取室に入った。「テキサスの風力タービン再製品化業者との関係についての話だったな」

最初、ジョーは聴取室のドアがノックされたのを無視していた。メモをとってオリン・スミスが話す内容を記録し、整理するのに忙しかったのだ。とうとう、スミスが話すのをやめてジョーの背後にあごをしゃくってみせた。

クーンと連邦法執行官が立っていた。法執行官が言った。「ミスター・スミスは上で判事と会う約束があります」

「彼の聴取は終わったと思う」ジョーは言って、機会を与えてくれたことをクーンに感謝し、法執行官に付き添われて部屋を出るオリン・スミスと握手した。

「ご協力に感謝する」ジョーは言った。

スミスはうなずいた。「いい心証をちゃんと伝えてくれよ――それからスペンス知事にも知らせてくれ」

「わかった」

部屋を出る途中でスミスは足を止めて振りかえり、ジョーに言った。「手を下したどちくしょうを見つけたら、おれからの盛大なキスを送ってやってくれ」

ジョーは了解したとうなずいた。

ジョーは連邦ビルの外でピックアップの中にすわり、メモのページを次々とめくって、自分の速記を読みなおし、名前、日付、人物を記憶した。首を振り、ぼんやりと携帯の液晶画面を眺めた。メアリーベスから二度着信があったが、メッセージは残っていなかった。唯一届いていたショートメールには、〈すべて順調？　できるときに電話して〉とあった。

二度目の呼びだし音でメアリーベスは出た。小声だったので、図書館のデスクで勤務中のため長く話せないのがわかった。

「ジョー――どんな様子？」

「こみいっているんだ。いますべて整理しているところで、すっきりさせるまで少しかかる。でも、待っていてくれるね」

「ええ。だけど一つだけ教えて。アールを殺したのがだれかわかった？」

「いや。しかし、彼に死んでほしがっていた人間のリストはうんと長くなっているぞ。このオリン・スミスの話を信用できるならだが」

彼は説明し、メアリーベスは黙って耳を傾けた。聞きおえると、彼女は言った。

「アールは本物のくそったれだったのね？」

「そのようだ。そしてもしこれが全部ほんとうなら、みんなこの裁判全体を考えなおす必要がある」

「ダルシーは起訴を取りさげるかしら？」

「どうかな。いまの時点ではそいつは高望みというものだろう。だが、この件を調べるために裁判の延期を申し出る可能性はある」

「母の不品行は……」メアリーベスはため息をついた。「報われるわけね。またもや」

「先走りはしないようにしよう」ジョーは言った。「おれたちが思うようにことは進まないかもしれないんだ。いまのところは、みんなにオリン・スミスの主張を伝えないと。マーカス・ハンドに電話して、おれが見つけた事実を話してくれないか。おれはダルシー・シャルクに連絡する」

メアリーベスは間を置いた。「なぜ両サイドに伝えるの？」

「なぜなら、忘れるな——おれは法の執行官だ。宣誓をしている。ときどき拡大解釈はするが、情報を両サイドに伝えないわけにはいかない」

「そうなの？　あるいは、あなたは二股かけているんじゃない？」

「そういう面も多少あるかな」ジョーは認めた。

「これから家へ帰ってくる？」彼女は尋ねた。

「いや」

「どこへ行こうっていうの？」

「驚くべきことに、オリン・スミスはバド・ロングブレイク・シニアの居所を知っていると言ったんだ」

32

ローリー・タリクはアウディQ7をオークパークのダンススタジオの日陰になった駐車場に入れ、エンジンをかけてエアコンをつけっぱなしにするためにパーキングギアにした。大きなサングラスを頭の上に上げて、すわったまま二人の娘を振りかえった。メリッサは十二歳、エイミーは十歳。二人とも黒いレオタードを着てピンクのタイツをはき、シューズバッグを持っている。メリッサは母親に似た黒い髪とオリーブ色の肌、エイミーは姉より色白で父親似の冷やかな目をしている。さいわい、性格は受け継いではいない。

ローリーは言った。「二時間後にここへ戻ってくるわね。こんどはぐずぐずしないで。あなたたち二人がどうしてバレエシューズをぬぐのにそんなに時間がかかるのかわからないけれど、今日は急がないとだめよ」

メリッサが言った。「エイミーのせいよ」

「違うもん！」

「エイミーなの」メリッサはうなずいてみせた。

「だれのせいでもいいわ。今日は中に入ってあなたたちを連れだしたくないの。ここにいるからね」

エイミーは〈コンテンポラリー・バレエⅠ〉に通い、メリッサは〈コンテンポラリー・バレエⅡ〉に通っている。二人ともまだあまりうまくないし、踊りへの情熱もまったく示していない。それでも、ローリーはエイミーに望みをかけていた。

「夕食は〈マクドナルド〉に行ける？」メリッサが聞いた。

「そうね」娘たちはお腹をすかせて機嫌が悪いので、レッスンのあと家に帰って食事のしたくをするのはせわしない。だから、いつも外食になる。「あなたたちがちゃんと早くここへ来たらね」

娘たちがバレエのレッスンをしているあいだの自分一人の二時間を、ローリーは大切にしていた。たいていコーヒーショップまでドライブして、時間を気にしながら編みものか読書をした。

「この子に言ってよ」メリッサが妹の脇腹を指で突いた。

「痛い！　メリッサがあたしを痛くしてる」エイミーが叫んだ。

「ほとんど触ってないってば」メリッサが弁解した。

「あなたたち！」ローリーは注意した。「行きなさい！」

二人はシートベルトをはずし、ローリーはドアを開けた。アウディの中に熱気が充満した。

「がんばってお稽古するのよ。キスして」

友だちのサラが父親の車から降りるのを見て、早く一緒になりたいメリッサはおざなりにキスした。エイミーは母親に行ってきますのキスをして言った。「メリッサが遅いの。いつもおしゃべりしてるんだから」

「姉さんの告げ口をしないの」ローリーはたしなめた。「さあ、行って。二時間後にね。それからドアを閉めて。外の熱気が入りっぱなしよ」

娘たちが無事にスタジオに入るのを、彼女は車の中から見届けた。この近所は環境がいい。緑が多く、住人は裕福だ。街のエリート家族の子どもたちが同じダンススクールに通っており、入りこむのはひと苦労だった。娘たちにもっとダンスの素質があって目立つといいのだけれど……

突然助手席のドアが開き、長身で痩せ型の男がすばやく横に乗ってドアを閉めたとき、ローリーはぎょっとした。本能的にニッティングバッグに手をのばしたが、大男の手がそれを止めた。「よせ」

ローリーは恐怖で麻痺したようになり、ドアハンドルをつかもうとしたが、男は彼女の右腕の下に大型拳銃の冷たい銃口を押しつけた。「それもよしておけ。車を出すんだ」

「子どもたちが……」

「大丈夫だ」男の声は太くしわがれて、目はわずかに閉じられていた。彼があまりにも冷静なので、ローリーは不安になった。それに、最初はよくわからなかったがどことなく知っている感じがする。

「運転しろ。ネイヴィ埠頭の前の公園へ行け。二十分もかからない」

「場所はわかるわ」

「よし。それから、安全かつ落ち着いて運転すること以外なにも考えるな。余計なことを考えたら、吹き飛ばしてやる」


コロンバス・パークを過ぎるとき、彼はニッティングバッグに手を入れて、銃を見つけた——三八口径スミス&ウェッソン・モデル36レディ・スミス。弾が入っているかどうか確かめ——入っていた——弾倉を戻して、銃を自分のウエストバンドに差した。「あんたにこれはもういらない」

湖とネイヴィ埠頭へ向かうドワイト・D・アイゼンハワー・エクスプレスウェイの車の流れに乗ったとき、彼は言った。「おれがだれなのかもうわかったか?」

「ええ」彼女は運転しながらちらりと男を見た。「あなたは金髪だと思っていたわ」

「そうだった。あんたを探しにくる前は」

「どうして……助かったの?」

「あんたのよこした間抜けなサルどもがロケットランチャーを発射したとき、おれはあそこにいなかった」

彼女は男の視線が自分にそそがれ、どんなたじろぎも引きつりも見逃していないのを感じた。彼の言葉に、自分が反応してしまったのはわかっていた。

「いたのはおれの女だ。名前はアリーシャ」

「あたしの夫の名前はチェイスだった」

彼はしばらくのあいだ黙っていた。しゃべっているより、沈黙のほうが恐ろしかった。だが、男が埠頭に行こうとしていることに彼女はいくばくかの慰めを感じた。こんな暑い夕方には、大勢の人々がいるだろう。公衆の目があるはずだ。だれかが自分たちを見るかもしれない。もしかしたら、逃げるチャンスがあるかもしれない。

車は埠頭の近くまで来た。彼はいちばん離れた駐車場へ行くように指示した。遠まわりになるので、そこはほとんど空っぽだった。大勢の人がいないのを知って、彼女は狼狽した。

「ここだ」ネイトは言った。

彼女は車を止めた。ミシガン湖がフロントガラス一面に広がっていた。埠頭は右側に突きだしており、さざ波が杭に打ち寄せている。街は二人の背後にある。車の中で自分を撃ち、遺体を残して立ち去るのがいかに容易なことか、彼女にはわかった。おそらく監視カメラがあるだろう――昨今はどこにでもある――だが、たとえ男が写ったとしても、彼女が死ぬのに変わりはない。メリッサとエイミーのことを考え、スタジオから出てきて〈マクドナルド〉へ連れていってくれる車を探す娘たちの顔を思い描いた。どうしようもなく涙が浮かんできた。

「どうやってあたしを見つけたの？　バレエのレッスンのことを知ったのはなぜ？」

「むずかしくはなかった。グーグルだ」彼は答えた。「あんたの名前だらけだった。それに、各クラスの生徒の紹介コーナーもあった。時間とクラスも載っていた。それにダンススタジオのパトロンとして名前があったし、メリッサとエイミーだな？　きっとあんたが送り迎えをしているだろうと思った」

彼女は男を見つめた。「でも、あれがあたしだったとなぜわかったの？」

「おれはあんたの夫を殺したが、個人的な恨みはなかった。あのときは、彼が何者なのかも知らなかった。おれに銃を向けてきたただの男にすぎなかった。一分前には、その銃をおれたちが探していた傷ついた少女に向けていたんだ。そのままでは彼は間違いなく少女の息の根を止めていただろう。あのときおれは一瞬たりとも迷わなかったし、同じ状況になったらまた同じ行動をとる」

彼女はかぶりを振った。「チェイスはそんなこと……」

「もちろんするさ。愚かなことを言うな。彼がどんな男かあんたは知っているし、あんたはばかじゃない。なんといっても、結婚していたんだ」

逃がしてもらえる可能性を求めて、ローリーは男となんらかの関係を築く言葉を探そうとした。だが、彼は謎めいていて、不可解だった。チェイスに似ていなくもない。「ジョニーとドレネンを見つけたの？」

「ああ。おれはだれでも見つける」その言いかたから、彼女は二人が死んだのを察した。

「彼らはあなたの奥さんの話はしなかったわ。あそこにほかの人がいたとは、一言も言わなかった」

「素人と仕事をするとそういうことになるんだ」

「プロを見つけるのはむずかしいわ」

「シカゴで？」

「あたしはシカゴにいなかった。あなたはシカゴにいなかった。ワイオミング州のど田舎にいた」

「調子に乗るなよ」彼は言った。初めて、彼女は男がかすかに微笑したように思った。突破口だ。

次の瞬間、突破口は閉じた。「では、目には目をというわけか」

「父が……あたしの父が、復讐は人生を洗い清めてくれると言ったの。あたしには必要だった……」彼女は言葉を探し、彼は待った。「必要だったの、ただ黙ってはいないと自分自身に示すことが。あんなふうに夫を奪われて、だれも責任をとらないのが許せなかった。法律がやろうとしない、あるいはできないのなら、だれかがやらなければ」

彼は同意するようにうなずいた。銃はひざの上だが、銃口はさりげなくまだ彼女に向いていた。「だが、この世界で生きているのなら、慈悲という概念は存在しないとわかっているはずだ。わかっているな？」

突然口の中が乾いて、彼女はしゃべれなくなった。震えないように、腿のあいだで両手を握りしめた。自分はよくやっている、いままでは。だが、限界が近づいている。

「娘たちが……」彼女の声はひび割れていた。

「西へ行く前に子どもたちのことを考えるべきだった」ネイトは言った。「失敗した場合にどうなるか考えておけばよかったんだ」

「わかっているわ」彼女はがっくりとうなだれた。涙がサングラスの内側に落ちてそこに溜まった。

「おれを殺したい連中がいる」ネイトは言った。「何年にもわたって、やつらはプロを何人か送りこんできたが、おれは息の根を止めてやった。そして、いままで自分は地図上から姿を消したから、やつらに見つかることは二度とないと思っていた。ところが、あんたが見つけた。シカゴから来たすてきなママが。アリーシャの身に起きたことがなければ、おれは賞賛したかもしれない」

彼女の胸の奥からすすり泣きが洩れてきた。どうしようもなかったが、泣きやみたいと思った。

「あんたはワイオミングでだれかに出会って、おれを見つける方法を聞いたんだろう。その男か女がロケットランチャーも手配した。おれがシカゴで銃を買うのと違って、あんたがやすやすとこのへんの通りでランチャーを買えたわけがない」

「ええ、出会ったわ」

ネイトは尋ねた。「そいつの名前は？」

彼女はネイトに教えたが、その相手が自分をだましていたのかどうか、よくわからなかった。なにしろ、自分の名前はパッツィだとみんなに言っていたのだから。

彼はその男の肉体的特徴を挙げ、彼女は当人に間違いないと請けあった。だが、耳の中ががんがんしていて、彼の言葉はよく聞こえなかった。

最後に、ネイトは言った。「このままその口を閉じておけ。あんたはおれに会わなかった。以上だ。おれたちは二人とも愛する相手を失った。だが、つねに心に留めておけ。おれはあんたを見つけられたし、また見つけられる。こんどこそ、二人の娘のことをよく考えろ」

そう言うと、彼はいなくなった。

気をとりなおしてから、彼女は外に出てよろめくようにして車の正面へまわった。足から力が抜けて、まっすぐ立っていられなかった。身を投げだしてボンネットにつかまった。熱くなった金属はてのひらを焼くほどだった。高温と湿気と日差しにもかかわらず、彼女の全身を冷たいものが駆けぬけた。

頭を上げ、彼の姿を探した。どちらの方向へ行ったのかはわからない。自分のいる場所と街とのあいだには緑の多い丘があり、二、三組のカップルがブランケットを広げて、たったいま起きたこと、起こりかけたことなどまったく知らずにくつろいでいる。

それから彼女は埠頭のほうを向いた。観光客で混雑していたが、黒髪の背の高い男が一人見えた。彼は手すりの前で足を止め、二つのものを湖に落とした。しぶきが上がった、銃二挺だ。

ローリーは腕時計を見た。娘たちを迎えにいくまで一時間ある。一杯か二杯ひっかける余裕はある。これほど酒を飲みたいと思ったのは初めてだった。

ネイトは人込みから離れた埠頭の手すりにもたれかかっていた。周囲に気づかれないように、銃を湖に投げこまず、両手から自然に落ちるようにした。

彼女から聞いた名前に最初は驚いたが、考えるにつれて筋が通っているのがわかった。点と点がつながった。

腕時計を一瞥した。レンタカーを返して、ジープと五〇〇ＷＥの待つジャクソンホールへの深夜便をつかまえる時間はある。

なんといっても、まだ終わったわけではないのだ。

33

州間高速道路二五号線を北上してチャグウォーターへ近づきながら、ジョーは携帯の着信記録をスクロールして、しばらく前に密猟事件について問いあわせてきたダルシー・シャルクの携帯の番号を探した。その番号を見つけて、かけた。三度目の呼びだし音で彼女が出た。

「ジョー？」ダルシーはあきらかに驚いていた。

「勤務時間を過ぎているからオフィスにかけてもどうかと思ったんだ。それに明日まで待てなかった」

「わたしたちはいまてんてこ舞いなのよ、ジョー。来週始まる法廷に備えて準備中なの。残念だけど、あまり時間は割けないわ」

「もちろんだ。だが、きみに知っておいてもらいたい新しい情報がある。そうでなければ電話しないよ」

「では、オールデン事件についてなのね」それは質問ではなく断定であり、口調にはジョーに対する失望が感じられた。

「そうだ」

彼女は重いため息をついた。「ジョー、状況はわかっているでしょう。あなたは今回の事件全体に個人的なかかわりがある。そちらの立場から働きかけるために時間外にわたしに接触してくるのは不適切よ」

ジョーはピックアップを路肩に寄せて止めた。チャグウォーターのまばらな明かりがバックミラーに映っている。西側の地平線では厚い雲が三つ断崖の上に垂れこめ、下側が夕日に照らされてバラ色に輝いている。エンジンを切ると、砂地のヤマヨモギの甘い香りが運転台の中を満たした。「こちらの立場から働きかけるために電話したんじゃない」彼はたんたんと言った。「それに、おれはどの立場にもない」

彼の口調に、ダルシーはいらだったようだった。「でも、わたしの考えでは……」

「五分だけ話を聞いてくれ。そのあとでもおれが働きかけていると思うなら、おれは通話を切って、きみが裁判で負けるのを待つことにする。きみはそうなるほうがいいのか?」

「いいえ」彼女の声にはかすかなためらいが感じられた。「わかったわ、五分ね」

ジョーは、ボブ・リーとの会話、メアリーベスがネットで〈ロープ・ザ・ウィンド〉について調べたこと、その結果オリン・スミスにたどりついたことを語った。

「彼はFBIに勾留されている。おれはシャイアンの連邦ビルで話してきた」

「だれの権限で?」彼女は怒っていた。

「おれの権限でだ。しかし言っておくが、州政府もＦＢＩの責任者もおれがそこに行ってなにをしたか、知っている。じっさい、ＦＢＩは聴取の模様を聞いていた」

相手の沈黙から、彼女がオリン・スミスや彼と〈ロープ・ザ・ウィンド〉との関係について予備知識を持っていないのがわかった。つまり、トゥエルヴ・スリープ郡の地主たちを口説いて風力発電事業を始めさせようとしていたことも知らなかったのだ。それはジョーには意外ではなかった。なぜなら、保安官事務所の捜査はミッシー以外の容疑者を挙げていないからだ。ダルシーが自己防衛と縄張り意識から、話を終える前に彼を閉めださないことを願った。ダルシー・シャルクは驚かされるのが嫌いだと知っているし、自分たちの説を支持しない推論を他人から持ちだされるといらだつのも見てきた。そしてジョーがこれまで一緒に仕事をしてきたすべての郡検事長と同じく、捜査員が自分たちだけで行動するのも彼女は毛嫌いしていた。

「そのオリン・スミスという男だけど、ＦＢＩが勾留しているのね？　そしてこの証言のおかげで彼は刑が軽くなるかもしれないんでしょう？　スミスが信用できる証人だとわたしが思えるわけがある？」

「もっともだ」ジョーは言った。「彼のしゃべるどんなこともきみが信じる理由はいまはない。なんといっても、十一件の詐欺の容疑者なんだ。おれも、彼から聞いた話を一から十まで信じていいものかわからない。だが、おれが伝えたことを書き留めて、きみが自分で調べて判断を下してもらえないだろうか。そして、マクラナハン保安官は、だれにも好かれていない金持ち女を負かしてでかい勝利をほしがっていることを、忘れないでくれ。彼は決してミッシー以外の容疑者を探そうとしなかったし、ほかのだれにも一度も目を向けていない。ダルシー、きみもだ」

「続けて」彼女の声音は氷のように冷やかだった。

「この前の晩、アール・オールデンがかすめとり《スキマー》屋だと聞いた。あのときはその言葉の正確な意味も、それのどこが重要なのかもよくわからなかった。だが、いまならわかる。

　オールデンには政治上も仕事上もコネがあった。最近はその手のやりかたが主流のようだ。成功はアイディアとも発明とも勤勉とも関係がない。だれを知っていて、どの政治家が自分を成功させるべく選んでくれるかにかかっている。アールは個人的なイデオロギーなど皆無のスキマーだった。双方に大金を提供し、相手が間違いなくその事実を知るようにする。どちらが勝っても、つねに自分は守られるように。アールにとっては調査や開発に投資するようなものだったんだ。だれが成果を上げるか、わかっていたわけでは決してなかった。機会があれば、彼は駆けつけて手をさしのべた。そして風力発電計画に大きな波が来たとき、アールはまさにそこにいて、ワシントンの新しい政権やあらゆるグリーン・イニシアティブと手を組んで突き進む用意ができていた」

「もうじき要点を言ってくれるの？」

「ほんとうに、おれだってこんなに長々としゃべりたくないんだ。だが、オールデンがなにをしてだれがその影響を受けたのか理解するには、背景を知る必要がある」

「わかったわ」彼女はまだ得心していないようだ。

「とにかく、この風力発電計画で、オールデンはもうける方法を思いついた。金額は驚異的で、それがあらゆる方面から入ってくる方法を見つけたんだ。

まず、彼はオリン・スミスと〈ロープ・ザ・ウィンド〉について耳にした。だれかから聞いたのか、自分で調べたのかはわからない。郡内で噂がどれほど速く広まるか知っているだろう、そしてスミスが接近した牧場主の何人かは、間違いなくコーヒーショップや飼料店で話しあったはずだ。ミッシーかバド・シニアから聞いた可能性さえある、わかるものか。とにかくアールは聞きつけて、郡内のほかの牧場主がすべてスミスにノーと言ったあと彼と会った。アールは設立三年目の風力発電会社に価値を見出したんだ、たとえその三年間は州の文書局書記官のオフィスに眠る設立記録にすぎなかったとしても。そこでアールは現金で〈ロープ・ザ・ウィンド〉を買収するのではなく、スミスをパートナーにすることにした。実質的には、ウィンドファームができて発電が始まったら、自分は利益の四十パーセントをもらうとアールはスミスに言ったんだ。スミスはほかのあらゆる場所で失敗していたし、アール・オールデンは伝説的な現金供給マシンだと知っていたので、その条件に同意した」

「わからないわ」シャルクは言った。「どうしてアールは利益をスミスと分けあうことにしたの？　社名を安く買って、全部自分でやればすむ話じゃない？　あるいは、そのスミス抜きで自分の会社を始めれば？」

「それもできた」ジョーは答えた。「しかし、彼はスミスやほかの連中の十歩先を行っていた。じつは、スミスは五、六年前テキサスで設立を手伝った会社とも関係があったんだ。テキサスの会社はそれほど大きくはなかったが、古かったり作動不良だったりする風力タービンを買って再製品化するのが専門だった。ちゃんとした風力タービンの需要は何年も前からあったんだと思う。そのテキサスの会社は一種のくず鉄業で、タービンを修理してはまた市場に出していた。ところが、新たなウィンドファーム建設に突然大金が流れるようになったため、このビジネスに参入する新会社は中古の風力タービンを安値で買う気はなかったんだ。風力発電にかんしては、需要と供給、そして自由市場といった考えは忘れ去られてしまった。増産のための補助金はすべて新しい会社、新しいタービンの建設、人々の新規採用を対象にしている。経済と地球のために自分がなにをしたか、政治家が自慢できるようにだ。だから、そのテキサスの会社は経営不振になり、何百もの売れないがらくたを抱えこむことになってしまった」

「そーれーで」シャルクは言葉を間延びさせて催促し、ジョーは自分が厄介者のように思えてきた。

「聞いてくれ。まだこれで全部じゃないんだ」

「続けて。それでいつ、アール殺害大陰謀説が出てくるの？」

ジョーはとりあわなかった。「スミスからアールの牧場の境にいつも風が吹いている大きな丘があると聞いて、アールはその土地をリー一家から買った。気の毒なリー一家はあらゆる意味で貧乏くじを引いたんだ。で、アールは郡内でもっとも風が強く、大規模な風力発電計画に最適な土地を手に入れた。それがまず、はまるべき最初のピースだ。

その丘を確保したアールは、会社についてオリン・スミスとのあいだで条件を固めた。そしていきなり、アール・オールデンは操業三年目の風力発電会社とつねにクラス5から7の風が吹く土地の所有者になった。それが重要なのは、この二点が政府の金を動かすのに必要不可欠だからだ――大規模なかすめとり作戦《スキミング》を軌道に乗せるために」

シャルクは尋ねた。「だれをスキミングするの？」

「きみ、おれ、ほかの納税者全員だ。スミスによれば、仕組みはこうだ。言ったように、アールにはコネがあった。銀行を倒産させたくない政治家たちを通じて、国内のどの銀行が政府の財政的支援を受けるか、彼は知っていた。アールは〈ロープ・ザ・ウィンド〉という巨大ウィンドファームへの融資案を持って、そういう銀行に接触した。少なくとも一行は金を出すとわかっていたんだ、再生可能エネルギー計画への金融支援を、銀行は政府から奨励されていたからね。それに、うまくいかなかったとしても、連邦政府が尻拭いしてくれると銀行のほうはわかっていた。だから、銀行家たちは用心する必要もなかった――たんに連邦政府の金の蛇口をひねり、手数料をとり、適切な会社に資金を送りこんだだけだ。とくに、これはメモしてもらいたいんだが、アールはシカゴのファースト・グレート・レイクス銀行から資金のほとんどを受けとったとスミスは言っていた。聞いたことはあるか？」

「冗談でしょう。だれでも聞いているわ。組織《モブ》銀行と呼ばれているギャングがらみのところでしょう？　突然消えてなくなった不審なローンをたくさん組んだ銀行よ。まだ閉鎖されていなかったの？」

「いまは閉鎖された。だが、みんなが報酬を受けとったあとでのことだ。彼らにもコネがあったのさ」

「でもそれはアールの落ち度じゃないわ」

「ああ、違う。しかし、そうやって彼は会社の資金を調達した。そして、すぐに事業を始めた」

電話口の向こうから大きく息を吸う音が聞こえ、ジョーは続けた。「アールはローンを組んだ——連邦政府が保証したローンを——そしてテキサスの再製品化業者から百基もの中古の風力タービンを買いこんだ。それぞれに百万ドル支払ったとスミスは言っていたが、アールは新品のタービンのための税額控除と助成金を申し込んだ、各基四百万から五百万ドルだ」

「あきれた！」シャルクは叫んだ。「完全な詐欺じゃないの。なんですって、タービン一基につき三百万から四百万のもうけ？　大手を振って四億ドルも？」

「まさにそのとおり。しかし、昨今だれがこういうことをチェックする？　風力タービン建設はあまりにも多いし、官僚主義ははびこっているし、だれもなにがどうなっているのか知らない。つまり、FBIが捜査官を派遣して風力タービンが新品かどうか調べさせたりしないってことだ。そしていいか、この時点での利益はすべて架空利益なんだ。バランスシートには載っているが、それだけだ。これが、アールのような男がかすめとる方法なんだよ。すべては水面下だ」

「あなたの言いたいことがわかったわ」

ジョーはメモ帳を参照して続けた。「で、アールはそこでやめなかった。スキミングにかんしては中毒者のようなものなんだ。プロジェクトが風力発電だったから、エネルギー省から五千万ドルの交付金を受けとった。そのために〈ロープ・ザ・ウィンド〉を買ったのさ、書類上は三年間操業していて、交付金が認められる基準の一つがそれだったんだ――〈ロープ・ザ・ウィンド〉はちゃんと記録があった。それからアールは部下を派遣して、電力のうち一定の割合を再生可能エネルギーにするという法律を通した多くの町や州と電力供給契約を結んだ。ウィンドファームが建設されて契約がまとまると、アールは本物の電力設備を所有することになった、そのおかげで、送電線を通すためにリー一家の私有地を収用する権利を得たんだ。たとえそういう自治体が損をして電力を買い、その電力をまだ自分たちが使える段階になっていないとしても、彼らはいい気分になる。アールはそこを利用したんだ」

「話が見えなくなってきたわ」

「スミスの説明によるとこういうことだ」ジョーはメモを見た。「アールは他人の金と機材を使って自分のための金鉱を彼らに掘らせたが、掘りだした金《きん》のすべてを政府が保証した高い値段で人々に売らなくてはならない。そこで交付金と新たな連邦政府プログラムを使って、金鉱がつねにもうかるか、少なくとも損をしないように保証させた。そしてあらかじめ設定された金額で金《きん》を買わせるべく、人々と契約をかわした。なぜなら、相手は世間知らずの理想主義者で市場価格は彼らにとってはどうでもよかったからだ。アールはあらゆる交付金、助成金、奨励金、税額控除を使って、自分のほかの損失の穴埋めをした」

「ジョー……」彼の話の大きさと複雑さに、シャルクは異議を唱えているようだった。

「わかっている。でも、これを理解するためには、ほんとうの資本主義がどう働くのか、わかったことを一切合財話す必要があるんだ。これがアールの考えた仕組みなんだよ。ひいきされているプレーヤーの一人であるアールにとっては、チップが無料のでかいポーカーゲームみたいなものだ。そしてそういうチップをみんな使って、彼はどんなリスクや損失にも完璧に耐える多層的会社組織を作ることができた。巨大牧場や世界中にある邸宅といったほかの資産のすべてを、これで守れる。〈ロープ・ザ・ウィンド〉がらみの契約や税金控除や保証によって、損失を相殺し、自己負担を抑えられたからだ」

ジョーは間を置き、メモ帳を見直してシャルクに考える余裕を与え、言い落とした点がないかどうか確認した。

彼女は聞いた。「でも、大もうけするつもりだったならなぜオリン・スミスはパートナーについてそんなふうにぶちまけたの？　どうしてあなたに全部話したの？」

「おれも同じことを考えたよ。だが、じつのところ、こういった取引や専門的方法の利用はアール個人を潤《うるお》しただけだった。ウィンドファーム自体は何年も本物の利益を上げられないだろう。助成金を吸いあげ、税額控除を受けるためのもので、現実に社会へ電力を供給するためのものではなかった。送電線を丘に通してじっさい送電網に電力を届けるには、何年もかかる。しかもだ――諸経費がみな支払われるまで純利益は出ないし、それには何十年もかかるだろう。ああいうものを建設するには高額の費用がかかる、たとえ中古のタービンを安く手に入れても」

「そこで、スミスははじき出されたわけね」

「彼はそう主張している。生きているあいだに一ペニーの利益も得られないだろうと。そしておれは彼を信じないわけにはいかない、なぜならスミスはどうしても現金がほしくて詐欺事件を起こし、FBIにつかまったわけだから」

「スミスがオールデン殺害に関係していると思う？」シャルクは聞いた。「あなたが言いたいのはそこ？」

「違う」ジョーは否定した。「彼がかかわっているとは思わない。犯行計画を知っていたとしても止めはしなかったろうがね。だが、こういう事情を知ったからには、きみが考えなければならないのは、どれだけ多くの人間がアール・オールデンの死から利益を得るかだ。つまり、ミッシー以外に」

「だれのことを言っているの？」彼女の口調は用心深かった。

「考えてみてくれ。もしこの企みが公《おおやけ》になったら――いまからそうなるだろうが

──砂上の楼閣は崩れ、何十人もが詐欺行為に巻きこまれることになる。全員の名前を挙げてほしいか？」

「必要ないわ」彼女はむっつりとして答えた。「テキサスの会社の所有者たち。彼らは、前にだれも自分たちの在庫を買ってくれなかったからオールデンがなにをしようとしていたのかおそらく知っていた。そして役人たち、出資者たち、グレート・レイクス銀行の監査役たち、彼らはみんなその常軌を逸した会社の調達資金で利益を得ていた。そしてシカゴのギャングたち、彼らは突然うるさいことを言わない自分たちの組織《モブ》銀行を失った。そして〈ロープ・ザ・ウィンド〉が可能と主張していた電力をじっさい供給できるのか調べもせずに、契約にサインした町や州。そして、アールが先取りしてしまったために助成金を受けられなかったほかの──合法の──ウィンドファーム会社。それから土地をだましとられたリー一家。ほかにも、こんな詐欺を許し、むしろ奨励するメカニズムを考えだしたワシントンの政治家たち」

「そのあたりが手始めだ」

「だけど、あなたは犯人を特定してはいないんでしょう？　いまのキャストのうち、アールを撃ち殺すほど八方ふさがりになって行動を起こしたのがだれかはわからないのよね？」

「わからない」ジョーは言った。「まるで巨大な密室ミステリーだよ。おそらく四

十、五十、六十人が利用されたが、自分たち自身に傷がつくんだから企みを暴かれたくはないはずだ。そこで、暴露を防ぐ唯一の手段は王さまを殺すということになる」シャルクはしばらく黙っていた。彼女がなにを考えているのか、ジョーは想像するしかなかった。

彼は言った。「だれがやれたのか、おれにはほんとうにわからない。そして、調べだすには時間と入念な捜査が必要だ。町や州や政府の人間がかかわっているとは思わない。彼らはこんなやりかたで解決したりはしない。可能性があるのは、ギャングか、怒った出資者だ。もしかしたら、アールがいかに自分たちを利用していたか気づいた住民、あるいはもうけ話を逃して頭にきた変人。捜査にはあきらかにＦＢＩの手を借りる必要があるし、チャック・クーンはこの話を聞いているから、もう調べはじめているかもしれない。しかし、わからないまでもこういった利害関係や疑わしい人間たちの存在からして、だれかがアールを殺してミッシーに罪を着せたと考えることは不可能ではないと思う」

「こじつけにすぎるわ」

ジョーは嘆息した。「そう聞こえるのはわかるよ。だが、殺害方法はどうだ？　なぜ彼を撃って遺体を風力タービンまで運び、ブレードに吊るすなんていう手間をかけた？　ある種のメッセージを送る目的があるなら別だが。もしミッシーが一人で手を下したなら、どうして夫の車のマフラーに細工するか、毒を盛るかしなかったんだ？　あるいは、寝ているあいだに窒息させなかった？」

「わたしたちの目を自分からそらしたかったのでは？」

ジョーは考えた。「確かに彼女は悪賢いよ。だが、そこまであらかじめ計画できたかどうかは疑わしい」そう言いながら、ミッシーが長年にわたり、まもなく捨てられる夫が不満にかけらも気づかないうちに次の裕福な夫を手の内にしていたことを、彼は思った。そして、バド・シニアとかわした夫婦財産契約に、隠された、だが明確な言葉をしのばせた鮮やかな手際を思った。それによって、彼女は三世代続いたバドの牧場を奪ったのだ。

ジョーは座席で身じろぎした。バラ色の雲は光を失い、いまは暮れゆく空にかぶされた暗い鉛色のウールの重いかたまりに見える。

「さて、とても興味深い話だったわ」シャルクは言った。

「いまおれが伝えたのは、新しい情報だっただろう？」

「だいたいはね」

「では、調べるに値するかもしれない？」

「一つのことがなければね」

「バド・ロングブレイクだな」

「そして、状況からして容疑はやはり堅いのよ。あなたはいまのさまざまな陰謀説をわたしに投げかけて、オールデンのしわざが国中に広まるのを見ることはできるわ。けれど、あなたの義理のお母さんに雇われて彼女の夫を殺すように頼まれた男がいて、彼がその事実を進んで証言すると言っている事実は変わらない。二人が話しあっていたことを示す通話記録もあるわ。ミッシーはバドに会っていないし、接近禁止命令が出て以来彼から連絡もないと主張しているけれど。それにね、ジョー、こちらは動機も把握しているの。アール・オールデンが離婚しようとしていた事実を証言する人たちも押さえているわ」

ジョーはひるんだ。「それはそうだが……」

「事実は曲げられないのよ、ジョー。そして陪審団にとって、風力発電や税額控除やギャングがらみの現実離れした陰謀説よりも、ミッシーが夫を殺したがっていたことのほうがよほど理解しやすいわ」

「その点は、おそらくきみが正しいだろう。しかし、それに価値はあるのか？　捜査範囲を広げるより容易だから、無実かもしれない女性を有罪にするためにベストをつくすつもりか？」

答えたシャルクの声は鋭く尖っていた。「二度とわたしの誠実さに疑義を呈するのはやめて。彼女がやったと信じていなければ、わたしは決して起訴したりはしない」

「悪かった」ジョーは顔を赤らめた。「一線を越えてしまったね」

「ええ、そうね」

まるまる一分間、どちらも口を開かなかった。やがてジョーは言った。「だが、マーカス・ハンドがどう出るか、きみは考えるべきだ」

「考えているわ、ジョー。間違いなく、事件をかきまわして陪審を混乱させるためにいまの話を使うでしょうね」

「自分の説を買う陪審員を一人か二人――あるいはもっと――ハンドは見つけるだろう。それはおれたち二人ともわかっている。だから、この情報を彼がどう扱うか考えれば、反論できるのが確かになるまで裁判を延期してはどうかな」

「あら、あなたはいつ法律の学位をとったの？　法律を執行するためにトゥエルヴ・スリープ郡の選挙民に選ばれたのはいつのこと？」

「おれは法廷のマーカス・ハンドを見たことがあるんだ。今回より材料がない裁判でも、彼は勝ったよ」

「ところで、いまの話を事前に彼が知る必要があるとだれが言っているの？」彼女は軽い口調で尋ねた。

ジョーは自分の携帯を疑わしげに見てから、耳もとに戻した。「ダルシー、いまのは聞き間違いだろうね」

彼女は黙っていた。

「ダルシー、おれはいまきみの誠実さに疑義を呈するよ」

「ちょっと思っただけよ」その口調からかすかに必死さが伝わってきた。

「ハンドは知っているよ」ジョーは告げた。「メアリーベスが話している」

「ジョー、あなたはくそったれよ」

彼は黙った。

「そしてあなたの奥さんもね」

ジョーは大きく息を吸った。「ダルシー、きみらしくもない。マーカス・ハンドを負かしてやりたいばかりに、判断力を失っている。ダルシー、バドと話をさせてくれ」

沈黙。

「まだ彼の居場所がわからないんだな？」

彼女は言った。「法廷で会いましょう、ジョー」

「ダルシー、頼む――」

彼女は通話を切った。

「あんたはバドの居場所を知らないんだろう」切れた携帯に向かって彼は言った。

「だが、おれは知っていると思う」

高速道路に戻り、ジョーはメアリーベスに電話しようとしたが、直接ボイスメールにつながった。きっと、マーカス・ハンドか母親か、その二人と話をしているのだ。彼が郡検事長にした話を聞かせている。

ジョーは伝言を残した。「これから帰るが、携帯の電源は入れておく。途中で寄るところがあるんだ」

そして続けた。「ダルシーにはまったく失望したよ。しかし、おそらく彼女はお母さんを懲役刑にするだろう。ところで女性刑務所はラスクにあるよ、訪ねていく気があればだけど」

月光のもと、グレンドー貯水湖が道路の北東に光っている。闇の中に二隻のボートが出ている。ウォールアイ狙いの釣り人だろう、とジョーは思った。湖の対岸のキャンプ場でいくつかの明かりがまたたいている。

シャルクと話したあと、一キロ進むごとにジョーの怒りは増した。ダルシー・シャルク、マクラナハン保安官、バド・シニア、バド・ジュニア、オリン・スミス――全員への怒り。だが、怒りのほとんどは自分自身へのいらだちと重なっていた。この事件を解決できていない、決して解決できないかもしれない。そして、心の奥底では、果たして解決したいのかどうかさだかではなかった。

アールについてスミスが語ったこと、最近のこの国でのビジネスのやりかたが、深い絶望的な憂鬱を一滴ずつ心に染みこませていた。もはや、なにが正しくてなにが間違っているのかわからない。

34

ジャクソンでジープに給油したあと、ネイトは北へ、次に東へ向かって、トグウォティ・パス経由でグロヴァント山脈方面へ進んだ。

トグウォティ・マウンテンロッジに着く前に、二車線の道路の脇に車を寄せた。そしてエンジンをかけたまま降りた。道の両側にはロッジポールマツの壁があり、頭上の狭い空は落ちてきた星々を運んでいく川のようだ。秋が迫り、マツの香りのする冷たい高山の空気は、自分がいるべき場所に戻ってきたのを思い出させてくれた。背後では、道路を通すために切り開かれた森の細い空間の向こうに、凍りついた丸鋸《まるのこ》の歯のようなティートン山脈の峰々が影になっている。ネイトは座席の下に手を入れて、五〇〇ワイオミングエクスプレスが盗まれていないのを再確認した。ちゃんとあった。

ジャクソンホール仕様の服をぬいで後部に投げこみ、ジーンズと厚手のシャツを身につけた。ブーツのひもをしっかりと結んだ。

ジープの運転台に戻り、路肩から舗装道路へ発進した。レストランがみな閉まってしまう前に、頂を越えてデュボワに着きたい。シカゴで朝食をとって以来、なにも腹に入れていないのだ。

自分を敵に引き渡した人間を見つけて殺すまで、一晩中運転するつもりだった。

山をジグザグに下る道のカーブにさしかかった。スピードを出していたが、ヘッドライトの光の外の路上にいるエルクや牛やミュールジカの目の反射を見逃さないように、ヘッドライトは暗くしていた。

彼はアリーシャのことを考えた。本気で彼女の死を悼むのをまだ自分に許していないことを。遺体を置く台を作っていたときも作業に集中していた。材料、小枝、組みあわせるための動物の腱。自分の上でばらばらにならないように気をつけて遺体を持ちあげたこと。そして、振りかえらずに彼女を置いてきたこと。

だがそれでも、彼女がほんとうに、真実いなくなってしまったという事実と向きあってはいなかった。

それができないこと、悼むことができないことはわかっていた。先に彼女の復讐をやりとげるまでは。だんだんと罪悪感がつのってくる不思議な感覚のうちに、彼は悟った。エデンとシカゴへ行って戻ってきた旅のあいだはひたすら殺意に集中することで、感情を押しやるのを正当化していたのだと。

復讐が終わったら、彼はこっそり保留地へ行ってアリーシャの家族と彼女が育てていた幼女に話をし、自分の目的と怒りをなにか別のものに変えるのを許すだろう。そのときが来たらどうするのか、なにを言うのか、どういう言葉を選ぶのか、わからなかった。

あれ以来初めて、ネイトは考えてみた。ジョーが助けてくれるのはわかっている。ジョーとメアリーベス、二人はとくに。彼らは一種の本流にいて、愛しあうカップル、成長する子どもたち、住宅ローン、飼い犬、芝生、社会的道徳観といった世界との、ネイトの唯一の本物の接点だった。理解できればと願い、いつの日か自分も入れればと望んでいる世界。だが、彼にとって、いまだにそれは外モンゴルの日常生活と同様に異国のものだ。それでもジョーとメアリーベスがその世界との唯一の本物の接点であるがゆえに、彼はジョーたちの暮らしの外にあると知っているものから二人を保護し、守り、遠ざけておきたかった。ジョーに自分の家族が守れないというわけではない――彼にはできる、しかも驚くべき方法で――しかし、ジョーはいまだに宣誓と義務を信じ、無垢を信じ、正義を遂行する法律を信じているようだ。そうではないとジョーが悟る日が来るとしたら、そのときネイトはその場にいたくはなかった。無残なことになるはずだからだ。

メアリーベスはやさしい言葉で自分を助けてくれるだろう。ジョーは彼ならではの謙虚さと高潔さのみをもって、自分を支えてくれるだろう。ネイトが身をゆだねられる錨か壁のように。

デュボワで開いていたのはコンビニだけで、棚にはビニールパッケージの加工食品が並んでいた。ネイトは大きなペーパーカップ入りの薄いコーヒー（濃いコーヒーはなかった）と、ナトリウムと保存料にまみれた筋だらけの黒い筋肉組織としか思えないビーフスティックと、ストリングチーズを買った。

こんなものを食べるのは何年ぶりだろう。すべてを終わらせてエルクとプロングホーンを狩り、背肉を焼くのが待ちきれなかった。

ローリー・タリクが話した内容にそれほど驚くべきではない、と彼は思った。考えてみれば筋が通るし、ピースがつながる。〈ザ・ファイブ〉に自分の居場所が特定されたのではなく、地元の経路を通じてだったのはまだましだ。

ネイトはふたたび悲しみのすべてを先へ押しやって、当面の仕事に集中した。

敷地に侵入しなければならず、そこは警備されている。動作感知器があるだろうし、カメラもあるにちがいない。だが、そんなもので阻止されたことは一度もない

……

九月八日

袋から猫を出すのは、中に戻すよりはるかに簡単だ。

——ウィル・ロジャーズ

35

ジョーは午前零時半にサドルストリングへ入り、まっすぐ〈ストックマンズ・バー〉へ向かった。外には五、六台の乗用車とトラックがななめに止まっており、店がまだ開いていたことに彼はほっとした。〈クアーズ〉〈ファット・タイヤ〉、〈90シリング〉のビールの銘柄のネオンが脇の小さな窓を照らしている。客がいなければ、あるいはまだ残っている客がもう飲んでいなければ、ティンバーマンはたいてい午前二時前には店を閉める。

ジョーは正面のスペースに駐車してエンジンを切った。二、三台の車には見覚えがあり、探していた一台があったのでほっとした。一九九二年型のフォード・ピックアップ。フロントガラスはひび割れ、両方のリア・フェンダーの上には錆止めが塗ってある。

車を降りてバーへ向かい、本能的に体をたたいて準備が万全であることを確かめた。手錠、ペッパースプレー、クマよけスプレー、デジタルカメラ、デジタルレコーダー、メモ帳、ペン、違反切符帳、無線機、携帯電話。四〇口径グロックは予備の弾倉二個とともにホルスターにおさまっている。官給の銃を抜くつもりはなかったし、神かけて、それでなにかを撃つ気もなかった。

ジョーは店のドアの前で足を止め、二回深呼吸してはやる心を鎮めてから、中に入った。

ティンバーマンは顔を上げてかすかに眉をひそめ、驚きをあらわした。この八年間でジョーがこんなに夜遅く店に来たのは初めてで、バーテンダーが予期していなかったのはあきらかだった。

ジョーはティンバーマンにうなずいて、客たちを眺めた。全員が知った顔だ。彼が探していた男は視線を避けた。

ジョーはバーの奥へ歩いていき、かつては毎晩バド・ロングブレイク・シニアが占めていたスツールにすわった。〈イーグル・マウンテン・クラブ〉の門衛をしているバドの友人で飲み仲間のキース・ベイリーは、わずかにジョーから身を離して距離を置こうとした。ベイリーはゆっくりと〈バドワイザー〉の缶を大きな手の中で回しており、彼の老眼鏡と〈サドルストリング・ラウンドアップ〉の隣には空のショットグラスがあった。ベイリーは少しだけジョーのほうを向き、警戒するような目で彼を見た。その表情は冷静だった。警官の目だ、とジョーは思った。

ティンバーマンが近づいてきたので、注文した。「バーボンの水割りをくれ。〈メーカーズ・マーク〉で。それからキースにいま飲んでいるもののおかわりを」

「うちは〈エヴァン・ウィリアムス〉なんだが」ティンバーマンは言った。

「それでいい」

「おれはいらない」ベイリーは断り、ジョーに言った。「あんたにしちゃ遅い時間だな」

「寝る時間を過ぎているよ」ジョーは答えた。

ティンバーマンがバーボンの瓶をとりにいくと、ジョーはベイリーに言った。「おれがなぜこんなに手間どったのかと思っているだろう」

ベイリーの答えはかすかにビール臭のする鼻息だった。

「これまでずっとバドを探していたのに、いちばん聞くべき男に聞くことを思いつかなかった」

ベイリーは肩をすくめた。

「あそこのどこに、彼を滞在させているんだ？　メンテナンス用の建物か、クラブ棟か、それともメンバー用の家の鍵を渡してやったのか？」

ティンバーマンが飲みものを運んできて、ジョーは一口飲んだ。冷えていてスモーキーでうまかった。

ティンバーマンが戻っていくと、ベイリーは言った。「彼はいまとんでもないプレッシャーと苦痛を味わっている。離れて休む時間が必要なんだ。なにかで指名手配されていないかぎり、友だちを助けてやるのは法律違反じゃない。あんたは彼を容疑者だと思っているのか？」

「いや。話をしたいだけだ。何日もおれが探していたのは知っているだろう」

ベイリーはジョーから顔をそむけて、カウンターの上に両手を置いた。体をこわばらせていた。「おれは一度も聞かれなかった」

「そう、一本とられたな。で、保安官からも彼を隠しているのか？」

「一人で調べているのか？」

「ああ」

「おれは彼をだれからも隠していない。彼は自分で隠れているんだ。こんどの事件におれはなんの利害関係もない。ただ、昔からの友だちを助けているだけだ。バドが牧場を持っていたころ、あの魔女にとりあげられる前、彼はこの郡ではたいした男だった。大勢の人を助け、その点、立派な男だった」ベイリーはもっと言いたかったようだが、ジョーが会ってきたベイリーのような年齢と立場の人間の例にもれず、これ以上続ける必要はないと思ったらしい。

「彼は葛藤している」ベイリーはそう言って締めくくった。

「なんについて？　自分がしようとしていることについてか？」ジョーは尋ねた。

「くわしい事情には立ち入っていない。おれには関係のないことだ。あんたにも関係ないんじゃないかな」

ジョーはもう一口飲んで、〝おかわりは？〟という顔であごを上げてみせたティンバーマンにかぶりを振った。

「決して彼を傷つけるつもりはないんだ。おれのことはわかっているだろう。かつてバドのために働いていた時期があるし、ずっと仲よくやってきた。こんなことを言う必要もないほどに」

「おれはあんたについては心配していない」ベイリーは言った。「だが、バドはほかのくそったれどもに追われていると思っているようだ。証言をする前に殺されるんじゃないかと」

ジョーは聞いた。「だれに？」

「知らない。あまり話しあわないんだ。バドからいられる場所がほしいと頼まれて、手を貸した。おれたちは一緒にすわって気持ちを打ち明けあったりはしない」その言いかたにジョーは微笑し、キース・ベイリーのことがさらに好きになった。

「彼は調子に波があるんだ。だが、あんたは知っているだろう」

ジョーはうなずいた。一年前、バドが銃を持って裏庭にあらわれ、自分を襲いにくる人間を探していたのを思い出した。ある理由で、彼はそれがネイトだと思いこんでいた。

「いまはもっと具合が悪いんだ」ベイリーは言った。「体調のせいで」

「体調って？」

「ほんとうに知らないのか？」

ジョーはかぶりを振った。

「内々の秘密をもらすつもりはない。話したいことは彼があんたに言うだろう。どこへ行けば彼が見つかるか教えるだけならいい」ベイリーは間を置いた。「ただし一つ条件がある」

「言ってくれ」

「あんたがあそこで見つかったら、キーパッドのコードを教えたのはおれじゃない。それをどこで聞いたか、なんと言おうとおれは知らない――メンバーの一人からかな。あるいは、あそこの野生生物について調べられるようにだれかが教えたとか、なんでもいい。だが、おれから聞いたとあんたが言えば、おれは職を失う」

ジョーがうなずくと、ベイリーは〈サドルストリング・ラウンドアップ〉の隅をちぎって七桁の数字を書いた。

「おれが行くと彼に電話しないな？」新聞の切れ端を手にして、ジョーは聞いた。

ベイリーはイエスともノーとも言わず、ティンバーマンに合図して勘定を頼んだ。


昼間の〈イーグル・マウンテン・クラブ〉は、なだらかな東の断崖の高みに沿った広い安全な場所に君臨している。クラブには、ビッグホーン山脈のふもとの丘陵地帯を縫う36ホールのゴルフコース、プライベートの養魚場、射撃場、滑走路、不況になる前に建てられて何百万ドルもした六十の邸宅がある。滑走路が備わっているため、大多数のメンバーはゲートを通らずに到着も出発もできる。建てられたのは一九七〇年代で、眼下にある労働者階級の住むサドルストリングの雰囲気や生活のリズムや文化からは、切り離されている。とはいえ、一部のメンバーはあえて地域社会に飛びこみ、美術館、図書館、その他の市民グループの後援者として貢献している。〈イーグル・マウンテン・クラブ〉のメンバーはたった二百五十人で、新しい加入者があるのはメンバーが亡くなるか退会するか、メンバーの大多数からその特権を拒まれたときだけだ。

クラブで働く地元民は、メンバー——CEO、セレブ、政治家、大実業家、信託財産を持つ少数の御曹司——がだれか、中でどんなことが起きているかを口外しないという、雇用契約にサインしている。それでも、ジョーを含めて町の多くの人々はその両方を知っている。ジョーがつねに感心しているのは、思い切ってクラブから出てきて買い物したり食事したりする有名人に対して、地元民が平然と対応していることだ。公共の場で顔を見て騒いだり、サインを求めたりするようなことは一度もなかった。それは土地っ子の誇り——こういう金持ち連中は世界のどこにだって住めるのにここを選んで自分たちと住んでいるんだ！——と、頑固な独立心と、いつの日か自分たちもメンバーになれるのではないかという楽観主義が、みごとに入りまじっているからだと、ジョーは考えていた。

この仕事についてから、ジョーがクラブの敷地に足を踏み入れたのはほんの二、三度だ。この地区に赴任した最初の年、仕事で夫が出張中の裕福な妻と性悪の同僚が関係しており、そのつてで一度だけ家族で泊まったことがある。それ以来、狩猟動物が殺されているのが見つかったか地元の侵入者が発見されたと通報があったときにしか、クラブには入っていない。そこにいるあいだは、警備車両が影のようについてまわり、警備員が望遠鏡で彼がなにをするか、どこへ行くかを監視していた。

クラブ内へ立ち入るには、昼間はキース・ベイリーが詰めている門衛所を通過する。夜間、メンバーはクラブハウスのフロントにいる警備員に連絡して入れてもらう。私道の両側と広大な敷地のいたるところに、監視カメラが隠されている。

ジョーは私道を上っていき、キース・ベイリーが教えてくれた番号を打ちこんだ。鉄の門がカチリと開いた。いつなんどき彼に襲いかかってくるかもしれない警備員を警戒して両側に気を配りつつ、そろそろとピックアップを進めて無人の門衛所を過ぎた。間違いなく、彼が入ったことはテープに記録されているはずだ。リアルタイムでモニターを見ている警備員はいないと、信じることにした。なぜなら、九月になってメンバーのほとんどはすでに帰ってしまっているからだ。


背後でゲートが閉まると、ジョーはカーブに沿って外側が高くなったアスファルトのエントランスをクラブの中心部へ向かった。道は断崖の縁を通っており、サドルストリングの町の灯が右下方に広がっている。薄暗い照明が道の両側に灯っている。

丘を上って左に曲がり、頂上のクラブハウス本館への道を通り過ぎた。そこにはいくつか明かりが見えたが、人がいる様子はない。道は下りぎみになり、両側の奥まったところに大きな家々が建っていた。それぞれの入り口を示す名前が記された草の中の標識板を、彼は見逃さないように注意した。

探していた標識には〈スキリング〉と書かれていた。ヒューストンのスキリング防衛産業の後継者、キンバリー・アリス・スキリングだ。彼女は大きな邸宅一軒だけでなく、二軒のコテージも所有していた。そして、キース・ベイリーに自分の家にとくべつ気をつけてくれるよう、ことに去年の冬パイプが破裂したコテージの一つに目配りしてくれるように頼んでいた。

ジョーはバド・ロングブレイクをある点で信じていた。つねに、わざと一目瞭然のところに隠れるのだ。

36

ネイトはジープを川岸のびっしりと茂った高いヤナギの中に入れ、道路から見えないようにした。車で近づいたとき眠っていた牝のムースを脅してしまい、ムースはヘッドライトの中であわてて立ちあがると、踏んばって鼻息を荒くした。そして身を翻し、足を高く上げて走り去った。

彼はエンジンとライトを切ってジープを降りた。ショルダーホルスターをつけ、川の泥で頬と額を黒くしていたとき、あのムースがうなりながらしぶきを上げて下流へ逃げていくのが聞こえた。音をたてずに接近しようと思っていたのに、野生のムースがスタントカーレースのような騒ぎを起こすとは予想外だった。

目が暗闇に慣れ、周囲の唯一の光が星と細い三日月だけになると、ネイトは車を離れて一帯の地形を観察した。川は正面を流れている。インクのように黒い流れは急で、ときおり岸沿いの青白く丸い岩に当たって波が立つ。背後は沼のような湿地帯で、ビーバーのダムのせいで指のような支流ができている。乾いた部分を見つけて走ってこられたのは運がよかった、と彼は思った。

東側は切りたった崖だ。星明かりの中、表面は細い縞になって青白く見える。小さな黒い影が崖の表面を飛びかかっている。夕暮れに湧く虫を食べにきたムクドリか、同様のコウモリだろう。崖の縁には茂みと密生した草むらが見える。

　ネイトは慎重に警戒しながら川を渡った。水は冷たく、流れは驚くほど速く、ひざぐらいの深さがある。岩から岩へ伝っていったが、ときには足もとになにがあるのかわからなかった。川は全体に浅くて幅が広いが、予期せぬ深い穴があるかもしれない。水面下に黄褐色か黄色のかたまりを探した。それらが岩であり、すべらないことを祈りながら。

　向こう岸に着いたが、高さ三メートルのびっしりと茂ったやぶに行く手をはばまれていた。しばらく川に沿って歩いたが、やぶの切れ目は見つからない。そこでひざをつき、けもの道を這ってやぶの中を進んだ。体高の低い動物たちが驚いて、金切り声を上げて前へ逃げていった。

　三十メートルほど這っていくと、やぶはまばらになって立てるようになった。思っていたよりも崖の近くまで来ていた。両手を腰にあててネイトは身をそらし、崖の上へ行くルートを探した。表面に植物が黒くジグザグに生えている。草が育つ程度には地層はなだらかなのだから、登れるだろう。

　だが、崖に近づく前に、彼はじっと立って耳をすまし、あたりを見まわした。親しんだ静けさだ、壁の穴《ホール・イン・ザ・ウオール》と同じように。しかし、用心に用心を重ねて集中していないとこういう静寂がいかに油断ならないか、ネイトは知っていた。

人の姿はどこにも見えない。フェンスもない。だが、自分と崖のあいだにある高い二本のハコヤナギに目をこらすと、異常を発見した。自然界には完璧な線を持つものは存在しない。彼が見たのは完璧な線だった。目を細めて、ハコヤナギの幹の腰の高さのあたりに箱のような形の装置二つを認めた。

ハンターたちがスカウティング・カメラと呼ぶものだ。電池式のデジタルカメラで、けもの道の近くに設置するようにできている。カメラには動作感知器と、フラッシュもしくは赤外線機能がついている。四本の単一電池で一千枚の一・五から五メガピクセルの写真を撮ることができる。

通常カメラの撮影範囲は十メートルから十五メートルで、彼のいる場所は範囲外だ。だが、どうやってあのカメラを迂回しよう、あるいは一歩ごとに写真を撮られずに近づいて破壊しよう？

ネイトはじっとして考えた。

谷底にはたくさんのムースやシカやプロングホーンがいるから、夜間カメラはかなり何回も作動するはずだ。しかし、そのたびにだれかがリアルタイムで見ているだろうか？

彼はかぶりを振った。ここは〈イーグル・マウンテン・クラブ〉で、国防総省ではない。じっさいは、見習い従業員か修繕スタッフが二、三日おきに丘を下りて写真を回収し、敷地に侵入者がいたか、それが何者だったのか、チェックする程度だろう。個々のデジタル写真はカメラの内側に保存されており、映像は中央管制室に送られたりはしていない。

しかも、カメラは地面ではなく高い位置に設置されている。何千匹ものウサギやライチョウを警備員が見なくてもすむようにだろう。

そこで、ネイトはふたたび四つん這いになり、頭を低くして匍匐前進していった。シャッター音は一度も耳にしなかった。

崖を登るのはむずかしくなかった。十五分もしないうちに、彼は鉄条網をくぐって中に入った。

ジョーはスキリング邸のゲストコテージの私道に車を入れ、ヘッドライトとエンジンを切って、人の気配をうかがった。しばしすわったまま、観察した。だれかが中にいて彼の車の音を聞いたなら、カーテンを少し開けたりライトをつけたりするはずだ。

ゲストコテージは小さいが手入れが行き届いていた。ベージュ色の平屋でカーテンのかかった窓が三つあり、手すりのついたポーチが大きな木製の両開きのドアに続いている。右側には母屋とつながった二台用のガレージがある。高いハコヤナギが二本、ポーチへ上る道の両側に立っている。二つ目のゲストコテージはジョーの左側にあり、いま正面にある家と——ハコヤナギも含めて——そっくりだったが、ベイリーが正面のほうだと言っていたので、そちらはほとんど見なかった。ドアの左側の大きなピクチャーウィンドーの中央にはかすかな垂直の筋が見え、居間からの光だろうとジョーは思った。そこの照明がついているのだ。

ピックアップから降りてショットガンを座席の裏側のケースから出した。装塡を確かめたが——ダブルOバックショット五発——薬室には送りこまなかった。歩道を歩きながら、中の様子が見えるかどうか家のまわりをこっそり偵察するべきか、正面のドアからいきなり入っていくべきか、迷った。令状もなく、ここにいるちゃんとした権限もないことを思った。もしバドが中にいて侵入者に発砲しても、言い訳は立つ。

ジョーはこぶしで強くドアをノックして、脇に寄った。そして叫んだ。「バド？ジョー・ピケットだ。開けてくれ。話がある」

聞き耳をたてたが、中からはなんの音もしない。もう一度強くノックして、さらに大きな声で呼びかけた。なにしろ、夜中の二時なのだ。バドが起きているとは思わなかったし、なにか身につける余裕を与えたかった。

ジョーは手をのばしてドアを開けようとした。鍵がかかっていた。またノックして叫んだ。反応はない。

ポーチの階段を下りて、垂直な光の筋が見えたピクチャーウィンドーの前へ静かに移動した。帽子をぬいで慎重にガラスに近寄り、バドが中から四五口径を自分の顔に向けているという想像を振りはらった。身を乗りだして中を見る彼の鼓動は速まっていた。

カーテンの隙間は一センチほどだったので、室内を見るには前後に頭を動かさなければならなかった。やはり居間で、散らかっているようだ。コーヒーテーブルの上には空のビール瓶が何本もあり、いくつかは倒れていた。〈ジムビーム〉のがっちりした一リットル瓶がビール瓶を睥睨するように立っていた。

ジョーはつぶやいた。「よし、バドはいる」とはいえ、このバドは彼が以前知っていたバドかどうかはわからない。

椅子の背に服がかけてあり、ソファの上には町の〈バーゴパードナー〉のものらしいテイクアウトの容器が五、六個ある。右から左へ移動してつま先立ちになると、カーペットと横になっているカウボーイブーツの片方が見えた。ソファの角から靴底が突きだしている。靴底だけだ。ブーツの上のほうはソファで隠れている。ジョーは胃が引きつるのを感じた。バドの脚はブーツの上にあるのか？　あそこにあるのは遺体ではないのか？

入るべき相当の根拠になるだろう。何者かに追われているとバドは確信していると、ベイリーが言っていたのを思い出した。

ふつうの状況なら、〈イーグル・マウンテン・クラブ〉の警備事務所か保安官事務所に連絡して、一緒に中に入る。最終的には、連絡することになるだろう。しかし、現場を明け渡す前に自分で中を見たかった。入る正当性を記録するために、デジタルカメラでソファから突きだしているブーツの写真を撮った。

ピックアップからマグライトをとってきてポーチに戻り、スペアキーのありそうな場所を探した――ドア枠の上、マットの下、歩道の横にある平らな石の下。鍵はなかった。そのあと急いで玄関ドアに戻り、ショットガンを手すりに立てかけて、深呼吸した。そしてドアに突進して肩で押し破ろうとした。ドアはびくともせず、衝撃で痛みが全身を貫いた。ジョーは肩をさすりながらドアから離れ、どこか折れただろうかと心配になった。

ショットガンの台尻で窓の一つを割り、中に入ろうかとも考えたが、まずほかのドアを試すことにした。裏に一つあるはずだ。ショットガンを持ち――ああ、肩が痛い――家の正面に沿って角へ向かった。カーテンの隙間をもう一度一瞥し、ブーツが動いていないのを確認して、ハコヤナギの枝の下をくぐった。彼のブーツの音はコンクリートの私道の上に大きく響いた。通りすがりに、電子式のドア開閉装置だろうとは思ったが、ガレージのドアのハンドルをつかんで動かしてみた。

動いた。ジョーは驚いて足を止めた。ドアを全部上げた。

バド・ロングブレイクのF－一五〇ピックアップがあった。仰向くとガレージドア開閉装置の手動の取っ手が動かされているのが見え、合点がいった。ベイリーはコテージの鍵をバドに渡していたが、ガレージのリモコンはきっとキンバリー・アリス・スキリングのどこにあるとも知れぬ車の中なのだろう。自分の車を隠すため、バドは開閉装置を解除して昔のやりかたでドアを上げ下げせざるをえなかったのだ。そして車を中に止めたあと、ボルトをかけておくのを忘れたのだろう。

ジョーはマグライトの光を上げ、息を殺して家へ入るドアのノブを試した。

やはり、鍵はかかっていなかった。

ネイトは二メートルはあるビャクシンの密生した茂みを肩で押しわけて進み、クラブのよく手入れされた芝生に出た。茂みを背に一瞬立ち止まり、道に車があるか、この先にカメラやセンサーが設置されているか確かめた。

完全だと納得してしゃがむと、木から木へとカニのように歩いて前方の家々に近づいていった。探している家は真正面にあった。チューダー様式の三階建てで、二軒のゲストコテージがついている。

母屋に接近して、すぐにガレージの裏へまわった。ガレージの窓にカーテンはなく、ネイトは中をのぞいた。五台分のスペースがあるが、一台も止まっていない。床はぴかぴかで、月光が差しこんでいた。

後ろに下がって母屋を観察した。大きく、がらんとして見えた。どのカーテンもぴったりと閉まり、中からは一筋の光も洩れていない。彼はゲストコテージへと向きを変え、木から木へ、茂みから茂みへと動いて二軒のコテージの裏側にまわった。そのかんに、一軒目の私道にピックアップが一台止まっているのに気づいた。そこで足を止めたとき、ガレージにいちばん近い左端の窓に明かりがついた。

ネイトはホルスターから五〇〇ＷＥを抜き、右耳のそばまで持ちあげると、平らにして左の親指で撃鉄を起こした。スコープはありったけの光を集め、ネイトは十字線を窓の中央に合わせた。

バドは自分が秘密のゲストとなっている家をもっときれいにしておくべきだと、ジョーは思わずにはいられなかった。〈ストックマンズ・バー〉の上のアパートと同じく、包装紙や空の瓶や悪臭を放つ容器やゴミがあちこちに散らかっていた。ガレージのドアはキッチンにつながっており、ジョーはシンクにたまった汚れた皿やガス台の向かい側の壁ぎわにあるあふれたゴミ箱を目にした。痩せこけた灰色の猫がゴミ箱から掘りだしたらしい鶏の骨の一山をあさっていた。猫は平然とジョーに視線を上げた。

「バド、いるのか？」ジョーは呼んだ。「おれだ、ジョーだ」

キッチンの窓の前を通りながら、彼は手をのばして猫の頭をなでてやった。

ネイトは窓ごしに頭と帽子を見た。十字線を合わせて引き金を絞ったとき、頭は見えなくなった。まるで、中の男がはねあげ戸に落ちたかのように。ネイトは罵り、銃を構えたままふたたび標的があらわれるのを待った。

だが、あらわれないまま中央の窓のカーテンの奥で別の明かりがついた。相手は移動したのだ。

なぜまさにあの瞬間に身をかがめたのだろう、とネイトはいぶかったが、偶然だと思うことにした。

そしてこうなったら、ネイトは中に入らなければならない。裏口へ走りながら、そのほうがいいだろうと思った。面と向かって対決するのがいちばんだ。

バドに自分の顔を見せてやりたい。ネイト・ロマノウスキに見つかったことを、頭が吹き飛ぶ前に教えてやりたい。

裏口は鍵がかかっていたが、ネイトが肩で力を加えると少し開いた。ナイフの刃を出してドアと枠の隙間にすべらせた。かんぬきはない。つまり、ノブ・セットで鍵がかかっている。彼はさらにナイフを奥に差しこみ、刃が歯止めに当たるまで下にすべらせると、勢いよく引いた。

そして中に入った。


ショットガンを正面に構えて、ジョーは居間に足を踏み入れた。中はさらに乱雑だった。灯っているテーブルランプは笠が斜めになり、横目を向けるかのように楕円形の光がカーペットの上で黄色い輪をつくっている。

背もたれの高いラウンジチェアにさえぎられてソファの横が見えないので、彼は武器を構えたまま右に動いた。死体を見ることになるのではないかと身構えた。

横に倒れていたのはブーツの片方だけで、バドはいなかった。

ジョーはほっとため息をついて、「バド！」と叫んだ。

「ジョー？」

ジョーは瞬時にその声がだれなのかわかったが、やはりフォアエンドをスライドさせてさっと振りむき、ショットガンの銃身を頬につけた。声は家の奥の暗い出入り口のほうからした。「ネイト？　どうして、くそ？」

悪罵を聞いてネイトが短く笑うのが聞こえた。

「こっちが聞きたいよ」ネイトは出入り口から光の中へ出てくると、大型リボルバーの弾倉を回転させ、空の薬室に撃鉄を戻すと、銃を腕の下のホルスターにおさめた。髪を短くして黒く染めており、真剣で厳しい表情だった。「ここでなにをしている？」

「バド・ロングブレイクを探しにきたんだ」ジョーはショットガンを下ろした。

「おれもだ。あのくそったれを殺しにきた」

「本気か？」

「本気だ」

ジョーはネイトの武器の銃身に結わえられた黒い髪に目を留め、彼女のものだと悟った。

「まさか。あんたはバドのせいだったと思っているのか？」

ネイトは答えた。「彼がおれをはめた」

ジョーはとまどっていた。「どういう理由で彼がそんなことを？」

「この二年間、彼はどういう理由でなにをやっていた？　酒のせいなのか、おれが彼を追っているという被害妄想のせいなのか、牧場を失ったとき起きたことのせいなのか、なんだかわからない。だが、なにかのせいで彼は頭がおかしくなった。そしてアリーシャはそのために死んだ」

「その点についてはおれも同感だ。かつておれがその下で働いていた男がどうして別人のようになってしまったのかと思っていた。まるで、人格が変わったみたいだ」

「なにが原因かはどうでもいい。なぜ秘密をしゃべったのか、彼は答えなくてはならない」

「おれがバドと話したいのは、ミッシーが夫を殺した証拠を自分が握っていると主張しているからなんだ。それで、ここに来た。月曜日に裁判が始まるので、ずっと探していたんだ」

「もう少しで、おれを殺すところだったぞ」ネイトはジョーのレミントン・ウィングマスターを見て言った。

「ああ。悪かった。驚いたんだ」

「で、バドはどこだ？」

「ここにはいないが、ちょっと前までいたはずだ。車がガレージにあるから、だれかに乗せてもらったか、おれたちより先に来た何者かに連れていかれたんだ」

「残念だ。いったいだれが彼を連れていった？」

「この件では容疑者が大勢いすぎて、おれは頭が混乱している。聞きたければ、話してやるよ。あんたがここへ来たのはどのくらい前だ？」

「二分前」ネイトは答えた。「いま裏口から入ったら声が聞こえた。一分前に、もう少しであんたの頭を吹き飛ばすところだった」

ネイトがたんたんとした口調でそう言ったので、ジョーは一瞬意味が理解できなかった。「おれの頭を吹き飛ばすところだったって……」ジョーはくりかえし、語尾は消えた。

ネイトは肩をすくめた。「おれたちが間違ってたがいに銃を向けたら、すごいことになっただろうな？　たいした見ものだろう」

ジョーは思わず微笑しかけた。もう少しで殺しあうところだったのはおかしくなどないが、ネイトの言いかたがなんともいえなかった。

「会えてうれしいよ、ネイト」

「おれもだ」

「峡谷で起きたことはほんとうに残念だ。遺体を置いた台を見つけたよ」

「だれかに話したか？」

「メアリーベスとアリス・サンダーに話した。二人とも、だれにも言っていない」

ネイトはうなずいて感謝を示した。「やった男たちと、たきつけた女を見つけた。男たちは始末したが、女は見逃した……」

「くわしい話はいい」ジョーは手を上げ、ネイトにこれ以上言うなと制止した。

沈黙が漂った。

ジョーは口を開いた。「ネイト、去年起きたことは水に流せるだろうか？」

ネイトはうなずいた。「あの出来事を考える時間はたっぷりとあった、きっとあんたもそうだろう。つまるところ、こういうことだ。あんたは間違っていたが、ほかに選択肢はなかった」

ジョーは言った。「おれもそうだと思う」

「だったら、もうこれ以上話す必要はない」ネイトは言った。

ジョーも同感だった。

「で、くそったれのバド・ロングブレイクはどこへ行ったんだ？」ネイトは聞いた。

ジョーが答えを思いつく前に、外でエンジンの音とサイレンの警告音がして、夜の静寂が破られた。赤と青の点滅するライトが窓いっぱいに広がって壁に躍り、時ならぬパーティのワンシーンのようになった。

ジョーは歩いていき、手の甲でカーテンを開けてみた。「保安官が来ている」彼は言った。保安官事務所の車両が二台。ソリスのＳＵＶとマクラナハンのピックアップだ。ソリスの車には二人乗っているが、保安官の車には彼一人だけしかいない。

「あいつらをかたづけてほしいか？」ネイトは五〇〇に手をのばした。

「冗談じゃない、ネイト」

「じゃあ、あとでな」ネイトは出入り口へ引きかえしていった。ジョーは彼を見つめた。保安官が裏口をふさぐためにだれかをよこしたとは思えない。なにしろ正面からはなばなしく乗りこんできたのだから。

「おれの家で」ジョーは呼びかけ、ネイトは姿を消した。

ジョーはショットガンをソファの上に置いて、マクラナハンが乱暴にたたく前に慎重にドアを開けた。自分の全身をさらして、武器を持っていないことを示そうとした。

パトカーの点滅するライトの中に、保安官は断固とした態度で自己満足をあらわにして立っていた。ソリスはその左後ろにきどって立ち、ホルスターの拳銃に手をかけていた。リード保安官助手はさらに後ろにいて、陰気な表情だった。

「やあ、ジョー」マクラナハンは声をかけた。そして肩ごしにソリスに言った。「こいつを住居損壊、侵入、証人に不当な圧力をかけようとした容疑で逮捕しろ。クラブが訴えたければ、私有地への不法侵入の容疑も追加だ」

ジョーはため息をつき、「ただし、おれはそのどれもやっていないが」と言って床の上に見えているブーツを指さした。令状や通告なしで中に入る相当な根拠があった、という理由だ。

「見たものは写真にとってある。バド・ロングブレイクが死んでいるか負傷していると本気で思ったから、中に入ったんだ。ガレージのドアは開いていた」

「だれかが一緒だったのか？」マクラナハンはジョーの背後をうかがった。

「いや」いまごろネイトは裏の芝生をダッシュして敷地の端へ向かっているにちがいない。それでも、保安官をあざむくのは気がとがめた。

保安官はかかとに体重をかけると親指をベルトループにかけ、そりかえってジョーを見下すようにした。そして口ひげをひねってから言った。「あんたのその御託を買っていいものかな」

ジョーは肩をすくめた。「おれはなにも売りつけていない」

「そもそも、どうやってクラブに入れたんだ？」

視線をそむけたくなるのをこらえた。「コードの数字を知っていたんだ」

「ほう」マクラナハンは鼻先で笑った。まずった、とジョーは思い、恐怖で下腹が冷たくなった。

「あんたの義理の母親から聞いたんだろうな」マクラナハンは自信たっぷりの口調だった。

ジョーは恐怖が消えるのを感じた。「おれを疑って時間を無駄にするよりも、そちらの重要証人バド・ロングブレイクに全部署緊急手配をかけたほうがいいぞ。彼はいない」

保安官はにやりとしてソリスを振りかえった。ソリスは笑みを返した。リードはブーツの先になにかおもしろいものを見つけたかのように、下を向いていた。彼らはジョーの知らないことを知っているのだ。

「その必要はない」マクラナハンは言った。「バドは保安官事務所が無事に保護しているが、どこかを言うつもりはない。きっと彼はカクテルでも飲んで気を鎮めているだろう。あんたが自分を追っていると聞いて、こっちに連絡してきたんだ。バドは心底こわがっている」

「ばかばかしい」ジョーは言った。「おれはバドを傷つけるつもりなんかない」

「気の毒なじいさんだよ」ジョーを無視してマクラナハンは言った。「あまりにもプレッシャーが大きいところへ、あんたまで出てきてさらに追いつめた。彼は具合が悪いんだよ、知っているだろう」

ジョーは首を振った。オリン・スミスが同じようなことを話していたのを思い出した。「そのことは知らない。彼と話がしたいだけだ」

「裁判の前はだめだ」マクラナハンは退けた。「バドがあんたを呼べと言わないかぎりな。たとえそうでも、ダルシー・シャルクの許可を得なくちゃならないし、あんたはいま彼女の覚えがめでたいとは言えないと思うがね」

嘆息して、ジョーは訴えた。「あんたたちは間違った方向を追及している、マクラナハン。殺人が起きたときから間違っているんだ。バドはミッシーに復讐したがっていて、今回のことを彼女への報復に利用している。彼を責める気はないよ、だがこの事件には……もっと裏があるんだ。あんたが考えてみようともしなかったことが」

「ああ、そうかいそうかい」マクラナハンはつぶやいて、相手にしなかった。そしてソリスに命じた。「このぼんくらをしょっぴいて供述をとれ。そのあと、逮捕するかどうか、罪名はなんになるか、考えよう。リード、彼のピックアップを郡庁舎へ運転していけ。おれはダルシーに電話して彼女がどうしたいか聞く」

ジョーは抗議した。「そこまでする必要はないはずだ」

「あるともさ」マクラナハンは横を向いて嚙みタバコの汁を芝生の上に吐きだした。「なんであんたは、密猟者をつかまえるとかそういうことをしていないんだ？　おれの仕事じゃなく、自分の仕事をやるべきじゃないのか？　その点を一度でも考えてみたことは？」

「あるさ」ジョーは答えた。「われわれのだれかがあんたの仕事をやらざるをえないと思った」

リードは鼻で笑いかけ、急いでそっぽを向いた。

マクラナハンは身をこわばらせ、その顔を醜いものがよぎるのをジョーは見た。マクラナハンがこぶしを振りだしてくるのに備えて、彼は身構えた。

　保安官は大きく息を吸うと、ソリスに命じた。「このくそったれに手錠をかけろ」

手錠をかけられて〈イーグル・マウンテン・クラブ〉の敷地を連行されながら、ジョーはふたたびネイトと絆を結べてよかったと思った。だが、判決を左右するにはもう遅すぎたかもしれないと危惧せずにはいられなかった。しかも、一晩郡の留置場で過ごすはめになるとは想像だにしていなかった。

娘たちのことを思った。祖母は殺人罪に問われ、父親は牢に入れられる。

　エイプリルの言葉があざけるように響いた。「この完璧な小さな家族の中で、間違いをおかすのはあたしだけじゃないってことでしょ」

九月十四日

正義は法廷で起きることとはなんの関係もない。正義は法廷から生まれるものだ。

――クラレンス・ダロウ

37

バド・ロングブレイクがアール・オールデン殺害容疑に対してミッシー・オールデンに不利な証言をするべく出廷する、水曜日の朝が来た。ジョーはトゥエルヴ・スリープ郡裁判所の八列目にメアリーベスと並んですわり、人差し指をシャツの襟に入れてきついネクタイをゆるめようとしていた。たいして楽にならず、彼はじわじわと絞首刑にされているような気分になった。

廷内を見まわした。だれもが、裁判が始まった二日前から同じ席にすわっているようだ。

ヒューイット判事の法廷は満員で、暑く狭苦しく感じられた。家族、地元の野次馬、市民リーダー、ティンバーマンとキース・ベイリーを含む〈ストックマンズ・バー〉の飲み仲間、法執行機関関係者、〈バーゴパードナー〉のモーニングコーヒー組の男たち、町、州、地方のマスコミで全部の席が埋まっていた。〈サドルストリング・ラウンドアップ〉が言うところの〝きわめて重要な三日目〟が始まるのをみんなが待ちうけて、低いささやきが交わされていた。全員が一ヵ所に集まったな、とジョーは思った。もしストーブパイプの金属探知機がまた作動不良で爆弾が廷内で爆発したら、サドルストリングの町は壊滅同然だろう、と彼はメアリーベスにささやいた。

マーカス・ハンドとダルシー・シャルクは判事席で本日の進行と指示命令について話しあっている。話の内容をほかに聞かれないように、ヒューイットは立って二人のほうに身をかがめている。ハンドは濃いチャコールグレーのスーツ、白いシャツ、ループタイという服装で、先のとがったカウボーイブーツをはいていた。被告人側のテーブルの上には、黒の〈ステットソン〉のカウボーイハットがさかさまにして置いてある。

シャルクは黒っぽいピンストライプのビジネススーツとクリーム色のボウ付きブラウスという、スマートなスタイルだ。髪はオールバックにしているので、厳しく真剣な顔に見えた。そして老けて見えた。

月曜日は陪審員の選定についやされた。ヒューイット判事の法廷で起きるすべてのことと同じく、稲妻のような進行だった。三十人の候補の中から十二人の地元住民と二人の補欠が選ばれた。陪審員のほとんどをジョーは知っていた。七人の女と五人の男。保留地の外に住んでいるショショーニ族の女だけが例外で、あとは全員が中年の白人だった。ハンドは労働者タイプの陪審員候補たちをできるかぎり忌避した。おそらくミッシーのような金持ちの意地悪女に有罪判決を出しやすいと思ったからだろうが、ハンドは本腰を入れていないように見える、とメアリーベスはジョーに言った。闘志を示すというよりはパフォーマンスのためにすぎない、彼はなにか切り札を隠していて、陪審団の構成はどうでもいいみたいだ、と。

マーカス・ハンドには有罪評決を帳消しにするたった一人の陪審員がいればいい。選ばれたうちのどの一人か二人が、ハンドのおめがねにかなったのかジョーにはわからなかった。もしかしたら、不景気で仕事を見つけられずに世間をうらみ、その責任を体制に押しつけたがる失業者か？　あるいは怠け者の白人の夫にずっと怒りをくすぶらせ、重荷を背負わされてきたが、ついに社会に恨みをぶつける機会を得たショショーニ族の女か？

〈イーグル・マウンテン・クラブ〉で逮捕されたあと、先週の木曜日のほとんどをジョーは保安官事務所の聴取室で過ごした。ソリス保安官助手はときどきにやにやしながら彼の様子をのぞき、マクラナハンが尋問を始めるために戻ってくるのを待っているところだと説明した。それは口実で自分へのいやがらせだとジョーにはわかっており、かなりこたえているのは認めざるをえなかった。どんな容疑がかかっているのか、知らされてもいなかった。

ようやく、午後三時ごろにダルシー・シャルクが部屋に飛びこんできた。バド・ロングブレイクと接触しようとしたジョーと、尋問もせず容疑も告げずに彼を拘束した保安官に怒っていた。彼女のすぐ後ろに、黒いタートルネックとフリンジのついた鹿革の上着を着たマーカス・ハンドがいた。

シャルクはソリスに言った。「すぐに彼をここから出しなさい」

ジョーは感謝したが、彼女はぴしゃりと言った。「わたしに話しかけないで」

恥ずかしそうなリード保安官助手からキーを返してもらってピックアップへ行く途中、ハンドはジョーの肩に腕をまわしてささやいた。「必要とされるまで、おれたちのような職業は憎まれる。そういうものなんだ」

メアリーベスとネイトと過ごした週末は、町の東の峡谷地帯の住民から負傷したエルクが道路をよろよろと歩いているという通報があっただけだった。ジョーは一緒にピックアップに乗ったネイトに、何時間もかけて殺人事件と捜査状況と〈ロープ・ザ・ウィンド〉についてスミスから聞いた内容を説明した。

「シカゴから来た連中が犯人、に一票」ジョーの話を聞き、苦しむエルクをジョーが安楽死させたあとで、ネイトは言った。「アールを永久に黙らせるために連中がだれかをここへよこしたんだ。彼を射殺し、風車から吊るし、あんたが遺体を見つけたころにはオヘア空港行きの飛行機に乗っていた」

「その可能性はある」ジョーは言った。「だが、せいぜい推測というところだ。マーカス・ハンドは調査員二人を東部へ行かせた、裁判が終わる前になにかつかんで戻ってくるかもしれない。こないかもしれない。そのシナリオでおれがしっくりこないのは、シカゴのヒットマンがミッシーをはめようとした点だ」

「内部通報者がいたんだ」

「それはだれだ？」

「ローリー・タリクにどこでおれを見つけられるか教えた男さ」

「バド？」

「当たり。わかるまで少し時間がかかったし、まだはっきりさせたい疑問も残ってはいるが、筋は通る。ミッシーはメアリーベスと話していたからおれの隠れ処《が》を漠然とは知っていた。そして去年バドを脅すためにおれを雇おうとした、覚えているだろう? 自分につきまとうのをやめなければ、壁 ホール・イン・ザ・ウォール の 穴 へ行っておれを連れてくると元夫に洩らしたかもしれない。とにかく、どうやってかバドはおれの居場所を知った。そして彼は偶然、ひたすら夫の復讐に燃えて西部へやってきた一人の女とバーで出会った。バドはアフガニスタンから戻ったばかりの州兵とつきあいがあったので、彼女がロケットランチャーを入手できるように手を貸した。そして、地図を描いてやった。すべてがうまくいったので、彼の自己満足はかなりのものだったにちがいない。自分の手を汚さずに、おれという脅威をなくせたと思った」

「バド——彼になにがあったんだろう？」ジョーはネイトの説に納得できなかった。「どうしておれたちにここまでやみくもに敵意を持つ？」

「人間の忍耐には限度がある」ネイトは言った。「とくに善良な人間の場合は。バドの出来の悪い子どもたちは彼を見捨てた。新妻は不貞を働き、彼の牧場をだましとった。そしてさらにみじめさを深めた侮辱は、バド一族が百二十年間持っていた土地を利用して大もうけする方法を、ミッシーの新しい夫が考えついたことだ。尊厳のほとんどを奪われ、残されたものも踏みつけにされた。これといった理由もないのに、だ。なにしろバドは地域社会を支えて牧場を子どもたちに継がせたかった善人なんだから。彼が頭にきたのは理解できる。だれも、彼がされたようなことをされるべきじゃない」

ネイトは五〇〇WEのグリップに指先を置いた。「だからといって、おれは彼を、彼が始めさせたことを許しはしない」

運転しながら、ジョーは考えた。「でも、彼は子どもたちをとりもどしたように見える。バド・ジュニアとサリーを。だから、いいこともあった」

「どうかな」ネイトはつぶやいた。

裁判の二日目となる火曜日、ダルシー・シャルクとマーカス・ハンドは冒頭陳述をおこなった。シャルクは被告人を指さして、冷静かつ簡潔な能率のよさで検察側の主張を述べた。

アール・オールデンを始末するのに手を貸してくれと頼むためにミッシーがバド・ロングブレイクにかけた、電話の通話記録。

犯行時刻にアリバイがないこと。

動機は――アールがまもなく離婚を切りだすことへの恐怖。

凶器が彼女の車の中から発見されたこと。

次々と夫を乗りかえてきた過去、そして非情な手口。

悲劇が起きて何日もたたないのに、派手に買い物をしてまわったばか騒ぎなど、あきらかな悲しみの欠如。

ダルシーは口調をやわらげて、陪審員一人一人に訴えかけることで主張を終えた。

「これには複雑な判断は必要ありません。被告人側は手をつくして複雑にしようとするでしょうが。われわれはミスター・ハンドと彼のチームを迎え撃つ所存です。彼らははるばるジャクソンホールからこの小さな地域社会へ乗りこんできて、自分自身の目と耳を信じないようにとあなたがたを説得しようとしているのですから。しかし、その罠に落ちてはなりません。用心してください。これはとても単純な事件です。ミッシー・オールデンは有罪だと、われわれは立証します。彼女の動機、機会、自分の夫を殺すために前もって熟慮した計画を立証します。みなさんに凶器を示し、それが彼女のもので、彼女が夫に対して用いたものだと立証します。被告人側がこの法廷で張るであろう煙幕に惑わされないでください。ときには、ものごとは見たとおりなのです。単純なのです。そしてみなさんは、つねに自分を法律より上の法律を超えた存在だと見なしてきた地域社会の一員を罰するため、協力を求められています。彼女はそんな存在ではないと、示してやろうではありませんか」

「なんと」冒頭陳述が終わったあと、ジョーはメアリーベスにささやいた。「きみのお母さんのこととなると、ダルシーはおれよりもずっと手厳しいな」

「ジョー……」

「だが、一つだけ。ミッシーとバドの通話を録音したテープを検察側は持っていると思っていたんだが、彼女はそのことを言わなかった。あきらかに、通話があったという記録しかないんだ」

「それでも……」メアリーベスは思ったことを最後まで言わなかった。

自分の友人の一人が母親を外科手術的な正確さで起訴するのを見るのは、妻にとってどれほどつらいだろう。メアリーベスも疑いを抱いているのだろうかとジョーは思ったが、尋ねるのはやめた。そのかわり、妻に腕をまわし、肩をさすった。メアリーベスは応えなかった。ジャケットの下の彼女の筋肉は鋼鉄のスプリングのように硬く張りつめていた。


ハンドの冒頭陳述は、ジョーの印象では驚くほど短くてあっさりしていた。ミッシーは〝よく知らないとなかなか好きになれない人物〟だと陪審団に認めたが、合理的な疑いの余地なく彼女がはめられたことを立証してみせると請けあった。殺害には別の説明がいくつもつき、今後それを明らかにすると、ハンドはほのめかした。弁舌はなめらかだったが口先のうまい感じは出しておらず、ジョーもそこは感心した。ハンドはミッシーを手で示して、自分が彼女の立場だったらどうか、想像してみてくれと陪審員に促した。

「どんな気がするか考えてみてください」ハンドは訴えた。「ようやくつきが回ってきて、つましい暮らしから夢見ていた地位に登りつめることができたとしたら。そして、とうとう実現したあかつきに、もし自分がおかしてもいない殺人の罪を着せられたらと、想像してみてください。政府が全力で自分を起訴すると決め、それも自分がなにをしたかではなく自分がどういう人間だと彼らが考えているかが理由だったらと」

ハンドは無言でまるまる一分たたずんでいた。まるで、声が詰まって続けることができないかのように。

しかし、彼は続けた。「陪審員である紳士淑女のみなさん、あなたがたがこれから目にしようとしているのは、わたしが法廷で経験したもっとも古典的な視野狭窄の一例です。検察側は犯行のほぼ直後にわたしの依頼人の犯行だと決めつけました。左も見なかった。右も見なかった。この悲劇的な犯行に別の勢力が関与していた可能性があるかもしれないのに、上を見ようともしなかった。彼らは結論ありきでスタートし、逆方向の捜査をしました。彼らが信じるストーリーに合致する小さな事実を一つ一つ探し集め、その完璧な小箱におさまりきらない事実については考えようとさえしなかった。政府はわたしの気の毒な依頼人の首を、そしてわたしの首もその横に戦利品として壁に飾りたいのです。ほかのことは、彼らにとってはどうでもいい。これは煙幕ではありません、みなさん。なぜなら、検察側の完璧な小箱に入りきらない、煙幕ではない証拠をこれからお見せするからです……」

ジョーはハンドの手並みを見守った。振り子が検察側から弁護側に振れるのを感じた。そして、政府と言うたびに、ハンドは直接例の失業者に訴えかけているように見え、失業者はおそらく無意識に賛同してうなずいていた。

たとえシャルクが正確にそう言ったわけではなくとも、検察側の立証のすべてが一人の男――バド・ロングブレイク――の証言に基づいている点では、ハンドは政府に同意すると述べた。ハンドは、動機にも通話記録にも凶器のライフルにも触れようとすらしなかった。

それからマーカス・ハンドは、忙しいところ正義がなされるのを見届けるために時間をとってくれた陪審員たちに感謝し、着席した。

検察側の最初の証人はジョーだった。ダルシー・シャルクは遺体発見の経緯を話させ、ミッシーの逮捕に至る前のところで彼を下がらせた。マクラナハン保安官がジョーの次で、そのあとの出来事を陪審団に説明し、ミッシーの逮捕で締めくくった。マクラナハンはきざで田舎臭かったが、よく事前練習をしていた。州の検死官が次で、シャルクは彼にパワーポイントを使ったプレゼンテーションをさせて、凶器と致命傷を結びつけ、ライフルの持ち主がオールデン夫妻であって、ミッシーの指紋がついていたことを証言させた。

二日目に呼ばれた最後の証人は郡の事務員で、パワーポイントの画面によってアールが離婚手続きを進めていたことを示した。このプレゼンテーションのあいだ、ミッシーは片側に寄りかかり、うなだれていた。

マーカス・ハンドが証人の反対尋問を求めたのはマクラナハンに対してだけで、彼は一つだけ尋ねた。「保安官、あなたはわたしの依頼人以外に捜査範囲を広げましたか？」

マクラナハンが捜査を広げる必要はなかったと答えたとき、ハンドは陪審員に見えるように目を白黒させてから着席した。この身ぶりに対して、彼はダルシー・シャルクからの異議とヒューイット判事の叱責を予想していたようだ。二人とも予想どおりにした。

二日目の終わりに、マクラナハン保安官とジョー・ピケット猟区管理官にあとでもう一度出廷してもらう許可を、ハンドはヒューイット判事に求めた。ハンドがなにをしようとしているのかわかっていたので、ジョーは胃の縮む思いだった。

ヒューイットは要請を認めた。

三日目の朝、ミッシーは小さくきちんとした姿でみんなに背を向けてすわっていた。隣にはジャクソンから来たハンドの法律事務所のパートナーの一人、ディキシー・アーサーがいた。ハンドが彼女をその席に決めたのは、愛想のいいスモールタウン・タイプで親しみやすく見えるからだろう、とジョーは推測した。ミッシーが有罪だと心底で思っているのなら、ぜったいそこにはいないだろうと思わせる女性だ。アーサーはすぐ笑みを浮かべる共感を呼びやすい丸顔で、ミッシーとはすぐに仲よくなったらしい。二人はしょっちゅう親密そうにささやきあっているからだ。これまでのところ、アーサーは証人に質問をしていなかったが、弁護側の作戦では守護者役のようで、ハンドの行き過ぎを抑えるためか、ときどき彼と話しあっていた。

検察側の席には郡副検事のジャック・ピムがいた。ピムは背が高くがっちりとした少年らしさの残る男で、まだ三十歳になっていなかった。ランダー生まれの生粋のワイオミング・ボーイで、ロースクール進学の前はワイオミング・カウボーイズ・フットボール・チームのタイトエンドだった。ジョーはピムが好きで、自分と同じくフライフィッシングが趣味なので、何度か一緒に川下りをしようと計画したが、まだ実現していなかった。これがピムにとって初めての殺人事件の裁判であり、そのことは彼の様子を見ればわかった。不安そうで、上司と同様に伝説のマーカス・ハンドを打ち負かそうと必要以上の熱意を示していた。まるでアメフトのスクリメージラインをはさんで向きあっているかのようにハンドをにらみつけている彼を、ジョーは観察した。

バド・ロングブレイク・ジュニアは先日ジョーが〈ストックマンズ・バー〉の外で見た五、六人の仲間とともに最後列にすわっていた。そして姉のサリーは彼の横の通路に置かれた車椅子の上で、やつれ、身を縮こまらせていた。ジョーがバドの娘を見るのは久しぶりで、彼女が事故に遭って以来だった。彼女だとはほとんどわからないほどだ。サリーは視線を返さず、おそらく薬を投与されているのだろう、とジョーは思った。シャマーズは挑みかかるように見かえし、ジョーは前へ向きなおった。

「あの人たちがここにいるのはなんだか変ね」メアリーベスが彼の考えを代弁するように言った。

二人の代理人はそれぞれのテーブルに戻り、判事との相談の結果を同僚たちに伝えた。ヒューイット判事は席に戻り、彼のマイクの横には書類の束が積まれていた。その束の下のほうにアラスカの狩猟規則マニュアルがあるのに、ジョーは気づいた。彼は苦笑し、ドールシープの狩猟シーズンがあと一週間で終わってしまうので、裁判は迅速に進行することをあらためて思い出した。

ほかの傍聴者と同じように、メアリーベスは何度も振りむいては執行官補佐人のストーブパイプが立っている両開きのドアのほうを見た。初めて登場するバド・ロングブレイクを待っているのだ。

ダルシー・シャルクは、バドではなく地元の電話会社の技術者を呼ぶことでみんなの期待を引きのばした。そのときは、廷内に落胆の空気が広がった。技術者が画面に示された通話記録のリストを説明し、ミッシーの携帯からバドの携帯にかけたときもあれば逆もあった日付をつまびらかにし、犯行当日が近づくにつれて通話の回数は多く、時間も長くなっていったと結論を述べた。ジョーは上の空で聞いていた。

両開きのドアが開いたとき、電話会社の技術者ですら話をやめて顔を上げた。ジョーも振りかえったが、そっと廷内へ入ってきたのは、バド・ロングブレイクではなくマーカス・ハンドの調査員二人で、自分たちが注目を浴びていることに驚いていた。二人はスポーツジャケットにネクタイという格好だったが、だらしなく疲れて見えた。ノンストップでここまで旅してきたようだ。

ヒューイット判事はあきらかにいらだち、ハンドをにらみつけたが非難はしなかった。判事は、シャルクに技術者への質問を続けるように手で合図した。彼女が質問を再開するあいだ、二人の調査員は目を伏せて静かに通路を進み、できるだけ目立たないようにしたが無駄だった。彼らが傍聴者と弁護側のテーブルを隔てる手すりのすぐ後ろにすわり、身を乗りだしてマーカス・ハンドになにかささやくのを、ジョーは見守った。弁護士は椅子の上で反りかえり、耳を傾けたものの、調査員たちのほうを向くことはしなかった。シカゴへの旅の成果を聞くハンドの表情を、ジョーは読みとろうとした。ハンドはなんの感情もあらわさず、陪審員席の上の一点を無表情で眺めていた。開廷中のこういうやりとりを、ジョーが目にするのは初めてだった。もっとも、遠方へ派遣できるチームを被告人側の弁護士が抱えているような裁判に、以前自分が証人として呼ばれたり参加したりしたことは一度もない。ジャック・ピムはハンドと調査員にけわしい視線を投げ、ダルシー・シャルクは技術者への質問リストをこなしながら彼らに怒りのまなざしを向けた。二、三人の陪審員、とくに例の失業者がやりとりを興味を持って見ていることに、ジョーは気づいた。

調査員たちの話が終わると、ハンドは彼らの一人のほうを向いて口の動きだけで尋ねた。「間違いないんだな？」

二人はうなずいた。すると初めて、ハンドは小さな笑みを浮かべてすわりなおし、電話会社の技術者に注意を払っているふりをした。

マーカス・ハンドがヒューイット判事に証人への反対尋問はないと告げると、判事は二十分の休憩を宣言した。

後ろで、〈ストックマンズ・バー〉の常連客の一人が言うのがジョーの耳に入った。「バドはここにいるよ。廊下の先の部屋に連れていかれるのを見たやつがいるんだ。きっと次に呼ばれる」

「彼はどんな様子だった？」

「ひどかったらしい」

休憩中、メアリーベスはジョーから離れて母親のそばにいた。ジョーはほかの傍聴者と一緒に廊下にたむろして、片耳で周囲の推測を聞きながら、シェリダンにこれからバドが証言するとショートメッセージを送った。

正面のドアから出て数分間喫煙者たちの横に立ち、考えにふけった。

さわやかな日で、涼しくてよく晴れていた。一夜にして雪化粧をした山々の頂が見える。階段の上からは、金や赤に色を変えた町の木々も一望できる。階段にいる喫煙者たちはどの地区でシカやエルクを狙うつもりか、狩猟シーズンがどんなに楽しみかを語りあっていた。猟区管理官の前でしゃべりすぎるなよとだれかが冗談を飛ばし、ジョーはひそかに微笑した。

調査員たちがハンドになにを報告したのか、なぜ法廷でハンドは自信ありげに見えたのか、彼は考えようとした。あれはおそらく陪審員たちをくつろがせるハンドの手法にすぎないのだろう、自分の魅力と自信に彼らを引き寄せる手段なのだ。

喫煙者たちが腕時計を一瞥してタバコの火を消したとき、メアリーベスが階段にあらわれた。いささか愕然としたような顔をしていた。

「どうかしたのか？」ジョーは聞いた。「シカゴで調査員たちがなにを見つけたか聞いた？」

「いいえ」彼女はあきらかに心ここにあらずだった。「そんなことじゃないの」

「だったらどうした？」

「ジョー」彼女は夫の目を見つめた。「母はわたしを脇に連れていって、牧場へ引っ越してきてくれと言ったの。あの家に住んで、あなたに牧場を運営してほしいって」

「なんだって？」

メアリーベスはかぶりを振った。「家族にそばにいてほしい、今回支えてくれたことへの感謝を示したいと気づく年齢になった、と言ったわ。ジョー、いずれはわたしたちに全部の土地を相続してほしいんですって」

ジョーはあとじさりした。「お母さんがそんなことを？」

「ええ」メアリーベスはささやいた。「わたしたちがお金や今後の生活について二度と心配しなくてすむようにしたいって」

「きみはなんと言ったんだ？」ジョーは尋ねた。頭の中が混乱していた。

「なんと言ったらいいかわからなかった。裁判が終わったら話しましょうと、母には答えたわ。もちろん感謝も伝えた」

「あそこ全体を？　ワイオミング州北部で最大の牧場を？」

メアリーベスは黙ってうなずいた。

「どうして彼女にそんなことができる？　もし刑務所に入ることになれば、土地は全部検認裁判所扱いになるだろう。じっさいだれの所有になるか、まったくわからないよ。銀行になるか、受託者になるか。彼女に手放す権利はないはずだ」

「ジョー、母の申し出を考えてみて」

「考えているよ。だが、晴れて自由の身にならなければミッシーはなにもさしだすことはできない」

メアリーベスはジョーと同じく混乱した様子で肩をすくめた。

妻をともなって入り口へ向かったとき、彼女の腕がゼリーのように力なく震えていることに彼は気づいた。じつは自分の脚も震えていた。

二人は席についた。裁判の進行に集中するのはむずかしかった。

だが、ダルシー・シャルクがヒューイット判事にこう言うのが聞こえた。「検察はバド・ロングブレイク・シニアを証人席に呼びたいと思います」

38

バドはひどいありさまだった。

ゆっくりと法廷の中央通路を歩いてくる、かつての雇い主で、義父だった男を見て、ジョーは無意識に顔をしかめていた。バドは実年齢の六十代ではなく八十代に見えた。背は丸まり、やつれ、六年前のバドとミッシーの結婚式のときから見覚えのあるスーツは、大きすぎてだぶだぶだった。バドのウェスタン・ドレスシャツの襟は二センチ以上すり切れていた。甲羅から顔を出す亀のようにシャツから首が突きでて、ゆるすぎるズボンは脚のまわりで布があり余っていた。カウボーイハットを右手に持ち、左手で椅子の背を次々とつかんではバランスをとりながら、前へ進んでいった。

「どうしたの」メアリーベスがつぶやいた。「彼の変わりよう、見て」

通りかかったバドがこちらへ目を向けたとき、ジョーは驚いた。目はしょぼしょぼして焦点が定まっていなかったが、ほんの一瞬、その姿のどこかに彼の覚えている男が見えた。バドもジョーが認めた一瞬に気づいたようだった。

ジョーはかすかにうなずいた。バドはうなずきかえした。

バドがちゃんと証人席につくのに一分間かかった。帽子をどうしたらいいのか、わからない様子だった。シャルクがやさしく受けとって、検察側のテーブルに置いた。こうして、両側のテーブルにカウボーイハットがある光景はいかにもワイオミングだな、とジョーは思った。

バドが宣誓を終えると、シャルクは彼に名前と住所を述べるように求めた。

「バド・C・ロングブレイク・シニア。ここサドルストリングのメイン・ストリート二〇九〇のアパートAに住んでいます。〈ストックマンズ・バー〉の上にあるアパートは一つだけなので、そう呼ばれています」いつもの声だったが、弱々しかった。

背後から店の常連たちの忍び笑いが聞こえた。

ジョーはメアリーベスに身を寄せてささやいた。「酒と荒れた暮らしのせいだけじゃないよ、これは。彼はほんとうにどこか具合が悪いんだ」

メアリーベスはうなずいた。彼女は無意識にひざの上の指を開いたり閉じたりしていた。彼女の不安はバドの外見のせいなのか、母親の裁判のせいなのか、さっきの申し出のせいなのか、あるいは全部なのか、ジョーにはわからなかった。

そのあとの十分間、シャルクは辛抱強く法律用箋のメモを参照し、バド・ロングブレイクの人間像を陪審団に示した。郡における彼の過去、ミッシー・ヴァンキューレンとの結婚、離婚で牧場を失ったこと、ミッシーが出させた接近禁止命令。バドは一つ一つ簡潔に答えたが、質問に反応するまでの時間は一問ごとに長くなっていった。長引く沈黙に、法廷の緊張はさらにつのっていくようだ。傍聴者たちがたがいに視線を交わし、バドが証言できるのかどうか疑っていることに、ジョーは気づいた。彼自身も同じ思いだった。

シャルクはジャック・ピムに合図してパワーポイント・プロジェクターを用意させ、ふたたびバドとミッシーの通話記録のリストが映しだされた。

シャルクは言った。「この記録は電話会社から提出を受けました。あなたの携帯電話とサンダーヘッド牧場の固定電話もしくはミッシー・オールデンの携帯電話との通話リストです。電話での会話を覚えていますか？」

バドは顔を向けてスクリーンを見ようとしなかった。

「ミスター・ロングブレイク？」シャルクはいたわるような口調で尋ねた。「画面をご覧いただけますか？」

突然目が覚めたかのように、バドは証人席でびくりとすると向きを変え、目を細めてリストを見た。

ヒューイット判事が咳ばらいしててのひらを上げ、次の質問を待つようにシャルクに指示した。「ミスター・ロングブレイク、大丈夫ですか、続けられますか？　裁判に集中するのにあなたは少し苦労しているようだ。続ける前に水を一杯飲むか、休憩をとりますか？」

バドは悲しげにヒューイットを見た。「いいえ、判事、大丈夫です」

「ほんとうに？」

「ええ」バドは間を置いた。「まことに申し訳ない、だがときどきわたしの意識は戻ったり薄れたりするのです。だんだんひどくなっていると思う。たしかにひどくなっている。じつは、判事」バドは手を上げて指先でこめかみをたたいた。「頭の中に野球のボールほどの大きさの手術不能の脳腫瘍があるのです」

メアリーベスは息を呑み、ジョーのひざに指をくいこませた。

ダルシー・シャルクはこらえていたが、あきらかに動揺していた。彼女がマクラナハン保安官に殺してやりたいという視線を送るのをジョーは見逃さなかった。彼女は脳腫瘍のことを知らなかったのか、あるいはマクラナハン――供述書の作成をおこなった――がバドの体調を控えめに伝えていたのか。

「いい日もあれば悪い日もある」バドは続けた。「そして信じてもらえないかもしれないが、今日はいいほうです。大丈夫。ときどきくりかえしてもらう必要があるだけです」

バドの言葉に、ヒューイット判事は表情を和らげた。「では、続けましょう」彼はシャルクに言った。「審理を進めるあいだ、ミスター・ロングブレイクの体調に留意してください」

「はい、判事どの」彼女は答えた。

「質問をもう一度お願いします」ヒューイットは命じた。

彼女はふたたび電話の会話を覚えているかと尋ねた。

バドは答えた。「ええ、一つ残らず」

ジョーは思わずほっとして息を吐いた。バドは戻ってきたようだ、少なくとも一時的には。

シャルクも傍目にもあきらかに安堵していた。彼女は次の質問のためにメモを見た。いつものように完璧に準備しており、陪審員に明確なストーリーをイメージさせるために質問は入念に考えられていた。

メアリーベスがひじでジョーを突いた。彼が見ると、妻は弁護側の席にいるミッシーのほうをあごで示した。ミッシーは目に涙を浮かべ、ティッシュで押さえていた。バドを見上げたとき、彼女の顔にあったのは怒りではなく同情だった。

ジョーは仰天した。彼女はこの男を憎んでいたのではなかったか？　ミッシーがさっきメアリーベスにした申し出のことを考えた。ジョーは突然新たな光のもとで義母を見た。

その光のもとでは、ほかのものごともしかるべき場所におさまった。バドの気分や人格が変わった理由もいまならわかる。バーの上のバドの部屋に残っていた薬を思い出し、薬品名に注意を払わなかった自分を蹴りとばしてやりたかった。それに、バド・ジュニアとサリーが戻ってきた事実がある。しかも、オリン・スミスは病気の牧場主について言及していた。そしてキース・ベイリーはバドが「いまとんでもないプレッシャーと苦痛を味わっている」と言っていた。

それらをつなぎ合わせてみなかった自分を、殴りつけたかった。

ダルシー・シャルクはバドに言った。「サンダーヘッド牧場の電話からあなたの携帯にかかってきた七月二日の最初の電話から始めましょう。だれからかかってきたか、どんな会話をしたか、陪審員に説明していただけますか？」

「はい」

陪審団やほかのみんなと同様に、ジョーは待ちうけた。バドはただすわったままだった。

「ミスター・ロングブレイク」シャルクは呼びかけた。「七月二日の通話の内容を法廷に話せますか？」

「話せます」

「では、お話しください、ミスター・ロングブレイク」

バドはこわばった首筋をのばすかのように頭を動かした。そして彼女に言った。

「ミズ・シャルク、すぐ本題に入ってもよろしいですか？」

ジョーの後ろで、常連客の一人がバドの返答に低い笑い声を洩らした。

「できれば手順に沿って進めたいと思います、ミスター・ロングブレイク」シャルクはぎっしり質問を書きこんだ法律用箋を示した。

バドは目を細くして法律用箋を見た。「そのいまいましいリストを全部やっていたら、終わる前にわたしは死んでしまうでしょう」

これに何人かが笑いだし、ヒューイット判事は顔を上げて警告した。判事はバドに視線を戻し、彼の体調を推しはかっているようだった。そのあと判事はシャルクに言った。「状況とミスター・ロングブレイクの体調からして、彼に要点を話してもらいましょう。必要なら、背景に関する質問は検察側があとから補えばよろしい」

シャルクは抗議した。「判事どの、立証のためには――」

「あなたの質問リストが大事なのはわかっています」ヒューイットはさえぎった。「しかし、審理を前に進められれば、きわめて困惑すべき状況は避けられるはずです」

彼の意図は明快だった。この証人席で老人が死んでしまう前に終わらせようじゃないか。

「本題をどうぞ、ミスター・ロングブレイク」ヒューイットは促した。

「ありがとう、判事」バドは少し間を置いて考えをまとめてから、咳ばらいした。ジョーはいつのまにか息を殺して待っていた。

「こういうことです、ミズ・シャルク」バドは口を開いた。「わたしは死にかけている。自分が病気なのは知っていたが、どれほど悪いかはわかっていなかった。頭痛や失神が始まった数年前に医者に行くべきだったのに、ただの二日酔いだと思ってしまったんです。いまはとっくに手遅れで、できることはなにもありません。わたしの脳は腐ったオレンジ同様になりつつある。だが、真実を言わないまま墓場に行くわけにはいかない」

ダルシー・シャルクはどうしようもなく突っ立っていた。両手を脇に垂らし、目で判事に訴えていた。

バドは続けた。「わたしがあのくそったれを撃ち殺しました」

メアリーベスがジョーのひざに強く指をくいこませたので、彼はたじろいだ。

「しばらく前から計画していて、あの不愉快きわまる風力タービンが建つたびに、わたしの怒りは抑えきれなくなった。そこのマクラナハンに電話して、ミッシーはろくでもないことを考えていると吹きこみはじめた。彼女をはめたんです。マクラナハンが飛びつくのはわかっていた、なにしろ彼はサルにも劣る間抜けだし、なんとかして再選されたいからです。

鍵がかかっていない地下室の窓からあの家に入る方法を知っていた、そこで古いガン・ケースからあのウィンチェスターをとりだしました。まっすぐアールのやつのところへ車で行き、いまいましい心臓を撃ち抜いてやった。あまりにもちっこくて、スコープを使わなくちゃならなかった。そのあと彼をわたしのピックアップの荷台に乗せ、ろくでもないウィンドファームへ行って遺体を運びあげて風車のブレードに鎖でつなぎました。そしてミッシーから受けた仕打ちに復讐するために、わたしはライフルを彼女の車に入れて保安官に電話をかけ、すべてをミッシーの犯行に見せかけたのです」

ジョーは唖然としていた。みんなそうだった。

バドはミッシーのほうを向いた。「すまなかった、ミッシー。わたしはきみの人生を自分と同じみじめなものにしてやりたかったんだ。だが、自分があと二、三週間しか生きられないとわかると、ものごとは変わる。この週末、わたしは医者からそう言われた。おかげで自分の心と向きあい、復讐の甘さを味わえないのであれば、それになんの意味があるのかと悟った。くわえて、近日中に神と相対するなら、自分のしたことを説明するのはいやだった。なぜなら、神が許してくれるはずはないからだ。わたしはきみからアールを殺すように頼まれたと言うつもりだった、そしてわたしが断ったのできみが自分でやったのだと。でもいま、そう言うことはできない。悪く思わないでくれ」彼は直接ミッシーに言った。「アールについて後悔はない。あいつはひどいやつだった。だが、くそ、きみに罪をかぶせるべきじゃなかった」

シャルクは口を開け、微動だにせず立っていた。ヒューイット判事は席で体をこわばらせ、激しくまばたきしていた。サリー・ロングブレイクが突然長い悲しげな泣き声を発した。

ミッシーはあごにこぶしをあてて背筋をのばした。目から涙がこぼれ落ちていた。

ジョーの後ろで〈ストックマンズ・バー〉の客が言った。「すごいな、こいつはペリー・メイスンばりだぜ!」

バド・ロングブレイクは袖で口もとをぬぐった。青ざめて、疲れきっているようだった。彼はヒューイット判事に告げた。「判事、わたしは言いたいことを言いました。でもいま、急に気分が悪くなってきた」

マーカス・ハンドがゆっくりと立ちあがった。「閣下、わたしはただちに依頼人の無罪放免を要求します」

ダルシー・シャルクは憤然としていた。法廷を横切ると質問を書いた法律用箋をたたきつけるように検察側のテーブルに置いた。突き通すようなまなざしでマクラナハン保安官をにらむと、彼は目をそらした。

ジョーは呆然としてすわっていた。たしかに、ペリー・メイスンだった。山場までの盛りあがり、そして最後の瞬間の法廷でのどんでん返し？　ミッシーのためにうれしかった——まあ、とにかくメアリーベスのためにうれしかった——だが、なにかが脳裏の隅に引っかかっていた。

頭上に大きな岩が落ちてくるような気がするのはなぜだろう？

九月十五日

もっとも単純な説明がたいていの場合正しい。

――オッカムの剃刀

（ある事柄を説明するのに、必要以上に多くの仮定をするべきではないという原則）

39

岩は翌日落ちてきた。

トゥエルヴ・スリープ郡のほかの狩猟地域では、プロングホーンの解禁日だった。

ジョーはチューブを呼んで、夜明けの二時間前に家を出た。

まだ暗いビッグホーン・ロードを運転しながら、通信指令係を呼びだした。「GF53出動」

「おはよう《モーニング》、ジョー」通信指令係は答えた。

数週間前にアール・オールデンの遺体を発見したときと同じヤマヨモギの丘で、ピーナツバターとジャムのサンドイッチ、リンゴ一個のランチをとった。パンの耳を小さくしてチューブに食べさせてやりながら、険しい峡谷と隠れた涸れ谷が複雑に入り組む、陽光の中の大地を眺めた。山々がバックミラーを占領している。

彼の車ははるか遠くからでも見える。高みにいる自分の存在、緑色の狩猟漁業局のピックアップだけで、ほとんどのハンターたちは品行を慎んで規則を守ることを思い出す。

かつてウィンドファームでおこなわれていた作業は止まっていた。〈ロープ・ザ・ウィンド〉の従業員も車両も見えない。組み立て玩具のような風力タービンのパーツは、ジョーが最初に目にしたときと同じ場所に積まれたままだ。そして組み立てられたタービンは風の中でゆっくりと回転し、どこへも送られない電気を生んでいる。


午前中はハンターたちと彼らの獲物を調べてまわったが、終始機械的で、彼はずっと自分が任務から切り離されているように感じていた。体はそうでなくとも、ジョーの心はまだ法廷にあった。

山々へ続く舗装された二車線の州道には、いま乗用車もピックアップもあまり走っていない。速度を落として舗装道路を離れ、狩猟地帯へ向かうのでなければ、ジョーはほとんどほかの車に注意を払わなかった。

だがどういうわけか、トレーラーを牽引している黄色のヴァンに目が留まり、彼はスポッティングスコープを向けた。アール・オールデンの葬式のときに走り去っていったヴァンだ。ヴァンの後部はバンパーステッカーでおおわれていた。速度はゆっくりで、まるでドライバーがなにかを探しているようだった。ジョーはナンバープレートにズームインした。モンタナ州だ。それからドライバーに焦点を合わせた。

運転しているのはバド・ロングブレイク・ジュニアだった。姉のサリーが隣にもたれかかるようにすわっていた。ジョーはため息をついて身じろぎし、ヴァンは進みつづけるだろうと思った。ところが、そのとき車は速度を落として砂利道に曲がり、サンダーヘッド牧場のエルクの枝角のアーチ門へ向かった。姉弟は育った土地を最後に一目見るつもりなのだろうか？　どうしてトレーラーを牽引しているのだろう？

ヴァンは門で止まり、バド・ジュニアが降りてキーパッドを操作した。門は開いた。

ジョーはヴァンが遠くの砂利道を走っていくのを見守り、やがてかつてのロングブレイク牧場へ続く道へ進むのを確認した。舞いあがって落ちるほこりの長い尾しか見えなくなるまで、スコープで観察を続けた。

どうしてシャマーズがキーパッドの数字のコードを知っているのだろうと考えていたとき、メアリーベスから携帯に電話が入った。

「母が連絡してきたの」彼女は言った。「今晩〈イーグル・マウンテン・クラブ〉で無罪判決祝いのパーティをするんですって」

「無罪判決祝い？」

「そう言っていたわ。わたしたちが来るかどうか知りたいって」

ジョーは顔をしかめた。

「例の申し出をどう思うか聞かれたら、なんて返事するの？」

「つまり、何百万ドルもの価値がある牧場を受け継いで、今後二度と生活の心配をしなくてすむようになりたいかどうか？」

「そんな言いかたをされると……」メアリーベスは最後まで言わなかった。「バドのこと、聞いた？」

「いや」彼は最悪を覚悟した。

「昏睡状態よ。意識が戻ると思っている人はだれもいないわ」

「残念だよ」

「ひどい。とにかくひどいわ。こうなって、いい気分になるべきだと思うの――バドについてじゃないわよ、もちろん。裁判の結果についてよ――だけど、まだ気持ちがもやもやしていて」

「おれもだ」ジョーは、バド・ジュニアとサリーがトレーラーを牽引して牧場に入っていったことを思った。

はっと思い当たり、冷たく鋭いものが腹と胸を貫いた。ミッシーとバドの通話。彼女の車の中にあったライフル。バドの土壇場での暴露と前言の撤回。逮捕から裁判が終わるまでのミッシーの奇妙なふるまい。まるで……

ジョーは言った。「行かないと。ちょっと調べることができた」

「それで、今晩はどうする？」

「行けないかもしれない。あとで知らせるよ」彼は電話を切った。

サンドイッチの残りを窓から放り投げ、ピックアップのギアを入れて、車を丘からウィンドファームのほうへ向けた。

アール・オールデンの遺体を見つけた風力タービンの横で車を止めた。降りて、チューブについてこいと命じた。

こんな天気のいい日に車の外に出られて、犬は有頂天だった。ジョーが胴体にチェーンを巻いてタワーの中を巻き上げ機《ホイスト》で運びあげはじめたときには、チューブはあまり喜ばなかった。

40

午前零時数分前、ジョーは家の内壁をヘッドライトの光がよぎるのを見て、外の牧場の中庭の砂利をタイヤが踏む音を聞いた。ガレージのドアの開閉装置がうなると、彼は暗闇で立ちあがって窓に近づき、カーテンを分けてミッシーのハマーが開いたドアから入るのを目にした。彼女一人だけのようだ。よかった。作業場の裏に隠してある自分の車は彼女には見えなかったはずだ。

だれかが後ろから来ないか確認したが、入り口の道にほかのヘッドライトの光はない。まだだ。ジョーはサンダーヘッドとロングブレイクの牧場マークがセンスよく焼きつけられたふっくらした革のソファに腰を下ろし、ショットガンの装塡を確かめて待った。

ほどなく、キッチンから音がした。グラスがかちゃかちゃいう音、キャビネットが開けられて閉まる音。近づいていくと、彼女が低くハミングするのが聞こえた。

ジョーは暗い廊下でキッチンの入り口に立ち、彼女がコーヒーメーカーに粉と水を入れてマグを六つ下ろし、カウンターに並べるのを見守った。彼女はグラスになみなみと白ワインを注いで、準備しながらときおり口をつけた。美しく見える、とジョーは思った。ぴったり体に合った濃紺のドレス、大粒の真珠。ハイヒールは床に脱ぎすててあり、小さなはだしの足で歩きまわっていた。

彼がそこに立っているのを見たとき、ミッシーは息を呑んで金切り声を上げ、グラスを床に落とした。

「ジョー！」割れたグラスのかけらとこぼれたワインから飛びのいて、彼女は叫んだ。「ここでなにをしているの？　死ぬほどびっくりしたわ」

「マーカス・ハンドと彼のスタッフがこれから来るんでしょう。ここに着くまであとどのくらいですか？」

彼女はジョーに目を上げて、すばやく態勢を立てなおした。眉をひそめ、顔は完璧につくられた磁器の仮面と化した。「まもなくよ。みんな大いに飲んだので、コーヒーを用意しておこうと思って。あなたはパーティに来なかったわね」

彼はうなずき、キッチンに入ってショットガンをそばのカウンターの見える位置に置いた。

彼女はかぶりを振り、仮面から怒りの片鱗がにじんだ。「メアリーベスはあなたがここにいるのを知っているの？　なにをしているの、カーテンの採寸？　自分の新しいオフィスのチェック？」

彼は微笑しようとしたができなかった。「今日、バド・ジュニアとサリーが新しい家へ引っ越すところを見ましたよ。あなたはじっさい彼らがあそこに住んで牧場をやっていくとは思っていないでしょう？」

一瞬の恐怖が――ついに！――目をよぎり、彼女は鼻をふくらませた。しばし、呼吸を忘れていた。それから、すばやくあごを上げると苦いあきらめの表情で口を引き結んだ。「ええ。適当な時期が来たら、またわたしに買い戻してほしいと言ってくるでしょうね。あの古い家の価格の見積もりは六百万ドルなのよ」

「あなたはおそらくそれより安い値段で二人の沈黙を買えたでしょうに」

「おそらくね。でも、バドが子どもたちに値段を教えたから、彼らも譲らないはずよ」

ジョーはうなずいた。「ここにはおれとあなたしかいない。あなたは殺人罪でふたたび裁かれることはないし、それは二人ともわかっている。だから、すべてうまくいった経緯を話してください」

ミッシーは一歩も引かない気構えで彼を見た。

「最後のアップグレード、最後の乗り換えをしてアールを始末すると決めたとき、あなたはバドに連絡をとった。あんなにいろいろあったのに、どういうわけか彼がまだ自分を愛しているのを知っていたから、応じるとわかっていたんだ。そしてあなたは、アールを消してくれたらバドの牧場を返すと申し出た。なんといっても、まだあなたにはここがあるし、結婚したときアールと共同所有にしたほかの不動産がたくさんありますからね。きっと、いつかまたよりを戻してもいいようなことをほのめかしたんでしょう。ここまでは合っていますか？」

彼女は天を仰いだ。

「そしてもちろんバドはやる、と言った。だが、彼は病気だった。そのときはどれほど病状が進行しているか知らなくて、やがて自分に実行できる体力があるかどうか自信がなくなってきた。とはいえ、牧場はどうしてもとりもどしたかった、自分のためではなく子どもたちのために。彼はいつも継いでもらいたがっていた」

彼女はかぶりを振った。「ずっと父親を裏切りつづけてきたのに、それでも彼はあの子たちに譲りたかったのよ」

「そういう献身はあなたにはわからないでしょう？」ジョーは尋ねた。

彼女のまなざしは突き刺さるようだった。「昨今はあれほど恩知らずになれる子どももいるのね。自分たちが築いたものでもないのに、もらう権利があると思っている」

ジョーはとりあわずに続けた。「そこであなたとバドは何度も話しあった、一ヵ月あまりですか。バドはあなたがアールをかたづけるのに協力して牧場をとりもどしたかったが、あなたには時間がなくなっていた。アールが資産を整理統合してすべてをウィンドファームに注ぎこんだのを知ったのは、そのころですか？　もちろん、気に入らなかったでしょうね」

「無謀で無責任な計画だったわ」ミッシーの怒りは手で触れられそうだった。「共同で所有していたなにもかもを持ち去って、あのばかげたものを丘の上に建てるために使うなんて。アールは自分の資産を危険にさらしただけでなく、わたしが生涯かけて手に入れようと努力し——ようやく達成できたものも、すべて危険にさらしたのよ。それもなんのため？　あんなことをする権利はないわ」

「しかも、彼はあなたと別れようとしていた。そのことには傷ついたはずです」

「ええ」彼女は簡潔に答えた。

「だが、あなたはジレンマに直面した。バドはあなたに手を貸す気でも、実行できなかった。そしてあなたは、彼がその話を他人に洩らす危険を放置するわけにもいかなかった。そこで、あなたは彼に保安官と手を組んで自分をはめるように言った。バドが罪をかぶるのを裁判まで待つという条件で、自分がやると伝えたんだ。彼は了承したが、正念場で彼がやりとおせるかどうか、あなたは完全には信じられなかった。心の奥で、自分がバドを裏切ったように、彼が自分を裏切るのではないかと不安に思っていたにちがいない。眠れない夜が何度もあったでしょう」

彼女は答えず、氷のような冷たい目でジョーをにらんだ。

「バドと計画を話しあっていたとき、以前あなたがネイトに似たような仕事を頼もうとして断られたのを思い出した。つまり、あなたになにができるか知っている別の人間が野放しになっているということだ。あなたはローリー・タリクという女にネイトの居場所を教えて始末させるように、バドを駆りたてた。もう少しで成功するところでしたよ。だが、ネイトではなくアリーシャ・ホワイトプリュームが殺されてしまった。あなたが良心のとがめを感じているといいんですがね、もしあるのなら」

「わたしはそれには無関係よ」彼女はぴしゃりと言いかえした。「バドが自分でやったの。そうすればわたしが喜ぶと思ったんじゃないかしら」

ジョーは肩をすくめた。「ネイトは以前そんな出来事があったのを決して口外しなかったはずだ、だからあなたのしたことは無意味だった。そしていま、彼はおれの家にいてまだ復讐を欲している」

彼女の目が大きくなった。「でも……」

「おれは彼に言うだけでいい。法廷と違って、同一犯罪で再度刑事責任を問うことはないなどというルールに、彼は縛られませんよ」

「お願い、やめて」彼女は訴えた。「わたしがあなたたちに申し出たことを考えてみて」

「あなたの血塗られた金なんかほしくない」ジョーはきっぱりとはねつけた。「話を戻しましょう。あなたはまっすぐ夫のもとへ車で行き、胸を撃ち抜いた。そして死体を風力タービンまで運んだ。今日おれは犬を使って巻き上げ機《ホイスト》を試し、死体を風車のてっぺんに上げるのがいかにたやすいか知りました。もっと上半身の力が必要だろうと思っていたが、簡単だった。あなたでもできるほどに。で、そもそもなぜ彼をあそこに吊るしたんです？　恨みから、それともみんなを惑わせるためですか？」

彼女はため息をついて顔をそむけた。これ以上しらを切る価値があるかどうか、考えているようだった。

「一つだけよくわからないのは、あなたがどうやってブレードから死体を吊るしたのかです。アールは重かった」

彼女は唇を引き結んだ。「わたしはなにも認めない。でも、生まれつき小柄な人間なら、ほしいものを手に入れるためにてこを利用する方法を学ぶということは言えるわ。物体の力を自分に有利になるように活用し、相手のまさっている体格を不利に働かせるすべを学ぶの」

ジョーは口笛を吹いた。「では、あなたは死体に鎖を巻いて、くくりつけていない端を回転しているブレードに放り投げたのか。回るブレードがナセルから彼を持ちあげていくにまかせた」

ミッシーは眉を吊りあげて、ジョーの説に賛同した。「そんなふうなことはできるでしょうね」彼女は抜け目なくそう言った。

「だが、なぜ風力タービンだったんです？」

「なにも認めないけれど、保安官かミス・シャルクが風力発電の角度から事件を見るかもしれないと、犯人は考えたのかしらね。マーカスがその方面を調査して、アールが道徳的に問題のある人たちと取り引きしていたことや彼の詐欺行為を発見する可能性もあったわ。その情報が公開されれば、陪審員の中にはマーカスの説得に応じる人がかならず出てくる。でも、わたしから言うわけにはいかなかった――あからさますぎたでしょう」

ジョーはかぶりを振った。「そして、あなたは自分自身を罠にはめた。明白で単純なやりかたで。単純すぎて、あなたの娘やおれのような人間は、きっと裏になにかあるにちがいない、あなたははめられたのだと、自動的に考えてしまうやりかたで」

ミッシーは無言だった。なにも言う必要がなかったからだ。

「ハンドの調査員はシカゴでアール殺害の契約が結ばれていたことを突きとめた。きのう法廷で彼らがハンドに報告していたのはそれだ。ただ待っていれば、あなたが犯行を計画するまでもなくアールは始末されていたはずだったのに」

「あれはサプライズだったわ、でも彼らがしくじっていたら？」彼女は正面からジョーを見た。「自分の運命をゆだねるほど他人を信頼はしないの。したことがないわ。

自分の運命を決めるのは自分だけよ、ジョー。そしてわたしは自分以外を信じない。娘がその教訓を学んでいれば、いまごろはもっと違った境遇だったはずよ。あなたを夫にして小さな田舎町でパートの図書館員などしていなかった」

「わかっている」ジョーは言った。「それなのに懲りずに、おれはあなたを助けようと駆けまわり、自分の評判をだいなしにした」

彼女はうなずいた。「あなたが頼りになるのはわかっていたわ、ジョー。ウィンドファーム計画を調べ、マーカスをそちらに誘導してくれると思っていた。だから、たとえバドが死んだりわたしたちの合意事項を忘れたり約束を破ったりしても、わたしは守られていた。合理的な疑いがあったはずだから」

彼女は間を置いて自分の手を眺め、マニキュアの赤の色合いを確かめた。「わたしはあなたやバドのような単純な男たちを利用して生きてきたの」

ジョーは手をのばしてショットガンをつかみ、持ちあげた。

彼女は信じられないという顔でジョーを見た。「あなたはぜったいにやらないわ」

「あなたを驚かせるかもしれない」彼は歯を食いしばった。

「申し出はまだ有効よ」突然怯えて、彼女は言った。「そんなことをしたら、すべてだいなしになる。家族のためにもならないわ」そこでいったん口を閉じた。「メアリーベスは知っているの？」

「まだ知らない。だが、おれたちは話しあう。想像してみたらどうです」

「じゃあ、あの子に言うつもり？　母親は結局殺人犯だったって？　わたしの孫たちにも話すの？」

「まだ決めていない」彼は答えた。「あなたしだいだ」

「どういう意味？」彼女は目に涙を浮かべていた。「わたしになにをしろと言うの？」

涙が本物かどうかわからなかったが、どうでもいいと思った。

ジョーは自分の提案を説明した。

終わると、こう言った。「ここであなたが正しいことをしないなら、死ぬことになる。そして将来あなたが正義に復讐を試みようとしたら、おれは友人のネイトにアリーシャ殺しの真犯人を教える」

ミッシーの磁器のような仮面がはがれた。「あなたはとんでもないくそったれね、ジョー・ピケット。わたしと同じくらい卑劣よ」

「おれはそうは思わない。あなたほどのクラスはあなた一人しかいませんよ」

車が道を上ってくる音が聞こえた。ヘッドライトの光が窓に閃いた。マーカス・ハンドのご一行が到着したのだ。

「来たわ」彼女は言った。

「では、おれは消えます」

ジョーはできるだけ静かにベッドに入ったが、メアリーベスは温かな手を彼の腿に置いた。眠そうな声で、彼女は言った。「遅かったのね」

「狩りの解禁日だ。大勢のハンターが出ていた。それに、病院に寄ってバドを見舞ってきた」

「どうだった？」

「死にかけている」

「ああ、ほんとうに悲しいわ。でも、彼の子どもたちが戻ってきてよかった。きっとバドもうれしいでしょう」

「彼は誠意のある人間だった。家族を守ったんだ」

メアリーベスはあくびをした。「わたしはくたくた。長い三週間だったわ」

「そうだな」

「ダルシーが電話してきたの」少し目が覚めてきた様子で、彼女は言った。「このなりゆきに、ひどく動揺しているわ。自分の競争心の強い性格に振りまわされてしまったって言っていた。謝罪と同じよ、だからわたしは友だちであることに変わりはないって答えたわ。彼女、少しは気持ちが晴れたみたい。それにダルシーは善良な人よ、ジョー」

「おれもそう思うよ」

彼は手をのばして妻を抱き寄せた。彼女はすっかり目を覚ましていた。「母も電話してきたわ」不吉な口調で言った。

「ほんとに？」

「世界一周の長旅に出ようかと思っている、牧場を売って引っ越すつもりだって。このあたりのなにもかもが、バドとアールのことを思い出させてたまらないって。少し酔っていたみたいだったわ」

「それはいい考えかもしれないな」

「うちの娘たちの大学の学費基金をつくって、アリーシャの里子にも信託基金を設立すると言っているの。旅に出る前に、マーカス・ハンドに手続きをすませるように依頼しておくそうよ。朝になったらほかのことも話すわね。いまはもうくたくた。そういうことだから牧場を継いでくれという話はなくなったんだと思うけど、このほうがいいし、母はとても謙虚な口ぶりだった。思慮深い感じさえしたわ」

「それはよかった」ジョーは彼女の髪に顔を埋めた。「おれも疲れたよ」

「母はとてもやさしかった」メアリーベスはつぶやいた。「奇妙な会話だったわ。ほかにもっと言いたいことがありそうだったから。それに、まるで別れを告げているみたいだった」

ジョーは答えなかった。

「少し母が恋しくさえなるかもしれないわ」メアリーベスは言った。

「ああ、おれもさ」ジョーは答えた。

九月二十日

傲慢は首飾りとなり、不法は衣となって彼らを包む。

——詩篇　七十三章六節

エピローグ

かつて、ネイト・ロマノウスキはトゥエルヴ・スリープ川のノースフォークの岸辺にある石造りの家に住んでいた。東側の対岸には赤い崖が十五メートル以上切りたっている。いま、朝日が崖を照らしだしている。川の水位は低く、いくつかの水たまりが連続しているようなもので、地下に湧き水が通っているおかげで命脈を保っていた。西側はヤマヨモギが点々と生える長い平地になっていた。道路から続く轍がその平地を通っており、家まで来る唯一の道がそれだった。

家の横に一本あるハコヤナギの古木の幹の根方に敷いた毛布にくるまれて、ネイトは目を覚まし、夜のあいだにハヤブサが彼を見つけたことを知った。ハヤブサはハコヤナギの高い枝に静かに止まっていた。鳥は下を見て彼を認めるわけでもなく、ネイトも呼びかけはしなかった。ただ、ハヤブサはそこにいる。それが彼らの絆のありようだった。

彼は毛布を蹴りとばし、銃を幹の釘に掛けた。そして裸で立ちあがって伸びをした。家の石壁はまだ大丈夫だが、ほかの部分は長かった留守のあいだに荒らされていた。窓は割られ、侵入されていた。入り口のドアには銃弾が開けた二ダースほどの穴と、ショットガンを二、三回撃たれた跡がある。だれかが家に入って床で焚いた火が、根太まで焦がしていた。いま床下にはスカンクの一家が住みつき、フクロウが煙突に巣を作っている。

ネイトは川へ歩いていき、深いところに身を沈めた。水は刺すように冷たかった。体を洗い、髪の黒い染料もほぼ落とした。

震えながら、いちばんいいシャツとジーンズを身につけた。それからブーツをはいた。昨夜殺したキジオライチョウのはらわたを抜いて焼いた。肉をすべて食べ、ハヤブサに骨を投げてやった。

ジョーとメアリーベスがそろそろ来るころだ。二人は保留地へ同行して、アリーシャの母親にうまく話を伝えられるように力添えをしてくれることになっていた。ネイトは裁判についてもくわしく聞きたかった。結果はすでに知っている。そしてバド・ロングブレイク・シニアが三日前に死んだことも。昏睡状態から一度も回復せず、ネイトにとってそれはほろ苦い結末だった。そして不完全な結末だった。彼は満足していなかった。

西から車のエンジン音が聞こえたとき、ネイトは驚かなかった。しゃがんでダッフルバッグに荷物を詰めなおした。戻ってから、石造りの家の建て直しを始めていた。冬に備えて、また住めるようにすると同時に補強もしなければならない。肉とたきぎを蓄え、ちんぴらどもに壊された井戸も修理するのだ。

車はまだ見えないが、特徴のあるエンジンの音を耳が聞きわけた。ジョーのピックアップでもメアリーベスのヴァンでもない。

音のするほうへ目を細めて、ネイトは釘からホルスターをとるときつく締めた。

ラージ・マールの一九七八年型ダッジ・パワーワゴンが遠い西の丘の上にあらわれ、ひび割れたフロントガラスが朝日にぎらりと光った。ネイトはハコヤナギの幹の裏に身をひそめ、待った。マールは低速で運転しており、車は左右に蛇行している。前輪が轍の道から外れて少し横に走り、またもとの進路に戻った。

こんな朝早くから、ラージ・マールは酔っぱらっているのか？

古い四駆はのろのろと近づいてきた。フロントガラスの奥に、マールの見間違いようのないひげだらけの顔が見える。ほかに乗っている者はいない。ネイトは彼のジープの横でマールがブレーキをかけるものと思ったが、マールはその横をゆっくり通り過ぎた。ネイトはマールの頭が前に傾き、あごが胸について、目が閉じているのに気づいた。

「マール！」

四駆はネイトのかつての菜園を乗りこえ、まっすぐ石造りの家へ向かった。

「マール、起きろ」

見ていると、ダッジは家の横の壁に大きな音をたててぶつかった。だが壁は頑丈で、倒れなかった。エンジンが二度咳をして、止まった。

いつでも抜けるように五〇〇に手をかけて、ネイトはダッジの後部に近づいた。運転席のドアが開き、大男の上半身が転がるように外に出ると、だらしなくどさりと草の上に落ちた。脚はまだ車の中で、マールはあおむけに横たわり、口を開けてあえいでいた。血だらけの両手は腹を押さえていた。

「くそ」ネイトは叫んだ。「マール？」

ラージ・マールは頭をネイトのほうへ向けた。顔は灰色だった。食いしばった歯のあいだから、彼は言った。「あの女……あのモンタナの女。偵察員だった」

ネイトは最初理解できなかった。次の瞬間に悟った。マールを誘惑し、一緒にモンタナへ来てくれと頼んだ女。彼女はマールを見つけるために派遣されたのだ。そしてネイトを見つけるために。みごとに成功した。

マールに近づき、友人が巨大な腹から青く長い腸がはみ出してこないように押さえているのを見て、ネイトは顔をゆがめた。マールは腹を切り裂かれていた。

「〈ザ・ファイブ〉が」マールは言った。「戦闘態勢に入った」

謝辞

本書のリサーチ、推敲、編集、プロモーション、出版に携わってくれたみなさんに感謝する。ティム・カーリー、ロニー・ハーデンブルック、ライアン・ルイス、ボブ・バド、マックス・マックスフィールド、カレン・ウィーラー、シェリー・メリマン、ダグ・ライル医学博士、ロクサーン・ボックス、モリー・ボックス、ローリー・ボックス、マーク・ネルソン、テリー・マッケイ、ボブ・ベイカーをはじめとするみなさんである。

www.cjbox.net を管理してくれるドン・ハジチェクとフェイスブックを管理してくれるジェニファー・フォネズベックに、賛辞を呈する。

とくに、素晴らしいアン・リッテンバーグと、イヴァン・ヘルド、マイケル・バーソン、そして伝説的なニール・ナイレンというパトナム社の優秀なるチームに、ありがとうと申し上げたい。

訳者あとがき

ワイオミング州猟区管理官ジョー・ピケットが担当する地区にも風力発電ブームが押し寄せ、巨大な風力タービンがそこかしこに建ちはじめた。ところがある日、彼はタービンの翼《ブレード》から吊るされて回転している射殺死体を発見する。それは、ジョーの義母ミッシーの夫で風力発電基地の所有者であるアール・オールデンであることが判明し、なんとミッシーが犯人として逮捕されてしまった。

一方、FBIから逃れてホール・イン・ザ・ウォール峡谷に隠れ住むジョーの友人ネイト・ロマノウスキにも危機が迫っていた。彼に恨みを持つ女が、復讐のためにシカゴからワイオミング州へやってきたのだ。

シリーズの前作『狼の領域』はおかげさまで好評を博し、「近年翻訳紹介されたアメリカン・ミステリの中でも、最良の作品」(『IN★POCKET』二〇一七年九月号)と三橋曉さんにお褒めをいただいた。『狼の領域』で、宣誓と任務に忠実なジョーと法を信じないアウトローのネイトのあいだに生じた亀裂は、はたしてこの『冷酷な丘』ではどうなるのだろうか?

本作では、ジョーにとって身近な二人を襲った事件が並行して語られる。一人は、隠れ処《が》の鉄壁の防備を打ち破られるネイト。もう一人は、ジョーの長年の仇敵であるミッシー。

美人で非情なやり手で上昇志向が強いミッシーは、シリーズの脇役としてずっと異彩を放ってきた。価値観はまったく相容れないながら、ジョーにとっては好敵手ともいえる存在感のある女性だ。その強烈なキャラクターは一部の読者に妙な人気があるほどで、本書ではさらに「ミッシー、恐るべし」の本領を発揮している。

今回、殺人容疑で裁かれるというこれまでで最大のスポットライトを浴びるにあたり、彼女の〝華麗な〟遍歴をかんたんに辿っておこう。まず、ジョーの妻メアリーベスの父親である最初の夫が事故で死んだあと、医師と再婚するも離婚。『沈黙の森』で初登場したとき、ミッシーは政界をめざす開発業者と婚約中だった。結婚のたびにステップアップし、自慢の娘があまりにも格下の相手と一緒になったとあからさまにこぼす義母が、ジョーは大の苦手だった。

だが『凍れる森』で、議員となった夫は不正で告発されて資産を凍結され、行き場を失った彼女はピケット家に居候する破目になってしまった。ところが、ミッシーはたちまち大牧場主のバド・ロングブレイクに接近し、妻と離婚した彼のもとへ引っ越していった。

バドと結婚した彼女はしばらくおとなしくしていたが、〝伯爵〟と呼ばれる大富豪オールデンが近くの牧場を買ったときから、次のステップアップを狙いはじめた。そして、『ゼロ以下の死』の半年前、バドを袖にしたうえに彼の牧場まで奪いとり、オールデンと結婚したのだった。

この歳月、ジョーとミッシーはできるだけたがいを避けてきたが、本書では窮地に陥った彼女がジョーに助けを求めてくる。義母が大嫌いとはいえ、念願のセレブの地位に上りつめた彼女がすべてをだいなしにする夫殺しをし、あの年齢と体格でタービンに死体を運びあげられたはずがない、とジョーは考え、妻メアリーベスのためにもなんとか容疑を晴らそうとするのだが……。


物語の最後に待ち受けているどんでん返しは、作者のミステリー作家としての力量を示して鮮やかだ。そして、悲劇に見舞われたネイト・ロマノウスキの反撃は骨太の〝西部流〟で、緊迫感あふれるサスペンスへと読者を引きこむ。あいかわらず期待を裏切らない出来栄えで、「手に汗握る……この魅力的なシリーズは一作ごとにさらに進化していく」(〈パブリッシャーズ・ウィークリー〉)「ボックス作品中のトップと言いたいが、彼の場合のトップは一作ごとに高くなっていく」(〈ブックページ〉)など、本国でも好評をもって迎えられた。

とくに、少し長くなるが、〈ワシントン・ポスト〉紙の書評のあらましをご紹介しておきたい。

『冷酷な丘』は〝なにが正しいのか？〟という問いを提示しつづける。それに対して登場人物たちが不完全な答えしか出せない点で、本書は読者を得心させ、そして今後の展開に気をもませる作品になっている。……ミッシー・オールデンはシリーズを通して憎むべきキャラクターであり、つねにジョーを娘にはふさわしくない婿と嘲ってきた。だから、彼女が疑われ、逮捕され、苦境に置かれるのを見るのは、読者にとって――そしてジョーにとっても、うしろめたい快感といえよう。

だが、並行して語られる、作中もっとも抜きんでた脇役ネイト・ロマノウスキの物語と比べると、ミッシーの物語はむしろおとなしくさえ感じられるほどだ。本書の大半でネイトはジョーと離れて行動しているが、ネイトのサブプロットはすぐれた効果を上げている。それは前作『狼の領域』で起きた二人の不和は、〝なにが正しいのか？〟に対する答えが異なっていたのが原因だからだ。

すぐれた洞察力と血なまぐさい美しさで楽しませる本書は、ある意味で橋渡しの役目も果たしているかもしれない。……ラストシーンは、ネイトもジョーと同じく主人公となると予告されている次作のために、作者が広大なスペースを用意して物語を終えたように思える。

そうなのだ。次作*Force of Nature*の主役は、謎の鷹匠にして銃の名手、ネイト・ロマノウスキが張る。そしてついに、いままで詳らかにされなかった彼の過去が明らかになる。空軍士官学校である男に見出されて特殊部隊に入り、秘密作戦に従事していたネイトが、なぜ部隊をドロップアウトして追われる身となったのか。そして、本書の衝撃のラストシーンのあと、物語はどう展開していくのか――。もちろん、ジョーも登場して盟友を助けるべく奮闘する。この*Force of Nature*は、講談社文庫より来年刊行予定なので、楽しみにお待ちいただきたい。

末尾ながら、お世話になった講談社文庫出版部の岡本浩睦氏、そしていつも丁寧なチェックをしてくださる校閲の方々に、お礼を申し上げる。

二〇一七年十月

野口百合子

|著者| C. J. ボックス　ワイオミング州で生まれ育つ。牧場労働者、測量技師、フィッシング・ガイド、ミニコミ誌編集者などさまざまな職業を経て旅行マーケティング会社を経営。2001年、猟区管理官ジョー・ピケットを主人公にしたデビュー作『沈黙の森』で絶賛を浴び、主要ミステリー新人賞を独占した。その他の著書に『凍れる森』『神の獲物』『震える山』『裁きの曠野《こうや》』『フリーファイア』『復讐のトレイル』『ゼロ以下の死』『狼の領域』などがある。ワイオミング州シャイアンに家族と在住。
|訳者| 野口百合子　1954年生まれ。東京外国語大学英米語学科卒業。出版社勤務を経て翻訳家に。主な訳書に、ボックス『フリーファイア』『復讐のトレイル』『ゼロ以下の死』『狼の領域』、クルーガー『闇の記憶』『希望の記憶』『血の咆哮』（すべて、講談社文庫）、フェイ『7は秘密』、フリードマン『もう過去はいらない』（ともに創元推理文庫）、ファージョン『ガラスの靴』（新潮文庫）などがある。

冷酷《れいこく》な丘《おか》

C. J. ボックス | 野口百合子《のぐちゆりこ》 訳

講談社文庫
定価はカバーに
表示してあります

2017年11月15日第1刷発行

発行者――鈴木　哲
発行所――株式会社　講談社
東京都文京区音羽2-12-21　〒112-8001
電話　出版（03）5395-3510
　　　販売（03）5395-5817
　　　業務（03）5395-3615
Printed in Japan

デザイン―菊地信義
本文データ制作―講談社デジタル製作
印刷――豊国印刷株式会社
製本――株式会社国宝社

ISBN978-4-06-293803-7

講談社文庫刊行の辞

二十一世紀の到来を目睫に望みながら、われわれはいま、人類史上かつて例を見ない巨大な転換期をむかえようとしている。

世界も、日本も、激動の予兆に対する期待とおののきを内に蔵して、未知の時代に歩み入ろうとしている。このときにあたり、創業の人野間清治の「ナショナル・エデュケイター」への志を現代に甦らせようと意図して、われわれはここに古今の文芸作品はいうまでもなく、ひろく人文・社会・自然の諸科学から東西の名著を網羅する、新しい綜合文庫の発刊を決意した。

激動の転換期はまた断絶の時代である。われわれは戦後二十五年間の出版文化のありかたへの深い反省をこめて、この断絶の時代にあえて人間的な持続を求めようとする。いたずらに浮薄な商業主義のあだ花を追い求めることなく、長期にわたって良書に生命をあたえようとつとめるところにしか、今後の出版文化の真の繁栄はあり得ないと信じるからである。

同時にわれわれはこの綜合文庫の刊行を通じて、人文・社会・自然の諸科学が、結局人間の学にほかならないことを立証しようと願っている。かつて知識とは、「汝自身を知る」ことにつきていた。現代社会の瑣末な情報の氾濫のなかから、力強い知識の源泉を掘り起し、技術文明のただなかに、生きた人間の姿を復活させること。それこそわれわれの切なる希求である。

われわれは権威に盲従せず、俗流に媚びることなく、渾然一体となって日本の「草の根」をかたちづくる若く新しい世代の人々に、心をこめてこの新しい綜合文庫をおくり届けたい。それは知識の泉であるとともに感受性のふるさとであり、もっとも有機的に組織され、社会に開かれた万人のための大学をめざしている。大方の支援と協力を衷心より切望してやまない。

一九七一年七月

野間省一

丸谷才一

七十句／八十八句

西欧近代の市民的知性と王朝以来の日本的感性に生きた小説家の姿は、晩年の句集二冊のなかに鮮やかにあらわれる。岡野弘彦、長谷川櫂と巻いた歌仙五巻を併録。

年譜＝編集部

978-4-06-290365-3
まA7

塚本邦雄

詞華美術館

聖書、古事記から柿本人麿、ランボー、芭蕉、ジョイス等、古今東西の言語芸術から最も壮麗美味な部分を収集し、二十七の主題の部屋に陳列した超一級の言語美術館。

解説＝島内景二

978-4-06-290363-9
つE9

吉行淳之介

わが文学生活

幼年期の記憶、戦後の編集記者時代、病の数々、仲間との交友……インタビューと対談で創作の舞台裏や魅力的なエピソードの数々を明かす文学的自伝。初文庫化。

解説＝徳島高義　年譜＝久米 勲

978-4-06-290364-6
よA15

海外作品

小説

トルーマン・カポーティ　安西水丸訳　真夏の航海
D・クロンビー　西田佳子訳　警視の週末
D・クロンビー　西田佳子訳　警視の孤独
D・クロンビー　西田佳子訳　警視の覚悟
D・クロンビー　西田佳子訳　警視の偽装
D・クロンビー　西田佳子訳　警視の因縁
D・クロンビー　西田佳子訳　警視の挑戦
ウィリアム・K・クルーガー　野口百合子訳　闇の記憶
ウィリアム・K・クルーガー　野口百合子訳　希望の記憶
ウィリアム・K・クルーガー　野口百合子訳　血の咆哮
キャロライン・ケプネス　白石　朗訳　YOU(上)(下)
P・コーンウェル　相原真理子訳　検屍官
P・コーンウェル　相原真理子訳　証拠死体

P・コーンウェル　相原真理子訳　遺留品
P・コーンウェル　相原真理子訳　真犯人
P・コーンウェル　相原真理子訳　死体農場
P・コーンウェル　相原真理子訳　私刑
P・コーンウェル　相原真理子訳　死因
P・コーンウェル　相原真理子訳　接触
P・コーンウェル　相原真理子訳　業火
P・コーンウェル　相原真理子訳　警告
P・コーンウェル　相原真理子訳　審問(上)(下)
P・コーンウェル　相原真理子訳　黒《くろ》蠅《ばえ》(上)(下)
P・コーンウェル　相原真理子訳　痕跡(上)(下)
P・コーンウェル　相原真理子訳　神の手(上)(下)
P・コーンウェル　相原真理子訳　スズメバチの巣
P・コーンウェル　相原真理子訳　サザンクロス
P・コーンウェル　矢沢聖子訳　女性署長ハマー(上)(下)
P・コーンウェル　相原真理子訳　捜査官ガラーノ

P・コーンウェル　相原真理子訳　前線〈捜査官ガラーノ〉
P・コーンウェル　相原真理子訳　異邦人(上)(下)
P・コーンウェル　池田真紀子訳　スカーペッタ(上)(下)
P・コーンウェル　池田真紀子訳　核心〈スカーペッタ〉(上)(下)
P・コーンウェル　池田真紀子訳　変死体(上)(下)
P・コーンウェル　池田真紀子訳　血霧(上)(下)
P・コーンウェル　池田真紀子訳　死層(上)(下)
P・コーンウェル　池田真紀子訳　儀式(上)(下)
P・コーンウェル　池田真紀子訳　標的(上)(下)
P・コーンウェル　池田真紀子訳　邪悪(上)(下)
R・ゴダード　越前敏弥訳　還らざる日々(上)(下)
R・ゴダード　北田絵里子訳　隠し絵の囚人(上)(下)
R・ゴダード　北田絵里子訳　血の裁き(上)(下)
R・ゴダード　北田絵里子訳　欺《あざむ》きの家(上)(下)
R・ゴダード　北田絵里子訳　謀略の都(上)(下)〈1919年三部作①〉
R・ゴダード　北田絵里子訳　灰色の密命(上)(下)〈1919年三部作②〉

講談社文庫　海外作品

R・ゴダード　北田絵里子 訳　宿命の地〈1919年三部作③〉(上)(下)
マイクル・コナリー　古沢嘉通 訳　暗く聖なる夜(上)(下)
マイクル・コナリー　古沢嘉通 訳　天使と罪の街(上)(下)
マイクル・コナリー　古沢嘉通 訳　終決者たち(上)(下)
マイクル・コナリー　古沢嘉通 訳　リンカーン弁護士(上)(下)
マイクル・コナリー　古沢嘉通 訳　真鍮《しんちゅう》の評決〈リンカーン弁護士〉(上)(下)
マイクル・コナリー　古沢嘉通 訳　スケアクロウ(上)(下)
マイクル・コナリー　古沢嘉通 訳　ナイン・ドラゴンズ(上)(下)
マイクル・コナリー　古沢嘉通 訳　判決破棄〈リンカーン弁護士〉(上)(下)
マイクル・コナリー　古沢嘉通 訳　証言拒否〈リンカーン弁護士〉(上)(下)
マイクル・コナリー　古沢嘉通 訳　転落の街(上)(下)
マイクル・コナリー　古沢嘉通 訳　ブラックボックス(上)(下)
レナ・コバブール&アニタ・フリース　土屋京子 訳　スーツケースの中の少年
ルイス・サッカー　幸田敦子 訳　穴〈HOLES〉
コーティ・ザン　三角和代 訳　禁止リスト(上)(下)
エリック・ジャコメッティ　ジャック・ラヴェンヌ　吉田花子 訳　ヒラムの儀式(上)(下)

テイラー・スティーヴンス　北沢あかね 訳　インフォメーショニスト〈上・潜入篇〉〈下・死闘篇〉
テイラー・スティーヴンス　北沢あかね 訳　ドールマン(上)(下)
キャロル・N・ダグラス著・編　青木多香子 訳　ホワイトハウスのペット探偵
L・チャイルド　小林宏明 訳　前夜(上)(下)
L・チャイルド　小林宏明 訳　新装版 キリング・フロアー(上)(下)
L・チャイルド　小林宏明 訳　アウトロー(上)(下)
L・チャイルド　小林宏明 訳　最重要容疑者(上)(下)
L・チャイルド　小林宏明 訳　61時間(上)(下)
L・チャイルド　小林宏明 訳　ネバー・ゴー・バック(上)(下)
ネルソン・デミル　白石朗 訳　王者のゲーム(上)(下)
ネルソン・デミル　白石朗 訳　アップ・カントリー〈兵士の帰還〉(上)(下)
ネルソン・デミル　白石朗 訳　ニューヨーク大聖堂(上)(下)
ネルソン・デミル　白石朗 訳　ナイトフォール(上)(下)
ネルソン・デミル　白石朗 訳　ワイルドファイア(上)(下)
ネルソン・デミル　白石朗 訳　ゲートハウス(上)(下)
ネルソン・デミル　白石朗 訳　獅子の血戦(上)(下)

ジェフリー・ディーヴァー　越前敏弥 訳　死の教訓(上)(下)
ジェフリー・ディーヴァー他著　北沢あかね 訳　死者は眠らず
エマ・ドナヒュー　土屋京子 訳　部屋(上・インサイド)(下・アウトサイド)
ハックスリー　松村達雄 訳　すばらしい新世界
デイヴィッド・ハンドラー　北沢あかね 訳　シルバー・スター
デイヴィッド・ハンドラー　北沢あかね 訳　ダーク・サンライズ
デイヴィッド・ハンドラー　北沢あかね 訳　ゴールデン・パラシュート
ロバート・ハリス　熊谷千寿 訳　ゴーストライター
リチャード・プライス　堀江里美 訳　黄金の街(上)(下)
C・J・ボックス　野口百合子 訳　凍れる森
C・J・ボックス　野口百合子 訳　神の獲物
C・J・ボックス　野口百合子 訳　震える山
C・J・ボックス　野口百合子 訳　裁きの曠《こう》野《や》
C・J・ボックス　野口百合子 訳　フリーファイア
C・J・ボックス　野口百合子 訳　復讐のトレイル
C・J・ボックス　野口百合子 訳　ゼロ以下の死

講談社文庫　海外作品

C・J・ボックス　野口百合子訳　狼の領域
R・ボウエン　羽田詩津子訳　押しかけ探偵
ポーラ・ホーキンズ　池田真紀子訳　ガール・オン・ザ・トレイン(上)(下)
クリス・ムーニー　高橋佳奈子訳　贖罪の日
ボブ・モリス　髙山祥子訳　ジャマイカの迷宮
イェンス・ラピドゥス　土屋晃・小林さゆり共訳　イージーマネー(上)(下)
G・ルッカ　飯干京子訳　回帰者
ジョージ・ルーカス著　上杉隼人・杉山まどか訳　スター・ウォーズ〈エピソードIV 新たなる希望〉
ジョージ・ルーカス原作　ドナルド・F・グルート著　上杉隼人訳　スター・ウォーズ〈エピソードV 帝国の逆襲〉
ジョージ・ルーカス原作　ジェームズ・カーン著　上杉隼人訳　スター・ウォーズ〈エピソードVI ジェダイの帰還〉
J・J・エイブラムス他原作　アラン・D・フォスター著　稲村広香訳　スター・ウォーズ〈フォースの覚醒〉
ジョージ・ルーカス原作　テリー・ブルックス著　上杉隼人／大島資生訳　スター・ウォーズ〈エピソードI ファントム・メナス〉
ジョージ・ルーカス原作　R・A・サルヴァトーレ著　上杉隼人／上原尚子訳　スター・ウォーズ〈エピソードII クローンの攻撃〉
ジョージ・ルーカス原作　マシュー・ストーヴァー著　上杉隼人／有馬さとこ訳　スター・ウォーズ〈エピソードIII シスの復讐〉
ジャンニ・ロダーリ　内田洋子訳　パパの電話を待ちながら
J・K・ローリング　亀井よし子訳　カジュアル・ベイカンシー〈突然の空席〉(I)(II)

ノンフィクション

P・コーンウェル　相原真理子訳　真相〈"切り裂きジャック"は誰なのか?〉(上)(下)
レイチェル・ジョイス　亀井よし子訳　〈ハロルド・フライの思いもよらない巡礼の旅
M・セリグマン　山村宜子訳　オプティミストはなぜ成功するか
ダニエル・タメット　古屋美登里訳　ぼくには数字が風景に見える
J・D・ワトソン　江上・中村訳　二重らせん
アメリカ探偵作家クラブ　L・トリート編　大出健訳　ミステリーの書き方

児童文学

エーリッヒ・ケストナー　山口四郎訳　飛ぶ教室
ディック・ブルーナ　講談社編　ミッフィーからの贈り物〈ブルーナさんがはじめて語る人生と作品のひみつ〉
ディック・ブルーナ　講談社編　miffy Notepad Red
ディック・ブルーナ　講談社編　miffy Notepad White
ディック・ブルーナ　講談社編　BLACK BEAR Notepad
L・M・モンゴメリー　掛川恭子訳　赤毛のアン
L・M・モンゴメリー　掛川恭子訳　アンの青春
L・M・モンゴメリー　掛川恭子訳　アンの愛情
L・M・モンゴメリー　掛川恭子訳　アンの幸福
L・M・モンゴメリー　掛川恭子訳　アンの夢の家
L・M・モンゴメリー　掛川恭子訳　アンの愛の家庭
L・M・モンゴメリー　掛川恭子訳　虹の谷のアン
L・M・モンゴメリー　掛川恭子訳　アンの娘リラ
L・M・モンゴメリー　掛川恭子訳　アンの友だち
L・M・モンゴメリー　掛川恭子訳　アンをめぐる人々
トーベ・ヤンソン　下村隆一訳　新装版　ムーミン谷の彗星
トーベ・ヤンソン　山室静訳　新装版　たのしいムーミン一家
トーベ・ヤンソン　小野寺百合子訳　新装版　ムーミンパパの思い出
トーベ・ヤンソン　下村隆一訳　新装版　ムーミン谷の夏まつり
トーベ・ヤンソン　山室静訳　新装版　ムーミン谷の冬

講談社文庫　海外作品

トーベ・ヤンソン　山室　静訳　新装版　ムーミン谷の仲間たち
トーベ・ヤンソン　小野寺百合子訳　新装版　ムーミンパパ海へいく
トーベ・ヤンソン　鈴木徹郎訳　新装版　ムーミン谷の十一月
トーベ・ヤンソン　冨原眞弓訳　小さなトロールと大きな洪水
ヤンソン(文・絵)　パルッキネン(編)　渡部　翠(訳)　ムーミン谷の名言集
ヤンソン(絵)　リトルミイ　ノート
ヤンソン(絵)　スナフキン　ノート
ヤンソン(絵)　ニョロニョロ　ノート
ヤンソン(絵)　ムーミンママ　ノート
ヤンソン(絵)　ムーミン　ノート
ヤンソン(絵)　ムーミンパパ　ノート
ヤンソン(絵)　ムーミン谷　春のノート
ヤンソン(絵)　ムーミン谷　夏のノート
ヤンソン(絵)　ムーミン谷　秋のノート
ヤンソン(絵)　ムーミン谷　冬のノート
ヤンソン(絵)　ムーミン100冊読書ノート

L・ワイルダー　こだま・渡辺訳　大きな森の小さな家
L・ワイルダー　こだま・渡辺訳　大草原の小さな家
L・ワイルダー　こだま・渡辺訳　プラム川の土手で
L・ワイルダー　こだま・渡辺訳　シルバー湖のほとりで
L・ワイルダー　こだま・渡辺訳　農場の少年
L・ワイルダー　こだま・渡辺訳　大草原の小さな町
L・ワイルダー　こだま・渡辺訳　この輝かしい日々
ルイス・サッカー　幸田敦子訳　穴〈HOLES〉

講談社文庫　目録

講談社文庫　目録

安藤祐介　おい！山田〈大翔製菓広報宣伝部〉
安藤祐介　宝くじが当たったら
安藤祐介　一〇〇〇ヘクトパスカル
安藤祐介　テノヒラ幕府株式会社
青木　理　絞首刑
天祢《あまね》　涼　キョウカンカク　美しき夜に
天祢　涼　議員探偵・漆原翔太郎〈セシューズ・ハイ〉
天祢　涼　都知事探偵・漆原翔太郎〈セシューズ・ハイ〉
麻見和史　石の繭〈警視庁殺人分析班〉
麻見和史　蟻《あり》の階段〈警視庁殺人分析班〉
麻見和史　水晶の鼓動〈警視庁殺人分析班〉
麻見和史　虚空の糸〈警視庁殺人分析班〉
麻見和史　聖者の凶数〈警視庁殺人分析班〉
麻見和史　女神の骨格〈警視庁殺人分析班〉
麻見和史　蝶の力学〈警視庁殺人分析班〉
赤坂憲雄　岡本太郎という思想
有川　浩　三匹のおっさん
有川　浩　三匹のおっさん　ふたたび
有川　浩　ヒア・カムズ・ザ・サン

有川　浩　旅猫リポート
青山七恵　わたしの彼氏
青山七恵　快楽
荒崎一海　無流心月剣〈宗元寺隼人密命帖(一)〉
荒崎一海　幽霊の足〈宗元寺隼人密命帖(二)〉
荒崎一海　名花散る〈宗元寺隼人密命帖(三)〉
浅野里沙子　花篝《はなかがり》　御探し物請負屋
朱野帰子《かえるこ》　駅物語
朱野帰子　超聴覚者　七川小春〈真実への潜入〉
東　浩紀　一般意志2・0〈ルソー、フロイト、グーグル〉
朝倉宏景　白球アフロ
朝倉宏景　野球部ひとり
安達　瑶　奈落の花〈堕ちたエリート〉
朝井リョウ　スペードの3
足立　紳　弱虫日記
有沢ゆう希　原作ムサヲ　恋と嘘〈映画ノベライズ〉
五木寛之　ソフィアの秋
五木寛之　狼のブルース
五木寛之　海峡物語

五木寛之　風花のひと
五木寛之　鳥の歌(上)(下)
五木寛之　燃える秋
五木寛之　真夜中の望遠鏡〈流されゆく日々'78〉
五木寛之　ナホトカ青春航路〈流されゆく日々'79〉
五木寛之　旅の幻燈
五木寛之　他力
五木寛之　こころの天気図
五木寛之　新装版　恋歌
五木寛之　百寺巡礼　第一巻　奈良
五木寛之　百寺巡礼　第二巻　北陸
五木寛之　百寺巡礼　第三巻　京都I
五木寛之　百寺巡礼　第四巻　滋賀・東海
五木寛之　百寺巡礼　第五巻　関東・信州
五木寛之　百寺巡礼　第六巻　関西
五木寛之　百寺巡礼　第七巻　東北
五木寛之　百寺巡礼　第八巻　山陰・山陽
五木寛之　百寺巡礼　第九巻　京都II
五木寛之　百寺巡礼　第十巻　四国・九州

2017年10月15日現在